我們都是蘇東坡，
　　我們都是李清照，
　　我們都是辛棄疾，

　　因為我們每個人都有
　　一顆詩詞的靈魂。

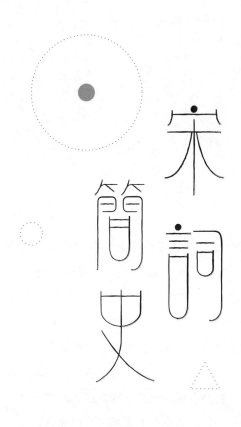

宋詞簡史

酈波

著

中華書局

自序

　　我在《唐詩簡史》的自序中説過，在當今這個忙碌而焦躁的時代，一家人能在一起做一件大家都感興趣的事情，無疑是最快樂、最幸福的。從「中國詩詞大會」「中華好詩詞」「經典詠流傳」以及「詩意中國」等電視節目的走紅中，我深切地感受到，在中華文明發展的歷史長河中，詩詞的生命力是如此旺盛！在互聯網絡空前普及、人們多靠微信等通訊媒介維持關係的今天，因為詩詞，許多家庭老、中、青三代又開始坐在一起看電視了。這充分説明中國詩詞的話題確實能激發我們幾代人的情感共鳴，喚醒我們內心深處美的情愫。

　　從 2016 年開始，我擔任了「中國詩詞大會」四季的點評嘉賓，連續多年參與了「中華好詩詞」「詩意中國」等節目的錄製，在這些節目中，我不僅現身説法，與選手們分享自己學習古詩詞的心得，更從各位參賽者身上受到了巨大的精神感染。詩詞之美，可以塑造一個人的美好品格、

優雅氣質，更能造就一個民族的精神風貌。我為自己生活在這詩詞的國度而倍感榮幸。

在中國文學史乃至文化史上，宋詞無疑是繼唐詩之後又一舉世公認的高峰。宋詞的文學成就和美學造詣，令人驚歎，令人着迷，令人神往。因此，在推出《唐詩簡史》之後，自然而然地，我和廣大讀者朋友一樣，覺得有必要再寫一本《宋詞簡史》。

現在呈現在各位親愛的讀者面前的這本小書，就是我研習宋詞的初步成果。雖然名為「簡史」，但是和《唐詩簡史》一樣，我並沒有按照過去文學史的套路來寫，而是從作者和作品入手，依循知人論世、知人論詩的原則，還原宋詞中那些傳世佳作產生和流傳的歷史現場，把每一篇作品都放在中華文明發展的長河中加以觀照，希望給讀者一個立體的感知和全方位的體悟，力圖做到如臨其境，感同身受。

當然，與《唐詩簡史》體例有所不同，《宋詞簡史》雖然同樣是選了 52 篇作品，但是並不是每位詞人選一首作品，而是根據他們在詩詞發展史上的地位和作品的重要性，做了區別對待，一些重要的詞人選了多首作品。同時，文學史的發展並不是嚴格按照朝代更迭而斷續跳躍的，它有其自身發展的邏輯；為了體現宋詞發展的歷史淵源和流變，本書開篇選了唐代詩人張志和的作品，結尾則

選了蔣捷的作品。

我們知道，唐詩宋詞是中國文學史上的兩座高峰，但是「詞」這一文學樣式並不是到宋代才興起，而是在唐代就有着長時間的孕育，生活於盛唐時期的詩仙李白，就有很多優秀的詞作。比如他寫的《菩薩蠻》：「平林漠漠煙如織，寒山一帶傷心碧。暝色入高樓，有人樓上愁。　玉階空佇立，宿鳥歸飛急。何處是歸程？長亭更短亭。」《憶秦娥》：「簫聲咽，秦娥夢斷秦樓月。秦樓月，年年柳色，灞陵傷別。　樂遊原上清秋節，咸陽古道音塵絕。音塵絕，西風殘照，漢家陵闕。」這兩首名作在詞史上雖有爭議，但就作品本身而言都堪稱詞中碧玉。而宋詞之所以成為與唐詩比肩的文學巔峰，則在於宋代詞人的羣體在總體上超越了前賢，並把詞這一文學樣式蘊含的美學表現力充分發掘出來，將其美學境界推向了極致。

從「問君能有幾多愁？恰似一江春水向東流」的李煜，到「衣帶漸寬終不悔，為伊消得人憔悴」的柳永；從「獨上高樓，望盡天涯路」的晏殊，到「人不寐，將軍白髮征夫淚」的范仲淹；從「為君持酒勸斜陽，且向花間留晚照」的宋祁，到「落花人獨立，微雨燕雙飛」的晏幾道；從「人生自是有情痴，此恨不關風與月」的歐陽修，到「千古憑高，對此謾嗟榮辱」的王安石；從「多情卻被無情惱」「此心安處是吾鄉」的蘇東坡，到「柔情似水，佳期如夢，忍顧

鵲橋歸路」的秦觀；從「常記溪亭日暮，沉醉不知歸路」「一種相思，兩處閒愁」「莫道不銷魂，簾捲西風，人比黃花瘦」的李清照，到「怒髮衝冠」「仰天長嘯，壯懷激烈」的岳武穆；從「零落成泥碾作塵，只有香如故」的陸放翁，到「醉裏挑燈看劍，夢回吹角連營」的辛棄疾……繼唐詩之後，宋詞為中國這個詩的國度貢獻了又一批文學巨匠。他們和李白、杜甫、白居易、崔顥、王維、賀知章、孟浩然等一道，共同構成了中國古典詩詞的燦爛星空。很難想像，如果沒有唐代詩人們所造就的感知系統，中國人的審美生活將多麼乏味；同樣，如果沒有宋代詞人們的貢獻，我們中國人的文學品味也將大打折扣。

還是那句話，詩詞文化其實與每個家庭的教育息息相關。我常跟中小學教師和家長們交流，我們有一個共識，都認為語文教育的關鍵目標便是喚醒孩子的母語感知能力。我們欣喜地看到，在社會各界的共同努力下，我們的教育離這個目標的差距正在縮小。

我仍然堅持認為，對於中國文化來講，能訓練母語感覺、提升感知和運用母語能力的媒介中，最精粹而又符合中庸之道的，莫過於唐詩宋詞。一個民族文化的傳承有它的基因，詩詞就是我們中華民族的文化遺傳基因。雖然由於種種原因，這樣的傳承有過中斷，但只要有機會喚醒它，親近它，它就會立即引燃我們這個族羣血液中所蘊藏

的文化火種，重新點亮我們的人生，給中華民族的偉大復興提供助力。

　　經典最大的作用是什麼？我覺得所謂經典，就是可以把它融進血脈裏、骨子裏，隨着人生的成長，就像造血幹細胞，可以在漫長的一生中不停地為我們提供滋養。事實上，不論得意還是失意，站在詩人曾經站過的地方，回眸詩人的身影，眼前有景，心中有情，我們的靈魂會瞬間被激活，和歷史、自然、社會、文化以及我們這個族羣中的所有人達成一種和諧共振。

　　人生自有詩意。這是「中國詩詞大會」的口號，而今天的我們，之所以能過上詩意的人生，就必須感謝歷史上那些傑出詩人、詞人給我們留下的優秀作品，為我們提供的精神滋養。

　　從 2017 年開始，中國電視上的詩詞類節目突然爆發，直到今天仍然熱度不減。願這本《宋詞簡史》成為朋友們觀看詩詞節目的「伴手禮」，成為學習領悟中華優秀文化精華的枕邊書。

　　人生就是在路上。只要我們內心有堅定的信仰，又能在紅塵的喧囂中隨時清空自我，去快樂地感受自然與人生，這就說明我們悟到了詩詞的真諦，也找到了自己的那顆心。

每一闋詞

都是初相遇

每一念起

都是滿庭芳

我們從來站立原地

卻走過山河大地

宇宙洪荒

我們都是蘇東坡，我們都是李清照，我們都是辛棄疾，因為我們每個人都有一顆詩詞的靈魂。

酈波

己亥年立春日於金陵水雲閣

目錄

卷三　　南宋

四十年來家國，
　　　三千里地山河。

　一旦歸為臣虜，
沈腰潘鬢消磨。

萬頃波中得自由

　　在中國文化向外流傳，尤其是向日本流傳的過程中，除了白居易的《琵琶行》《長恨歌》，影響最大的就是張繼的《楓橋夜泊》和張志和的《漁歌子》了。

張志和——《漁歌子·西塞山前白鷺飛》

西塞山前白鷺飛，桃花流水鱖魚肥。
青箬笠，綠蓑衣，斜風細雨不須歸。

　　讀過《唐詩簡史》的朋友，看到這首《漁歌子》時一定會覺得奇怪。為什麼這次又會被收在《宋詞簡史》裏呢？

　　詞史一般以為自隋唐以來尤其是在唐代，詞作為一個文學體裁，其實已經完全發展起來了。宋代王灼《碧雞漫志》就說：「蓋隋以來，今之所謂曲子者漸興。」張炎《詞源》也明確地說：「自隋唐以來，聲詩間為長短句。」所以，像唐代李白所作的《菩薩蠻》，「平林漠漠煙如織，寒山一帶傷心碧」已經是很標準的詞了。張志和的這首《漁歌子》也是如此。

　　「漁歌子」這個詞牌名，便是從張志和這首《漁歌子》來的。不過，張志和最初所寫的其實並不叫《漁歌子》，而是叫作《漁夫》。「漁夫」最早也是唐代的教坊曲，是一個曲名，「漁歌子」的「子」就是曲牌的小令，就和「破陣子」的「子」一樣。張志和依曲填詞，又另外作有七律《漁夫》，可見在他的心中詩與詞並沒有多少分別，只是興之所至，依韻而歌。

　　這，正是詩詞創作的極高境界，也說明了詩詞流變之際的一種實際狀況。

　　張志和的《漁歌子》有五首，第一首是我們特別熟悉的「西塞山前白鷺飛」。第二首曰：「釣台漁父褐為裘，兩兩三三舴艋舟。能縱棹，慣乘流，長江白浪不曾憂。」

第三首曰：「雪溪灣裏釣漁翁，舴艋為家西復東。江上雪，浦邊風，笑著荷衣不歎窮。」第四首曰：「松江蟹舍主人歡，菰飯蓴羹亦共餐。楓葉落，荻花乾，醉宿漁舟不覺寒。」第五首曰：「青草湖中月正圓，巴陵漁父棹歌連。釣車子，橛頭船，樂在風波不用仙。」後來，這一組五首的《漁歌子》傳入日本，嵯峨天皇太喜歡了，他依葫蘆畫瓢地連續摹寫了五首。其一曰：「江水渡頭柳亂絲，漁翁上船煙景遲。乘春興，無厭時，求魚不得帶風吹。」第二首曰：「漁人不記歲月流，淹泊沿洄老棹舟。心自效，常狎鷗，桃花春水帶浪游。」第三首曰：「青春林下渡江橋，湖水翩翩入雲霄。煙波客，釣舟遙，往來無定帶落潮。」第四首曰：「溪邊垂釣奈樂何，世上無家水宿多。閒釣醉，獨棹歌，洪蕩飄飄帶滄波。」第五首曰：「寒江春曉片雲晴，兩岸花飛夜更明。鱸魚膾，蓴菜羹，餐罷酣歌帶月行。」說實話，也都寫得非常不錯，而且嵯峨天皇的這五首《漁歌子》開創了日本填詞的歷史，可謂是中日文化交流史上的一段佳話。

不僅是日本，當時中國的各階層人士對張志和的這組《漁歌子》都非常喜歡，非常推崇，尤其是士大夫們，一時間仿寫者眾多。從元、白一直到宋代的蘇東坡、黃庭堅，不少都學習張志和《漁歌子》的創作。當然，就這一組詞及那首七律《漁夫》而言，最有名、最傑出的還是第

一首。

　　那麼，它到底好在哪兒？為什麼在當時就引起那麼大的反響呢？

　　首先看「西塞山前白鷺飛」。這個西塞山到底在哪兒，現在還有爭議，就像杜牧《清明》的杏花村一樣。有的註釋說，西塞山在今浙江省湖州市西面。當時中唐大書法家、一代名臣顏真卿到湖州任刺史。他與張志和是好朋友，經常邀請張志和參加文人士大夫的雅集。顏真卿後來還寫了《浪跡先生玄真子張志和碑銘》，是研究張志和非常重要的第一手材料。而南唐溧水縣令沈汾的《續仙傳‧玄真子》記載：「真卿為湖州刺史，與門客會飲，乃唱和為漁夫詞。其首唱即志和之詞，曰：『西塞山前白鷺飛，桃花流水鱖魚肥。青箬笠，綠蓑衣，斜風細雨不須歸。』真卿與陸鴻漸、徐士衡、李成矩共和二十餘首，遞相誇賞。而志和命丹青剪素，寫景夾詞。須臾五本，花木禽魚，山水景象，奇絕蹤跡，今古無倫。而真卿與諸客傳玩，歡服不已。」這就寫到了張志和創作《漁歌子》的景象，後來晚唐名相李德裕對此也有所記載。

　　通過沈汾的記載，我們可以看到當時除了顏真卿、張志和，還有一代「茶聖」陸羽。受顏真卿之邀，張志和當眾表演了他神乎其技的書畫才藝。他面對着素絹，酒酣之餘邊擊鼓吹笛助興，邊揮筆作畫。有時閉眼畫，有時反手

揮筆來畫，隨性揮灑，但下筆卻有如神助、妙絕天成，而且速度之快，更是令人驚歎。轉眼之間，山水雲石皆現於白絹之上。這時圍觀的人越來越多，以致形成一道密不透風的人牆。顏真卿也記載說，眾人紛紛驚歎於張志和的絕藝。根據這樣的創作背景，後世不少人認為西塞山就是湖州的西塞山。

但另一派觀點認為五首《漁歌子》，其實分別寫了五個地方：第二首「釣台」用了嚴子陵的典故，是寫浙江富春江畔；第三首是寫浙江霅溪，也就是湖州；而第四首「松江」，則是蘇州；第五首的「青草湖」和「巴陵」，就在湖南岳陽；而第一首的「西塞山」應該在今天湖北黃石市。細考唐詩中出現的「西塞山」，大多是指湖北黃石的西塞山。歷史上首次明確提出西塞山在湖州的，是南宋初年為蘇軾詩作註的趙次公。他說西塞山「乃湖州磁湖鎮道士磯也」，這一說法被洪邁所採用，後來就成為一個非常知名的說法。

當然，不論這個西塞山到底在哪裏，西塞山前的白鷺卻是瀟灑飄逸，自由地翱翔着，根本不在乎人世間的紛爭。江水之中，肥美的鱖魚歡快地暢游，漂浮在江上的桃花是那樣鮮艷而飽滿。這裏的「桃花流水」，就是桃花水了。每年二三月間，南方桃花盛開，天氣趨暖，雨水也一下子多起來，下兩場春雨河水就會上漲，魚兒也多，生機

一片。所以一句「桃花流水鱖魚肥」，講春汛到來，就能使人展開想像，似乎看見兩岸盛開的桃花，看見躍出水面的鱖魚，看見自在翱翔的白鷺。可這一切自在與歡快，其實都是為了襯托那個老漁翁啊。

「青箬笠，綠蓑衣。」箬笠，就是用竹片和青色的箬竹葉編成的斗笠。因為竹葉是不滲雨水的，還可以遮蔽陽光，阻擋紫外線，所以箬笠就是古人特別重要的一個用具，陰天防雨，晴天遮陽。而蓑衣呢，就是用植物的莖葉或皮織成的雨衣，往往以龍鬚草為原料，是綠色的。青與綠兩種顏色，與山巖白鷺、桃花流水，還有黃褐色的鱖魚組合起來，色彩無比鮮明、無比暢快。這首詞的精神旨歸，也就隨之而出，那就是「斜風細雨不須歸」啊。

自陶淵明「歸去來兮」之後，詩人喜吟「不如歸去」。而在這種自然的生機裏，張志和卻說「斜風細雨不須歸」，其高雅、沖淡、悠遠、脫俗的意趣呼之欲出。此句一出，立刻成為千古名言。連在《定風波》裏說「歸去，也無風雨也無晴」的東坡居士也甚為拜服。

後來蘇東坡因為太愛這一句，太愛這一首《漁歌子》，專門作了一首《浣溪沙》，幾乎就是改寫了張志和的《漁歌子》。詞云：「西塞山前白鷺飛，散花洲外片帆微。桃花流水鱖魚肥。　自蔽一身青箬笠，相隨到處綠蓑衣。斜風細雨不須歸。」

對於這首名作，我聽過現代人尤其年輕人彈吉他的演繹，別有一番味道。當時我也忍不住吟而誦之，和而歌之。

回頭想想，當我聽到年輕人用吉他彈奏時，感受到的是現代流行歌曲的輕快流暢。但是，說到這首《漁歌子》，儘管它看上去用語極其淺白，意境也無比輕快流暢，甚至瀟灑俊逸，可要細細推究起來，其中仍有一種生命中不能忽視之輕。

張志和，其實本名並不叫張志和，而叫張龜齡。他的哥哥，叫張鶴齡。張志和年少時跟隨父親在翰林院遊玩，面對翰林院學士對答如流，一時傳為佳話。據說唐玄宗聽說之後，親自出題考他，張志和依然面不改色，玄宗也覺得這孩子非同一般。後來，張志和又遍覽道經，在道術方面別有所長，被太子李亨所賞識，成為特別要好的朋友。太學結業之後，當時的太子李亨，也就是後來的肅宗皇帝，專門給他改了個名字叫張志和，取字子同。張志和明經及第之後，於東宮任職。後來又到地方做官，鋤奸滅盜，功績顯著，當時被稱為「神張」。

天寶十四載（755），「安史之亂」突然爆發，生生截斷了盛唐的氣脈。天寶十五載（756），唐玄宗奔蜀，太子李亨到靈武繼位，也就是唐肅宗。張志和緊隨李亨，在後來平定「安史之亂」的過程中獻計獻策，可謂立下汗馬

功勞，不過二十多歲，就被封為左金吾衛錄事參軍。正當年輕的張志和一時風光之際，命運的轉折突如其來。

這一年，張志和突然「坐事貶南浦尉」。除了突遭貶官的霉運，緊接着，這一年他的父親又去世了，第二年母親也去世了。不過，肅宗雖然貶了張志和的官，但為了體現舊日情分，還分別贈了男女奴婢各一，又加贈張志和母親封號，希望他守孝期滿之後再回朝廷效力。

而張志和經此人生跌宕轉折，從頂峰跌入深谷，卻一下子豁然開朗大徹大悟。從此自號「煙波釣徒」，遠離官場。此後，他又結識了在苕溪隱居的「茶聖」陸羽，以及在湖州杼山隱居的詩僧皎然。受他們的影響，他開始撰寫《玄真子》。廣德二年（764），《玄真子》寫完之後，他就把自己的號改為了「玄真子」。他的哥哥張鶴齡恐其「浪跡不還」，甚至在會稽東郭買地結舍，並作《漁父詞》召其還家。於是張志和歸隱會稽，為肅宗賜予他的奴婢分別取名，男的叫漁童，女的叫樵青，並讓他們配為夫妻。後人皆以漁童、樵青為一椿美談，如元代喬吉的《滿庭芳‧漁父詞》曰：「樵青拍手漁童笑，回首金焦」。

大曆九年（774），張志和赴湖州訪顏真卿。在文人雅集上，張志和作畫、題詩，揮筆力就，又跳秦王破陣舞，真是滿座皆驚。顏真卿看到張志和所坐的舴艋舟又破又舊，甚至要為他買一艘新船。此次張志和告別顏真卿、

陸羽等人之後，便再無音訊。野史記載，說他於水中飛天而去，有學者推測他可能是溺水而亡。當然，也有人認為此次雅集之後，張志和徹底擺脫塵俗的束縛，逍遙於天地之間。世人不再知其蹤跡，世間只留有他的傳說。

為什麼張志和的人生會有那麼大的轉折？他少年發奮立志，「安史之亂」中書生意氣、揮斥方遒，為什麼一經仕途的波折與打擊，就徹底轉為一代道隱的標誌與象徵？

細細分析，我認為瀟灑出世的張志和之所以成為當時士大夫追捧的偶像，和整個盛唐到中唐時代風貌的轉變以及世人的心態息息相關。

張志和一直學道，承家學淵源。他的舅舅是中唐宰相李泌。李泌可謂是張九齡之後宰相中才能極高者，歷經玄、肅、代、德四朝，對中唐政局的穩定貢獻至偉。唐肅宗之所以和張志和關係那麼好，就因為李泌曾經是他的老師。肅宗即位之後，李泌、張志和得到重用，而宰相李輔國卻將鬥爭的矛頭直指李泌。在這一過程中，張志和極有可能成了政治鬥爭的犧牲品。

年輕的張志和一則家學淵源、才學富贍；二則天資聰穎、目光如炬。最難得的是經此人生突變之後，年紀輕輕即看透了官場的本質，看透了盛唐到中唐轉折的必然。所謂「青山遮不住，畢竟東流去」。在這種歷史轉折的關口，很多人猶猶豫豫，而年輕的張志和卻做出了一個決絕

的選擇，從此告別仕途，在蒼茫的亂世之中徹底還自己生命與靈魂的自由。

正是因為他的這種選擇夠決絕、夠徹底，故而他能「斜風細雨不須歸」，他能「萬頃波中得自由」。而那些被時代裏挾在歷史夾縫中求生存的士大夫們，看到這樣的張志和，聽到那樣的《漁歌子》，又怎能不羨慕，不追摹？不僅文人士子，連後來的憲宗皇帝，甚至再往後的「千古詞帝」李煜，都極羨慕張志和《漁歌子》的境界。李煜在未登基之前，便以張志和為偶像，也仿作《漁歌子》：「一棹春風一葉舟，一綸繭縷一輕鈎。花滿渚，酒滿甌，萬頃波中得自由。」

可是羨慕歸羨慕，崇拜歸崇拜，又有多少人真的能夠「萬頃波中得自由」呢？當歲月回到那個盛世不再的時代，士大夫們不是不知道唯有山水可寄情懷，但真正能夠做到的，只有「斜風細雨不須歸」的張志和罷了。

雪芹仙去飛卿死，
紙上如何話深情

　　溫庭筠作為第一個大量創作詞的文人，在創作技巧上所達到的境界也讓人歎為觀止。後來如李璟、馮延巳、柳永、晏殊、晏幾道、歐陽修，都受到溫庭筠很大的影響。

　　下面，我們就來講講溫庭筠的代表作《更漏子・玉爐香》。

溫庭筠——《更漏子・玉爐香》

玉爐香，紅蠟淚，偏照畫堂秋思。眉翠薄，鬢雲殘，夜長衾枕寒。

梧桐樹，三更雨，不道離情正苦。一葉葉，一聲聲，空階滴到明。

　　詞作為一種別樣的文學體裁，可以確定它最早的源起其實應該在隋唐就已經產生。

　　《舊唐書》說：「自開元以來，歌者雜用胡夷里巷之曲。」我們也常說「詞為燕樂，原為胡夷里巷之曲」。也就是說，詞牌的發展和唐開元以來教坊曲的發展是息息相關的。

　　不過，詞作為一種文學體裁，作為詩餘，雖然已經慢慢獨立起來，但是真正第一次興盛和發展應該是在晚唐和五代十國。而在詞史上第一個重要的里程碑式的人物，並不是張志和或者我們後面要講的韋莊，而是花間詞的鼻祖——溫庭筠。

　　要講溫庭筠的詞，很多喜歡詞的朋友可能會有疑問，為什麼不講他那首著名的《菩薩蠻・小山重疊金明滅》呢？

　　其實，我也猶豫了很長時間。

　　就詞的創作技巧而言，一般認為那首《菩薩蠻・小山重疊金明滅》是溫庭筠最具代表性的經典作品。一次，我和幾個朋友聊天，聽說熱播的《甄嬛傳》的片尾曲居然用的就是這首《菩薩蠻》。朋友跟我講，最感人的還不僅是用《菩薩蠻》做了片尾曲，而是劇中人物沈眉莊去世時的音樂插曲就是這首《菩薩蠻》。我一般不大看電視劇，聽了朋友的介紹，後來特意去看了一下這個人物，確實讓

人很喜歡，我也覺得編曲者對這首詞的把握還是非常獨到的。

你看他說：「小山重疊金明滅，鬢雲欲度香腮雪。懶起畫蛾眉，弄妝梳洗遲。」溫庭筠寫詞的筆法簡直就是工筆畫，細緻精妙至極。「小山重疊金明滅」，此前有人說是指閨房裏屏風上的圖案。屏風是重疊的，所以說小山重疊。這個完全是一種誤解，深入詞味就知道了，這個小山其實是古代女子畫的小山眉。

古人化妝，梳妝，妝容第一重要的是畫眉毛。

畫眉毛的方法有很多，卓文君當年就創造了一種遠山眉，後來還成為一種流行時尚。這裏的「小山重疊」也是一種畫眉的方法——小山眉。但為什麼說重疊呢？而且說「金明滅」？這個「金」就是眉際的裝飾「額黃」。「明滅」就是明隱明現的樣子。說明這是前一天的妝容，不是新化的妝。為什麼呢？

後面的「鬢雲欲度香腮雪」就是證明。「鬢雲」，我們剛才講梳妝，妝，就是妝容，梳，是梳洗打扮，主要是弄頭髮。鬢雲就是講像雲朵似的髮髻，髮髻蓬鬆如雲。「度」就是覆蓋、過眼，形容鬢角的髮髻延伸向臉頰。「鬢雲欲度香腮雪」就是髮髻輕掩雪白的面頰。這一定是剛剛起來的樣子，所以，下面才會說「懶起畫蛾眉，弄妝梳洗遲」。

「懶起畫蛾眉」就是在畫眉上的妝，畫眉是妝容的核心。「弄妝梳洗遲」，然後再梳洗，重新梳洗頭髮。這是早晨起來慵懶的樣子。

但是一句「小山重疊金明滅，鬢雲欲度香腮雪」就說明這是帶着前晚的殘妝。前晚的殘妝為什麼還沒有洗淨？最關鍵的是一個「懶」字、一個「遲」字。為什麼那麼慵懶，為什麼那麼遲？一定是因為她的生活、她的心境。

這裏要提到周汝昌先生，周汝昌先生是紅學家，但他對溫庭筠卻特別關注。周汝昌先生認為溫庭筠此篇通體一氣。精整無隻字雜言，所寫只為一件事，那就是「梳妝」。這其實也可以看到溫庭筠經常為女子發聲，可以看到他筆觸下對女子的那種關注。

妝者，以眉為始；梳者，以鬢為主。所以說「懶起畫蛾眉，弄妝梳洗遲」，這是晨起的狀態。到了下闋，則講梳洗梳妝的過程。

梳妝過程裏引起女子注意的是什麼──「照花前後鏡，花面交相映」。這是新插的花朵，對了前鏡，又對後鏡。美麗花朵與美麗的容顏，此時經過梳妝打扮之後，在鏡中交相輝映。而最後一聯「新帖繡羅襦，雙雙金鷓鴣」還是說她身上的美，說她剛穿上的綾羅裙襦，繡着一雙雙的金鷓鴣。

說到這兒，有朋友可能要質疑：酈老師不是要講溫庭

筠的《更漏子》嗎？講了半天，怎麼還是講的《菩薩蠻》？其實，在我個人的理解和體悟裏，《更漏子·玉爐香》和《菩薩蠻·小山重疊金明滅》就像是一個姊妹篇，放在一起讀更能見出溫庭筠的風格來。

「小山重疊金明滅，鬢雲欲度香腮雪」講前妝未盡，殘妝尚留起來的樣子。那麼，前一夜這個滿懷愁緒的女子，她在幹什麼呢？《更漏子》，其實寫的就是前一夜。

當然，溫庭筠的這兩首作品，現實生活中極有可能未必是前後之作，但是就所寫的內容上而言，放在一起就特別有意思。如果我們把《更漏子》裏和《菩薩蠻》裏的主人公視作一個人的話，那我們就完全可以理解，為什麼那個美麗的女子清晨起來會是「小山重疊金明滅，鬢雲欲度香腮雪」了。

更漏，就是指晚上古人打更；漏，就是沙漏，是古代的計時器；子，是小令。所以「更漏子」作為一個詞牌，也從曲牌來，是晚上唱的情歌，或者是抒懷之作。

「玉爐香，紅蠟淚，偏照畫堂秋思。眉翠薄，鬢雲殘，夜長衾枕寒。」這是上闋，延續了《菩薩蠻》那種典型的創作風格，像工筆畫一樣精緻細膩到極致的那種描寫。這個半夜難眠的美麗女子，閨房裏香氣氤氳——玉爐香，蠟淚暗流——紅蠟淚。玉爐散發着迷人的香薰之氣，而紅色的蠟淚呢——蠟燭滴的燭淚，在這搖曳的光影中映

照出來的是這個華麗屋宇畫堂中的秋思、愁緒。

光影怎麼能照出這種秋思來呢？溫庭筠就是這麼神奇，他那支生花妙筆總是能在不知不覺間就把人帶入到一幅生動而美麗的畫面中。所以，我們會覺得光影搖曳，「偏照畫堂秋思」，頗有通感移覺的意味，接下來「眉翠薄，鬢雲殘，夜長衾枕寒」。現在我們知道，為什麼早晨起來「小山重疊金明滅，鬢雲欲度香腮雪」了，是因為前一晚「眉翠薄，鬢雲殘」，最最關鍵的是「夜長衾枕寒」。

眉翠淡薄，鬢髮零亂，為什麼妝不盡卸？是因為如此漫漫長夜，滿臉的愁容、孤單的靈魂是畫堂中搖曳光影所照的唯一的影像。所以，《更漏子》的上闋和整首《菩薩蠻》的筆法非常相似，都是如工筆畫一般細膩傳神，刻劃出畫堂秋思和滿懷愁緒的女子形象。

但如果因此以為溫庭筠只擅長於工筆畫式的描摹狀寫，那就大錯特錯了。他既有極精緻的一面，又有極舒朗的一面。這也正是我選這首《更漏子》的原因所在。

《更漏子》的上闋極精緻，但是下闋就極舒極流暢，可以見出溫庭筠的另一種風格。

下闋再不像上闋或者《菩薩蠻》那樣間接寫這個女子的愁緒，而是把這個女子的愁緒一筆宕開，直接道出「梧桐樹，三更雨，不道離情正苦。一葉葉，一聲聲，空階滴

到明」。這不由得讓我們想起李易安的名句「梧桐更兼細雨，到黃昏，點點滴滴」。甚至也讓我們想起李後主的千古名句「無言獨上西樓，月如鈎。寂寞梧桐深院鎖清秋」。

從詞史脈絡、語句創意來看，很難說李後主、易安居士不受溫庭筠的啟發。甚至連蔣捷的那首《虞美人·聽雨》「悲歡離合總無情。一任階前、點滴到天明」，不也正是「梧桐樹，三更雨……一葉葉，一聲聲，空階滴到明」的婉轉流變嗎？

那長夜窗外的梧桐樹，正淋着三更的冷雨，也不管它是如此傷心。而一滴滴的雨凄厲地打着一葉葉的梧桐，滴落在無人的冰涼的石階之上，從暗夜的最深處一直到天明。這樣的雨滴，每一滴都滴在畫堂秋思夜長枕寒的那顆孤獨的心靈之上。而從中我們則可以看出溫庭筠的兩種風格：一種極細膩，一種極疏闊；一種巧奪天工，一種直抒胸臆；一種如工筆畫，一種則如潑墨山水。

兩種截然不同的風格集中在一首詞裏，更能看出溫庭筠的風格、特色。

事實上，溫庭筠這個人就是多種風格集於一身。他一方面才華橫絕當世，甚至他能幫別人考取功名；另一方面卻屢屢困於場屋，一輩子也沒有考上進士。他是名相之後，但一生卻蔑視權貴，對豪門仕族、權貴世家，極盡諷刺挖苦批判之能事；反過來對女子又充滿同情之心。

為什麼溫庭筠被稱作花間鼻祖？

《花間集》中，包括敦煌曲詞中，留下來最多的都是他的作品。後來的李璟、馮延巳，到晏殊、晏幾道，到歐陽修，都是以寫小詞為樂。但溫庭筠與他們不一樣，溫庭筠是把他的筆觸投到那個門閥社會裏不被關注的角落，投到處於弱勢的女子羣體身上。然而，他一生最大的一個遺憾卻是錯失與魚玄機的感情。

溫庭筠慧眼識英才，發現魚玄機這樣的人才，便收她做女弟子。在當時能做出這樣的舉動非常難能可貴，説明溫庭筠獨具慧眼，而且有一顆溫暖的心靈。而魚玄機在溫庭筠的教導之下，日久生情。她不嫌自己的老師長得醜，可溫庭筠自己卻難跨過心裏的一關。他可以對權貴蔑視，但在魚玄機的感情面前卻難以跨越倫理。

他後來將魚玄機介紹給李億，希望魚玄機能有幸福的愛情生活。可李億最終愛的還是他那個原配夫人的世族門閥的權勢和地位，魚玄機在飽受原配的凌辱之後被趕出家門，留下千古哀歎「易求無價寶，難得有心郎」。

人世間的悲哀莫過於如此——君生我未生，我生君已老。既然於千千萬萬世中、於千千萬萬的人中、於千千萬萬的紅塵中能遇見，卻又擦肩而過。甚至還因為自己使得最鍾愛的學生走向人生的悲劇。魚玄機這樣悲慘的人生結局，讓才華滿腹的溫庭筠情何以堪啊！

「梧桐樹，三更雨，不道離情最苦。一葉葉，一聲聲，空階滴到明。」溫庭筠能如此直抒胸臆，不正是因為這文字裏是他人生最真實的寫照嗎？

　　因為有溫庭筠，因為有花間詞，因為有唐五代詞，才有了後來可以和唐詩並駕齊驅的宋詞。雖然一生潦倒，雖然一生充滿遺憾，但溫庭筠與詞得以不朽。或許正是因為有人生的不幸，才造就了深刻而溫暖的溫庭筠，才讓他的筆觸既細緻又充滿深情。而這種細膩與深情融入詞的創作中，直接使得詞這一獨特的文學體裁在傳統文學的殿堂裏另闢蹊徑，蓬勃成長起來。

四一七，是一起

有人說，四月十七就是「是一起」的日子。

我們下面就來講一首和四月十七有關的詞的名作——韋莊的《女冠子·四月十七》。

四月十七，正是去年今日，別君時。忍淚佯低面，含羞半斂眉。

不知魂已斷，空有夢相隨。除卻天邊月，無人知。

女冠就是女道士，加一個子，說明它最初是小令。所以這個小令最初是詠女道士的。據說唐教坊曲發展為詞調，再成為小令，始於溫庭筠的創作。後來《女冠子》變成了長調，據說是始於柳永。

歷來寫女子閨情、相思之情的名作很多，卻很少有像韋莊的這首《女冠子》，一上來居然是像日記一樣記載時間的兩句話，「四月十七，正是去年今日」。

說老實話，這種方式在整個詞史上是極為少見的。巧的是，我就出生在四月十七日，所以當年讀到這首詞的時候甚覺震撼。一時間恍惚，甚至覺得當年的那個四月十七，當年的那位佳人如在目前。

要知道在詩詞這種雅文學裏，用到像日記體記載時間的方式，而且兩句話都是接連記載日期的，很容易「夾生」。但是，韋莊一句「四月十七，正是去年今日，別君時」。「別君時」，非常直接地點明了讓少女痴迷的原因。於是，前面的記載日期的兩句話就像是脫口而出，就像是人在沉醉之中的一種夢囈、一種喃喃自語。

「正是去年今日」，「正是」這兩個字用得特別傳神，體現出這位女子對那個時間、那個場面記憶至深。原來那一天那麼難忘，那一天如此讓人痴迷讓人沉醉，原因只是那一天是與心愛的人分別的日子。倏忽之間，原來已經過去了一年。可是一年的時光就像是一轉眼一樣，彷彿還是

在一年前的四月十七。

一句「忍淚佯低面，含羞半斂眉」，一個嬌羞可愛的小兒女情態躍然紙上。「佯」是掩飾，佯裝；「含羞」，是欲說還羞，雖然說「佯低面」，但絲毫不顯得做作，讓人想來一切都是基於感情的真摯，一切都是源於醇美的愛情。

這兩句純是白描，卻生動地再現了離別的時候，那個玲瓏剔透的女子細微的面部表情和細膩的心理活動。

下片則是抒寫別後的眷念，「不知魂已斷」。「魂斷」兩字不由得讓人想起陸游的「夢斷香消四十年，沈園柳老不吹綿」，魂斷香消、夢斷香消。江淹《別賦》說「黯然銷魂者，唯別而已矣」。看來不論是陸游那樣的深情男子還是韋莊筆下的深情女子，他們深情的眷戀都可以讓時間的長河黯然失色。

「不知魂已斷」是過片，是承上，是緊扣「別君時」；「空有夢相隨」是啟下。兩句承上啟下，過渡自然。

這一年來已魂斷的夢境，又是怎樣的夢呢？說起這個夢來，一則是世人全然不知，一則世人又盡知。

「除卻天邊月，無人知。」夢中的悽苦，夢中的歡情，大概只有當事人才能有痛徹骨髓的感受。從「不知魂已斷」到「無人知」，反覆加強了這種不知的痛苦與悽苦。魂銷夢斷，都無法排遣相思之苦，那就只有對月傾訴了。

這個「無人知」，是什麼時間無人知呢？想來既可以

是指去年四月十七的當天，又可以指一年後的此時此刻。這一句其實暗扣了開篇看似突兀的「四月十七，正是去年今日」，讓時間和明月成為不盡相思的永恆見證。無人可知可訴的相思，只有明月知道。在少女的心中，那一輪明月已經成為她在人間的唯一知己。

這也是無奈的選擇，更見出她的孤獨與寂寞。寄託相思於明月，相思卻更加無法排解，真是相思煎熬，欲罷不能。一個「為伊消得人憔悴」的少女形象躍然紙上。

那麼，為什麼又可以說那個夢是世人盡知呢？

因為韋莊的這首《女冠子》還有續作。後人大多認為記夢的那一首《女冠子‧昨夜夜半》寫的恰是這一篇裏「空有夢相隨」的夢境。

詞云：「昨夜夜半，枕上分明夢見，語多時。依舊桃花面，頻低柳葉眉。　半羞還半喜，欲去又依依。覺來知是夢，不勝悲。」昨天的深夜裏，你在我的夢裏又翩然出現。我們說了那麼多的情話，發現你依舊是那麼美麗，那麼可愛，像從前一樣，面若桃花，頻頻低垂的眼瞼，彎彎的柳葉眉。看上去有些羞澀，又有些歡喜。該走的時候又頻頻回首不捨依依。直到醒來才知道一切都是大夢一場，身邊依然空空如也，自己依然形單影隻。於是那難忍的悲哀像潮水一樣默默襲來。

這個昨夜夜半的夢境，當然不是那個女子的夢，而是

男子對女子的相思成夢，夢後而悲的情況。他與戀人在夢中相見，說不盡的離愁別苦。故而所謂「語多時」，明寫千言萬語卻暗扣山高水遠；「依舊桃花面」，用的是崔護《題都城南莊》的典故「去年今日此門中，人面桃花相映紅」。一句「依舊桃花面」，卻暗點出去年今日，正扣了上一首「四月十七，正是去年今日，別君時」。所以說，兩首《女冠子》在時間上是絲絲入扣的。

因第一首的空有夢相隨，第二首雖然是以男子寄夢的狀態，卻同樣寫了一個綺麗纏綿的夢境。第一首空有夢相隨的迷惘惆悵，在第二首裏也寫得細膩分明。可是，那歡情依依、纏綿悱惻的夢境到最後總是要跌入殘酷的現實。「覺來知是夢，不勝悲」，正當兩情繾綣之際，夢卻醒了。一個「覺來知是夢」的「知」，真讓人品出萬般淒涼。夢裏不知身是客，醒來方知是夢。這裏的「知」，又和第一首的「除卻天邊月，無人知」，形成了一種暗合與呼應。

劉永濟先生在《唐五代兩宋詞簡析》中說：「此二首（《女冠子》）乃追念其寵姬之詞。前首是回憶臨別時情事，後首則夢中相見之情事也。明言『四月十七』者，姬人被奪之日，不能忘也。」

那麼，去年四月十七到底發生了一件什麼樣的事情呢？

韋莊是韋應物的四世孫，唐末著名詩人，與溫庭筠

並稱「溫韋」。韋莊對生活的體悟，尤其是在民生疾苦的體悟上比溫庭筠遠有過之。他早年仕途偃蹇，多次科舉不第，甚至在長安應舉時，又恰好碰上黃巢起義攻破長安，與親人流離失所，江湖漂泊。後來他出使西川，恰逢朱全忠滅唐，只得留在前蜀高祖王建手下並為王建所用。

《十國春秋·韋莊傳》裏記載說：「莊有美姬善文翰，高祖託以教宮人為詞，強奪去，莊作《謁金門》辭憶之。姬聞之不食而死。」原來韋莊有一心愛的女子同樣擅長詩詞的創作。王建以教宮中女子寫作為託辭，霸佔了這個女子，韋莊因此作《謁金門》一詞來懷念她。後來，女子在宮中聽聞了韋莊的《謁金門》，通過絕食抗爭的辦法以死明志，成全了她和韋莊的一世情緣。

那首為這個女子而寫的《謁金門》，後人大多認為是韋莊的《謁金門·春漏促》。詞云：「春漏促，金爐暗挑殘燭。一夜簾前風撼竹，夢魂相斷續。　有個嬌嬈如玉，夜夜繡屏孤宿。閒抱琵琶尋舊曲，遠山眉黛綠。」這是說在春天的夜晚，一聲聲的更漏十分急促，燈燭將滅，卻又一次次挑起殘燭。漫長而淒清的春夜裏，簾外春風搖着屋外翠竹，使人夢魂不定，似斷又續。冷清的閨房之中，一個嬌嬈如玉的佳人，空守繡屏，孤枕獨眠。閒極無聊之時，她只有抱着琵琶彈起舊曲，她的眉黛就像那翠綠的遠山無邊無際。

我們知道，遠山眉是卓文君的專利。《西京雜記》裏就說：「文君姣好，眉色如望遠山，臉際常若芙蓉。」韋莊這麼寫，是在深深懷念自己心愛的女子啊，她那美麗姣好的面容時時如在目前。而那女子聞聽此《謁金門》詞，為之不食而死。這亦是一個決絕剛烈的女子，一個重情痴情的女子。

後人普遍認為韋莊的兩首《女冠子》即是為懷念這個被王建強奪而去，又絕食而死的女子所寫。

亂世中的生命、亂世中的愛情，是多麼無奈、多麼傷感。而那麼沉痛的訣別，韋莊寫來卻思之而愉，似達而鬱。難怪後人評說韋詞「最為詞中勝境」，「語淡而悲，不堪多讀」。後來王國維的《人間詞話》就認為，韋莊詞的總體水平要高於溫庭筠。他說，韋莊的詞「情深語秀……要在飛卿之上」，又說「溫飛卿之詞，句秀也。韋端己之詞，骨秀也」。顯而易見，王國維先生認為韋莊詞的美是美在了骨子裏，就如這兩首《女冠子》，當真是情深語秀，唯美至極，可當得起「骨秀」也。

而之所以會美在骨子裏，大概也是因為生命與愛情之痛痛在骨髓吧。

人品莫如詞品 筆觸勝似感觸

　　歷史上有兩對君臣的詞作可以比對着看，一對是南唐的李璟與馮延巳；另一對則是北宋的趙佶和周邦彥。

　　下面，我們就先來講講馮延巳的代表作——《鵲踏枝·誰道閒情拋擲久》。

馮延巳——《鵲踏枝·誰道閒情拋擲久》

誰道閒情拋擲久？每到春來，惆悵還依舊。日日花前長病酒，不辭鏡裏朱顏瘦。

河畔青蕪堤上柳，為問新愁，何事年年有？獨立小橋風滿袖，平林新月人歸後。

提到「鵲踏枝」這個詞牌，就要提到另一個詞牌「蝶戀花」。從柳永開始到晏殊、歐陽修、蘇東坡，到李清照，甚至一直到王國維，都特別喜歡寫《蝶戀花》詞。而在詞史上第一個大量創作《蝶戀花》詞的就是馮延巳。

「鵲踏枝」，其實就是「蝶戀花」的別名。當然「蝶戀花」有好多別名，比如「鳳棲梧」，還有「黃金縷」「捲珠簾」「一籮金」等。而馮延巳現存的集子裏，《鵲踏枝》詞就有十四首之多。他最傑出的代表作品也都是《鵲踏枝》系列之中的作品。從這個意義上來講，從單一詞牌的創作歷程上來說，馮延巳是有着開闢之功的。

説實話，到底是選這首詞，還是另一代表作《謁金門‧風乍起》，我猶豫了許久。平心而論，我覺得總體上還是這首《鵲踏枝》寫得唯美，讓人佩服。

那麼，這首詞為什麼有那麼多人為之着迷呢？

「誰道閒情拋擲久」，讀了這第一句，我突然意識到自己以前可能也唸成「誰道閒情拋棄久」了。拋棄，在現代漢語裏是常用詞，但是在古漢語裏，往往是兩個同義的單字連在一起。也就是說，「拋」和「棄」、「拋」和「擲」，是要能分開的，不像現代漢語裏結合得那麼緊密。兩個有同義關係的單字，常常為了同義反覆，加重這種語氣而連在一起。所以，古人在這裏雖然「拋棄」和「拋擲」都可以用，也確實有兩個版本，但是更常用的、更能體現同義

反覆的，則應該是「拋擲」。

因為「拋」與「擲」這種同義反覆的強調，就把那種情緒上的沒來由、無從着落凸顯得十分鮮明了。

「每到春來，惆悵還依舊。」這樣的惆悵也就一下子喚醒了很多人內心深處的共鳴，讓每個人都會不由自主地生發感慨——我是人間惆悵客，知君何事淚縱橫。這大概是人性深處一種天生具有的悲劇美的底色。

為什麼悲劇美往往更具備崇高美的價值和意義呢？

因為喜劇美，它是個體與世界發生關係，是一種向外的聯繫。比如孟郊的《登科後》：「春風得意馬蹄疾，一日看盡長安花。」登科之後，春風得意，便與馬蹄和長安花也發生這種得意的關係。這時候我們的目光，是把這種歡樂的情緒點燃到外面的世界。而悲劇美呢？是向內和人性、和自己的靈魂發生一種碰撞關係。這時候，所有外在的映射都只是靈魂的映射而已。這個時候也就是詞人所說的——「日日花前常病酒，不辭鏡裏朱顏瘦」。哪怕天天在花前痛飲，讓自己放任大醉，與花與酒發生關聯，但是最後還是為了去映照自己的靈魂。既然詞人說鏡中的自己容顏已改，身體消瘦，這就讓我們不由得想起王國維的名句——「最是人間留不住，朱顏辭鏡花辭樹。」

王國維為什麼那麼喜歡馮延巳？

他在《人間詞話》中說，「馮正中詞雖不失五代風格，

而堂廡特大，開北宋一代風氣」，甚至說「中、後二主皆未逮其精詣」。也就是說連中主李璟和後主李煜從某種角度上來講，都要稍遜於馮延巳。甚至於前人評價溫庭筠的詞「深美閎約」，而王國維先生說此四字，「唯馮正中足以當之」，就是認為這四個字溫庭筠還不夠，只有馮延巳的詞才足以當之。深美閎約，這是何等深情唯美的境界。

不光王國維，很多人對馮延巳都非常推崇。葉嘉瑩先生對馮延巳《鵲踏枝》系列中愁的描寫，就有一個非常精到的評論：可確指的情事是有限度的，不可確指的情意是無限度的。這其實也就是說馮延巳詞中所觸及的那種人性深層的悲劇美、那種情感，恰恰是最有魅力的。

確指的情事，其實就是向外的；而那種不可確指的情意，其實就是向內的。這種不可確指發展下去，就是和靈魂發生激烈的碰撞，展現出耀人的光彩。所以下片說「河畔青蕪堤上柳，為問新愁，何事年年有」，這就是不可確指的。河邊上的芳草萋萋，河岸上的柳樹成蔭，見到這樣的春景，我總是暗自悲傷，暗自思量。為什麼總會年年新添如此憂愁呢？連自己都說不清原因的時候，就說明那是來自靈魂深處的默默歎息呀。當現實中的我、春景中的我、生活中的我，與靈魂中的我、人性中的我、生命底色中的我，在這一刻產生碰撞之後，留下的是一個無比惆悵、無比深邃的身影。這個身影一瞬間就具有了無與倫比

的悲劇價值、美學價值。那就是——「獨立小橋風滿袖，平林新月人歸後」。

清代詩人黃仲則有一千古名句，叫「悄立市橋人不識，一星如月看多時」。與馮延巳此句真是有異曲同工之處。小橋是橋，怎可獨立，怎可悄立呢？橋，我們知道它是一個過河的通道，是一種路徑，是注定人來人往的，就像一個紅塵中的縮影。而詩人偏偏從那紅塵中，從那些身影裏，從一片喧囂中鏤刻出，甚至是雕刻出來一個獨立小橋、悄立市橋的自我。這樣的自我就與現實、與萬丈紅塵有了一條涇渭分明的鴻溝。

這樣的鴻溝、這樣的界限，讓那個充滿了悲劇意蘊的自我，在永恆的時間長河裏一下子凸顯出來，清晰起來。這樣的自我只有在喧囂過後，與平林新月、與清風拂袖相互映襯，沉澱成一種永恆的身影。那種身影清澈而又惆悵，純粹而又清澈，沉默裏有一種擺脫了紅塵的永久，孤獨中有一種遠離了喧囂的自守。這樣的身影愁則愁矣，卻是一個清澈乾淨的自我發自靈魂深處永恆的追求。

後人論詞，認為馮延巳對宋初詞壇影響巨大。像晏殊得其俊，歐陽修得其深。晏殊和歐陽修都刻意模仿馮延巳，這其中有很明顯的發展邏輯。一來晏殊也是北宋名相，歐陽修是北宋文壇盟主。而馮延巳是兩任南唐宰相，在這種士大夫氣度上特別貼合。二來馮延巳曾經出任江西

撫州地方官，對當地文化的影響巨大。晏殊是江西臨川人，當時屬於撫州；歐陽修是江西廬陵人，他們二人對馮延巳詞風的學習和繼承，是詞史上所公認的。

不過，王安石也是江西臨川人，他對馮延巳就不像晏殊和歐陽修那樣，這又是為什麼呢？這其中的關鍵在於氣質性格的差異。他們雖然都是大文學家，但在文學之外，晏殊雖為名相，一生的成就其實主要在教育方面，歐陽修也大致如此。而王安石卻是北宋少有的大政治家。他的眼光首先不會在文學和美學，而在史學與經學。因此，在他這種大政治家的眼中，像馮延巳這樣的歷史上的弄臣，就不足以成為師仿的榜樣。

也正是這個原因，從文學的角度去評價，古今都對馮延巳推崇有加；但從史學的這條邏輯線來看，大多數人對馮延巳的人品以及歷史功績就頗有微詞了。所以，從知人論詩、知人論事的這個角度去評價的話，馮延巳絕對是文學史上的一個矛盾體。

馮延巳的仕途可以說是非常通達的。他的父親是南唐烈祖李昇的開國元勳，曾經做到吏部尚書。當李昇最初見到還沒有功名的馮延巳時，出於對故舊的感情，對馮延巳另眼相待。再加上年少時候的馮延巳確實才學風流，倜儻一時，所以李昇對他非常欣賞，以白衣任祕書郎。就是不需各種考試，直接進入仕途。後來又讓他去陪伴太子、也

就是後來的中主李璟。馮延巳剛好比李璟大一輪左右，再加上馮延巳才華橫溢，李璟對馮延巳其實有一種特殊的、類似於崇拜的感情。

馮延巳有一次囂張地對李璟說：主上你只管去享受生活，國家大事交給我來處理就行了。我做你還不放心嗎？李璟真的就把所有的事情都交給馮延巳去做，一點都不管，都不過問。大概就是因為在他心裏對馮延巳太過知心、太過放心了。

說實話，馮延巳才學很高，抱負也很大，但由於政治上沒有經歷過風雨，又一路順暢地成長起來，政治的眼光和手段實在是很一般。同時，因為和李璟的關係，他又有很強的權力欲。所以連陸游寫《南唐書》的時候，都稱他是「諂媚險詐」。這就是一種非常不好的史學評價了。

又有一次，馮延巳在黨爭中對另一派的孫晟說：「你憑什麼才能弄到現在這樣的官位呢？」孫晟實在無法忍受，憤然回答說：「我只不過山東的一個書生，論執筆用詞，不及君十分之一；論詼諧飲酒，不及君百分之一；論諂媚、陰險與狡詐，哪一項都不及君遠矣。」這一席話說得馮延巳慚愧不已，無言以對。

其實，李璟很多時候對馮延巳的橫行跋扈也很厭惡。可正如前面所說，一來，李璟對馮延巳的才學尤其是他的詞太過喜歡，兩個人可以說是詞友，有那種惺惺相惜的情

感；二來，他在成長過程中對馮延巳的那種崇拜之情、友情，也是很難割捨的。無論怎樣，他在最後關頭總是捨不得罷馮延巳的官。即使到最後，李璟終於下狠心鏟除黨爭，卻獨獨對馮延巳下不了狠手。

這也就可以理解為什麼後來南唐黨爭，「宋黨五鬼」（魏岑、陳覺、查文徽、馮延巳及其同父異母弟弟的馮延魯）裏的其他幾個人，最後都在李璟平復黨爭的過程中被嚴懲，唯獨馮延巳雖然兩次罷相，最終還是被李璟放過。

某種意義上，馮延巳得以壽終正寢，說起來真要感謝他的創作。他的詞寫得那麼好、那麼美，其中的深情、唯美打動了李璟，打動了許多人，也打動了那顆閱盡滄桑的歷史的心。

敏銳的藝術感知
高超的藝術表現

　　說起唐五代詞，大家肯定會想到李煜，因為詞至李煜而眼界始大。

　　李煜能達到如此成就，當然與他的人生際遇有關，但其實還和他的遺傳基因有關。李煜的父親、南唐中主李璟，在詞的創作上也是一個天賦極高的人。

　　下面，我們要講的就是李璟的《攤破浣溪沙·菡萏香銷翠葉殘》。

李璟——《攤破浣溪沙·菡萏香銷翠葉殘》

菡萏香銷翠葉殘，西風愁起綠波間。
還與韶光共憔悴，不堪看。

細雨夢回雞塞遠，小樓吹徹玉笙寒。
多少淚珠何限恨，倚闌干。

說到這首詞，馬令《南唐書》裏記載有一個典故。

馮延巳的詞學不一般，而李璟和馮延巳的關係感情也不一般，但李璟也難免嫉妒馮延巳的才情。一次，李璟居然問馮延巳：「『吹皺一池春水』，干卿何事？」一貫善於諂媚，善於揣摩李璟心情的馮延巳立刻聰明地回答：「未如陛下『小樓吹徹玉笙寒』。」李璟一聽，大為高興，十分開懷。其實這段典故，原是為了說馮延巳善於揣度中主心情，但是也可見出二人除了君臣關係之外，確實也有創作上的知己之情。

不過，當我讀這段歷史的時候，就覺得其中頗有疑問。馮延巳有很多非常好的作品，《謁金門·風乍起》當然也屬於非常有代表性的。但比如「誰道閒情拋擲久？每到春來，惆悵還依舊」，還有「幾日行雲何處去？忘了歸來，不道春將暮。百草千花寒食路，香車繫在誰家樹？」還有「梅落繁枝千萬片，猶自多情，學雪隨風轉。昨夜笙歌容易散，酒醒添得愁無限」。那麼多名篇，李璟為什麼不問「『梅落繁枝千萬片』，干卿何事？」為什麼不問「『幾日行雲何處去』，干卿何事？」偏偏問的是，「『吹皺一池春水』，干卿何事？」

我們知道，李璟留下的作品雖然不多，像《南唐二主詞》裏只留下李璟的四首作品。但即使像《攤破浣溪沙》，他也作有兩首。另一首其實更有名，詞云：「手捲

真珠上玉鈎，依前春恨鎖重樓。風裏落花誰是主？思悠悠。　　青鳥不傳雲外信，丁香空結雨中愁。回首綠波三楚暮，接天流。」中間那聯千古名句，「青鳥不傳雲外信，丁香空結雨中愁」，大家應該很熟吧。那麼，馮延巳的回答為什麼不是「未如陛下『丁香空結雨中愁』」呢？

兩個人的問答看似很隨機，但是他們選擇的詞讓我琢磨了很久，覺得很有意思。我發現之前還真沒人提出過這個問題。而李璟為什麼會創作出這樣的《攤破浣溪沙》來？我經過仔細地揣摩和理解，也就有了不同於傳統的解讀。

我們知道，李璟繼承了李昪的事業之後，雖有大志向，卻沒有真正的才能。再加上任用「五鬼」，導致黨爭，對外又不斷地發動戰爭，沒有遵循南唐烈祖守成睦遠鄰、顧家園的遺言。結果後周崛起，南唐與後周在江淮之間鏖戰三年，盡失長江以北十四州之國土。南唐的形勢變得日漸局促，到最後李璟不得不去帝號，奉後周正朔，也就是以屬國自居。所以，後來李煜歸為臣虜的命運，其萌芽從李璟這裏就開始了。惶惑之中，李璟又忙着遷都，遷都本身也很失敗，最後適逢大宋建立之後第二年，李璟就在內憂外患、惶遽不安中病逝了。

所以一般講到李璟的這首《攤破浣溪沙》，都講他以思婦愁思的題材寫人生的際遇，說他雖然尊為皇帝，但生

性懦弱，加上當時的內外矛盾重重，可以說是不堪其憂。不過，這樣的解讀，還不能算是真正的知人論事。我一直主張，知人論詩、知人論事是最重要的詩詞解讀方法。但並非把詩人的整個人生和一段創作簡單地拼湊在一起，得出簡單的因果邏輯關係，就算是知人論事了。

李璟一生確實處於矛盾重重、內外交困之中，這不假，但他那種惶惑的心態最典型的是表現在他的晚年。像史書記載的他和馮延巳問答的這個時候，就情緒而論，還是他執政的初期或者至少在中期以前，而不是晚年在困苦中憂鬱而死的那種狀態。

既然在李璟和馮延巳的問答中，兩個人隨口都能說出對方的佳句。說明這個時候不論是馮延巳的《謁金門》，還是李璟的《攤破浣溪沙》，在當時都一定已是名作，否則兩個人不會拿彼此的詞作來調侃。從時間邏輯上來看，李璟的這首《攤破浣溪沙》應該不是他晚年所作，那麼用晚年國事的憂患以及內心的惶惑來做它的創作背景，就顯得有些牽強了。

但這樣一來，就有人會問，在李璟執政初期或中期享受生活的時候，為什麼會寫出這樣愁緒綿綿的詞作呢？這其實就需要從這首詞本身的文本去仔細體悟，唯此我們方可以看出李璟、馮延巳，甚至李後主身上那種獨特的性格與氣質。

首先獨特的就是這首詞的詞牌。《浣溪沙》我們都很熟，比如晏殊的名作：「一曲新詞酒一杯，去年天氣舊亭台。夕陽西下幾時回？　無可奈何花落去，似曾相識燕歸來。小園香徑獨徘徊。」

我們把晏殊的這種標準的《浣溪沙》和李璟的這首詞一對比，就會發現不一樣。李璟的《攤破浣溪沙》每片多出來了三個字。這就是關鍵所在。

「浣溪沙」作為一個詞牌，也來自唐代的教坊曲，而且是唐代教坊曲中的標準曲，因取西施浣紗於若耶溪而得名。這是唐人非常喜歡的一個曲子，因為它特別有名且標準，我們可以看到，它上片三句，下片三句，說明它的音樂節奏經過時間的錘煉非常固定，而且比較平衡，也十分緊湊。

但是，從《攤破浣溪沙》的「攤破」兩個字就可以看出來，就是要打破它原有的節奏了。那麼怎麼「攤破」呢？攤就是攤開，其實是說字數有所添加；破，破裂，不破不立，表示一句破成兩句，其實就是把每一句的最後一句破成兩句，再添上字。所以《攤破浣溪沙》又叫《添字浣溪沙》。詞經常有添字，就是在標準體外再添字。當然也有減字，比如說有個詞牌就叫「減字木蘭花」。

當然，減字添字主要是從詞的角度上來看。而「攤破」既有在詞的形式上添字的作用，其實還有更重要的作用，

就是指把原來固定的節奏變得更加細膩，產生更多的變化。

我們講了關於這個詞牌的許多知識，目的就要説這種不破不立，需要極高超的技藝，需要極豐富極細膩的情感，「攤破」才能有效。而李璟的這首《攤破浣溪沙》，就是一個最典型的名證。

開篇即云「菡萏香銷翠葉殘」。這一句一讀，喜歡宋詞的朋友就應該想起李清照的《一剪梅》來了。李清照的名句「紅藕香殘玉簟秋」，很明顯就有師法李璟的痕跡。菡萏就是荷花，李清照寫的紅藕也是紅色的荷花。一個是香銷，一個是香殘，説明都到了秋天。所以李璟直接就説翠葉殘，而李清照則轉向玉簟秋，從觸覺來寫秋涼之意。對比而言，李清照寫得更為獨特，但李璟更為鮮明。不論怎樣，李璟都算是為易安居士導夫先路。反過來從李清照向李璟學習，我們也可以看出這一句的精妙來。

然而，更精妙的還在下面。「西風愁起綠波間」，仔細揣摩一下，這裏的層次太妙了。我們都知道有一句特別美的話叫「風起於青蘋之末」。它來自宋玉的《風賦》：「夫風生於地，起於青蘋之末。」青蘋是水草，宋玉就説風雖然生在大地之上，但是它的那個萌芽，那個起始不知不覺之間，則在青蘋之末上。為什麼一定是青蘋之末，不是普通的地上的草呢？因為青蘋是水草，是在隨波蕩漾之中。秋風一起，便是「西風愁起綠波間」。西風就是秋風，在

水面上不知不覺已經萌芽，已經醞釀。也就是說，當人還沒有感覺到的時候，或者等到人感覺到的時候，它已經充塞於天地之間了。

可是問題是，在水面上升起的只是西風嗎？風從水面上醞釀的時候，另一種秋愁是否也不知不覺在風裏醞釀呢？能感覺到那種風起於青蘋之末的感覺，已經非常細膩了。可是作者在風起於青蘋之末的感知層次之中，還感受到愁也起於青蘋之末的風起之間。這樣的感覺要多敏銳啊！

我們回想一下，李璟為什麼問馮延巳「『吹皺一池春水』，干卿何事？」你想想要能夠捕捉到那個細節──「風乍起，吹皺一池春水」，這樣的人的感知是多麼細膩。但李璟偏偏問這一句，其實是他自己對水面上起來的那陣風裏的愁緒，甚至有超過馮延巳的理解。

當一個人去問別人的特長，甚至是反問的時候，其實有一種潛台詞便是想證明自己在這一方面也絲毫不差。李璟的心中其實是不服，其實是要比較啊！

要比較什麼？比誰的藝術感知能力更敏銳、更細膩。馮延巳也很聰明，他就沒有說不如主上的「丁香空結雨中愁」，因為那不是在一個層面比較的，那首詞體現的是另外一種感知狀態。他也不直接點出來，說「未如陛下『西風愁起綠波間』」，而是巧妙地點向這首詞的下片──「未

如陛下『小樓吹徹玉笙寒』。」

他直接回答了李璟的疑問，意思就是說，您的那種感知能力遠比我馮延巳要高妙得多了、高超多了。所以李璟一聽大為開懷。

上片接下來的一句，依然表現出李璟創作的這種內涵的豐富性以及潛在的層次性——「還與韶光共憔悴，不堪看」。這說的是誰在憔悴呢？當然首先是韶光憔悴、歲月憔悴。但詞中說的為什麼不是春光，而是韶光呢？

韶光最容易聯繫到韶華。深情的納蘭容若說：「箜篌別後誰能鼓，腸斷天涯。暗損韶華，一縷茶煙透碧紗。」韶光還可以指時光，韶華一定是指美麗的年華，一定是指青春的芳華。所以「憔悴損，如今有誰堪摘」，真正憔悴的不只是時光，不只是荷花與荷葉，更重要的還有那美麗的青春、美麗的芳華。這種芳華的憔悴，才是西風愁起的根本原因所在。

這裏詞人彷彿筆筆寫景，但是卻處處着情。這就和有些詞人情景分明的寫作特點不一樣。這就可以看出李璟筆觸的細膩、敏感與豐富來。接下來的下片由景即情，由情到人，就是水到渠成了。

下片一開始先用典故點名思婦的身份，「細雨夢回雞塞遠，小樓吹徹玉笙寒」。「細雨夢回雞塞遠」，雞塞就是雞鹿塞。出塞入塞就是出入各種邊關要塞。像玉門關、陽

關這樣的邊塞，起名是一類；還有一種，就是專門給它起名叫什麼塞。雞鹿塞就在朔方，在今天的內蒙古。《漢書·匈奴傳》曾記載說：「送單于出朔方雞鹿塞。」後來竇憲北征匈奴，燕然勒石，也是從雞鹿塞出兵。那麼在這細雨之中，夢到邊地之人的思婦，身份也就不言而明了。

醒來之後，「小樓吹徹玉笙寒」。一個「遠」字、一個「寒」字簡直太妙了。這就可以看出李璟那種敏銳的捕捉能力、高超的表現能力。為了表現那個「寒」字，詞中的樂器——玉笙便很關鍵，一個動詞——吹徹，也很關鍵。

「吹徹」在這裏可以有兩種解讀。一種是把一套大曲吹到最後一個篇章；另一種則是把一組套曲一直反覆吹完，一直吹到最後一個音才能叫「吹徹」。這說明吹奏時間之長、用情之深。

而笙這鐘樂器，簧片太涼的時候容易走音，一定要讓它暖起來。而如果天冷，用口去吹的時候，口氣是暖的。進去會凝結成水珠。水珠過多簧片也會變涼，進而導致音準出現問題。通過這個「寒」字，我們就可以知道吹笙的人坐在那裏吹了多久？而他那種難以排遣的愁思和深情在無邊的時光之中、暗夜之中，又是如何久久不散。

這種以音樂來寫情的筆法簡直奧妙無窮，為什麼馮延巳回答李璟的時候，不直接說風與水與情的關係，不說

「未如陛下『西風愁起綠波間』」，固然體現了馮延巳的聰明：指向這首詞，指向這種藝術的感知，同樣的比較但不直說；但另一方面也確實因為「小樓吹徹玉笙寒」這一句實在精妙，同樣表現出字句表面下那種豐富的感知與表現能力。

這種能力大概只有像馮延巳、李璟這樣的默契，才能隨便一言就心領神會，而裏面的邏輯大概只有馮延巳這樣的知己才能看得透。所以到最後一句「多少淚珠何限恨，倚闌干」，就是把所有細膩隱約的情感，直白地和盤道出。那種佇倚危樓、望盡千帆的愁情，甚至連那種獨立高處的高妙意境、彷彿遺世獨立的藝術境界，到此都一覽無餘。

這就是才情，這就是天賦。李璟寫這首詞的時候未必要寄託家國之恨。若要真的如此，那也應該是像他的兒子李煜那樣直抒胸臆，說「春花秋月何時了，往事知多少」，或者說「四十年來家國，三千里地山河」。

李璟寫愁，其實是和唐五代大多數詞人，包括花間詞人寫情、寫愁、寫思、寫念一樣，是去展現他敏銳的藝術感知能力以及高超的藝術表現能力。而這種能力，正是他和馮延巳惺惺相惜之處，也是他傳給李煜的絕妙天賦所在。

一場約會 一種痴情

　　每逢「七夕節」，我最先想到的並不是牛郎織女的故事，也不是「在天願為比翼鳥，在地願為連理枝」的唐明皇與楊貴妃。而是那個生於七月七又亡於七月七的「千古詞帝」李煜。

　　下面，我們先來講一首李煜的情詩名作──《菩薩蠻‧花明月暗籠輕霧》。

李煜──《菩薩蠻‧花明月暗籠輕霧》

花明月暗籠輕霧，今宵好向郎邊去。刬襪步香階，手提金縷鞋。

畫堂南畔見，一晌偎人顫。奴為出來難，教君恣意憐。

　　網上曾流行一句話：「約嗎？」開始時，這句話還有一些曖昧的內涵，但後來在網上運用越來越廣泛的時候，漸漸引申出一種不見不散、有約必來的意思。戀人相約，最怕的便是「有約不來過夜半」，因為相愛的人之間的心情很難做到「閒敲棋子落燈花」了。

　　李煜的這首《菩薩蠻》，在南唐當時就名聲大噪，因為他寫到了一場極為生動的戀人相約的場景。

　　此作能流傳如此之深廣，當然首先也得益於這個詞牌。《菩薩蠻》本就是一首非常生動的樂曲，也是一種因曲牌而來的詞牌典型。據《杜陽雜編》記載，唐宣宗大中初年，女蠻國進貢雙龍犀杯，上面有兩條龍，龍鱗、龍爪、龍角分明。還有明霞錦，這種錦的香味是從水香麻中提煉出來，這種錦光彩輝映，濃香能附着在人身上，錦上各種顏色交錯相配，比中原的錦還要好。女蠻國的人都梳着高高的髮髻，戴着金飾的帽子，身上披着瓔珞，所以唐人稱他們為「菩薩蠻」。於是，當時的歌舞藝人就創作了《菩薩蠻》曲，文人也常常把自己的詞跟《菩薩蠻》曲相配，《菩薩蠻》的曲牌和詞牌就很快地流行開來。

　　《菩薩蠻》的曲牌和詞牌非常活潑，甚至帶着一點異域風情。李白曾經用它寫道：「平林漠漠煙如織，寒山一帶傷心碧。暝色入高樓，有人樓上愁。　玉階空佇立，宿鳥歸飛急。何處是歸程？長亭更短亭。」李白之作固然

也是千古名作，但李煜的《菩薩蠻》從詞境和曲調的相配來講，大概更合乎這個曲子的原意。

那是一幅多麼生動的男女相會的戀情場景！「花明月暗籠輕霧」，這還只是那個月夜下的景物。所謂「花明月暗」，讓局外人不由得有些錯愕，難道不應該是「月明花艷」嗎？既然是月暗、既然只是朦朧的月色，花又為什麼是明亮的呢？這就是「情人眼裏出西施」了。就像那首歌裏唱的「花兒為什麼那樣紅」，花兒為什麼那樣紅？那是在有情人的眼中看來，花兒是如此明亮嬌艷，即使在朦朧的月色下也是那麼嬌艷欲滴、明艷動人，就像籠着一層輕薄的晨霧。

這裏已是眼中景，但畢竟還是景物的客觀陳說——「花明月暗籠輕霧」。可緊接着下一句，「今宵好向郎邊去」，原來這是一位女孩子的口吻，也就是女主人公的口吻。這平淡的一句話裏掩藏不住內心的興奮，「花明月暗籠輕霧，今宵好向郎邊去」。這是說朦朧的月色下，花兒是那樣嬌艷，在這迷人的夜晚，我要與你祕密相見。「今宵好向郎邊去」的「好」，其實有一種「要」和情緒上的嚮往。對於這場約會，這個女孩子是充滿了期待、充滿了興奮，但要體現這種心境以及甜蜜的場景，細節的表現則特別重要。

接下來的描寫，就體現出李煜在細節刻劃上的功力

了。「刬襪步香階，手提金縷鞋。」「刬」是「只、僅僅」的意思。「刬襪」就是只穿着襪子，近似於光着腳的意思。「刬襪步香階」，其實這句話也有用典的出處，來自於唐代無名氏《醉公子》詞。詞云：「刬襪下香階，冤家今夜醉。」這裏的「步」是動詞，是「走過」的意思，而「香階」指飄散着香氣的台階。所以「刬襪步香階」就是光着腳，只穿着襪子，一步一步地邁上香階。

女孩子光着腳只穿着襪子，那她的鞋子在哪裏呢？鞋子在下半句，「手提金縷鞋」，這位美麗的姑娘，晚上她要穿着金縷鞋出來和情郎約會。可是金縷鞋太過輕巧、精緻，走在地上會發出叮叮噹噹的響聲，這樣會讓旁人知道，難免會引起他人的猜疑。其實，她穿着金縷鞋別人也不一定會知道。可是戀愛中的男女，他們那種小小的心情、細細的猜想，實在是不足為旁人所道。哪怕只是擔心別人察覺，她也寧肯光着腳手提金縷鞋，一步步走在涼涼的台階之上。

上片簡單四句，把一個在花兒嬌艷的朦朧月夜中，去赴約的小女子的形象寫得活靈活現。

「畫堂南畔見，一晌偎人顫。」「畫堂南畔見」，好像是客觀地在說約會的結果，兩個相愛的人終於在畫堂的南畔互相見到了，但一句「一晌偎人顫」卻不簡單。它難道只是客觀的描述嗎？我們細細地體會，那個女孩子為什麼

會「一晌偎人顫」呢？「一晌」是一刹那、一時間。「偎」是依偎、緊緊地貼在一起。而「顫」則是因為心情激動，激動到身體不自覺地發抖。但真的是身體在發顫嗎？其實發顫的是那個約會中的小女兒的心態，是她的內心呀！細細體會，這不只是一種客觀的描述，而是一種傾訴：在畫堂的南畔，我終於見到了你呀，依偎在你的懷裏，我的內心仍然緊張得不停發顫。

「奴為出來難，教君恣意憐。」這是說，今晚我出來見你是多麼不容易呀，你可要好好待我。這裏的「憐」就是愛憐、疼愛的意思。我們多次說過，古人不善於直接說「愛」，喜歡用「憐」字來說「愛」，尤其在這男女約會的場景中、在這愛情的甜蜜中，一句「教君恣意憐」真是情態全出、心態畢現。女孩子那種一方面好像怕做了錯事而有點害羞害怕的心態，另一方面又因成功地約會，見到情郎，激動而充滿了幸福的情態，一下子浮現在字裏行間。

這樣的傾訴、這樣的心聲，讓我們回頭再去看那個「剗襪步香階，手提金縷鞋」的形象，不由得忽然感慨，李煜落筆純是白描，卻極其細緻地描摹出人物的行動、情態、語言，毫不做作，只憑畫面和形象便完成了一幅精美的藝術品。其間彷彿全用俚語，場景與意境卻極真實，也極動人，用最淺顯的語言呈現出一種讓人想像不盡的意境，雖不刻意感人，卻能動人情思，真像王國維所說「專

作情語而絕妙」。

據說這首詞一出，當時就在「南唐音樂排行榜」上躋身首位，被當時的人傳誦，成為皇家情事的一種代言。那麼，李煜為什麼隨筆寫來，這樣男女祕約的場景就能如此動人，甚至還成為南唐戀情的經典之作呢？

原因只有一個，就是它來自真實的生活，尤其是它來自李煜自己真實的生活。而事實上，正是因為他忍不住寫下了自己戀情中那種美妙的場景，這首詞才在當時便流傳甚廣，成為男女月夜相會的代表作。

那麼，那個「一晌偎人顫」、那個說着「奴為出來難，教君恣意憐」、那個「刬襪步香階，手提金縷鞋」的女子，她的生活原型到底是誰？而她與李煜的愛情，又有着怎樣的開始，怎樣的結局呢？

人生最美是相遇、是相愛，可這一場紅塵之見，美則美矣，卻往往又有難以預料的波瀾。

其實，在與詞中的女子祕密約會之前，李煜有一位「通書史，擅歌舞」、各種藝術「靡不妙絕」的髮妻，史稱大周后。大周后是周宗的長女，周宗是輔佐烈祖李昇成一代基業的名臣。所以李周兩家結姻，既是門當戶對，又有父母之命；既有父輩的祝福，又有共同的志趣。大周后和李煜在藝術上相互切磋，相互促成，當年，《霓裳羽衣曲》被大周后複製而出，重降人間，可想而知李煜的興奮

與愉悦。

　　然而，就是這樣一位可稱為「妙人」的女子，卻在最美好的年華離世而去。在極短的時間裏，李煜先是喪子，後是喪妻。本來就深情宛致的他，無法承受這樣的打擊，才二十八歲便「哀苦骨立，杖而後起」，迅速消瘦下去，甚至到了不扶着拄杖便不能站立的地步。喪子與喪妻之痛，重重疊疊、前後而來，「前哀將後感，無淚可沾巾」，真是莫大的悲哀，真是生命中難以承受之重。幸好，這時還有一個人站在李煜的身邊，深情地陪伴他度過眼前的苦難。而這個人就是《菩薩蠻》裏的那位女主人公，也就是大周后的妹妹——小周后。

　　關於大、小周后和李煜之間的愛情，最有名的莫過於陸游《南唐書》中的記載。李煜為什麼要與小周后祕密約會？小周后為什麼要説「奴為出來難，教君恣意憐」？原來，李煜與小周后之間的戀情，正是開始於大周后病重期間。

　　陸游《南唐書・昭惠后傳》記載了一段野史：「或謂后寢疾，小周后已入宮中，后偶褰幔見之，驚曰：『汝何日來？』小周后尚幼，未知嫌疑，對曰：『既數日矣。』后恚怒，至死，面不外向。」這是説大周后病重期間，她的妹妹小周后入宮探望，但是根本沒有見到姐姐。住在宮中的這段時間，就和姐夫李煜產生了戀情，而大周后一直

都被蒙在鼓裏。直到有一天，大周后偶然見到小周后的身影，把她喚至床邊，驚問道：「你什麼時候入宮的？」小周后那時還年幼，不知道要避嫌，直接回答姐姐說：「我已經入宮好久了。」大周后聞此盛怒，所謂「至死，面不外向」，也就是不再見李煜一面。後人以此認定大周后不原諒丈夫和自己的妹妹。於是李煜為了和小周后祕密約會所寫的那首《菩薩蠻》，便也變成了另一番罪證。

愛情中的事，往往不是「當局者迷，旁觀者清」，而恰恰是「旁觀者迷，當局者清」。但是我們不禁還是要問，李煜既然那麼深愛他的髮妻，為什麼還要在她生病的時候，與小周后發展起祕密的戀情來呢？

這其實是與李煜的性格有關。

李煜其實就像一個孩子，他的性格相對軟弱，對於他而言，人生就是一個字——「躲」。他的情感、他的生活、他的人生，都希望寄託在那些美麗的、美好的事物上。躲進幸福、躲進所愛，以此忘記生活中的煩憂，以此獲取心中的安全與快樂。所以說，躲進與小周后的相識相戀裏，也正是他性格必然的選擇。

那麼，大周后對李煜和自己的妹妹悄悄發展出來的戀情，有沒有過生氣？

我想，這點倒是完全有可能的。

陸游《南唐書》曾記載說：「嘗雪夜酣燕，舉杯請後

主起舞。後主曰：『汝能創為新聲，則可矣。』后即命箋綴譜，喉無滯音，筆無停思，俄頃譜成，所謂『邀醉舞破』也，又有『恨來遲破』亦後所製。」這是說，大周后和李煜夫妻二人曾於雪夜酣飲，酒醺耳熱之後，大周后甚至舉杯請李煜為自己起舞。身為一國之君主的李煜也並不生氣，只是說「汝能創為新聲，則可矣」，就是說你要是能馬上寫一首新曲子，我就為你起舞。大周后聞此立刻取箋作譜，「喉無滯音，筆無停思」，就是邊唱、邊作曲，「倚馬可待」，一會兒就寫成了一首著名的《邀醉舞破》。李煜便立刻根據這首樂曲真的為大周后起舞。

這既可見二人夫妻感情之深，音樂歌舞、藝術愛好之相同，但同樣也可以看出在夫妻生活中大周后的強勢。大周后比李煜大一歲，而且美麗異常、聰明絕頂，書史歌舞、音樂藝術，無所不通，是李煜最好的知己。當她在病中發現自己心愛的丈夫與自己的妹妹產生戀情的時候，面對這突如其來的消息，她生氣、怨恨應該是非常正常的。可是，那畢竟是自己心愛的妹妹，小周后比大周后小十幾歲，而自己的丈夫又是一個別樣深情的人。

實際上，大周后是不是「至死，面不外向」這件事，連陸游自己也不確定，他的原文是「或謂」，翻譯成白話文即「我曾經聽見有人這麼說」。

而不論是陸游的《南唐書》，還是馬令的《南唐書》，

在講到大周后辭世的時候，都明確地說到她與李煜的道別。陸游《南唐書‧昭惠后傳》說：「未幾，后臥疾，已革，猶不亂，親取元宗所賜燒槽琵琶，及平時約臂玉環，為後主別，乃沐浴妝澤，自內含玉，卒於瑤光殿。」這就是與心愛的人鄭重道別，把自己最心愛的燒槽琵琶以及手臂上戴的玉環，作為信物送與自己的愛人。

其實，沒有辦法完全用愛情與社會的倫理，去要求李煜這樣的人。我想大周后也正是因為懂李煜，知道他是一個怎樣的人，才在初始的生氣之後，又在臨終時將心愛的燒槽琵琶與臂上玉環託付李煜，和他做珍重的訣別，並接受命運的安排，讓自己的妹妹去延續自己對這個男人的愛。

而在大周后辭世之後，「後主哀，自製誄刻之石，與后所愛金屑檀槽琵琶同葬；又作書，燔之與訣，自稱『鰥夫煜』，其辭數千言，皆極酸楚」。也就是李煜不僅將衷愛的檀槽琵琶與髮妻同葬，還寫下《昭惠周后誄》文，甚至自稱「鰥夫煜」。

有後人笑李煜這樣過度地哀傷，是為了掩飾他與小周后之間的祕密戀情，其實這也是不了解李煜的性格而做的「或謂」式的猜測罷了。

躲進詞中 躲進愛裏

　　我們講「千古詞帝」李煜，講了他的《菩薩蠻·花明月暗籠輕霧》，這和他美麗的愛情，還有愛情生活息息相關。

　　下面要講的《破陣子·四十年來家國》，貌似和他的情感生活並沒有太大的關係，卻是能揭示出他的情感經歷、情感本質的名作。

李煜——《破陣子·四十年來家國》

四十年來家國，三千里地山河。鳳閣龍樓連霄漢，玉樹瓊枝作煙蘿，幾曾識干戈？

一旦歸為臣虜，沈腰潘鬢消磨。最是倉皇辭廟日，教坊猶奏別離歌，垂淚對宮娥。

「破陣子」這個詞牌始於李世民親手所作《秦王破陣樂》，場面極其宏大，兩千軍士皆披鎧甲、騎戰馬、手持兵戈入場，以體現秦王當年執戈沙場、破陣馳驅、平定萬里江山的氣象。實際上，最能體現這一精神的，應該是辛棄疾的那首——《破陣子‧為陳同甫賦壯詞以寄之》，所謂：「醉裏挑燈看劍，夢回吹角連營。八百里分麾下炙，五十弦翻塞外聲。沙場秋點兵。 馬作的盧飛快，弓如霹靂弦驚。了卻君王天下事，贏得生前身後名。可憐白髮生！」真是激奮昂揚、馳騁意氣。

可李煜的這首《破陣子》，卻是完全另一種悲哀、另一種沉痛人生。嚴格說起來，他詞中的意境和這個詞牌並不相吻合，但李煜寫來，卻成為堪與辛棄疾《破陣子》並列的兩大名篇，足見李煜創作的功力。

「四十年來家國，三千里地山河。」這說的正是五代十國中的那個曾經富甲一方，又詞采俊逸、文章風流的南唐。南唐自烈祖李昇開國，至後主李煜亡國，整整三十九年。詞曰「四十年來家國」當是概指。而「三千里地山河」，更讓人想起三千里江山的遼闊。雖說南唐後來偏安一隅，但在五代十國的歷史畫卷裏，其國力算得上是上乘的。中主李璟雖不喜用兵，但在對吳越以及對閩、楚的作戰中，大都能取得勝利。若不是北方的中原王朝更迭，最後出了郭威、柴榮這樣不世出的君主，李煜的幸福時光大

概就不會那麼早地完結。所以，當年的幸福是何其幸福，當時的輝煌是何其輝煌。

「鳳閣龍樓連霄漢，玉樹瓊枝作煙蘿，幾曾識干戈？」「鳳閣龍樓」即帝王之居，「霄漢」是銀河，「玉樹瓊枝」是最美的花草樹木，而「煙蘿」則是指枝葉繁茂，皆籠罩着氤氳之氣，猶如仙境。所以，只看那高聳入雲霄的皇家樓閣，花繁葉茂、樹木參天的皇家庭院，便知這繁茂的土地，只有幸福與快樂的生活，幾曾經歷過戰亂的侵擾呢？

這樣的幾句話，看似平平無奇，看似句句寫實，但卻飽含了李煜對故國的多少自豪、多少留戀！這種自豪與留戀，其實仍能看出他對當年生活的嚮往。他的嚮往，就是那花團錦簇的容顏，就是那霓裳羽衣的歌舞，就是澄心堂上的揮毫潑墨，就是興至意盡、攜手而歸的「馬蹄清夜月」。一句「幾曾識干戈」，雖有不盡的悔意，卻依然能透過悔恨，泛出那個痴情帝王對當日幸福、繾綣生活的留戀。

下片先是過片，「一旦歸為臣虜，沈腰潘鬢消磨」。從最美好的生活，跌入最谷底的人生；從君王的日子，跌入臣虜的生涯。這樣的轉換，那個多情的君王，只知詩詞歌賦的君王，他還沒有準備好哇！或者說他永遠也難以應對、永遠也難以準備好。「沈腰」典出沈約，《南史‧沈約傳》記載：「（沈約）言己老病，『百日數旬，革帶常應移

孔』。」就是說自己且老又病，身體日瘦，以至衣帶漸寬而腰肢愈細。「潘鬢」，則是指潘岳，潘岳曾在《秋興賦》中自云：「余春秋三十二，始見二毛。」即是指中年白髮之歎。「沈腰潘鬢」，即是指愁苦消磨。但值得注意的是，沈約與潘岳俱是一時名士，而且風流瀟灑，是古代有名的大帥哥。李煜引「沈腰潘鬢」作典固然可見悲苦之歎，但他關注的竟然只是美麗身材與容顏的消磨。一個君王亡國成為臣虜之後，所關注的依然在此，也不禁讓人感慨萬千。

那麼，他心中的痛又是什麼？「最是倉皇辭廟日，教坊猶奏別離歌，垂淚對宮娥。」原來他心中最痛苦的，是當日城破之日，他倉皇地哭辭宗廟的場景。那時，慌張到手足無措的年輕後主，面對亡國與從此淪為階下囚的命運，而宮中的教坊，樂工們還奏起別離的歌曲。在這種生離死別之際，無限悲傷的李後主，垂淚相對的卻是宮娥。後世道學家多指李煜無用，便常引此句，說他亡國之日垂淚相對的竟然不是家國，竟然不是文臣武將，而是宮娥，其所作當然是亡國之音。

我格外佩服國學大師王國維先生，他在《人間詞話》裏論後主詞，論後主之人生最為深刻，可以說是李煜身後千年而下，最懂李煜的人。王國維說文學藝術之美、之崇高，首先在一「真」字。性情愈真，愈能動人，而那些整

天喊着口號貌似高大上的作品，未必有真正的藝術魅力。他評李後主説：「詞人者，不失其赤子之心者也。故生於深宮之中，長於婦人之手，是後主為人君所短處，亦即為詞人所長處。」又説：「主觀之詩人不必多閲世，閲世愈淺則性情愈真，李後主是也。」這就是説李煜的「垂淚對宮娥」，雖是人君所短處，卻是文學與藝術之所長處。

李煜生於深宮之中，長於婦人之手，那些宮娥正是陪他每日生活的人，正是他留心掛念的人。「三千里地山河」，他又何嘗去一段段走過。他只以自身的所感，寫自身的血淚，而因為真切反倒更加動人。所以王國維説：「尼采謂一切文學，余愛以血書者。後主之詞真所謂以血書者也。宋道君皇帝《燕山亭》詞亦略似之。然道君不過自道身世之戚，後主則儼有釋迦、基督擔荷人類罪惡之意，其大小固不同矣。」這是説正因為李後主以自身血淚寫之，所以他個人命運的痛苦，就可以放大到人生普遍命運的痛苦。而這種痛苦所達到的悲劇美，就具有了人性普遍的價值，因此宛如釋迦的痛苦修行，宛如基督被釘在十字架上，用他們沉重而豐富的痛苦，擔荷起人類懺悔的命運，這是一種大境界，這是一種大慈悲。

正是因為對這種痛苦的直面，以及盡情地宣泄，李煜亡宋之後淪為階下囚，但他「千古詞帝」的人生，才開始真正地昇華。事實上也正是因為李煜的影響，才開啟了北

宋一代的詞風創作。要知道詞為「詩餘」，在正統文學史上最初是不被人所看重的。詩要「言志」，要和「文」一樣去「載道」。所以「詩」可以為「經」，士大夫們「不學詩，無以言」。可詞不一樣，長短成句，甚至它的曲調初時被貶為「胡夷里巷之曲」，被視為不登大雅之堂。可正因為有了李煜，有了他「以人生泣血之」，「詞至李後主而眼界始大，感慨遂深，遂變伶工之詞而為士大夫之詞」。由此，詞的創作才登堂入室，才有了蘇、辛的豪放，才有了晏、柳、歐、秦的婉約，才有了如今回頭望去，「唐詩宋詞」並駕齊驅的輝煌。

單以詞史論之，後主之功，功莫大焉。但李後主為什麼會以一個失敗君王的命運而成「千古詞帝」的輝煌呢？我以為，除了他的命運造就，還與前面提到的他的「躲」的性格息息相關。

李煜是中主李璟的第六子，本來國家的命運、皇位的繼承和他沒有任何關係。而他天生所長即在文化藝術，即在詩詞歌賦中。若非生在五代十國那樣紛爭戰亂的時代，李煜或可幸福地度完他那種自得其樂的人生。

然而，生在帝王之家，命運便無可奈何。李璟所生前此數子大多夭折，李煜長兄李弘冀後來成為太子。李弘冀為人沉厚寡言，卻有非凡的軍事才能，帶兵大敗吳越，贏得不小的聲威。李璟雖然不太喜歡弘冀，但也不得不立

弘冀為太子。但是，李璟繼位之初，曾經在烈祖李昇靈前立下誓言，要「兄終弟及」，答應將皇位傳給自己的弟弟李景遂。李景遂見弘冀勢大，且弘冀為人偏狹、猜忌，故主動辭去皇太弟之位。可李弘冀還不放心，為權力的欲望而放任心魔，最終竟然派殺手，刺殺了自己的親叔叔李景遂。

李煜本不敢也不願參與政事，甚至多次表示自己仰慕佛教，絕不貪戀皇權。可是李煜天生一副異相，陸游《南唐書‧後主本紀》記載說，李煜生來「廣顙豐頰，駢齒，一目重瞳子」。這是說他長相天庭飽滿、地閣方圓、臉頰富態，但這些並不足為奇。不過，「駢齒」與「重瞳」就不得了了。孔子與周武王都長有「駢齒」，被認為是聖人之相，而「重瞳」更屬神奇，「重瞳」也就是一個眼睛裏有兩個瞳孔。其實從現代醫學看，這是一個瞳孔發生黏連畸變的症狀，算是一種疾病，是很容易引發白內障等眼睛疾病的一個前兆。但由於古代的賢君，像堯、舜、禹中的舜，還有西楚霸王項羽，都曾經目生重瞳，因此雖然李煜天性文雅，但太子弘冀卻很在意弟弟這種奇特的相貌。史載弘冀「惡其有奇表」，也就是對李煜有猜忌之心。

文弱的李煜很是害怕，於是他躲進詩書之中，給自己取號「鍾隱居士」「蓮峰居士」，向野心勃勃的兄長表明心跡。正是在這種心態下，他才創作了著名的《漁父

詞》，其一云：「浪花有意千重雪，桃李無言一隊春。一壺酒，一竿綸，世上如儂有幾人？」其二云：「一棹春風一葉舟，一綸繭縷一輕鈎。花滿渚，酒滿甌，萬頃波中得自由。」

李弘冀在謀殺叔叔景遂之後，終究心魔難去，總是夢到叔叔的鬼魂來索命。最終，那個對權力放不下的太子李弘冀，在驚恐之中一命嗚呼。而那個對權力根本無所求的李煜，卻因捨而得，最終登基繼位，成了南唐最後一代君主。這其實是李煜的第一次「躲」，這一次因躲避而得到了最高的權力。

第二次「躲」，便是躲進小周后的愛情裏。當李煜看着自己的髮妻，心愛的大周后身染沉疴，日漸病重，雖為一國之君主也一籌莫展。可是，他是一個多麼嚮往輕鬆快樂、幸福生活的人啊！就像他在亡國之時，腦海中有的也只是「鳳閣龍樓連霄漢，玉樹瓊枝作煙蘿」。甚至在倉皇辭廟之際，在教坊猶奏的別離歌裏，他也只是「垂淚對宮娥」。他的情感、他的生活、他的人生要寄託在那些美麗的、美好的事物上。就是在這個時候，小周后來到了他的身邊。像姐姐一樣美麗聰穎的小周后，給深陷困苦之中的李煜帶來了一縷清風，就像是帶來了一縷人生的希望。此時，愁苦莫名的李煜不可抑制地躲進與小周后的相識相戀裏，正是他性格的必然，選擇的必然。

李煜的第三次「躲」，便是躲進了詞裏。

在「沈腰潘鬢消磨」的臣虜日子裏，李後主與陳後主不同，與後主阿斗也不同。陳後主、劉阿斗他們可以自欺欺人，可以樂不思蜀，可李煜卻做不到背叛自己那顆赤子的真心。他痛苦、他彷徨，他無路可逃，於是，他躲進了詞的創作裏。《破陣子》由此而生，《烏夜啼》由此而生，《虞美人》由此而生，一篇篇不朽的佳作由此而生。雖然他終因這樣悲情的創作，被宋太宗猜忌，甚至被早早了卻了性命。但他卻因為這樣的躲避，而獲得了另一種永恆——那就是文學生命的永恆、「千古詞帝」的永恆。

躲進詞中、躲進愛裏，或許這就是李煜對命運本能的抗爭。我們或許會哀歎他的命運，但卻同樣會深愛他的詞，愛他的性情。因為正是這樣的李煜，讓詞之所以為詞，讓字字句句、字裏行間，永遠閃耀着一顆赤子之心！

寂寞梧桐深院鎖清囚

公元975年冬天，金陵城破，南唐亡國。從此，身為君王的李煜，開始了他的囚徒歲月。

在屈辱的囚徒生活中，李煜開始用他的悲劇人生，去改寫整部「詞史」——變伶工之詞為士大夫之詞。雖然他這時創作的多數是小令，卻感慨深重、境界深邃，《烏夜啼・無言獨上西樓》就正是其中的一首。

李煜——《烏夜啼・無言獨上西樓》

無言獨上西樓，月如鈎。寂寞梧桐深院鎖清秋。

剪不斷，理還亂，是離愁。別是一般滋味在心頭。

「無言獨上西樓」,「上西樓」好像很正常,在古詩詞裏也經常會寫到西樓。但為什麼是西樓,不是東樓、南樓、北樓?在詩詞裏,為什麼獨獨是「西樓」的意象,與傷感、傷悲緊密相連呢?

像王實甫《西廂記》裏說:「到晚來悶把西樓倚,見了些夕陽古道,衰柳長堤。」像李清照《一剪梅》說:「雲中誰寄錦書來?雁字回時,月滿西樓。」這是因為,中國傳統文化是一種全息對應的文化,西方白虎,屬金、屬秋、屬肅殺之氣。西樓本已悲涼,更何況前面還有一個「獨上」和「無言」!一句「無言獨上西樓」,唯見弦月如鉤,真是萬千感慨,彷彿要滿溢而出。「無言」兩字,又生生地將一切封堵。那種淒涼、那種愁悶、那種踟躕、那種孤獨,在荒涼的人世間,在漫長而起伏的人生旅途裏,誰不曾體味過,誰不曾經歷過?一句「無言獨上西樓,月如鉤」,喚醒了人世間最普遍的哀愁。

可李煜的哀愁,與我們又不一樣。他以「南唐國主」的身份,歷經喧囂與繁華,如今卻破國亡家,淪為囚徒。他眼中的所見與心中的所念,形成了多大的反差!此時此刻,他獨上西樓,眼前所見是「寂寞梧桐深院」,可他心中所念、當年所見,卻是「玉樹瓊枝煙蘿」,卻是「鳳閣龍樓霄漢」。

此處的「梧桐」便如「西樓」一般,在古詩詞中常與

淒涼悲切的秋天息息相關。因為梧桐葉落而天下秋，李易安說：「梧桐落，又還秋色，又還寂寞。」而溫庭筠則說：「梧桐樹，三更雨，不道離情正苦。」所謂「寂寞梧桐」，其實寂寞的不是梧桐，而是那顆孤獨悽苦的心靈。已然如此寂寞、如此悽苦，可一個「鎖」字，卻突然倍增了巨大的分量。

因為「鎖」，所以「無言」，所以「獨上西樓」，所以「寂寞深院」，所以「清秋」。請注意，雖然詞裏說的是「寂寞梧桐深院鎖清秋」，可是真正殘酷的現實卻是「寂寞梧桐深院鎖『清囚』」，「囚徒」的「囚」。這是一個怎樣清澈的囚徒！其實歷史上有無數的後主，但李後主毫無疑問是最獨特的一個。

通觀李煜的一生可以看出，他最大的性格特點，就是「無」和「有」，有、無之間，有「三無」，也有「三有」。

「三無」是什麼呢？無主見、無能力、無判斷。作為一國之君，這「三無」幾乎是致命的，也是他亡國破家的根本原因所在。因為無主見、無能力、無判斷，所以不辨忠奸、枉殺忠良，殺了忠心耿耿的林仁肇，自毀長城，還殺了他的好友潘佑。反之對一些小人和奸臣卻寬容、縱容得很，甚至對北宋派來的間諜「小長老」，任其亂政與消耗國力，也唯命是從、毫不懷疑。

本來憑南唐的國力可以放手一搏，但李煜沒主見和躲

避的性格卻讓他步步退讓，忍辱偷安。到最後退無可退的時候，下定決心要拼個「寧為玉碎，不為瓦全」，卻又昏招迭出，屢屢被奸佞蒙在鼓裏。甚至宋軍兵臨城下，李煜還惘然不知。城破之際，本來下定決心舉火自焚，但旁人一言，李煜便全盤作罷。這樣沒主見、沒能力、沒判斷的性格，導致其亡國、亡家，確實有其必然。

但反過來，李煜性格中又有另一面，則是能促使他成為「千古詞帝」的更重要的性格特點，那就是「三有」。有真情、有自尊、有堅持。他的「真」自不待言，即使是在與大、小周后之間的戀情裏，他那種像孩子一樣的童真，也處處顯露無遺。事實上，他之所以在無奈的現實面前，躲進愛情、躲進詩詞、躲進藝術之中，那種躲避的性格其實也源於他那種「不失赤子之心」的童真。有「真」，而後才有「善」與「美」，才有自尊。

李煜，之所以說他是所有亡國後主中最為獨特的一個，不是說他的經歷最悲慘，而是說他的心態最自尊。後主劉禪亡國之後，在洛陽生活得就很開心。司馬昭請他吃飯，席間讓伎人演奏蜀地的樂舞，並問他想不想家，他卻回答說：「此間樂，不思蜀。」所謂「樂不思蜀」，正是劉後主的生存狀態、生活面貌。當然，劉禪到底是真的那麼沒心沒肺，還是演得那麼沒心沒肺，我們不得而知。但不論怎樣，亡國之後，至少在樂不思蜀這個場景中，他演

得非常好。

　　跟李煜同時代的，也是被趙匡胤滅國之後抓到汴京來的南漢皇帝劉鋹，當年表現得好像比李煜還要強硬。可是亡國之後便迅速轉換姿態，放下自尊，想盡一切辦法，像個小丑一樣討好趙匡胤與趙光義。而吳越國主錢弘俶，則在亡國之前就迅速地放低了姿態、放下了自尊，甚至明知脣亡齒寒，也要跟宋軍聯手攻打南唐。唯獨李煜，即便身為階下囚，也不知道要明哲保身，亦不能掩飾他的愁苦與哀思。

　　在因沒有主見、能力和判斷而導致的亡國命運中，他還不能放下心中的真情、自尊與堅持，不能行屍走肉、自欺欺人地生活。於是，他那清囚般的命運，便可想而知了。

　　所以下片說，「剪不斷，理還亂，是離愁。別是一般滋味在心頭」。「剪不斷，理還亂」說的是什麼？是絲線啊。古人最喜歡以「絲」來喻「思念」的「思」。

　　那麼，這其中的滋味有哪些呢？當然首先是醉生夢死的愁苦。你看他另一首《烏夜啼》裏就說：「林花謝了春紅，太匆匆。」「林花」不是一朵兩朵，是大片的林花。記憶中眼前是何等繁茂的春景，可這樣曾經無比絢爛的美麗，在轉瞬間便迎來凋零敗謝的命運，一切「太匆匆」。是因為命運的無奈，是因為「朝來寒雨晚來風」。和那林花一樣，曾經無比美麗的你呀，你的「胭脂淚，相留醉，

幾時重」。

這樣的離別與留別、這樣的「胭脂淚」，便如同那醉人的酒啊，讓人不禁在醉中痴念，幾時才能與昔日的美好重逢？不能夠啊，只是痴念罷了。因為命運如此，「自是人生長恨水長東」。

「無奈朝來寒雨晚來風」，還只是李煜的「清囚」生活，可是「自是人生長恨水長東」，卻是人世間最普遍、最無奈的感慨。「簾外雨潺潺，春意闌珊。羅衾不耐五更寒。夢裏不知身是客，一晌貪歡。」只有在夢裏，只有在醉裏，才能重回昔日的美好吧。所以，他的又一首雙調四十七字的《烏夜啼》裏，下片說：「世事漫隨流水，算來一夢浮生。醉鄉路穩宜頻到，此外不堪行。」除了夢，除了醉，除了醉生夢死，「此外不堪行」啊！「別是一般滋味」，大概首先便是「相留醉」的滋味，是「夢裏不知身是客，一晌貪歡」的滋味。但夢與醉總要醒，醒來「無言獨上西樓」，見「月如鈎」，見「寂寞梧桐深院」，這個被鎖的清囚，心中除了愁苦還有什麼其他的滋味嗎？

這就要說到「烏夜啼」這個詞牌了。為什麼李煜留下來三首《烏夜啼》詞，用的同一個詞牌，寫來彼此之間卻大有不同？為什麼「烏夜啼」這樣悲苦之調，又名「相見歡」？對於李煜這樣一個被鎖的清囚，他又何來「相見歡」呢？另外，這三首《烏夜啼》，在《詞譜》中分佈也不相

同：在《詞譜》卷六《烏夜啼》詞調下，只有他那首「昨夜風兼雨」的《烏夜啼》，而另外兩首則出現在卷三《相見歡》的詞調下。那麼，《詞譜》中這樣分佈，又用意何在呢？

這就要說到這個詞牌的來歷。根據詞牌大多來自曲牌的這個規律，很多人會想，《烏夜啼》應該是來自唐代的教坊曲。而唐代的教坊曲確實有《烏夜啼引》的曲牌，但是在樂府詩中，早就有《烏夜啼》的舊曲。也就是說這個曲牌有兩個來源，一是「樂府詩」，一是唐代的教坊曲。

郭茂倩的《樂府詩集》引述《教坊記》、《唐書‧樂志》的記載，由《烏夜啼》的來歷，說到南朝的臨川王劉義慶，也就是《世說新語》的作者，因為同情彭城王劉義康，被宋文帝劉義隆所怨責，其侍妾「聞烏夜啼聲」而猜測「明日應有赦」，後來果然如此。

而李勉《琴說》則記載說《烏夜啼》最早是「琴曲」，是何晏的女兒所創作。何晏被下獄中，其女聞烏夜啼聲，遂撰此曲。後來唐代張籍作《烏夜啼引》，其中明確說：「少婦起聽夜啼烏，知是官家有赦書」，所以這裏的「烏」很重要。一般很多人會把它想成烏鴉之類的夜中啼叫，聲音哀苦。但其實它講的是「烏鵲」，「烏鵲南飛」的那個「烏」。烏鵲夜中啼叫，古人就認為是應該有好兆頭，尤其是家中有罪之人當有赦免。赦免之後，便可與親人團

聚，故而有「相見之歡」。這種樂府中的記載，到了唐代就發展出了唐代的教坊曲，比琴曲更為短小緊湊，也就是後來的小令《相見歡》。

按「樂府詩」的來源，就導致了詞中雙調四十七字的《烏夜啼》的出現。而「教坊曲」的來源，就催生了雙調三十六字的《烏夜啼》的形式。雖然《烏夜啼引》這個琴曲的特點是，「吳調哀弦聲楚楚」，其聲纏綿哀怨。但到了唐代教坊曲中，《烏夜啼》表現的除了柔情、除了哀怨，更有一份痴念在其中。

所以李煜用《烏夜啼》，寫他「寂寞梧桐深院鎖『清囚』」的生活，說「別是一般滋味在心頭」，那種滋味可以想見，除了醉生與夢死，甚至還有一點重回故國、昔日重來的痴念。當然理性地分析，李煜也知道這不可能。可他就是放不下，就如同他放不下他的真情，放不下他的自尊。而這份痴念，不能說、不可說，所以只能「無言獨上西樓」，由於放不下，所以「剪不斷，理還亂」，這樣痛、這樣痴的李煜，才「別是一般滋味在心頭」。

於是，在這一種「別是一般滋味」的痴情痴念中，李煜終於等來了他的殺身之禍，也終於泣血完成了將「伶工之詞」變為「士大夫之詞」的「千古詞帝」的使命，也正如王國維先生所說，他彷彿基督、佛陀那樣，用一人的心路歷程，寫盡了世間的離合悲歡。

美與痛的生命體驗
生與死的終極超越

　　我們講李煜，講他的愛情詞，講他的亡國之音，不知不覺就講到了他的絕命之作《虞美人》。

　　想到李煜的命運，這樣的《虞美人》真是令人不忍卒讀。這篇《虞美人》，真所謂「以血書者」也。

　　春花秋月何時了？往事知多少。小樓昨夜又東風，故國不堪回首月明中。

　　雕欄玉砌應猶在，只是朱顏改。問君能有幾多愁？恰似一江春水向東流。

「虞美人」這個詞牌，大家都很熟悉。歷來詞史上大多都認為，它來自霸王項羽與虞姬的典故，來自項羽的《垓下歌》：「虞兮虞兮奈若何。」《碧雞漫志》說：「『虞美人』起於項籍『虞兮』之歌；予謂後世以命名可也，曲起於當時，非也。」王灼認為「虞美人」作為曲牌和詞牌，當然應該取自這個項羽和虞姬的典故，但要說在項羽與虞姬當時便有此曲，王灼認為不太可能。他認為樂府詩中有題為魏夫人所作的《虞美人草行》，其中有句云：「三軍散盡旌旗倒，玉帳佳人坐中老。香魂夜逐劍光飛，輕血化為原上草。」這幾句世人「以為工」，說的是虞姬死後化為原上的一種草，而這種草就被稱為「虞美人草」。

　　沈括《夢溪筆談》也記載了一個非常有趣的故事，說江蘇高郵有一個叫桑宜舒的人，音樂水平很高。他聽說有一種草叫虞美人草，只要聽見《虞美人曲》便枝葉皆動，搖曳生姿，但聽其他音樂則不會有任何反應。桑宜舒很有實驗與實證精神，他仔細揣摩，發現這首《虞美人曲》用的是吳地的音調。於是，他根據吳音的音樂節奏，另外又製了一曲。結果，因為是用吳音作基調所製的新曲，所有的虞美人草聽到這種音樂之後，果然翩翩起舞，桑宜舒就給新製的曲取名叫《虞美人操》。「操」是琴曲中的一種體裁，往往表現高潔或悲傷的意境，比如說《文王操》《醉翁操》。

　　沈括的這段記載很有意思，雖然他認為所有的《虞美人曲》確實都應該源自項羽與虞姬的典故，但作為音樂的《虞美人曲》，應該是以吳地的文化為基礎，以吳地的音樂、吳音、吳韻為核心，這樣那種叫虞美人的草才能為之感動、為之起舞。而吳文化則以姑蘇、金陵為代表，那正是南唐的故土啊！所謂「四十年來家國，三千里地山河」，草木尚且有情，而況人乎？所以說，李煜的這首《虞美人》寄寓深沉，只從其曲牌、其詞牌、其音樂特性，便可一望而知。他既作此曲、既作此詞，又命故伎作樂，聲聞於外，其樂毫無疑問又應是吳地之樂，豈能不招來殺身之禍呢？

　　除了音樂，詞意更是直截了當，更見悲痛之至。開篇之句，就特別值得推敲。「春花秋月何時了？往事知多少。」這是兩個問句，或者說是兩句感歎，但細細想來，第一句的感歎實在讓人有些意外。「春花秋月何時了？」一般翻譯、譯註都說，「春花秋月」代指時光。而「了」在這裏，毫無疑問應該是實詞而不是虛詞，不是語助詞。那麼就是「了結」之意，「完結」之意。難道李煜在問，這樣的時光何時才能完結嗎？可是，如果感慨悲傷的歲月沒有盡頭，再疑問這樣黯淡的日子何時才是個盡頭的話，為什麼要用「春花」與「秋月」來代指呢？難道「春花」與「秋月」，不應該代指的是美好的事物嗎？張若虛有《春

江花月夜》，有「月照花林皆似霰」，那樣的花便是春花，便是最美的景象；而劉禹錫則説：「湖光秋月兩相和。」辛稼軒更説：「秋月春花，輸與尋常姊妹家。」可見，不論是「春花秋月」，還是「秋月春花」，在詩人眼裏都是美好的象徵。那為什麼李煜面對着春花秋月，面對着這種美好時，卻問「何時了」呢？

我們先放下這個疑問，來看第二句：「往事知多少。」這一句很容易理解，沒有什麼疑義。但是我們還是要問，「往事」在李煜那裏，代表的是什麼呢？他自己有過解釋，他説：「往事只堪哀，對景難排。」原來在李煜那裏，在作為亡國之君、作為清囚的李後主那裏，所有的往事這時只代表了哀愁，代表了悲痛。因為有這種哀愁、這種悲痛，眼前所有的美景，其實都不再是美景。所以在現實生活裏，對於此時作為清囚的李煜來説，春花秋月的美都已不再是美，或者説春花秋月的美，在現實裏、在生活裏早已被冰冷殘酷的現實擊得粉碎。而「美」作為一種回憶，從此永遠將和「痛」糾纏在一起，成為李煜揮之不去，其實也是此時的他唯一依賴的生存體驗。

所以，「春花秋月」寫的是被終結的美；而「往事」，則是不能排遣的痛。而《虞美人》寫的就是李後主的美與痛的生存體驗，這是一種命運的哀歎啊！明白了這一點，我們就明白了接下去李煜的所見、所思、所感。

「小樓昨夜又東風，故國不堪回首月明中。」不是説「獨自莫憑欄」嗎？可充滿了悔恨與不甘的李煜，又有多少次「無言獨上西樓」！雖然東風又來，但春花秋月也只能在回憶裏呈現。「故國不堪回首」，故國之美、故地之美，是詩人眼前揮之不去的痛。你看那一輪明月，照着這個曾經為天子、如今為囚徒的李煜，但美麗的月華不也同樣籠罩着他曾經無比繁華、無比幸福的故國與故土嗎？

因為那樣的繁華、那樣的幸福、那樣的美，只存在於過去的回憶之中，所以他忍不住要想「雕欄玉砌應猶在」。那故國故土中，舊時所居的宮殿、精雕細刻的欄杆、精美玉石砌成的台階，都應該還在吧？可是，「只是朱顏改」。一般把「朱顏」都翻譯作「舊時的宮女」，或註成「少女」的代稱，指南唐舊時的宮女，意思是説宮女們都老了。其實「朱顏」可以指「紅顏」，指「宮女」，但李煜所指應該更廣泛。王國維所謂「最是人間留不住，朱顏辭鏡花辭樹」；馮延巳也有詞曰：「日日花前常病酒，不辭鏡裏朱顏瘦。」

這裏的「朱顏」，即是指所有美好的年華，既可以是其他人的，也可以是自己的。「只是朱顏改」，便是所有美好的事物都被摧殘、都被改變，包括容顏、青春、愛情。這世間最美好的事物，對於李煜來説，除了春花秋月、除了故國故土、除了音樂書法、文學藝術，大概最美

好的便是他和大、小周后的愛情。大周后英年早逝，雖有不甘，但卻是早早地超脫了，而李煜「一旦歸為臣虜」之後，小周后便隨他一起來到汴京，一起過上了囚徒的生活。

李煜剛來到汴京時，還擔心自己的命運，擔心太祖對他的反抗不滿。可趙匡胤還比較大度，受降的那天甚至沒有斥責他，也沒有宣判他的罪狀，但給了他一個頗具侮辱性的封爵——「違命侯」。趙匡胤雖然大度，但終究是武將出身，對李煜時常語帶譏諷，這對於不肯放下自尊心的李煜來說，時常會感到非常彆扭、非常屈辱。趙匡胤曾經讓李煜當眾作詩，並稱他有「翰林」之才，這在別人聽來是誇獎，但在曾為君主的李煜聽來，卻是辛辣的諷刺。

李煜降宋之後沒過多久，也就一年多的光景，宋太祖趙匡胤就在「斧聲燭影」中蹊蹺而亡。這是宋史上的一大謎案，後世有不少人猜測，是他那個心狠手辣的弟弟——後來的宋太宗趙光義，為了最高的權力，謀殺了自己的哥哥。趙光義比哥哥趙匡胤文化水平高多了，又愛與文士交流，所以眼見得李煜的命運，有改變、有好轉。果然，趙光義沒多久就下令摘掉了李煜頭上那頂「違命侯」的帽子，封他為「隴西公」，小周后也被封為鄭國夫人。然而，表面的仁慈掩蓋的是趙光義的無恥與奸險。

趙光義其實是一個好色之徒，一直覬覦小周后的美

色。小周后既被封為鄭國夫人，按定例則要定期入宮。宋代王銍的《默記》最早記載了趙光義的惡行，引龍袞的《江南錄》記載說：「小周后隨後主歸朝，封鄭國夫人，例隨命婦入宮。每一入輒數日而出，必大泣罵後主，聲聞於外，多宛轉避之。」這是說身為皇帝的太宗趙光義強暴小周后的事實，在當時便是盡人皆知。

傳聞趙光義的無恥之處還在於，他侵犯了小周后，還命宮廷畫師把畫面畫下來。據說到了仁宗朝的時候，宰相文彥博在筆記裏記載，說他在內府看到過這幅畫。而明人沈德符則在《萬曆野獲編》裏記載說：「偶於友人處，見宋人所畫《熙陵幸小周后圖》。」

小周后每次出宮回家，先是大哭，然後便在屈辱中罵李煜無用，李煜無可奈何、悲苦莫名，只能宛轉避之，在給南唐宮人的書信中說：「此中日夕，只以眼淚洗面。」這樣的囚徒生涯，不只是故國山河，不只是故土故人，一切曾經美好的朱顏全都被改變，全都被摧殘。因其如此，留在李煜心中的只有痛徹肺腑的浩歎──「問君能有幾多愁？恰似一江春水向東流。」

那該是怎樣如江海一般的愁啊！可是這裏還有一個小小的細節，值得推敲，李煜要說愁如江河湖海，他當時身在汴京，眼前能見到的只能是黃河，那麼他為什麼不說是一河春水向東流呢？他不說，他不說眼前的黃河；他要

説，他要説的是故土金陵城外那條纏綿不盡的長江，所以便是説痛、説愁，他也要把他痛苦的心靈和故土、故國緊緊地綁在一起，這就是《虞美人》，這就是王國維先生所説的「以血書者」。

這首《虞美人》其實就是囚徒天子李煜生存體驗的終極悲歌。因為他書寫的是最真實的美與痛，他也終將因此迎來生與死的終極超脱。

陸游《避暑漫抄》記載説：「李煜歸朝後，鬱鬱不樂，見於詞語。在賜第，七夕命故妓作樂，聞於外，太宗怒。又傳『小樓昨夜又東風』，並坐之，遂被禍。」這是説，李煜既作出如此悲痛至極、心懷故國的《虞美人》，還讓故妓作樂演唱，聲聞於外，流氓成性的趙光義聞此《虞美人》，深為忌恨。

在李煜四十二歲的生日之夜，陰險狠毒的趙光義讓自己的弟弟趙廷美帶一壺酒與李煜慶生。趙廷美雅愛詩文，向來崇拜李煜，但他不知道狠毒的哥哥，早在御賜的酒裏下了「牽機藥」。所謂「牽機藥」是在馬錢子裏提取出來的，中毒的人會產生窒息、無力和身體抽搐的症狀，然後脖子發硬，肩膀和腿痙攣，最後身體會蜷縮成一個弓形，和古代繃起來的織布機很相似，所以叫「牽機藥」。李煜是個特別重真情、重友情的人，一看來的是趙廷美，當然非常高興，喝下了趙光義所賜的御酒。

　　經過幾個小時的掙扎之後，這個「遂變伶工之詞為士大夫之詞」、改變了詞史的藝術天才，就在七月七的生日夜裏悲慘地死去了。他的處境、他的命運無疑是悲慘而悲涼的，但因為他用筆寫下了美與痛的生命體驗，所以他的死反倒是一種生命的終極超越。

　　王國維說：「溫飛卿之詞，句秀也。韋端己之詞，骨秀也。李重光之詞，神秀也。」其實，藝術與文明的終極追求就是真，就是善，就是美，而在美學中最高的美便是悲劇美，便是崇高美。李煜用他的真，書寫了愛情之美；也用他的真，書寫了命運之痛。在歷史的成王敗寇裏，他雖然是失敗的，但在藝術的王國、文明的長河中，他卻是永恆的千古詞帝。

　　李煜死後，與他一起承受了不堪命運的小周后自明心志，不久抑鬱而終。當他們一起去了天國，當小周后遇見自己的姐姐，當李煜遇見曾經的髮妻，那樣天使一樣的三個人又重聚在一起，那才是最美好的歸宿吧？

　　沒有世間的荒涼，沒有命運的苦痛，對於永葆一顆赤子心的李煜來說，最美的永遠都是他的愛，他的國。

草色煙光殘照裏，
　　無言誰會憑闌意？

　　會挽雕弓如滿月，
西北望，射天狼。

衣帶漸寬終不悔

　　王國維引三首宋詞論人生三大境界，其中兩首都是《蝶戀花》詞，還有一首則是辛棄疾的《青玉案》。「蝶戀花」的魅力可見一斑。

　　但由樂而詞，第一個把《蝶戀花》這首教坊曲發揚光大，並使之成為後來詞家紛紛一擅勝場的代表詞牌的，就是柳永的這首《蝶戀花·佇倚危樓風細細》。

柳永——《蝶戀花·佇倚危樓風細細》

佇倚危樓風細細，望極春愁，黯黯生天際。草色煙光殘照裏，無言誰會憑闌意？

擬把疏狂圖一醉，對酒當歌，強樂還無味。衣帶漸寬終不悔，為伊消得人憔悴。

「蝶戀花」這個詞牌特別適合描寫情感的纏綿悱惻，但凡詞作高手後來幾乎沒有不作《蝶戀花》詞的。

我們所熟知的許多名句，比如蘇軾的「天涯何處無芳草，多情卻被無情惱」；馮延巳的「百草千花寒食路，香車繫在誰家樹」；歐陽修的「庭院深深深幾許」，「淚眼問花花不語，亂紅飛過鞦韆去」；晏殊的「昨夜西風凋碧樹，獨上高樓，望盡天涯路」；晏幾道的「衣上酒痕詩裏字，點點行行，總是淒涼意」；周邦彥的「樓上闌干橫斗柄，露寒人遠雞相應」；辛棄疾的「老眼狂花空處起，銀鈎未見心先醉」；李清照的「醉裏插花花莫笑，可憐春似人將老」；李後主的「一片芳心千萬緒，人間沒個安排處」；納蘭容若的「若似月輪終皎潔，不辭冰雪為卿熱」，均出自《蝶戀花》詞。而柳永所寫的這首《蝶戀花》，則顯然是他的人生自白書。

柳永自稱「奉旨填詞柳三變」，又說在詞中「淺斟低唱，自是白衣卿相」。雖是憤懣之語，但就詞史的創作實際來看，如果將宋詞史比作一個王朝的話，那麼在詞的王朝裏，柳永還真是有傾世之才、卿相之尊。回頭來看柳永的天性、才情，大概與詞的創作是一種天生的吻合，甚至是一種完美的匹配，所以他才會因為填詞而改變全部的人生。

柳永當年初次進京參加科舉考試，落榜之後憤而作

《鶴沖天‧黃金榜上》，其中有「忍把浮名，換了淺斟低唱」之句。後來再次應舉的時候，仁宗皇帝批評說，「此人好去淺斟低唱，何要浮名，且去填詞」。柳永的確是因填詞斷送了大好功名。

「奉旨填詞」這一典故世人熟知，很多人知道柳永二十五歲入汴京參加禮部試。但很多人不知道的是，他其實十八歲就離開福建老家，準備入京來參加這場人生第一次的重要考試了。從十八歲離開家鄉準備參加禮部考試，一直到二十五歲才真正去參加考試，中間有六七年柳永都幹了些什麼？一般人可能想不到，他居然是被音樂、被詞、被音樂和詞背後的生活，完全吸引了。

柳永十八歲計劃入京，由福建進入浙江，由錢塘來到杭州，因迷戀湖光山色、都市繁華，遂滯留杭州，沉醉於秦樓楚館與音樂歌詞創作。這期間柳永還曾拜訪真宗朝的名臣、據說還是他的舊友孫何，寫下了著名的《望海潮‧東南形勝》。此詞一出即被廣為傳頌，在杭州名噪一時。他的音樂才能和創作才能使得他迅速成為當時樂壇的一股清流，一時間蘇杭之地歌女們都以唱柳永的詞為榮。

柳永在杭州繾綣日久，後來他離開杭州到蘇州，再從蘇州一路遊玩至揚州。在這條天堂般的京杭運河路上，在每一個春風沉醉的夜晚，風流倜儻、才華橫溢的柳永，都和他的音樂、他的詞，還有他的那些歌女們、知己們在

一起。

　一晃就這樣度過了整整六年的時光。六年之後，柳永才收拾行裝，入京參加禮部試。次年禮部落榜，柳永憤憤不平，但在很多人看來倒是意料之中的事情。

　對於這樣放蕩不羈的生活，柳永後悔了嗎？對於風塵中他的那些知己，他深愛着的那些深情的女子，柳永後悔了嗎？下面，就讓我們來讀一讀吧。

　「佇倚危樓風細細，望極春愁，黯黯生天際。」「危樓」是高樓，而且是非常高的樓。李白說「危樓高百尺，手可摘星辰」。佇倚在危樓之上，應該怎樣？應該風很大啊，可是柳永卻說「佇倚危樓風細細」，春風一絲一縷拂面而來，詩人久久地站立，遠遠凝望着天地的盡頭，望不盡春的輕愁，所以叫「望極春愁，黯黯生天際」。

　請注意，這裏的筆法非常巧妙，所謂春愁本是因人，但是柳永卻不說，只說那望不盡的春日離愁是黯黯的，從遙遠無邊的天際緩緩昇起來，彷彿春愁與他無關，彷彿那佇倚危樓的人只是一個旁觀者。在這幅寧靜的畫面裏，在一絲一縷的細密春風中，詩人將自己的靈魂抽離了出來，與春天、與春愁，面面相對。這是一種什麼樣的狀態呢？這就是一種審美的狀態。若是不能理解這種狀態，就很難理解為什麼柳永最後能寫出「衣帶漸寬終不悔，為伊消得人憔悴」的千古絕唱。

正是在這種狀態裏，當靈魂從環境裏抽離出來，又突然回身自問：「草色煙光殘照裏，無言誰會憑闌意？」在碧綠的草色和迷茫的煙光掩映的落日餘暉裏，誰能聽見，誰又能明白那個默默無言的憑欄人他心底的聲音呢？

既然這麼說，詞的下闋立刻讓我們聽見詩人內心的兩種聲音。

一是「擬把疏狂圖一醉，對酒當歌，強樂還無味」。詩人內心的一種聲音說，放縱一下吧，就讓慵懶放縱的心情喝得爛醉。可是想一想，即便對着美酒縱情高歌，即便勉強能取得一些歡樂，可最終還是會覺得毫無興味。

這是一種矛盾的心聲，體現了詩人內心的掙扎與痛苦。因為有這種掙扎和痛苦，我們遂得以了解那種黯生於天際的春愁，其實生於作者的內心；那種相思的愁苦，牢牢地紮根在他的靈魂裏，是從他的靈魂裏蔓延出來，通過他的身體，通過他的眼睛，通過他佇倚危樓的姿勢，不知不覺間，蔓延到了草色煙光、殘照無盡的春日天際。

而當這一種矛盾心聲凸顯的時候，我們才知道擁有浩蕩春愁的並不是春天，並不是春野，而是詩人那顆相思的心靈。這種筆法，就特別有好萊塢心理大片的技巧手法——主人公彷彿從環境裏抽離出來，看着各種奇怪的情緒，到最後才發現所有的這些情緒其實都是因為自己而生。這種錯位，這種恍然，又反過來加強了人物情感的表

達，使得一種情緒蔓延開來，一下子淹沒了這世上與之相關的一切。

柳永詞比好萊塢大片還要高妙的是，他在吐露一種心聲、暴露一種矛盾之後，還有另一種心聲，還有另一種堅定，那就是——「衣帶漸寬終不悔，為伊消得人憔悴」。

這句話最早來自《行行重行行》裏的「相去日已遠，衣帶日已緩」，可兩者的區別在於「相去日已遠，衣帶日已緩」是一種狀態的描寫，而柳永卻把這種狀態寫成了一種心聲：「衣帶漸寬終不悔，為伊消得人憔悴。」

還記得《倚天屠龍記》裏那個叫楊不悔的女孩子嗎？當紀曉芙在滅絕師太以生命相要挾的威逼之下，依然不悔於自己那段世人眼中不堪與畸形的愛戀。當楊逍聽到年幼的楊不悔說媽媽說永遠都不後悔，淚如雨下的時候，你就會知道「衣帶漸寬終不悔，為伊消得人憔悴」是一種怎樣的堅定、怎樣的痴情，是一種怎樣默默而偉大的心聲。

因此王國維在《人間詞話》中說，古今之成大事業、大學問者，必須經歷的、最關鍵的第二層境界，就是這種鍥而不捨的堅定。一首情詩情詞，一種相思之情，柳永寫來既別出機杼，又別有深情。

所以宋代葉夢得的《避暑錄話》裏記載：「柳永為舉子時，多遊狹邪，善為歌辭。教坊樂工，每得新腔，必求永為辭，始行於世，於是聲傳一時。余仕丹徒，嘗見一西

夏歸朝官云,『凡有井水飲處,皆能歌柳詞』。」這段話是説,當時歌壇每得新的曲調,必求柳永為之填詞,然後才歌行於世,甚至很多著名的歌女非柳永作詞不唱。而柳永的詞作每出,聲傳一時,天下傳唱。連一位出使西夏的官員回來都説,凡有人煙之處,都能聽到柳詞的歌聲,可見柳永詞作影響之大。

　　想來,柳永之所以能取得這麼高的成就,和他自己「衣帶漸寬終不悔,為伊消得人憔悴」的人生經歷,也是息息相關的吧。後來真如他自己所説,仕途上一直潦倒失意,晚年浪跡天涯,居無定所。傳説柳永離世之時身無分文,還是歌女們湊錢安葬了她們心中的樂聖、詞聖。後來每年清明節,歌女們都相約到他的墳地去祭掃,並且相沿成習,世人稱之為「弔柳會」,又叫「弔柳七」。

　　想來長眠於地下的柳永,作為詞史上前所未有的天才,他的靈魂如果能聽到凡有井水飲處,便能傳唱柳詞;凡有文明薪火的傳承處,即有被人銘記的詞篇,他的靈魂一定會佇立在遠遠的天際,默默地吟唱:

　　「衣帶漸寬終不悔,為伊消得人憔悴!」

只有分離才能
讓我們永遠在一起

　　在詞史上第一個大量創作慢詞的人，自然是那「奉旨填詞」的柳永。

　　談到柳永的慢詞，談到他擅長描摹抒發的離別之情，就不得不說他的那首千古名作《雨霖鈴‧寒蟬淒切》了。

柳永——
《雨霖鈴‧寒蟬淒切》

寒蟬淒切，對長亭晚，驟雨初歇。都門帳飲無緒，留戀處，蘭舟催發。執手相看淚眼，竟無語凝噎。念去去，千里煙波，暮靄沉沉楚天闊。

多情自古傷離別，更那堪，冷落清秋節！今宵酒醒何處？楊柳岸，曉風殘月。此去經年，應是良辰好景虛設。便縱有千種風情，更與何人說？

朗誦這首詞，要注意很多發音的地方。它的韻腳字，像「驟雨初歇」「蘭舟催發」「竟無語凝噎」「冷落清秋節」「更與何人說」，這裏面有五個入聲字，「歇」「發」「噎」「節」「說」，現在都變成平聲了，但在古代都是入聲字，讀音短而促。為什麼《雨霖鈴》要押仄聲韻呢？其實與這個詞牌有關。

這個詞牌我們應該讀成雨霖（lín）鈴（líng），是什麼意思呢？這個詞牌本身就有一個哀婉動情的離別故事。霖，甘霖的霖，《說文解字》說，「霖，雨三日已往」，就是久雨不停，下雨至少下到三天以上才叫霖。所以，霖雨悠悠，風吹雨中的鈴鐺，則產生無盡的哀愁。

《碧雞漫志》裏引《明皇雜錄》及《楊妃外傳》說：「明皇既幸蜀，西南行，初入斜谷，霖雨彌旬，於棧道雨中聞鈴，音與山相應。上既悼念貴妃，採其聲為《雨霖鈴》曲，以寄恨焉。時梨園弟子惟張野狐一人，善篳篥，因吹之，遂傳於世。」

這就是詞牌《雨霖鈴》的來歷。

馬嵬驛兵變之後，楊貴妃被縊死。平定叛亂之後，玄宗逃往蜀中，一路上霖雨瀝瀝，風雨吹打着皇鑾上的金鈴，每一聲都讓玄宗哀思不已。他想起與楊玉環的生離死別，心中悲苦難抑。這個梨園之祖的大音樂家，遂於逃亡路中作《雨霖鈴》曲。當時跟隨的梨園弟子只有張野狐，

張野狐善吹篳篥，篳篥又叫管子，當時北地胡曲的很多音樂經常用篳篥伴奏。篳篥的樂聲本來就很悲愴，像杜甫就有詩《夜聞觱篥》：

夜聞觱篥滄江上，衰年側耳情所向。
鄰舟一聽多感傷，塞曲三更欸悲壯。
積雪飛霜此夜寒，孤燈急管復風湍。
君知天地干戈滿，不見江湖行路難。

所以，有了張野狐的演奏，《雨霖鈴》曲更增其哀。但是自唐代以來，《雨霖鈴》只有曲沒有詞，或者是這首名曲一直在等待，等待那個叫柳永的偉大詞人出現，來為它填上千古名篇，從而讓它流傳千古。

柳永的《雨霖鈴》是一首哀曲，寫生離死別，整首詞都押仄聲韻，使得情感更為哀婉迴環。因為是慢詞，所以至少要分為上、下兩闋。上闋寫離別當日，下闋寫想像中的來時；上闋寫當時情緒，下闋寫別後心理。上、下闋極盡鋪排，遠比小令更增離別的纏綣深情。

「寒蟬淒切，對長亭晚，驟雨初歇。」寒蟬是秋後的蟬，寒蟬叫得那樣淒涼，是不是牠們也知道即將面臨生命的離別了？一句「寒蟬淒切」點出晚秋時節。「對長亭晚」，正是傍晚時分，「驟雨初歇」，則與《雨霖鈴》的詞

牌相呼應。這三句看似隨意寫來，卻巧妙地點出了離別時的環境，營造了一種悲切的氛圍。

「都門帳飲無緒，留戀處，蘭舟催發。」都門是指京城門外，帳飲是古人的一個習慣，郊外送別的時候，要搭起帳幕，設宴餞行。古人對於相聚離別是非常重視的，不是像我們現在簡單握握手，擁抱一下就罷了。他們的相聚離別都非常具有儀式感，體現了他們對生命的敬重和對生活的熱愛。

「蘭舟」，古代對船的一種美稱。《述異記》記載，最具工匠精神的大師魯班就曾經專門尋木蘭樹刻以為舟，後來蘭舟就變成了古代船的一種美稱。正因其唯美，在離別的情緒中便更增繾綣之情。所以你看，細節處的用字用詞是非常講究推敲的。這兩句說的是在城外設帳餞別，卻沒有暢飲的心緒。正是依依不捨的時候，船上的人已經在催着出發了。

於是，最經典的場景出現了。「執手相看淚眼，竟無語凝噎。」那一刻，柳永和他那個可能叫作蟲娘的愛人，他們的情感肆意地流淌在那一瞬間凝固的時空中，不僅一下就輕易地淹沒了互相執手的愛人，也輕易地淹沒了千年以下所有被這一句情話打動的人。

這就是柳永的風格。不同於韋莊，韋莊寫「別君時，忍淚佯低面，含羞半斂眉」，那是一種貌似平靜的繾綣，

而柳永的「執手相看淚眼，竟無語凝噎」，則是一種深情的熾烈。

這種熾烈的濃情，雖然噎在了喉間說不出來，但卻肆意地流淌在滿眼的淚花裏，也肆意地流淌在字裏與行間。所以詩人不由得傷感地悲歎：「念去去，千里煙波，暮靄沉沉楚天闊。」前面才說「語凝噎」，這裏又「念去去」，一個「念」字正是內心的呼喊，正是情感的流淌，甚至更與下闋結尾的「更與何人說」形成遙遠的呼應。一程又一程，長亭連短亭地遠去，千里迢迢，煙波浩渺，只有一個孤寂的身影，將要消失在疏闊無際暮靄沉沉的南方的大地上。「無語凝噎」是一收束，是一頓，「念去去」則是一放，一縱情，這一收一放之間，情感跌宕起伏，再難束縛，就此綿延展開，於是有了下闋的離別後的想像。

「多情自古傷離別，更那堪，冷落清秋節。」自古以來多情的人最傷心便是離別，更何況又逢着這蕭瑟冷落的清秋時節。於抒情中偶然議論，最是詩詞創作的千古妙法，最易得千古不易之趣，不易之理。

「今宵酒醒何處？楊柳岸，曉風殘月。」這是由普遍的離別之情迅速回照自身：誰知我離開你後，今夜酒醒時又身在何處呢？怕是只有面對楊柳岸邊那淒厲的晨風和黎明的殘月罷了。

為什麼這一句「楊柳岸，曉風殘月」尤其經典，尤其

打動人心呢？

南宋《吹劍續錄》記載說，蘇東坡有一次在玉堂之上，遇一幕士善歌，東坡先生便問道：「我詞何如柳七？」柳永在族中排行第七，所以世人稱其為柳七。幕士對曰：「柳郎中詞，只合十七八女孩兒，執紅牙板，歌『楊柳岸，曉風殘月』；學士詞須關西大漢，銅琵琶，鐵綽板，唱『大江東去』。」東坡為之絕倒。

但應該知道的是，「今宵酒醒何處？楊柳岸，曉風殘月」的意象如此經典，是因為它有着「多情自古傷離別，更那堪，冷落清秋節」的背景。正是在這種凝練沉厚的背景之下，在離愁與別緒的昇華與總結之下，詞人那孤獨地面對着「楊柳岸，曉風殘月」的靈魂才凸顯出來，才能在時間的洪流裏跨越千年，直擊我們的靈魂。

當靈魂面對面的時候，我們就可以清晰地聽見柳永內心深處的哀歎：「此去經年，應是良辰好景虛設。便縱有千種風情，更與何人說？」

這一去經年纍月的離別啊！只剩我一人獨去天涯。當我逡巡在這蒼茫的大地，即便遇上再好的良辰美景，於沒有你的我而言，也如同虛設。即使有滿腹的情意，又能再與誰訴說？

明明《雨霖鈴》是悽苦之景，偏偏在最後又說到「良辰好景」，以樂景寫哀，倍增其哀！大概柳永才是玄宗的

千古知音。玄宗與楊玉環生離死別而作《雨霖鈴》曲，百年而下，除了深情，一無所有的柳七，因善作慢詞長調而發現了《雨霖鈴》中蘊藉的深深的悲傷，並寫出了「寒蟬淒切，對長亭晚，驟雨初歇」。

這大概是一種命運的安排吧！所以在慢詞長調的鋪排裏，我們可以清晰地聽到從玄宗到柳永的哀歎。「執手相看淚眼，竟無語凝噎」「今宵酒醒何處？楊柳岸，曉風殘月」，是不是再沒有比這更傷心的離別？

為什麼我們一定要分離呢？是不是只有分離才能讓我們永遠在一起？

我願為你在簷角掛起一串風鈴，讓它在雨夜響起，喚醒我所有有關你的深情回憶。

人生自有境界

　　王國維在《人間詞話》裏，引用了三首詞作中的句子論人生三大境界。

　　第一層境界「昨夜西風凋碧樹，獨上高樓，望盡天涯路」的出處，便是晏殊的這首《蝶戀花·檻菊愁煙蘭泣露》。

檻菊愁煙蘭泣露，羅幕輕寒，燕子雙飛去。明月不諳離恨苦，斜光到曉穿朱戶。

昨夜西風凋碧樹，獨上高樓，望盡天涯路。欲寄彩箋兼尺素，山長水闊知何處。

《蝶戀花》原來是唐代教坊名曲之一，得名於梁簡文帝的樂府名句：「翻階蛺蝶戀花情。」在唐代教坊曲中，它屬於商調曲，也就是宮、商、角、徵、羽中的商調。清商調特別適合抒情，比如著名的《春江花月夜》也是商調曲。在因曲而詞盛的宋詞發展歷程中，《蝶戀花》尤其是許多詞人喜歡創作的一個經典詞牌。

　　宋初，對這個詞牌貢獻最大的是柳永，但同樣不應該忽略的另一個人就是晏殊。

　　柳永和晏殊是同時人，柳永稍長幾歲，兩人都是詞史上的大家，而且兩人的風格一奇一正，放在一起正是相得益彰。在當時人的眼光裏，柳永可能要被算作「學渣」。因為他為了音樂，為了詞作，為了他在青樓楚館裏那些人生的知己們、歌女們，甚至耽誤了科舉考試。可雖然如此，柳永卻「衣帶漸寬終不悔，為伊消得人憔悴」，另闢蹊徑，矢志不渝，在中國文學史上成為一座無人可以跨越的豐碑。

　　相比柳永，晏殊則是一個典型的學霸型人物。晏殊五歲即能詩文，十四歲的時候，就以神童的身份被特別推薦給朝廷，且皇帝親自面試，當殿參加進士試。考卷發下來之後，十四歲的晏殊一看考卷，即長身而立，在皇帝和眾人面前侃侃而談，說自己十幾天前已經做過這個題目了，為公平起見，請另選試題。真宗皇帝拍案驚奇，對他的誠

實和質樸欣賞不已。所以晏殊在世人一片看好中，一路仕宦通達，最終做到了執政大臣。

北宋後來很多名臣，像范仲淹、韓琦、富弼、王安石、歐陽修，都得益於晏殊的獎掖和薦舉。晏殊在政績上雖然並沒有什麼十分突出的表現，但在教育和選拔人才上，卻為後世所廣為稱道。比如，晏殊選拔的北宋名臣富弼，雖然是自己的女婿，但他作為宰相舉賢不避親；而范仲淹、富弼等人之所以能開闢慶曆新政，也是離不開晏殊的大力支持的。

晏殊作為北宋一代名相，最愛填詞，尤喜填《蝶戀花》。《碧雞漫志》裏就說：「晏元獻公長短句，風流蘊藉，一時莫及。而溫潤秀潔，亦無其比。」所以晏殊的詞集即被稱為《珠玉詞》，真是如珠似玉，卻又不失人間正道，這首《蝶戀花》就是一個最好的明證。

首句「檻菊愁煙蘭泣露」，第一個要注意的就是這個「檻」的讀音，它是個多音字。讀 jiàn，也讀 kǎn。像《紅樓夢》裏就有檻（kǎn）外人、鐵檻（kǎn）寺之說。檻（kǎn）是指門檻，而比門檻高的欄杆就應該讀作檻（jiàn）。所以像李白的《清平調》中那句「春風拂檻露華濃」、王勃《滕王閣詩》「閣中帝子今何在，檻外長江空自流」，意思都是欄杆、圍欄，一定要讀作檻（jiàn）。

檻菊就是欄杆下的菊花，「檻菊愁煙」一下子就交代

了節令、時間，説明是一個秋天的早晨，薄霧籠罩，欄杆邊的菊花就像帶上了憂愁的情緒。與之相應的則是蘭泣露，不光有菊花，還有蘭花，早晨的露珠在花葉上，幽怨的蘭花就像在哭泣一樣。所以「檻菊愁煙」和「蘭泣露」，其實也可以是互文，是指蘭花和菊花，就像一個美麗的女子，在秋日的清晨，展露出滿滿的相思愁緒。

當然，通過圍欄邊菊花和蘭花的憂愁，還可以看出這應該是一個貴族人家，不是平常百姓。所謂「庭院深深深幾許」，可是要選擇庭院中的花來寫愁思，為什麼選的是菊花和蘭花呢？為什麼不寫「有情芍藥含春淚」？為什麼不説「無力薔薇臥晚枝」呢？我們暫且留下這個謎題。

寫完憂愁的蘭與菊之後，詩人説「羅幕輕寒，燕子雙飛去」。「羅」是很薄很輕柔的絲織品，「羅幕」就是很輕很薄的帷幕。在這個秋日的早晨，羅幕閒垂，天氣清寒，眼見着一雙燕子飛去了。燕子穿簾過幕，卻是雙雙飛去，正反襯着那個相思女子的形單影隻。所以回頭看，又豈止是羅幕的輕寒？在雙飛燕反襯出孤獨人的時候，羅幕的清寒更見出相思之人內心的清寒。

這是一個秋天的早晨，這是一種相思的惆悵。

因為這種惆悵，這個庭院中孤寂的女子突然將目光轉回了昨夜的明月，埋怨「明月不諳離恨苦，斜光到曉穿朱戶」。是説明月啊，明月，你不知道離別的愁苦，這斜斜

的清澈的月光灑滿了這孤寂的閨房,「斜光到曉」別有深意,它體現了這個閨中相思的女子徹夜難眠的情景。不諳則是不懂、不知,「明月不諳離恨苦」,彷彿是無厘頭的埋怨,但這種埋怨卻非常精巧地凸顯了離恨之苦。除此之外,還有一層用意,既然相思也如滿月,夜夜遞減清輝,那麼,我如月華般清澈的相思是不是也像月光一樣,可以籠罩千萬里外、與我天涯相隔的愛人呢?

這一句其實還有一種作用,就是它直接引了最有名的那一句——「昨夜西風凋碧樹,獨上高樓,望盡天涯路」。因為相思的人徹夜難眠,所以才會知道昨夜不止有月光,還有一夜慘烈的西風,到清晨已是葉落枝枯的凋零的綠樹。

面對如此淒涼的秋景,詩人沒有一味哀怨,而是突然振作,突然以一種意想不到的姿態出現。

「獨上高樓,望盡天涯路」,既然可以獨上高樓,可以望盡天涯路,那就說明眼前應該是所向空闊、寥廓霜天、無限廣遠的境界。由此一來,雖然句中依然有着相思與相離的愁緒,但情感卻一下悲壯起來,變得洗淨鉛華,沒有半分纖柔、頹靡的氣息。因此,「昨夜西風凋碧樹,獨上高樓,望盡天涯路」雖純用白描,卻自有境界,成為詞中流傳千古的佳句。

可是,即便有「獨上高樓,望盡天涯路」的洗淨鉛

華，但高樓遠望，不見所思，相思的人便下意識地想到了——「欲寄彩箋兼尺素，山長水闊知何處」。也有版本寫作「欲寄彩箋無尺素」，但我覺得還是「兼尺素」比較好，尺素和彩箋都可以泛指信件，但是細細琢磨兩者還是有區別的。

尺素的典故出自漢樂府的《飲馬長城窟行》：「客從遠方來，遺我雙鯉魚。呼兒烹鯉魚，中有尺素書。」素是小幅的絹帛，古代的書函一般長約一尺，所以有尺牘、尺素、尺翰、尺箋之說，這些都是標準的寫書信的材料。而箋原來是指精美的小竹片，供人們題寫詩文或者作畫，所以後來信紙也叫箋，彩箋就是精美的信紙。這裏的彩箋和尺素當然都泛指書信，但是「彩箋兼尺素」就是寫不盡的相思，訴不完的思念。而要說「欲寄彩箋無尺素」一則有些矛盾，要寄彩箋，就是要寄信，卻又沒有信；二則把「山長水闊知何處」的感慨、失望、疑惑，提前在上一句就說了出來，反倒不夠蘊藉。寫不盡的相思，數不盡的思念啊，想寫在一封封信裏，寄去你的身邊。可是山水迢迢，我思念的那個人又在哪裏呢？

一句「知何處」的感慨，餘音嫋嫋，不絕如縷，讓這種「獨上高樓，望盡天涯路」的相思，成為時間深處一種曠遠的迴響。

讀完全詞，我們可以理解為什麼王國維會在《人間詞

話》裏選「昨夜西風凋碧樹，獨上高樓，望盡天涯路」，作為古今欲成大事業、大學問者必經的第一層境界了。

「獨上高樓，望盡天涯路」說的是什麼？

毫無疑問，說的是人生的追求，而且這種追求應該有着絕大的視野，有着終極的歸宿。可是要明白的是，並不是所有心血來潮的計劃，或者腳跟輕浮的念頭，都可以稱之為追求，都可以列為人生第一層境界。要能達到王國維所說的人生第一層境界的追求，必須要有兩個前提條件：

一是要先經過「昨夜西風凋碧樹」，也就是說要從苦難、挫折、迷茫中幡然醒悟，獨上高樓的追尋才可稱之為追求。不經歷磨難，不經歷積澱，不經歷凋零、枯萎，不經歷鳳凰涅槃式的覺醒後的追求，怎麼能稱之為人生的境界？

第二個前提，就是我們前面留下的那個疑問。「庭院深深深幾許」，為什麼用庭院中的花朵表現相思的哀愁，沒有寫「有情芍藥含春淚」，沒有寫「無力薔薇臥晚枝」，偏偏寫的是「檻菊愁煙蘭泣露」，選擇的是菊與蘭呢？很簡單，因為菊與蘭位列「花中四君子」，本來就是花中君子，又生於具有不俗氣質的貴族庭院之中。

這是什麼？這是一種素養，這是一種基礎。沒有一定素養、一定基礎、一定積纍的追尋，也談不上是有境界的追求。真正的人生第一層境界的追求，要有基礎，要有素

養，要有積纍，同時還要經過苦難、挫折的歷練，要有真正意義上的自覺和覺醒。這樣的追求才有可能真正幫你實現人生的價值。

既能不忘初心，又能不失歸宿，知道自己從哪裏來，要往哪裏去，中間過程所需的就是堅持、堅韌。「衣帶漸寬終不悔，為伊消得人憔悴」，甚至是捨己忘身，具有大無畏、大犧牲的精神，這就是人生的第二層境界。即堅持，即不悔，即一往情深。這樣的追尋和堅持，最終會把你送到人生的第三層境界——「眾裏尋他千百度，驀然回首，那人卻在，燈火闌珊處」。

我們以後在講辛棄疾《青玉案》時會分析，這種追尋的量變到質變，還有一個前提，就是要擺脫所有通過視覺、聽覺、嗅覺、味覺、觸覺各種感官所感受到的迷惑。只有擺脫這所有的誘惑，甚至把眼前所有的喧囂當作背景，真正的人生追求才能凸顯出來。

因此，王國維才說：「古今之成大事業、大學問者，必經過三種之境界：『昨夜西風凋碧樹，獨上高樓，望盡天涯路。』此第一境也。『衣帶漸寬終不悔，為伊消得人憔悴。』此第二境界。『眾裏尋他千百度，驀然回首，那人卻在，燈火闌珊處。』是此第三境也。」

回看晏殊、柳永、辛棄疾的人生，何嘗不是如此？所以人生自有境界，要認清，要堅守，要追尋。

先生之風　山高水長

　　在詞的發展史上，有些非常重要的節點式的人物
和作品是特別值得注意的。

　　比如，李煜變伶工之詞為士大夫之詞；寫下《雨
霖鈴》的柳永是第一個開始大量作慢詞的人；蘇軾的
《江城子·密州出獵》，則開了豪放詞的先河。

　　這其中還有一個人物和他的一首代表作，也有
着節點式的價值和意義，但往往被人所忽略，那就是
——范仲淹和他的《漁家傲·秋思》。

范仲淹——《漁家傲·秋思》

　　塞下秋來風景異，衡陽雁去無留意。四
面邊聲連角起，千嶂裏，長煙落日孤
城閉。

　　濁酒一杯家萬里，燕然未勒歸無計。羌
管悠悠霜滿地，人不寐，將軍白髮征
夫淚。

很多人熟悉范仲淹的詞，最有名的是那首《蘇幕遮》：「碧雲天，黃葉地。秋色連波，波上寒煙翠。山映斜陽天接水。芳草無情，更在斜陽外。」《西廂記》著名的「長亭送別」中的一段「碧雲天，黃花地，西風緊，北雁南飛。曉來誰染霜林醉？總是離人淚」，就是從這首詞裏化用而來。

但是，相比於這首《蘇幕遮》，我認為范仲淹的這首《漁家傲》更為重要，更為典型。因為它是詞史上第一篇以詞來寫邊塞內容的，或者說第一篇是把邊塞內容帶入詞的創作裏的。

要知道，詞本為胡夷里巷之曲，所謂燕樂，一開始大多數是抒情小令。李後主把伶工之詞變為士大夫之詞，是境界上的提升。而柳永大量作慢詞，是音樂上的拓展。范仲淹，以邊塞生活入詞，則是內容上的拓展。正是有了這種內容上的擴展，其實，這也是一種詞域的擴展，才有了後來蘇東坡、辛棄疾的豪放派詞作。到東坡居士「無事不可入詞」，「行於所當行，止於所當止」，再到易安居士詞「別是一家」之高論，至此，詞不論是創作還是理論上，都達到了和詩並駕齊驅的地步和境界。

那麼，作為「先天下之憂而憂，後天下之樂而樂」的范文正公范仲淹，為什麼能在詞的創作上有這樣的高度呢？范仲淹一生只留下五首詞，卻在詞史上佔有不可忽略

的一席之地。就像唐代李頎三卷一百多首詩歌中只有五首邊塞詩，卻憑一首《古從軍行》，成為唐代邊塞詩派的重要代表人物。文學創作往往在質不在量，一兩首經典作品、一兩部傳世之作即可笑傲滄桑，無愧人生。

請注意，雖然范仲淹存留的詞作只有五篇，但他當年的創作肯定不止五篇。據史料記載，《漁家傲》是一系列的組合作品，就像組詩一樣，而且開篇第一句全都是以「塞下秋來」這四個字開篇，接下去當然各有不同。但可惜的是，這一組詞到今天只留存了這首《塞下秋來風景異》，其他的「塞下秋來」都已經湮沒在歷史的塵埃裏了。

雖然不能一睹這一組詞的全貌，但細想想其實也很有意思，很少有人像范仲淹這樣寫詞，一組詞全以「塞下秋來」開篇。這不禁讓我想到范仲淹的一個性格特點。

范仲淹，字希文，但除了仲淹這個名字之外，還有一個非常有意思的外號——范履霜。

《履霜》其實是一首著名的古琴曲。范仲淹很有意思，據說他擅古琴，音樂造詣也很高。一般善於填詞的人，音樂造詣肯定都不低。但有意思的是，他雖然善鼓琴，善操琴，但平生只彈《履霜》一曲。就是說他別的曲子都不彈，只喜歡彈這一首，到哪裏都彈這一首曲子。或許是因為他的祖先名曰履冰，也有可能是《履霜》這首曲

子最適合表達他的心情。但能夠幾十年如一日，始終只在一首曲子上反覆琢磨、反覆體味，這種人不得了。

這也就是我在講陽明心學時反覆提到的「沉浸式體驗」。大凡能有超卓之智，能建一番事功的人，大多都有這種沉浸式的執着性格。范仲淹寫《漁家傲》，一寫一組詞，全以「塞下秋來」開篇，可見他偏執、認真，甚至是較真的性格特點。

有一次，范仲淹替人寫了一篇墓志銘，寫好之後，剛準備要寄出去，突然想給自己的學生尹洙看一下。

尹洙比他的老師范仲淹還較真，看完就說，您現在已經是天下楷模了，後代的人肯定會把您的文章當成典範，所以您不能不嚴謹。您在文章裏把轉運使寫成刺史，而把知州寫成太守，宋代其實沒有刺史和太守這樣的官職，您是用古代的，比如說唐代的刺史，還有漢代的太守這樣的名稱，雖然非常清雅古雋，但是會讓後人誤解，尤其那些庸俗文人將來就會為此爭論不休。范仲淹聽了尹洙的意見，仔細想想，覺得很有道理，於是就把寫到的刺史、太守這樣的官職全都改了回來。

但其實我們看看後來像一代文宗歐陽修，以及蘇軾他們的文章，都有引用古時官職稱謂的地方。歐陽修的名作《醉翁亭記》中，屢用「太守」的說法，「太守謂誰，廬陵歐陽修也」。而他在揚州呢，則說「文章太守，揮毫萬

字，一飲千鍾」。蘇東坡在杭州的時候也說，「錢塘風景古來奇。太守例能詩」。雖然宋代只有知州沒有太守，但文人詩文中用太守一詞，大家都明白，都理解。而范仲淹居然認為尹洙說得對，把文中的太守都改回了知州，可見其嚴謹到了什麼地步。

不僅嚴謹，他還極其認真。其實王安石後來的變法，它的先聲就是范仲淹領導的「慶曆新政」。「慶曆新政」是北宋歷史上第一次重要的政治改革，它的推行者就是范仲淹。范仲淹在改革的時候根除吏治之病，也就是反腐敗。有個成語叫作一筆勾銷，就是從范仲淹的改革中來的。

在反腐敗的過程中，各地官員倘若貪贓枉法和不稱職，一旦查實立刻一筆勾銷，或撤職或法辦，從不徇私情。據說他的學生，也是北宋名臣的富弼，作為副手就勸他說，大人在處理人事上太狠了點，一個官員的仕途、人生，乃至一個家庭、一個家族的興衰，可都隨您這一筆沉浮，未免太不留情面了。可范仲淹卻決絕地說，我這一筆下去，可能一個人、一個家庭因之倒霉；但如果不下去，可能就是一方百姓因此而遭殃。我寧可一筆勾銷，官怨我來承擔，而民怨我來解放。

這是何等的氣魄！所以《岳陽樓記》裏的名言「居廟堂之高則憂其民，處江湖之遠則憂其君，是進亦憂，

退亦憂」正是體現了他的性格以及他那種擔當、那種大無畏。

只有敢於擔當，敢於背起時代責任的人，才會有這麼強烈的憂患意識。當年，范仲淹初入仕途，一代名相晏殊是他的推薦人。范仲淹還很年輕，便做了一件出乎所有人意料的事——請求章獻太后還政仁宗。這一下滿朝皆驚，連晏殊都嚇了一跳，埋怨范仲淹。但范仲淹說，我做官不是為了個人的仕途，而是為了朝廷，是為了天下。仁宗不親政，朝局怎麼能穩呢，天下怎麼能穩呢？

這個道理大家都知道，但這個事的利害所有人也都清楚，只有范仲淹敢於把它說出來，果然，章獻太后大怒。後來，章獻太后去世，仁宗主政之後，滿朝文武又紛紛議論章獻太后垂簾聽政時期的不是，主張要徹底清算。這個時候，范仲淹又上表仁宗，替章獻太后說話，說章獻太后至少有養護之恩，人已經不在了，應該為親者諱，為尊者諱，前面的舊事就應該大度，不要再提。為此，仁宗和滿朝文武都特別欽佩他的人格。

我們說了范仲淹這麼多的性格特點，這與這首詞又有什麼樣的關係呢？其實，就是因為有責任感，因為嚴謹、認真，有強大的行動力與行動精神，范仲淹才從一介文士成為一代軍事奇才。

這也就是我們反覆說到的中國的儒將現象。

當然，范仲淹作為一代儒將，他和謝玄、岳飛以及後來的戚繼光都不太一樣，他擅長的不是出奇兵破敵，不是兵者詭道，而是堂堂之陣，兵者正道。這也是和他嚴謹認真的特點有關。

當時西夏崛起，成為大宋西北的心腹大患。宋軍一敗於延州，再敗於好水川，三敗於定川寨。這也難怪，即使橫掃天下的成吉思汗，最終也是在 1227 年因無力攻克唐古特，在城下遺憾病逝。唐古特就是西夏，由此可見西夏人戰力之強。

朝廷萬般無奈之際，只有范仲淹這樣有使命感的儒生，才會挺身而出、力挽狂瀾。

康定元年（1040）到慶曆三年（1043），范仲淹任陝西經略副使兼延州知州，主政西北邊陲。他治軍同他的性格一樣，講究訓練、組織、規劃，穩紮穩打，並以延州為中心，組成戰略縱深的防禦體系。從歷史的角度來看，以宋與西夏的戰略力量對比及宋軍的素質來看，范仲淹的做法其實是一種戰略上最好的優選策略，而不是什麼一味出奇兵制勝，就連西夏後來也對范仲淹深為佩服，稱他是「腹中有數萬甲兵」。當時軍中更是有言「軍中有一范，西賊聞之驚破膽」。

這樣的范仲淹，為什麼會寫出這樣一首《漁家傲》？

這首詞的上片其實是在寫景，寫的是邊塞之景。這是

一種什麼樣的邊塞秋景呢？

「塞下秋來風景異」，那一定是和中原之景、江南之景大不相同的。「衡陽雁去無留意」，衡陽有雁回峰，所謂北雁南去，所以「衡陽雁去」，即為雁去衡陽。「無留意」，則可見出決絕之情。天地無情，以萬物為芻狗。在這無情的天地自然之中，「四面邊聲連角起」。四面邊聲連着號角一起吹響，四面邊聲裏到底有哪些聲音呢？一定有風吼，有馬嘶，甚至有兵器的碰擦聲，可見戰事的緊張。「千嶂裏，長煙落日孤城閉」，崇山峻嶺之間，那長煙、那落日，將一座孤城牢牢關鎖。「孤城」二字，讓人不禁想起「一片孤城萬仞山」。

我個人最喜歡范仲淹《岳陽樓記》中的一句，不是「先天下之憂而憂，後天下之樂而樂」，而是最後一句「噫！微斯人，吾誰與歸？」。這其中有強大的精神力量，更有先行者莫大的孤獨。

這首《漁家傲》上片寫景，但景中已然入情，所以下片自然由景入人，由景入心。

「濁酒一杯家萬里，燕然未勒歸無計。」宋人飲酒，有濁酒、清酒之分，所謂青梅煮酒論英雄，其實不是用青梅來煮酒，青梅和煮酒本是兩樣東西。這個煮酒就是後來陸游寫的「紅酥手，黃縢酒」，是加熱過的清酒再嘗。宋代民間富庶，一般人家基本上都不喝濁酒，要喝都要喝清

酒。而作為三軍統帥的范仲淹思鄉之際，眼前卻只是濁酒一杯啊。

「燕然未勒」則用竇憲北擊匈奴，燕然勒石之典。在漢匈之戰中，在中原民族對北方遊牧民族的長期拉鋸戰中，中原民族取得的輝煌戰果裏最典型的有兩個。一個是霍去病的封狼居胥，一個就是竇憲的勒石燕然。喝一杯濁酒，念家鄉萬里，可是燕然未勒，還沒有刻上平胡的功績，又何以歸去，又何以家為？

「羌管悠悠霜滿地，人不寐，將軍白髮征夫淚。」這裏的羌管也不要等閒視之，雖然它和王之渙的「羌笛何須怨楊柳」是一樣的，說的都是羌人的笛。但在范仲淹這裏的羌笛、羌管、羌人，它們的意義可不凡。

范仲淹不論為政還是治軍，都愛民如子，愛兵如子。他當年出仕不久，在泰州任上就修防海堤來護民，泰州現在還有范公堤。在蘇州任上，則興修水利，解除當地百姓的水患。治軍之際他愛護士兵，大家皆甘心為之拋頭顱灑熱血。范仲淹還別具慧眼，優待羌人，甚至爭取羌人，使羌人回歸。因為在西夏進犯的過程中，西夏軍不明地形，所用的嚮導大多都是羌人，而范仲淹招徠並善待羌人，其實就是斷了西夏軍的信息來源，不可謂不高明。所以，這裏的羌管悠悠也一定在四面邊聲之中，一定是自己這邊，而不是敵人那一方的。也正是這樣的羌管，才能引發主帥

的思緒。思緒是什麼呢？是一種感慨啊！

「人不寐，將軍白髮征夫淚」，輾轉反側之際，你看將士們都長了些許白髮，又灑下思鄉之淚。但這只是一種體恤式的感慨嗎？

其實不然。范仲淹的偉大在於他不僅有一種悲憫，有一種擔當，還有一種遠見卓識。這種遠見卓識是對北宋王朝冗官、冗費、冗兵的深刻擔憂，甚至是對北宋王朝那種防大臣、防武將、防軍隊，用陰謀又怕別人用陰謀的那種本質的深刻認識。

從文化史、經濟史、藝術史的角度上來看，北宋堪稱是中國封建社會的頂峰。但北宋一則巨富，一則積弱，在西夏、遼、金、元的環視之中，一味只求和，只知苟安，體現不出一個王朝應有的朝氣與蓬勃的生機，這才正是范仲淹的憂患所在。

所以，范仲淹治軍之後，接下來便是慶曆新政，開始了政治改革。雖然改革阻力無窮，不久便遭失敗，但他的智慧、眼光、情懷已顯露無遺。寫《岳陽樓記》的時候，他還沒有去過岳陽，只是因為滕子京是他改革的幹將。所以他以岳陽樓明志、以文明志，「先天下之憂而憂，後天下之樂而樂」。這是怎樣的大情懷、大抱負。但先行者總是孤獨的，總是清醒的，也總是因為清醒而痛苦、而無限感懷的。於是，就有了這樣的《漁家傲》。

雖然後來「慶曆新政」的改革最終失敗，沒能成功，但范文正公的風範以及他人格的魅力，卻在一代代士大夫心中紮下根來。正所謂「雲山蒼蒼，江水泱泱，先生之風，山高水長」。

一朵叫子野的野花

　　我們講了范仲淹在詞史上不能被忽略的地位，但范仲淹自己並不以辭賦為能，在當時的北宋詞壇，他的創作也不被重視。反之，有一個人的歷史地位雖然遠不如范仲淹，但在當時的詞壇卻是繁花似錦，風雅所歸。

　　這個人就是對宋詞產生過重要影響的張先張子野。下面，我們就來賞讀一下他的名作《天仙子·〈水調〉數聲持酒聽》。

《水調》數聲持酒聽，午醉醒來愁未醒。送春春去幾時回？臨晚鏡，傷流景，往事後期空記省。

沙上並禽池上暝，雲破月來花弄影。重重簾幕密遮燈，風不定，人初靜，明日落紅應滿徑。

我們說張先對宋詞的發展產生過重要的影響，是因為兩個原因。

在一些教科書或詩詞鑒賞中提到，張先是柳永之後在音樂上對婉約詞，尤其是對慢詞進行重要拓展的人物。但我要說的兩個原因，和這些評論一點關係都沒有。

之所以說張先對宋詞產生過極其重大的影響，第一個原因是他在晚年交了一個非常要好的朋友，而且是他的忘年交，比他小四十多歲。

這個忘年交，此前不太願意寫詞，把創作天賦基本用在了詩和文上。但受了張先的影響之後，他開始大量進行詞的創作。這個人的才情和天賦不得了，一旦開始進行詞的創作，立刻就使得詞壇風雲變幻，甚至連整個詞史都為之一變。他在受張先影響，對詞的創作產生濃厚興趣並積極創作的頭幾年，隨便寫寫都是名垂千古的不朽之作。比如《江城子·密州出獵》，開宋詞豪放先聲，從此宋詞有了豪放與婉約之別。比如《江城子·乙卯正月二十日夜記夢》，被稱為千古悼亡之首。比如《望江南·超然台作》，「且將新火試新茶。詩酒趁年華」，一句話囊括儒釋道三教精華。再比如《水調歌頭·明月幾時有》，那更是千古中秋詞的魁首。說到這裏，大家一定都知道，他就是對詞史產生過極其重大影響的一代文宗——蘇軾。

熙寧四年（1071），蘇東坡到南方做地方官，這個期

間受到張先的影響，開始對詞產生了興趣，並開始大量創作。從影響了一個人，從而影響了一段歷史，甚至影響了整個詞史的角度上來講，張先對蘇軾的影響那就是對整個詞史、文化史的影響。這種影響，善莫大焉，功莫大焉。

說到張先在詞史上影響重大的第二個原因，就要說到他和范仲淹對比的意義了。這正可以從這首《天仙子》名作上看出端倪。

「天仙子」這個詞牌，原是唐代的教坊曲名，據《樂府雜錄》記載是晚唐李德裕所進，屬龜茲部的音樂，原名叫作「萬斯年」。

很多人都不太明白為什麼這個曲子的原名叫「萬斯年」，感覺聽上去反倒像一個人的名字。清初的時候，確有一位學者名叫萬斯年，是著名史學家黃宗羲的弟子萬斯同的哥哥。而民國時期則有兩位著名的學者，一位是大家很熟悉的傅斯年，胡適先生的弟子；還有一位叫萬斯年，曾做過江西財大的校長。

為什麼那麼多人叫斯年呢？其實，就和這個曲牌名的典故一樣。他們取的都是《詩經・大雅・下武》篇，「於萬斯年，受天之祜」的典故和寓意，取其中天祐國運之意。李德裕取龜茲部音樂敬獻，並取名為「萬斯年」，自是祈祐國運之意。

從這個曲牌名，我們就可以想見它本來的音樂特色，

一定是歡樂快樂、乞祐平安的。後來，皇甫松作此詞，其中有「懊惱天仙應有以」之句，風傳天下，因此又改名為「天仙子」。

此詞是小令，可見音樂上歡樂的根本特質應該是沒有變的，可是張先寫來卻不是歡樂的。而我們為什麼要說半天曲牌之名呢？因為這首詞的第一句也是從曲牌寫起的。

「《水調》數聲持酒聽。」《水調》是隋時的大曲，是隋煬帝開大運河、鑿汴渠之後，為了慶祝自己做了水調大歌——《水調曲》。隋煬帝也算是一個藝術全才，詩詞歌賦樣樣精湛。「水調歌頭」，就是取《水調曲》開篇的序章。

原來，張先所寫的正是曲中聽曲啊。「《水調》數聲持酒聽，午醉醒來愁未醒。」前此張仙手持酒杯，細聽那水調聲聲，不知不覺間便醉酒了，可是午間醉酒雖然醒來，心中的愁緒卻絲毫不醒。

這種愁緒又因何而來？

張先的這首《天仙子》有兩句小序，說「時為嘉禾小倅，以病眠，不赴府會」。這句「時為嘉禾小倅」，後人考證分析，張先這首詞應該作於他五十二歲左右。嘉禾小倅，「倅」是副職的意思。這時，張仙在做嘉禾（今浙江嘉興）通判，通判就相當於我們現在的副市長。「以病眠，不赴府會」，這是說他心中百無聊賴，甚至感到疲憊，對府衙中歡歌妙舞的舞會、聚會都不感興趣，一個人

在家聽水調，喝悶酒，以至於午醉醒來愁還不醒。

他到底在愁什麼呢？他是和范文正公一樣「先天下之憂而憂」嗎？是「進亦憂退亦憂，然則何時而樂耶」嗎？

非也非也。雖然憂愁都是憂愁，但所憂所愁，卻大相徑庭。張先的憂愁，只是「送春春去幾時回」。原來已是暮春，原來已是春將盡。可是春天離去後，終究還有再回來的那一天；然而歲月匆匆，我們逝去的青春，我們逝去的年華，卻終究一去不再復返了。在這樣的日子裏，在千門萬戶的世界裏的我，又能做些什麼呢？只有徘徊罷了，只有惆悵罷了。

張先這句「送春春去幾時回」的疑問與感歎，其實就像朱自清先生在他那篇《匆匆》裏的最後一問：「你聰明的，告訴我，我們的日子為什麼一去不復返了呢？」

於是，在不復返的日子裏，時光從午後到了傍晚——「臨晚鏡，傷流景，往事後期空記省」。杜牧有詩云「自悲臨曉鏡，誰與惜流年」，這是寫女子晨起梳妝，感歎年華易逝。而張先卻不避男女，改「曉鏡」為「晚鏡」，更易「惜流年」為「傷流景」，婉約情懷比女子更甚。而一句「往事後期空記省」更是比李商隱那句「此情可待成追憶，只是當時已惘然」直白顯露，更直抒心懷。所以「臨晚鏡，傷流景，往事後期空記省」不知覺間，已將小李杜的詩境統而為一，又曲徑隱晦，更見婉約、直白與柔媚。

與范仲淹的《漁家傲·秋思》不同，范仲淹是上片寫景，下片寫情，比范仲淹小了一歲的張先，他的《天仙子》卻是上片寫情，下片寫景。

寫完了愁情之後，下片開始寫他眼前所見之景。當然一切景語其實亦情語。「沙上並禽池上暝」，這是在暮色籠罩中，又能見成對的鴛鴦，在沙岸上並眠。有意思的是沉沉中本來極靜，但是心中一動，世界也彷彿隨之一動。

「雲破月來花弄影」，這簡直生動至極，嫵媚之極。這個「破」字用得太妙了，「月來」這個「來」字和「破」字一和，則更妙。也正是因為這一句，張先得了一個著名的外號——「張三影」。

在「張三影」之前，張先還有一個外號叫「張三中」。他當年的詞《行香子》有云，「心中事，眼中淚，意中人」這一句流傳得特別廣，所以時人稱之為「張三中」。可是，張先聽說之後，自己卻不以為然，覺得還不如叫「張三影」。因為「雲破月來花弄影」「嬌柔懶起，簾壓捲花影」「柳徑無人，墮飛絮無影」，這三句寫影之句才是自己最得意之句。這三句之中則以「雲破月來花弄影」為首，所以世人遂稱之為「張三影」。

當然他另外還有兩個外號，一個就是「『雲破月來花弄影』郎中」，這個外號還有一段文壇掌故。一次，一位官職遠高於張先的官員經過張先的家，突然想看看這位名

聲滿天下、風流滿天下的子野先生，卻被門房攔住。這位已經做到六部尚書的高官，就大聲喊道，「尚書欲見『雲破月來花弄影』郎中」。當時張先在屋內聽聞，立刻大聲回應道，「得非『紅杏枝頭春意鬧』尚書耶」？兩人一問一答遂成千古佳話，「『雲破月來花弄影』郎中」的外號也便由此叫響。

另一個則是叫「『桃杏嫁東風』郎中」，是因為歐陽修最喜歡他的《一叢花令》中的一句，「不如桃杏，猶解嫁東風」，所以特別給他取了一個「『桃杏嫁東風』郎中」的外號。

要注意，這個郎中不是醫生，而是一個官職，張先最終做到尚書都官郎中，也是七十多歲在這個位置上退休的。說到上述這些外號，我們可以發現，張先幾乎可以說是北宋詞壇上外號最多的詞人。

之所以他的外號那麼多，就是因為他寫情語、情調的名句甚多。這句「雲破月來花弄影」，未見一風字，卻以想見風起。於是詞人接下來說「重重簾幕密遮燈」，這就是從風起寫的。風漸漸大了，於是要遮住燈不被吹滅。可是進了屋的詩人，心思卻還在屋外。「風不定，人初靜，明日落紅應滿徑。」如此暮春時節，一夜風起，到明日該有多少落花被風吹，正是「林花謝了春紅，太匆匆」。一片惜花柔情，至此戛然而止，這就是張先的小情趣、小情

懷，不赴府會，不爭主流，只惜花愛花，惜時愛身。

張先從不諱言自己愛花之情、護花之意，他因此愛江南美景，愛江南美女，晚年流連蘇杭之地，妻妾成羣。也正是在杭州，他的詞才影響了蘇軾。

張先一生風流多情，卻被時人推崇。據說他年輕的時候，就愛上一個尼姑，並克服一切困難想方設法與小尼姑約會。而他那首著名的《一叢花令》據說就是寫給他的年輕的尼姑戀人的。

到了晚年張先依舊詩酒風流，蘇軾曾贈詩張先說他「詩人老去鶯鶯在，公子歸來燕燕忙」，正是其晚年風流寫照。據傳張先在八十歲的時候，仍然娶了一個十八歲的女孩子做小妾。張先於此卻甚是得意，在一次家宴上，他居然就此得意賦詩說，「我年八十卿十八，卿是紅顏我白髮。與卿顛倒本同庚，只隔中間一花甲」。當時蘇軾在座，也即興附上了一首千古名作：「十八新娘八十郎，蒼蒼白髮對紅妝。鴛鴦被裏成雙夜，一樹梨花壓海棠。」

現在，我們可以再回到開始的那個問題了，為什麼說張先對宋詞的發展影響巨大？

一是他直接影響了蘇軾，另一個重要原因就是他的婉約詞中所體現的小情趣、小情懷，甚至風流韻事、男女艷情，雖然不關家國天下，不關帝王霸業，卻是北宋那個極其富庶的社會現實裏，新興市民階層內心渴望人性解放的

最典型的表現。

北宋是中國古代經濟史、文化史上的巔峰。社會極其富庶，新興市民階層興起，但他們的價值觀、精神需求卻不被主流價值觀認可。不過，他們雖不被認可，卻能自得其樂。他們聽從自我內心的聲音，渴望人性的解放。正因為有這樣的社會土壤與時代土壤，才有了張先這朵北宋詞壇上特別獨特的野花。因為他夠野，所以他的詞、他的濃情艷句，在當時流播得特別廣。

於是，那些特立獨行的張子野們，哪怕再野，只要展現的是真實的自我，是性情的揮灑，就一樣會得到新興階層的認可與追捧。而這個富庶的市民階層的出現，正是詞原本作為胡夷里巷之曲，在北宋得到迅猛發展的關鍵原因所在。

小宋胸中，多少春意鬧

　　我們在講張先的時候，提到了一位能與「『雲破月來花弄影』郎中」相匹配的「『紅杏枝頭春意鬧』尚書」，那正是北宋和張先齊名的另一個重要人物，被稱為「小宋」的俊逸才子——宋祁。

　　下面，我們就來講講宋祁的那首代表作《玉樓春·春景》。

宋祁——《玉樓春·春景》

東城漸覺風光好。縠皺波紋迎客棹。
綠楊煙外曉寒輕，紅杏枝頭春意鬧。

浮生長恨歡娛少。肯愛千金輕一笑。
為君持酒勸斜陽，且向花間留晚照。

王國維《人間詞話》說：「紅杏枝頭春意鬧，著一『鬧』字，而境界全出。雲破月來花弄影，著一『弄』字，而境界全出矣。」

我們講過，張先是北宋詞人裏外號最多的一個人，他除了「張三中」「張三影」「『桃杏嫁東風』郎中」「『雲破月來花弄影』郎中」之外，還有一個外號叫作張安陸。這是因為他曾經在湖北安陸做知州，而宋祁剛好就是湖北安陸人。兩人晚年相交之時，宋祁已經是工部尚書，而張先只是都官郎中。要知道，尚書是兩三品的大員，都官郎中只不過是五品左右，宋祁能因一句詞而主動拜訪張先，可見二人論交無關身份和地位，純屬是惺惺相惜。

和張先的《天仙子》正好相反，《天仙子》先寫情，再寫景，而《玉樓春》則是上片寫景，下片寫情。究其本質，詩詞所抒發的終究不過是情與景之間的關係。

「東城漸覺風光好。縠皺波紋迎客棹。」為什麼要往東城去遊春呢？大概便是因為「盼望着，盼望着，東風來了，春天的腳步近了」。東風的風光之中，首先見到的是什麼呢？「縠皺波紋迎客棹。」所謂「風乍起，吹皺一池春水」。這個「縠皺波紋」說的是像輕紗一樣的水上的漣漪和波紋。《周禮》註疏云：「輕者為紗，縐者為縠。」「縠」，就是那種很薄、表面有皺紋的絲織物。我們知道，這種絲織物穿在身上非常舒服，這種「縠皺波紋」被詩

人看在眼裏，當然是舒暢至極。再加上「迎客棹」，「棹」就是船槳，這說明詩人哪怕一開始是踏馬遊春，後來極有可能是乘船遊春。這不禁讓人想起蘇東坡當年在杭州的日子，一大早也是呼朋引伴，和朋友們踏馬遊春，然後在西湖上改乘畫舫，或者每人各乘一船，攜帶樂器賞春湖上，其樂無窮，當時即被傳為杭州一景。

在這樣的心情中，宋祁所見居然是兩種截然相反的感覺，「綠楊煙外曉寒輕，紅杏枝頭春意鬧」。「綠楊煙外」當然是指遠處楊柳如煙，但「曉寒輕」，尤其是這個「輕」字一用，說明還是初春，原本應是一種靜謐的關係，但接下來一句「紅杏枝頭春意鬧」則生發出另外一種情致。

關於這一千古名句，歷來詩話點評甚多，爭議也甚多，尤其是這個「鬧」字。

像寫下《笠翁對韻》《閒情偶寄》的李漁就完全不認可。他覺得宋祁的這個「鬧」字用得太隨便、太隨意。李漁以為，如果春意和杏花可以說「鬧」的話，那可不可以說「吵」，吵鬧吵鬧，那可不可以說爭鬥、打鬧，像「爭」「吵」「鬥」「打」這些字可不可以用？如果可以用的話，那就實在太俗太爛了。同理推知，他認為這個「鬧」字，也用得太過俗爛了。但是，王國維先生卻說「著一『鬧』字，而境界全出」，這評價毫無疑問非常之高，我們也都接受了「紅杏枝頭春意鬧」這種非常棒的感覺。

實際上，當時的人也同樣如此。

那麼，這個「鬧」字它到底好在哪兒呢？

清人方中通説，非一「鬧」字而不能見杏花之紅啊。就是以為這個「鬧」字表面上寫的是春意，但春意比不過枝頭的紅杏，所以這個「鬧」字寫的是紅杏的顏色。但其實我們仔細揣摩，就會覺得這種解讀似是而非。

還是錢鍾書先生説得好，他有一篇文章叫作《通感》，着實深刻把握了漢語修辭手法的精髓。他開篇就以宋祁的這句「紅杏枝頭春意鬧」作比，説這個「鬧」字其實是一種通感的手法的運用。就像李漁説的「吵」「鬧」這些字，其實首先是一種聽覺感受，而紅杏枝頭呢，卻是一種視覺結果。那麼，宋祁用一個「春意鬧」，就把視覺上的春意通過聽覺的手法表現了出來，我們也把這種手法稱為「移覺」。通過通感或移覺的手法，他寫的不是杏花之紅，而是花時與春意之盛。所以「紅杏枝頭春意鬧」寫出一片生機，自然見花事繁盛，這又和前面的「曉寒輕」形成鮮明的對比，將眼中所見和心中所感巧妙烘托出來，這也正是這一聯的妙處所在。

不管怎麼説，歷來大多數觀點都認為整首《玉樓春》的上片是寫春之翹楚，那寫情呢？很多評論家對於下片就不以為然了。

過片兩句「浮生長恨歡娛少。肯愛千金輕一笑」，有

人就認為上段寫春天絢麗的景色確有獨到之處，下段卻不能相稱，用了一些陳詞濫調，充滿了追歡逐樂的庸俗情趣。這其實就是覺得下片的抒情太俗了，覺得「浮生長恨歡娛少」這樣的表達太直白了。或許宋祁見了張先之後，更加「長恨歡娛少」了。張先一生詩酒風流，大概讓宋祁頗為羨慕。宋祁也絕對有風流瀟灑的資本。他不僅才情驚艷，詩詞寫得好，還是北宋著名的史學家，《二十四史》中的《新唐書》主要便是歐陽修和宋祁所撰。

除了才學，最關鍵的是宋祁還長得還特別帥，是當時京中名噪一時的大眾情人。

一次，宋祁散朝回家，突然迎面一隊宮中的車馬緩緩經過。眾人紛紛避讓，宋祁也在路上立身避之。這時，車隊中忽然有一輛內轎簾輕啟，有一美麗的女子看向路邊的宋祁，情不自禁地喊了一聲：「啊，小宋！」宋祁也看到了喊他的那個女子，兩人四目相對，時光彷彿一瞬永恆，但車隊終究緩緩而過。

宋祁回到家中，一時悵然，做《鷓鴣天》一曲。詞云：「畫轂雕鞍狹路逢。一聲腸斷繡簾中。身無彩鳳雙飛翼，心有靈犀一點通。　金作屋，玉為籠。車如流水馬遊龍。劉郎已恨蓬山遠，更隔蓬山幾萬重。」此詞一出，雖然套用李商隱之句，但這段傳奇情事一下子風靡京城，甚至連仁宗皇帝都聽說了這件事，忍不住起了八卦之心。

於是，宋仁宗把那天車隊中所有的後宮女子都召集起來，就問那天是誰在車中喊了一句小宋，並言你們但說無妨，朕不怪罪。

這時，有一女子臉紅承認是自己見到名聞天下的宋祁，脫口而成一聲「小宋」。就彷彿今天很多女孩子見到宋仲基一樣，忍不住輕喚一聲「小宋」。仁宗聞之，也不惱怒，也不吃醋，還表現出月老的天賦。

仁宗立刻招來宋祁，告知原委，並問宋祁是否喜歡。有史記載：「上笑曰：『蓬山不遠』。因以內人賜之。」就是說仁宗見兩人四目相對，目中含情，遂大笑着說，蓬山不遠啊。誰說「劉郎已恨蓬山遠，更隔蓬山幾萬重」呢？遂讓一對有情人終成眷屬。

因一句「小宋」而收穫美麗的愛情，這樣的「浮生」恐怕「歡娛」也不少。但在宋祁，這樣的歡娛卻不盡然。

他之所以被稱為「小宋」，那是因為還有一個「大宋」。北宋時期有一個很有意思的現象，往往是打虎親兄弟，上陣父子兵。像蘇軾、蘇轍，程頤、程顥，陸九淵、陸九齡，王安石、王安禮，宋祁也是如此，他有個哥哥叫宋庠。

宋祁家境並不富裕，他的哥哥原名叫宋郊，「郊」和「祁」都從右耳旁，都是地勢開闊的意思，後來宋郊改名為宋庠。宋庠出生的時候是寤生，就像鄭莊公一樣，也就

是說是難產，不是順產。估計他媽也不是特別喜歡他。而宋祁呢，據說他媽媽生他之前還夢到一個穿紅色衣服的神仙「攜《文選》一部與之」，就是在夢裏塞了一部《文選》過來，然後就生了宋祁。所以就給他取了一個小名叫選哥，就是紀念夢中有一部《文選》的意思。

宋祁是老二，天賦既高，家人又喜歡，他的才學其實是比他的哥哥要高一些。後來兄弟倆一起考進士，本來宋祁考了一個狀元，但當時的章獻太后很迂腐，就說弟弟怎麼能排在哥哥的前面呢？所謂孝悌，弟弟得了狀元也應該讓給哥哥，就把這個狀元給了宋庠，宋祁只能屈居在哥哥之後，從此以後在仕途上，宋祁也只能在哥哥的光環之下了。

宋庠雖然才情不及宋祁，但為人老成持重，章獻太后和仁宗都很喜歡。「慶曆新政」之後，范仲淹罷相，仁宗就問張德相，誰可代范仲淹任相位？張德相舉薦了宋祁，仁宗頻頻點頭，但最後還是用了宋庠做宰相。後來，宋祁雖然位列工部尚書，那也是因為晚年和歐陽修一起修《新唐書》十餘年，以才學名世，終得尚書之職。

可以說，在「大宋」的光輝下，「小宋」的人生一直也只是中規中矩。事實上，他的性情本來狂放，才學又超卓驚人，甚至連仁宗皇帝都說小宋「每上殿來，則廷臣更無一人是者」，就是說小宋你才學太多了，以至有些

傲嬌。論及人生仕途功業，我想小宋心中也未免無聲感慨吧。

「浮生長恨歡娛少。肯愛千金輕一笑。」人生歡樂何其少，願拿千金換一笑。俗則俗矣，但內心的狂放不羈卻一時宣泄而出。所以，我覺得這兩句過片反倒是宋祁內心真實的寫照。

「為君持酒勸斜陽，且向花間留晚照。」斜陽啊，你不要匆匆流去，再撒一些光芒在這春花之上，將那美麗的晚照之影，也再盡情多留一會兒，這真是得歡樂處且歡樂，有花堪折直須折。

在另一首《浪淘沙》裏，宋祁也說：「少年不管。流光如箭。因循不覺韶光換。至如今，始惜月滿、花滿、酒滿。」所以「為君持酒勸斜陽」，只要酒滿、花滿、月滿。既然手中有大好春光，人生就該好好享樂。哪怕以千金買笑，也要讓歡娛不少。這就是有人評價說下片充滿追歡逐樂的庸俗情趣的原因所在。但其實就像我們分析張先的《天仙子》一樣，北宋的春天正是「紅杏枝頭春意鬧」。

我們說過，北宋是中國古代經濟史、商業史、文化史的巔峰，新的市民階層的興起正改變着社會文化的土壤。大宋立國之初，宋太祖就曾經號召大家「多積金，市田宅以遺子孫，歌兒舞女以終天年」，這一政治導向毫無疑問引導了北宋商業大潮的勃興。加之北宋大城市人口集中，

又不禁夜市，消費意識濃烈，極大刺激了娛樂業的繁榮。像當時的東京開封，那裏是「人煙浩穰，添十數萬眾不加多，減之不覺少。所謂花陣酒池，香山藥海。別有幽坊小巷，燕館歌樓，舉以萬數」。《東京夢華錄》裏的記載，簡直又是一部《京華煙雲》。

在這種商業文化勃興城市文化的背景下，新的市民階層對人性解放的追尋與需求正在潛移默化地改變着社會的文化土壤。北宋婉約詞的興盛及宋詞的發展，正是和這種土壤息息相關。張先可以説是這片土壤上一朵別樣的野花，而宋祁則在士大夫階層中，表現出「浮生長恨歡娛少。肯愛千金輕一笑」，表現出對「紅杏枝頭春意鬧」的嚮往，雖然淺薄直白，卻正是一個時代的生機與脈搏所在。張先、宋祁他們的春愁與春意，可能不如范文正公家國天下之憂思那麼偉大、那麼崇高，但是他們切中人性的書寫與淺斟低唱，一樣在歷史的深處閃爍着人性的光芒。

所以舉起酒杯吧，既然眼前已是「綠楊煙外曉寒輕，紅杏枝頭春意鬧」，那麼將進酒，且盡歡，「為君持酒勸斜陽，且向花間留晚照」。

時間層層疊疊　唯你念念皆在

　　晏殊為一代名相，尤擅長小令的創作。他的這份才情、這份深情，大概在血脈裏遺傳給了他的第七個兒子晏幾道。晏幾道更勝其父，用情更深，用情更痴。一部《小山詞》，可以說是寫盡「痴情」兩字。

　　下面，我們就來欣賞晏幾道的千古名作《臨江仙·夢後樓台高鎖》。

　　夢後樓台高鎖，酒醒簾幕低垂。去年春恨卻來時。落花人獨立，微雨燕雙飛。

　　記得小蘋初見，兩重心字羅衣。琵琶弦上說相思。當時明月在，曾照彩雲歸。

「臨江仙」這個詞牌，來自唐代的教坊曲，先是曲牌名，後來被用為詞牌名。關於它的詞牌原意，後人爭論不已。南宋黃昇《花庵詞選》認為「《臨江仙》之言水仙，亦其一也」，是說它開始是詠水仙的，所以叫《臨江仙》；而明代董逢元《唐詞紀》則認為，「臨江仙」是因「多賦水媛江妃」而得名；近代學者任半塘則根據敦煌詞中有「岸闊臨江底見沙」之句，認為這個詞牌名就是臨江的意思。

我們不管它到底是寫臨江，還是詠水仙，還是詠江妃，這個詞牌在唐代最初的時候應該是雙調的小令曲。到了宋代之後，經過柳永之手，從小令變成了慢曲創作。歷史上最有名的《臨江仙》，其實還不在宋代，而是《三國演義》中那首著名的《臨江仙》，「滾滾長江東逝水，浪花淘盡英雄。是非成敗轉頭空，青山依舊在，幾度夕陽紅。」這是明代大才子楊慎所做的《廿一史彈詞》第三段《說秦漢》的開場詞。後來毛宗崗父子評《三國演義》的時候，把它放在了卷首，才為大家所熟知。

「夢後樓台高鎖，酒醒簾幕低垂」，上片的開篇就很有意思。一般詩人要寫夢，要寫酒，一定是寫「夢裏」，或者「醉中」。像晏幾道另外一首名作《鷓鴣天》：「從別後，憶相逢。幾回魂夢與君同。今宵剩把銀釭照，猶恐相逢是夢中。」是夢中吧？更不用說蘇東坡的《江城子·乙

卯正月二十日夜記夢》，上片「十年生死兩茫茫」之歎之後，下片幾乎全在夢中，「夜來幽夢忽還鄉，小軒窗，正梳妝。相顧無言，惟有淚千行」！其實，寫酒也一樣，辛棄疾説「醉裏挑燈看劍，夢回吹角連營」，就是説要在醉裏、要在夢中才能找回當時的情懷。

可是晏幾道非常有意思，他偏要説夢後和酒醒的時候，夢後怎樣呢？「樓台高鎖」，是從外面看，「簾幕低垂」是從裏面説。但不論外面、裏面，都非常清冷，讓人意興闌珊！唐代許渾有云：「樓台深鎖無人到，落盡春風第一花。」這樣的樓台、這樣的簾幕貌似平靜，卻有着一種令人絕望的沉寂，這種沉寂就反襯了「夢中」和「醉裏」詩人情感的濃烈。

接下去，晏幾道緩緩地調動他在夢裏、在醉中所擁有的那種濃烈的情感。當然，這種調動是很有層次的。首先是回到去年，「去年春恨卻來時。落花人獨立，微雨燕雙飛」。去年即有春恨，「卻來時」這個「卻」字是「又」的意思，也就是「又來時」。這説明早在去年的時候，他就與深愛的人分離了。而那種離恨在去年的春天，就已是那樣的銷魂。

怎樣銷魂呢？——「落花人獨立，微雨燕雙飛」。説到這一千古名句，我在中國詩詞大會上也解讀過。嚴格説起來，這並不是晏幾道的原創，而是他的引用。這一聯應

該出自五代詩人翁宏的《春殘》，詩云：「又是春殘也，如何出翠帷？落花人獨立，微雨燕雙飛。」

古代詩詞創作中有這樣一些情況，有些詩人會把前人的一些句子直接拿來用，這和我們今天理解的抄襲的現象並不一樣。像駱賓王的那一句「相憐相念倍相親，一生一代一雙人」，後來就被多情的納蘭容若直接化用，寫下了「一生一代一雙人，爭教兩處銷魂。相思相望不相親，天為誰春」。

這其實是一個從樂府創作延續下來的傳統。樂府創作「以詩入樂」，就是直接拿前人成句入樂。如果用得好，既與全篇整體呼應，又與相隨的樂曲相互呼應，這就屬於一種典型的二次創作，是被人所稱讚的。到了詩詞創作中也是這樣，尤其是詞體創作中，一則詞很靈活，二則詞又要和樂，所以如果能把前人的語句化用篇中，既和樂又能產生全新的意境，會被認為是一種優點。所以，最痴情，也最擅長詞體創作的，像晏幾道、像納蘭容若，他們就都很善於直接化用前人的成句。

往往令人驚艷的是，那些名句在前此的創作中並不顯山露水，可到了他們的詞作中卻大放異彩，這就是非常值得稱道的二次創作了。這一聯和「去年春恨」放在一起，那是一幅怎樣的畫面啊？落花紛紛，斯人獨立，細雨霏霏，燕子雙飛，這種看似唯美的畫面中，卻有一種難以排

遣的惆悵與繾綣。

去年惆悵尚如在目前，詩人在這個時候卻又更向前一步，從去年的春恨再往前，「記得小蘋初見，兩重心字羅衣」。所謂「人生若只如初見，何事秋風悲畫扇」，一切情感上的幸福、傷痛、惆悵與婉轉，都來自那個最初的原點，那一次人生的初相遇。那時的你是那樣美，羅衣上繡着兩重心字。

同樣寫下《臨江仙》名作的楊慎，在他的《詞品》裏評價晏幾道這首《臨江仙》說：「『心字羅衣』則謂心字香薰之爾，或謂女人衣曲領如心字。」是說要麼是用心字香，去熏出來的羅衣，或者說是羅衣的衣領或衣襟處有彎曲的造型，像心字。這種解讀，較為纖巧。後人大多認為應該是這件羅衣繡有花紋，而有些花紋是按照漢字的篆體去設計的，尤其是「心」字的篆體，可以做衣飾上的圖案。那麼「兩重心字」，也就是心心相印吧。可見於千萬人中遇到的那個你，正是要與我心心相印的人。

「琵琶弦上說相思。當時明月在，曾照彩雲歸。」既然心心相印，哪怕只是初相遇，你便彈弄着琵琶，在弦上唱出了相思。每一個音符，都飛進我的心底，將我溫暖地纏繞。如何能回去那一刻呀！那一刻最唯美、最浪漫、最溫暖的存在。當時曾照着你我的明月，念念皆在，而如彩雲一樣的你，如何才能在我的生命裏、在我的愛裏歸

來。所謂「當時明月在」的「在」，有「在在如是，念念皆在」之意。一句「曾照彩雲歸」，是說自己像彩雲一樣的愛人，她的聲音、她的愛穿越時光，在當時與現在、夢裏與夢後，醉中與酒醒，何曾不是「念念皆在，在在如是」啊！

這是何等的痴情，從夢後酒醒的平靜，推回到「去年春恨卻來時」，再往前推到最初的相見，再一下子回到如今，回到整個生命，那種情、那種愛，在整個生命裏無處不在。

那麼，這個讓詩人心心念念、念念皆在的小蘋，到底是誰呢？

據詩人自己在《小山詞》自跋裏說，「始時沈十二廉叔、陳十君寵家有蓮、鴻、蘋、雲，品清謳娛客。每得一解，即以草授諸兒，吾三人持酒聽之，為一笑樂。已而君寵疾廢臥家，廉叔下世，昔之狂篇醉句，遂與兩家歌兒酒使俱流傳於人間。」這是說，晏幾道晚年時家境貧寒，很多時候不得不寄寓在好友沈廉叔和陳君寵家。他們家各有幾個非常出色的歌女，比如說小蓮、小鴻、小蘋和小雲。這幾個歌女與晏幾道情意相通，尤其在音樂詞作上可謂知音。晏幾道每有新作便交給她們來唱，而三人持酒聽之，以為人生至樂。晏幾道甚至認為自己的那些深情之作，是因為他的這兩個好友和小蘋這幾位歌女，才得以流傳於人

間的。

我們現在忽然明白，晏幾道與小蘋的情感，甚至有可能算不上是愛情。可他的詞、他的《鷓鴣飛》《臨江仙》，為什麼能寫得那麼深沉啊？比愛情還深沉。其實理解了晏幾道的人、理解了他的性格品性，就理解了他的詞、他的情。

我們剛才說晏幾道晚年家貧，很多人可能會詫異，他的父親不是晏殊嗎？晏殊可謂是一代名相，北宋很多名臣如韓琦、富弼、范仲淹，包括後來的歐陽修、王安石，可以說俱出其門下。這樣的官宦之家，這樣的名相之子，怎麼會晚景清貧，甚至要寄寓在朋友之家呢？而他才情驚艷天下，可舉世茫茫所交不過黃庭堅、鄭俠、沈廉叔、陳君寵數個朋友而已。連蘇東坡主動結交，晏幾道都不以為然，這又是怎麼回事呢？與天下名士落落寡合，卻與幾個歌女深情相交，甚至為他們寫下一首首、一篇篇千古名作，這到底是怎樣的晏幾道、怎樣的晏小山啊？

有關這一切，我們需要比對晏幾道的另一首名作《鷓鴣天·彩袖殷勤捧玉鍾》來看。

《臨江仙》是從夢後與酒醒說起，《鷓鴣天》卻是從夢裏與醉中說起。《臨江仙》是從現在一層層地回憶到從前，是從現在的「夢後樓台高鎖，酒醒簾幕低垂」，向前推進到去年的「春恨」，推進到去年的「落花人獨立，微

雨燕雙飛」。然後再向前，一直向前，回到時間的原點，「記得小初見，兩重心字羅衣，琵琶弦上説相思。當時明月在，曾照彩雲歸」。而《鷓鴣天》則完全相反，是從時間的原點説起，起筆便是那一場熾烈濃情的初相遇，然後是離別，然後是此刻的久別重逢。

《鷓鴣天》與《臨江仙》，其實形成了一種奇妙的循環。在這種永恆的時光循環裏，那個深情的晏幾道，就像一個時間的旅行者，與他的愛、他的情，與他所愛的人、所愛的事，形成一個完美的閉環。有了這個閉環，我們終於可以理解那個奇特的晏幾道、那個痴情的晏小山。

有一種深情存在，
名叫納蘭，名叫小山

　　說到晏幾道，有人甚至有這樣的評論，說「晏小山是納蘭之前最似納蘭者」。納蘭容若，王國維先生稱其為「北宋之後，一人而已」。

　　那麼，晏幾道與納蘭容若之間，到底有怎樣的關係呢？我們還是先來看看晏幾道的另一首千古名作《鷓鴣天・彩袖殷勤捧玉鍾》吧。

彩袖殷勤捧玉鍾，當年拚卻醉顏紅。
舞低楊柳樓心月，歌盡桃花扇底風。

從別後，憶相逢，幾回魂夢與君同。
今宵剩把銀釭照，猶恐相逢是夢中。

從某種意義上來說，前面講到的《臨江仙‧夢後樓台高鎖》，是一種比較冷靜的、理性的痴情，而這一首《鷓鴣天‧彩袖殷勤捧玉鍾》，可以算得上是一種熾烈的、感性的痴情。

　　「鷓鴣天」本身就是一個非常獨特的詞牌。因為不只是在詞牌中，在唐代的教坊曲乃至古代的樂曲中，「鷓鴣天」（又名「鷓鴣飛」）就是非常有名的一個曲牌。之所以這麼聞名，首先就在於「鷓鴣」這種鳥。鷓鴣多生活於南方的山谷丘陵地帶，是一種野禽。李時珍《本草綱目》記載，它既有食用價值，也有藥用價值。當然，最獨特的就是鷓鴣的叫聲，鷓鴣的叫聲既有些嘶啞，又分外醒目，尤其是它的叫聲是一串音連吐，就像一句話一樣。古人仔細辨認，覺得鷓鴣一串叫聲特別像南方話裏的「行不得也哥哥」。因此，鷓鴣的叫聲就變成了送別離別時，那個多情的妹妹對情郎心底的呼聲：「行不得也哥哥！」它是多麼容易勾起旅途艱險的聯想和滿腔的離愁別緒呀！

　　於是，鷓鴣也就成了一種哀怨的象徵。李白說：「宮女如花滿春殿，只今惟有鷓鴣飛」；李商隱說：「欲成西北望，又見鷓鴣飛」；蘇軾說：「沙上不聞鴻雁信，竹間時聽鷓鴣啼。此情惟有落花知」；張籍說：「送人發，送人歸，白茫茫鷓鴣飛」；秦觀說：「江南遠，人何處，鷓

鴣啼破春愁。」甚至唐代詩人鄭谷，因為寫過一首《鷓鴣》詩，便被世人稱為「鄭鷓鴣」，詩中有云：「遊子乍聞征袖濕，佳人才唱翠眉低。相呼相應湘江闊，苦竹叢深春日西。」

當然，寫鷓鴣最有名的還要數辛棄疾的《菩薩蠻》：「鬱孤台下清江水，中間多少行人淚？西北望長安，可憐無數山。　青山遮不住，畢竟東流去。江晚正愁余，山深聞鷓鴣。」所以一曲《鷓鴣飛》、一闋《鷓鴣天》，本身就承載着不盡的痴情與繾綣，更何況遇到更加痴情的晏幾道，便注定要成就一種經典。

「彩袖殷勤捧玉鍾，當年拚卻醉顏紅。舞低楊柳樓心月，歌盡桃花扇底風。」上闋的四句是一個不可分割的整體，是熾烈的痴情中最清晰、整體的回憶。他回憶的是他心中那個心心念念的女子，與他初相遇時候的場景。「彩袖」即點出了對方的身份，以袖指人，是指穿彩衣的歌女。「玉鍾」則是玉做的酒器。「殷勤捧玉鍾」，不免讓人想到「紅酥手，黃縢酒」。當年不過第一次相逢，你手捧着晶瑩的玉鍾，在我面前殷勤勸酒，你是那樣的溫柔與多情，那時的我「當年拚卻醉顏紅」。「拚卻」對「殷勤」，是心甘情願、毫不顧惜。詞人是說，既然能在這荒涼的人世間相逢，既然有舞、有月、有酒、有你，那我就開懷暢醉。

而在那樣春風沉醉的夜晚裏，我看着你「舞低楊柳樓心月」，聽你「歌盡桃花扇底風」。「舞低楊柳樓心月」是說，在我的眼中，你翩翩起舞的身影，彷彿徹夜永恆，連樓心的明月沉沉浮浮，彷彿也只是你殷勤彩袖下的陪襯。當然，月之低，月之沉浮，也寫盡了徹夜之歡的時間流淌。而「歌盡桃花扇底風」，則是說在我的耳中，你的清歌婉轉，餘音不絕如縷，直唱到連扇底風兒也消歇下來。那纏綿的歌聲，直將我的心層層包裹，彷彿永不停息。這樣的「舞低楊柳樓心月」，這樣的「歌盡桃花扇底風」，簡直既纏綿無際，又盡興之至。

蘇門四學士之一的晁補之曾評價說，晏幾道「不蹈襲人語，風度閒雅，自是一家」，如「舞低楊柳樓心月，歌盡桃花扇底風」，自可知「此人必不生在三家村中也」。這是說不經富貴繁華，不經痴情濃烈之人，不可道出此語。當年的那一場相逢，那一場濃情，便如激情燃燒的歲月，如今想來，彷彿還如一道多情的火苗映紅了滄桑的臉龐。可最美的都已是當年，雖然那春風沉醉的夜晚永遠烙刻在心上，成為永恆的經典，人世的離別與風雨，卻是命運無奈的安排。雖然鷓鴣在一聲聲悲啼「行不得也哥哥」，可是雙足卻要踏上人生的征途，從此風雨兼程，路漫漫其修遠。於是，在艱難荒涼的人生路上，你是我最不能放棄的執念。

「從別後，憶相逢，幾回魂夢與君同。」這是説分別之後的思念。魂夢相思，你我定是一般。我的夢裏一遍遍地見你「彩袖殷勤捧玉鍾」，你的夢裏，也一定一遍遍地夢見我「當年拚卻醉顏紅」。你我的夢裏，時光便如那一夜永恆，「舞低楊柳樓心月，歌盡桃花扇底風」。上片的場景是詩人念念不忘初相遇，同時又暗合了下片開始的過片中的「幾回魂夢與君同」。而過片中的「憶相逢」，又直接指向結句中的真相逢，實在是妙不可言。

因為「從別後，憶相逢」，突然轉到「今宵剩把銀釭照，猶恐相逢是夢中」，點明了此刻是真正的別後重逢。其效果就像反轉劇一樣，把一種別後相逢的無盡歡喜，突然呈現在我們眼前。「今宵剩把銀釭照」，這是一個多麼精彩的細節。離別多年之後，我終於與你相逢在此夜。可是漫長歲月裏對你不盡的思念，讓我產生了一種錯覺，害怕今夜的相逢又是夢中。我舉起銀燈，把你一遍遍地細看，要在你的目光、你的歡喜，甚至你的淚水中，讀出這不是夢，這是真正的相逢。

「剩把」是「只管把持着」銀燈相照的意思。唐圭璋先生評説：「『剩把』與『猶恐』四字呼應，則驚喜儼然，變質直為婉轉空靈矣。上言夢似真，今言真如夢，文心曲折微妙。」確實如此，「從別後，憶相逢，幾回魂夢與君同」，彷彿還只是在承上，講思念、講夢境中的場景，卻

又突然啟下，轉到眼前真實的相逢，卻又凸顯一種恍惚，凸顯一種似夢似幻的真實，「今宵剩把銀釭照，猶恐相逢是夢中。」後人評價，這種承上啟下，真是妙絕無倫，更可以看出晏幾道那一顆玲瓏剔透之心。

所以，這首《鷓鴣天》和他的那首《臨江仙》對比着來讀，就更見其妙了。當然，晏幾道在創作《鷓鴣天》與《臨江仙》這兩首詞的時候，或許並非刻意在邏輯上形成那種呼應，他寫來或許只是「隨心所欲不逾矩」，甚至未必是同時所作。這兩首詞時間上的閉環邏輯，是我個人的發現，但這種發現我個人以為對於理解晏幾道非常有益，而且是很有趣的。

我們在前面一講留下了很多謎團，比如作為名相之子，他為什麼晚年要寄寓朋友之家；比如面對蘇大學士的傾心結納，他為什麼表現得那麼不屑與傲然；又比如他的嘔心之作名傳千古，卻為什麼只是寫給幾個名叫小蘋、小雲、小鴻、小蓮的歌女而已？

當時光以及他的情感都形成一個閉環的時候，晏幾道作為一個多情的富貴公子，對外在的世界便很容易產生一種排斥感。也正因為有了這個時光與情感的閉環，一切問題也就都有了答案。

晏幾道是名相晏殊的第七子，而且是晏殊到四十七歲的時候才生下來的幼子，可謂是晚來得子。晏幾道聰慧無

比，似乎承繼了晏殊在《珠玉詞》上表現出的才情與玲瓏剔透之心。這一點，後來《小山詞》也可為明證。

晏幾道自幼就被奉為掌上明珠，他的成長經歷可謂是不染塵俗，別有一種富貴公子氣。可是就像賈寶玉、就像納蘭容若，他們無比純潔剔透的赤子之心，必經情殤、必經紅塵的劫難才能大徹大悟、才能復歸於真。晏家在晏殊去世之後，家道中落，逐漸走下坡路。此時的晏幾道還年輕，卻像賈寶玉一樣有一種天生的驕傲，不願意投身仕途以求仕進。大概作為名相之子，他對官場有一種天然的、透徹的認識，甚至一生都未參加過科舉考試。

晏殊一生獎掖人才，像范仲淹、富弼、韓琦、歐陽修、王安石，都是他提拔的人才；而富弼更是晏幾道的姐夫。只要晏幾道願意，不要說憑着父親的門生故舊，就算憑着他的親戚，他要飛黃騰達也是輕而易舉。可是他連科舉都不屑於參加，平生知己好友也不過黃庭堅、鄭俠數人。

後來鄭俠在「熙寧變法」中上《流民圖》，予新法重重一擊，新黨則還以顏色，將鄭俠下獄立案。而不問世事的晏幾道因鄭俠案，也被牽連入獄，後雖被營救出獄，但經此一難，晏幾道雖不像賈寶玉「眼見得白茫茫大地真乾淨」，卻也更加憤世嫉俗，回歸本心，也就是回到他閉環的自我情感世界裏。

晏幾道的平生知己黃庭堅後來評價說，晏幾道一生有「四痴」：「仕宦連蹇，而不能一傍貴人之門，是一痴也；論文自有體，而不肯一作新進士語，此又一痴也；費資千百萬，家人飢寒而面有孺子之色，此又一痴也；人百負之而不恨，己信人，終不疑其欺己，此又一痴也。」

　　黃庭堅著名的「四痴」之論，說晏幾道「一痴」，痴在仕宦不得意卻不肯依附權貴；「二痴」，痴在文章有自己的風格，卻不願趨時附勢；「三痴」，痴在家產蕩盡、家人飢寒，卻能怡然自樂；「四痴」，痴在受人虧負，卻不生怨恨，誠信待人，不起疑惑。「四痴」之論，誠為千古確評。

　　蘇軾亦愛《小山詞》，卻不知晏幾道為什麼只作小令，很少作慢詞，而且偶爾作慢詞，也是小令的技法。蘇東坡還京之後，請大弟子黃庭堅代為介紹，欲與晏幾道相結納。卻不料晏幾道回話說：「今日政事堂中半吾家舊客，亦未暇見也。」意思是，今天朝廷中、政事堂中的那些宰相、副相們，多半都是我晏府的當年門生舊客，我連他們都無暇去見，何況是您蘇大學士呢？連朋友遍天下的蘇東坡，都碰了一個這樣的軟釘子，可見晏幾道的驕傲了。

　　事實上，晏幾道的驕傲和蘇東坡當時的地位有關。

這一段時間因為新舊黨爭中舊黨重新執政，蘇氏兄弟重回朝中，短時間內連升數級，正是蘇軾平生仕途上最得意之時。這時的蘇軾主動結納，而晏幾道卻見都不想見，其品性就可見一斑。

他能和蘇軾的大弟子黃庭堅成為平生知己，卻對黃庭堅的老師蘇軾不屑一見，可見他不想見的並不是那個「問汝平生功業，黃州惠州儋州」的蘇軾，而是那個此刻仕途得意、一時風光無兩的蘇學士。

這樣的晏幾道，他的目光、才情，根本不屑於展露給上位者。他的才華、他的深情轉而向下，全部傾瀉給了小蓮、小蘋、小鴻與小雲那樣的底層歌女。晏幾道對這些歌女，雖然也說「記得小蘋初見，兩重心字羅衣」，但那種愛未必就是單一的愛情。就像寶玉固然深愛着林黛玉，但對所有的姐姐、妹妹，甚至襲人、晴雯，甚至所有的小丫鬟們，都抱有着一種博愛似的同情。這是一種對生命的尊重，是一種只有擁有一顆赤子之心才能有的真情。

詞史上評價「淮海、小山，古之傷心人也」，傷心人便是痴情人，便是摒棄了俗世的骯髒與繁瑣，只留一顆清澈靈魂之人。乾隆在讀到《紅樓夢》的時候，曾有斷語說「此明珠家事也」。這就是把賈寶玉比作納蘭一樣的人。而納蘭與小山，同為相門貴冑公子，亦同為古之傷心人，

更同把畢生心力、將全部情感投之於詞的創作，終於留下一首首千古不能磨滅的永恆經典。所以有人將《小山詞》比之《飲水詞》，說晏小山是納蘭之前最似納蘭。同樣也可以說，納蘭容若是晏小山之後最似小山者！

　　時光的無涯裏，有一種永恆的深情存在，他的名字叫納蘭，他的名字叫小山！

月上柳梢頭 人約黃昏後

　　下面要講的這首《生查子》，幾乎可以說是古詩詞中最有名的一首《生查子》；同時，也是詞史上對其作者有着不同看法的一首《生查子》。

　　這就是歐陽修的《生查子·元夕》。

去年元夜時，花市燈如畫。月上柳梢頭，人約黃昏後。

今年元夜時，月與燈依舊。不見去年人，淚濕春衫袖。

在解讀這首詞之前，其實有兩個技術性問題，首先要交代一下。

有朋友跟我說，他聽老師說這個《生查（zhā）子》應該讀作「生查（chá）子」，而且好像只有在姓名裏才可以讀 zhā。聽了朋友的話，我也很感慨，這就是漢語文化的博大精深。漢字最典型的就是多義字與多音字，即一字多義，一字多音。正因為如此，在詩詞中就造成了不少的困難。但反過來，這也往往是漢語文化的魅力所在。漢語一個字有音、形、義三個維度同時存在，所以漢字是一種最凝練的文化符號。

從音韻的角度看，說「查」這個字只有在姓名中讀 zhā，這個說法肯定過於武斷了。從字源學的角度上來看，「查」應該是三個字的本字：一個就是「星漢非乘槎可上」的「槎」，是以木為舟、水中浮木之意；同時「查」也是山楂樹的「楂」的本字；另外在很多時候，「查」和「渣」，也就是渣子的「渣」也通假。因為「乘槎」的「槎」有經過、漂流的意思，那麼就引申出「查訪、調查、查獲、勘查」這些動詞性的延伸義，所以在做動詞的時候大多讀 chá，但在做名詞或者形容詞的時候，多讀 zhā。比如說古漢語裏經常有「查語」「查談」。

那麼《生查子》的「查」，為什麼讀 zhā 呢？因為《生查子》本來是唐代教坊曲。我們知道，很多詞牌其實都來

自唐代的教坊曲。這是為什麼呢？

詞其實是一種音樂文學，它孕育於初盛唐，而成體於中唐，這已經是詞史研究上的共識。而唐代的曲樂，主要分為太常曲和教坊曲，太常曲是太常寺下屬大樂署的供奉曲，是朝廷正樂。傳世的兩百多首太常曲中後來轉為詞調的，僅有《蘇幕遮》《傾杯樂》《感皇恩》等少數幾個。所以說，太常曲和詞的發展關係不是太大。而和詞發展關係最大的其實是唐代的教坊曲，在唐玄宗之前，教坊是被設在禁中的，屬太常寺管轄。

唐玄宗是個大音樂家，也是個真正的音樂天才，他就很喜歡俗樂，繼位之後，為了不受太常寺禮樂制度的限制，就「更置左右教坊以教俗樂」。從此教坊與太常並行，成為俗樂集中地，創製了許多新樂曲。因為教坊曲通俗，接近民間，得人心，更易於流行，因此後來很多教坊曲都直接變成了詞牌。

像《生查子》就最能體現教坊曲的俗樂特色。古人解釋說「縱放不拘禮度者為查」，所以「生查」的意思是放誕不經、流於民俗而不拘禮法。「子」呢，則是小令。《生查子》本來就是教坊曲的名曲，正是因為教坊曲通俗曉暢、不拘禮法的特色，這一類曲牌才直接過渡成了詞牌。詞為燕樂，一開始就是以強大的流行性與通俗性，才得以於唐詩之後屹立於中國文學史。

在解讀了這個詞牌之後，第二個問題其實就是作者問題了。

有關這首《生查子‧元夕》的作者，歷來有兩個説法：一説是歐陽修所作，一説是南宋初期女詞人朱淑真所作。

主流的觀點還是認為這首詞係歐陽修所作。比如宋人的《樂府雅詞》，這應該是今存最早的一部宋人選編的宋詞總集，裏面就提到這首詞是歐陽修所作。後來一直到清代，像詩壇盟主王士禛，也明確説這首詞應是歐陽修所作，不知為何訛為朱氏之作。

反過來呢，有另一派觀點認為是朱淑真所作。朱淑真著有《斷腸集》，詞風清婉艷麗。傳説是因為那句「月上柳梢頭，人約黃昏後」寫得太過大膽，怕壞了女子風氣，才偽託歐陽修所作。

其實我個人也認為應該是歐陽修所作。當然，在沒有明確的史料之前，兩派觀點都很難徹底地征服對方，但就詞創作本身的風格而言，總有它的統一之處，像《斷腸集》中就有好幾首《生查子》的名篇。

比如説朱淑真有一首《生查子》，這首詞曰：「年年玉鏡台，梅蕊宮妝困。今歲未還家，怕見江南信。　　酒從別後疏，淚向愁中盡。遙想楚雲深，人遠天涯近。」寫得深情纏綣，別有韻味，而那一句「遙想楚雲深，人遠天

涯近」最是有名，所以後來《生查子》又有別名《楚雲深》。

再比如朱淑真另外一首《生查子》曰：「寒食不多時，幾日東風惡。無緒倦尋芳，閒卻鞦韆索。　玉減翠裙交，病怯羅衣薄。不忍捲簾看，寂寞梨花落。」

這幾首《生查子》寫得都非常精彩，但是和《元夕》仔細地推敲比較，就會發現，朱淑真的詞風雖然清婉，但別有一種典雅之氣。這種屬於女性詞人的雅致氣質和風格，仔細品味的話，在字裏行間還是非常明顯的。

而《元夕》呢，「去年元夜時，花市燈如畫。月上柳梢頭，人約黃昏後」。真是如《生查子》的詞牌一樣，雖然情感動人，但用語卻是極其通俗明快。

有人說，這不符合歐陽修作為文章大家的風采、文壇盟主的風格。其實恰好相反，歐陽修之所以能名列「唐宋八大家」，包括能在宋代詩壇、文壇成為領袖與盟主，其最大的貢獻就是反對「西昆體」，反對「太學體」，主動將文學的創作引向民眾化、通俗化。所以他在主持科舉考試的時候，因為選拔像蘇軾這樣真正的人才，因為反對「太學體」，甚至受到所謂「技術派」「保守派」的太學生的圍攻。

作為名臣、學士、文壇盟主，歐陽修的詞風恰恰就是淺白，曉暢，通俗而近人心。又有人說歐陽修作為文壇盟主、朝廷重臣，應該寫不出女兒心態的這樣直白之作、婉

轉之作。這麼說又大謬不然，像歐陽修的《蝶戀花》「庭院深深深幾許」，就這麼一句，讓身為女子的李清照都讚佩不已，甚至為之摹寫、仿寫詞作多篇，卻最終慨歎難以超越歐陽文忠公啊！

所以，以其寫情，情態之深婉感人、用語之通俗淺白，這首《生查子·元夕》，我認為確實應是歐陽修所作。那麼，這首詞用語的通俗淺白和情感的深婉感人，又是如何巧妙地糅合在一起的呢？

你看，詞的上片說，「去年元夜時，花市燈如畫」。所以詞題曰「元夕」，正是元宵節的時分。對於元夕之夜，蘇味道說「火樹銀花合，星橋鐵鎖開」；辛棄疾說「東風夜放花千樹。更吹落，星如雨」；到了柳亞子就直說「火樹銀花不夜天」了，這簡直就是狂歡節。

那麼為什麼元夕、元宵會成為中國古人的狂歡節呢？

那是因為，元宵、元夕，包括「上巳節」，是古代最重要的兩個中國式「情人節」。「元宵節」的起源雖然有漢代平呂后之亂、漢武帝祭祀太一之神等說法，但在後來的發展過程中，它和「上巳節」一起成為古代青年男女相約、相會的重要節日。在這兩個具有情人節性質的節日裏，元宵節女孩子可以夜不歸宿，而像「上巳節」女孩子就可以直接去郊外臨水浮卵，包括和自己喜歡的男子進行交合。

後人不了解先民的文化，大多進行歪解，實際上「野合」應該是「上巳節」中，男女在官方組織的活動中在郊外的一種相戀。所以在元宵節、上巳節，女子對愛情的主動追求，本來就受到社會的鼓勵。因此，如果說這首詞的作者是朱淑真，只是因為「月上柳梢頭，人約黃昏後」寫得過於大膽，從而託名於歐陽修，則是說不通的。

　　當然，另外有一種說法說，歐陽修這首《生查子·元夕》是懷念他的第二任妻子楊氏所作。

　　景祐二年（1035），楊氏離開歐陽修，撒手人寰。所以有人認為到了景祐三年（1036），歐陽修作這首《元夕》是懷念他的妻子，這樣一來「不見去年人，淚濕春衫袖」就變成了悼亡之作。

　　但這個說法其實也很勉強，同樣是因為那一句「月上柳梢頭，人約黃昏後」。所謂「有約不來過夜半，閒敲棋子落燈花」，既然有一個「約」字在，歐陽修怎麼可能對自己的妻子說「約」呢？怎麼可能是已經成為夫妻的二人，尤其是在中國傳統社會中「月上柳梢頭，人約黃昏後」呢？

　　我相信所有經歷過愛情的女子也好、男人也罷，都會自然而然地喜歡這句「月上柳梢頭，人約黃昏後」。明月初上柳梢，不就像戀情初上心頭嗎？戀愛中的男女那種戀情濃郁得不可抑制，居然淡淡地說「人約黃昏後」，但在

這種愛戀的約會中，連黃昏也變得柔美繾綣起來！所以這句「月上柳梢頭，人約黃昏後」的妙處，雖然在寫景，雖然在寫實，卻一句寫盡戀愛中男女的心情與情態啊！這才叫「不著一字，盡得風流」。

然而遺憾的是，那麼美的戀情，都是去年。過去，過去了，就再也回不來了。「今年元夜時，月與燈依舊。」這裏的「依舊」，其實還不只是月與燈啊，還有一幕幕「月上柳梢頭，人約黃昏後」的愛戀故事，依舊在每一個元宵節，在每一個情人節的夜晚，繾綣地上演。

但是如今，美麗的愛情都是別人的了。那位或是被負心郎拋棄或是被命運拋棄的女主人公，看着依舊的月與燈，看着依舊的繁華與紅塵，會不會心中深深地哀歎「物是人非事事休」？

請注意，這一句「不見去年人，淚濕春衫袖」，它不是當事人的哀歎，當事人有可能哀歎「物是人非事事休」，也有可能哀歎「易求無價寶，難得有情郎」。可是「不見去年人，淚濕春衫袖」，這就像「月上柳梢頭，人約黃昏後」一樣，是一種客觀的描述、描寫。

這裏詞人更像一個忠實的記錄者，記錄下萬丈紅塵中狂歡夜晚的一角，記錄下喧囂城市裏一顆受傷的心靈。這種筆觸其實也像歐陽修所寫，如果是朱淑真所寫的話，以她的詞風往往會以第一人稱的筆觸，而非第三人稱客觀

記錄的筆觸，去寫這段讓人痛徹肺腑、欲罷不能的情感歷程，宛如她的《斷腸集》所名一樣。

因此，集淺白通俗的語言，又集客觀忠實的筆觸，從去年元夜到今年元夜，從黃昏之約到淚濕衫袖，完全如口語道來，卻讓人不知不覺間深陷其中。連讀詞的人、連旁觀者，也不覺為之一往情深，這就是歐陽修的筆力，大俗而大雅。

蘇軾曾評價其師歐陽修說：「論大道似韓愈，論事似陸贄，記事似司馬遷，詩賦似李白。」是說他學誰像誰，隨手寫來即貼近文章的本質，貼近最本初的人心。尤展成說：「六一婉麗，實妙於蘇。」羅大經說：「歐陽公雖遊戲作小詞，亦無愧唐人《花間集》。」是說在詞的創作上，歐陽修的水平其實比蘇東坡還要高，他雖然經常做像《生查子・元夕》這樣的遊戲之作，但因為他既格局高，又接地氣，所以隨手寫來並不遜於唐人風貌。

所以說，這樣的《生查子・元夕》真是讓人愛不釋手。

詞中說：「去年元夜時，花市燈如晝。月上柳梢頭，人約黃昏後。　今年元夜時，月與燈依舊。不見去年人，淚濕春衫袖。」當一個男人能寫下這樣的詞篇，他偉岸的身軀裏，該是有着一顆多麼柔軟的心靈啊！

此愛　此恨　此人生

　　況周頤《蕙風詞話》說，「吾觀風雨，吾覽江山，常覺風雨江山之外，別有動吾心者」。既然連風雨江山都可以動我心，就更不用說我們傳統文化積澱裏那些絕美的詩與詞了。

　　在我講千古最美情詩之初，我便頻繁引用了歐陽修的名句──「人生自是有情痴，此恨不關風和月」。這聯名句便出自歐陽修的這首《玉樓春·尊前擬把歸期說》。

歐陽修──《玉樓春·尊前擬把歸期說》

尊前擬把歸期說，欲語春容先慘咽。
人生自是有情痴，此恨不關風與月。

離歌且莫翻新闋，一曲能教腸寸結。
直須看盡洛城花，始共春風容易別。

首先要說的是這個詞牌「玉樓春」，很多人都把它和「木蘭花令」混為一談。事實上宋代蘇東坡、歐陽修等人在作「玉樓春」和「木蘭花令」時，都是按照一個格式來作的。

據學者考證，在唐五代的時候，這二者並不一樣。有人認為《玉樓春》其實是柳永所創，是為了寫那些與他堪稱知己，雖身陷風塵卻有別樣風采的玲瓏剔透的女子們的。所以，唐五代時的《木蘭花令》應該是典型的長短句式，而《玉樓春》則是七言八句、五十六字，很像律詩的格式，但它的格律、平仄和律詩完全並不一樣。

宋初的詞人特別喜歡寫《玉樓春》，尤其是歐陽修寫作了大量的《玉樓春》，其中最典型、最優秀、最突出的毫無疑問就是這首了。

這是一首送別詞，詞人與他心愛的知己把酒告別，也就是首句點出的「尊前擬把歸期說」。這個「尊」字是通假字，通酒樽的「樽」。「尊前擬把歸期說」，這毫無疑問是要離別，但離別時詞人想安撫戀人的情緒，所以想提前把歸來相見的日子說出來，以安撫對方那顆相思的心。然而只是「擬把歸期說」，也就是想，但還沒有說，接下來「欲語春容先慘咽」，他還沒有說對方就知道他要安慰她。「春容」就是指春風一樣嫵媚的容顏。這是一個怎樣玲瓏剔透的女子啊！對方還沒有說，想說什麼都不重要，不論

他怎樣安慰她，他終是還要離開她的。所以臨行前話別，其實無需開口，那個玲瓏剔透的女子便芳容慘咽，露出愛戀終極的底色，一片傷心來。

「一片傷心話不成」，詞人只能轉入人生的沉思，「人生自是有情痴，此恨不關風與月」！這一句突然的沉思和議論實在太過精彩。《世說新語·傷逝》篇記載說：「王戎喪兒萬子，山簡往省之，王悲不自勝，簡曰：『孩抱中物，何至於此？』王曰：『聖人忘情，最下不及情，情之所鍾，正在我輩！』」這是說王戎的小兒子夭折了，山濤的兒子山簡去安撫他說：「孩子不過懷抱中物，還沒有長大，也不必過於悲傷吧？」王戎答曰：「聖人是忘記人世間的情感的，而下愚之人是不能真正地體會情為何物的，世間有一類痴情之人正是你我這一類的人啊！」

所以一句「人生自是有情痴，此恨不關風與月」，雖然是對眼前「欲語春容先慘咽」的沉思與感慨，但一代文壇盟主歐陽修筆力所及自是輕輕一點即囊括今古，寫透世間之情。所謂「問世間情為何物，只教生死相許」，而風與月，而世間萬物是不論生死的，唯有生命才論生死，唯有生命才論情痴啊！「人生自是有情痴」，是說我們生命的底色裏有一道抹不去的情感底蘊。生而為人，至情至性，正所謂「太上忘情，最下不及情，情之所鍾，正在我輩。」這一聯的妙處，真是一語道盡萬古情！

「離歌切莫翻新闋，一曲能教腸寸結。」「離歌」是餞別宴會中唱的離別曲，「翻新闋」是指按舊曲填新詞。這其實暗點出了女子的才藝，因為她隨時可以拿舊曲填新詞、作新歌。既然「尊前話不成」，那就「為君暫別歌一曲」吧！

想來詞人也是久聞其用舊歌「翻新闋」的，所以女子也一定能以當前景、眼前情譜寫令人斷腸的新曲。所以詞人說「一曲能教腸寸結」。你若開喉歌唱，唱你心中新翻的詞曲，不用聽我就知道那該是何其的哀婉悲傷啊！莫唱，莫唱，如果你唱出來，我又怎能忍心與你訣別呢？詞人最後故作豪放地說：「直須看盡洛城花，始共春風容易別。」傷心的愛人啊，不要再悲傷了，此時只需把滿城的牡丹看盡，你我相攜同遊，這樣才會少一些深深的傷感，這樣才能無憾地與春風辭別。

歐陽修畢竟是歐陽修，在離別的繾綣、悲傷、淒婉中突然竟起豪放之語，一個「直須」，一個「始共」何等跌宕有力。不過，洛城花終有看盡，再容易也要與春風告別，豪放跌宕中隱着重重的悲傷與慨歎。王國維《人間詞話》中論此句說：「於豪放中有沉着之致，所以尤高。」這就是詞人的大手筆、大境界！

當然，即使「直須看盡洛城花，始共春風容易別」的氣勢，既有豪放又有沉着之致，但終究最深刻、最被人傳

頌的依然是那一句「人生自是有情痴，此恨不關風與月」。

在講溫庭筠的時候，我們曾經提到了他和魚玄機的故事，其實我們在前面略有觸及但並未展開。而他們倆那比悲傷更悲傷的愛情故事，正是這一句「人生自是有情痴，此恨不關風與月」的最好註腳啊！

魚玄機原名魚幼薇，又字蕙蘭。在《全唐詩》中，女性的作品寥若晨星，即便上至武則天，下到煙塵女子，總共也不過有一百二十四位。這其中的傳世名篇更是屈指可數，但能自成卷冊的唯有魚玄機、薛濤和花蕊夫人三位。而魚玄機在其中又成就最為突出。

魚玄機自幼聰慧，父親是一個落拓的士人。在父親的培養下，她五歲便能背誦數百首詩章，七歲能詩，十一二歲的時候習作就已在長安文人中傳誦開來，尤其是被溫庭筠發現，並不避嫌疑收她做學生。

之所以說不避嫌疑，是因為魚玄機父親早喪，而魚玄機跟母親自幼只能在娼家聚集之地，為人漿洗衣裳來維持生活。溫庭筠遇到魚玄機後，以「江邊柳」為題考較。當時的小幼薇稍許沉思便脫口一律云：「翠色連荒岸，煙姿入遠樓。影鋪春水面，花落釣人頭。根老藏魚窟，枝低繫客舟。蕭蕭風雨夜，驚夢復添愁。」溫庭筠反覆誦讀歎為神童，此後便主動為她指點詩作，做了她的老師，不僅不收她的學費，反而時不時地幫襯着生活窘迫的魚家。

從此，溫庭筠和魚玄機就成了一對莫逆的忘年交。在亦師亦友的相伴日子裏，愛戀的種子悄然播下，而悲傷的種子亦是如此。失去父愛的魚玄機，對這個比自己大三十多歲的中年男子，對他給自己的教導與呵護，開始是感恩、是感激，後來自然而然地發展成愛戀。

對於這種水到渠成的愛，溫庭筠心知肚明，可是他卻不能接受。一來他雖平常痛斥禮法，藐視權貴，可當亂卻禮法的師生戀降臨到自己身上的時候，他卻難以邁過心中和世俗的那道門檻。二來有一道更深的溝壑，橫在他和魚玄機之間，那就是溫庭筠長得實在太難看，而魚玄機又長得實在太漂亮。

《舊唐書》記載說溫庭筠貌醜且不修邊幅，故世人號之曰「溫鍾馗」，說他長得像鍾馗一樣，也就是說他長得太驚世駭俗了。甚至《北夢瑣言》記載說，溫庭筠有個孫子擅長書法繪畫，本想憑藉自己的一技之長到州牧門下做個門客，結果當面被拒絕，理由就是他長得太像他的爺爺溫庭筠了。所以，面對年輕美麗的魚玄機，溫庭筠自慚形穢，他不知道「人生自是有情痴」，有些愛與恨其實是不關長相、身世與出身的。

為了避開魚玄機，溫庭筠離開了長安。那個秋天，魚玄機突然間沒有了溫庭筠的消息，便寫下一首《遙寄飛卿》。詩云：「階砌亂蛩鳴，庭柯煙露清。月中鄰樂響，

樓上遠山明。珍簟涼風著，瑤琴寄恨生。稽君懶書禮，底物慰秋情。」字裏行間滿滿的相思，可是這樣的相思卻沒有迴音，直到冬天也沒有收到溫庭筠的回信，於是她又寫下《冬夜寄溫飛卿》。詩云：「苦思搜詩燈下吟，不眠長夜怕寒衾。滿庭木葉愁風起，透幌紗窗惜月沉。疏散未聞終遂願，盛衰空見本來心。幽棲莫定梧桐樹，暮雀啾啾空繞林。」一顆少女愛戀又哀怨的心躍然紙上！

溫庭筠收到信之後連連長歎，事實上他也是情種。可是在那樣的時代，那樣的人生裏，他終究狠着心選擇了理性，選擇了沉默。

後來，溫庭筠又回長安，師徒二人重新見面，二人互有默契，誰都不去點破心中那點思念。一天，師徒二人到崇真觀中遊覽，正好碰到一羣新科進士爭相在牆壁上題詩留念。溫庭筠雖然才名天下，卻屢困於場屋。而年輕的魚玄機卻比老師更顯不平之色，雖然是女兒身，卻憤然提筆在牆上做七絕云：「雲峰滿月放春晴，歷歷銀鈎指下生。自恨羅衣掩詩句，舉頭空羨榜中名。」真是「恨不男兒身，敢教震山河」！溫庭筠對自己的女弟子更加另眼相看，後來撮合李億和魚玄機，也是為了了卻心中的一種遺憾。

在溫庭筠的介紹與安排下，魚玄機最終嫁於李億為妾。但誰料想，李億家有悍妻，正妻出自河東裴氏，是名

門大族。初次見面，裴氏不僅鞭笞魚玄機，後來更逼着李億把魚玄機趕出家門。李億終究只是一個懼內的負心郎，他在裴氏的威逼之下，只能寫下一紙休書，把魚玄機寄養在長安的咸宜觀，並終將魚玄機徹底拋棄。

在冷清的咸宜觀中，魚玄機寫下了一首千古傳頌的《贈鄰女》。詩云：「羞日遮羅袖，愁春懶起妝。易求無價寶，難得有情郎。枕上潛垂淚，花間暗斷腸。自能窺宋玉，何必恨王昌？」一句「易求無價寶，難得有情郎」的哀歎，真是「此恨無關風和月」了！

此時溫庭筠已遠離長安，魚玄機後來不管不顧，在咸宜觀中做起了風流快活的女道士，不僅憑姿色風流放誕，還與丫鬟綠翹爭風吃醋，並失手打死綠翹，最終以殺婢女案被判死刑，臨刑時年僅二十六歲。

一代才女就這樣香消玉殞，不知遠在異鄉的溫庭筠得知魚玄機竟以這樣的方式告別人世間的時候，又會有怎樣的悔痛與哀歎？這樣的人生悲劇，怎能說誰對誰錯呢？只能怪命運將他們生錯了紅塵，只能怪「君生我未生，我生君已老」。

可是，即便紅塵與命運百般阻撓，百般為難，我想那個美麗的女子、那個才華橫溢的魚玄機赴死之前，心底一定有一個聲音在對溫庭筠說：「我是真的，真的真的愛過你。」說時依舊，有淚如傾。

超越榮辱的胸懷與視野

　　史評像王安石這樣的大政治家，不以詩詞為能，但往往隨手寫來的詩詞卻自具面目，別有風采。

　　下面這首《桂枝香・金陵懷古》正是如此。

王安石——《桂枝香・金陵懷古》

登臨送目，正故國晚秋，天氣初肅。千里澄江似練，翠峰如簇。歸帆去棹殘陽裏，背西風、酒旗斜矗。彩舟雲淡，星河鷺起，畫圖難足。

念往昔，繁華競逐，歎門外樓頭，悲恨相續。千古憑高，對此謾嗟榮辱。六朝舊事隨流水，但寒煙、芳草凝綠。至今商女，時時猶唱，後庭遺曲。

《古今詞話》記載說：金陵懷古，諸公寄調《桂枝香》者凡三十餘首，獨介甫最為絕唱。東坡見之，不覺歎息曰：「此老乃野狐精也。」也就是說，金陵懷古這一類的主題，自李白金陵懷古詩後別成專題，後代詩人名家名作迭出不窮。而用「桂枝香」這個詞牌來寫金陵懷古的特別多，總共有三十多家。哪怕是蘇東坡，哪怕是辛棄疾，公論後世所有作金陵懷古的《桂枝香》，都超不過王安石此詞，可見王安石這首詞的水平之高。

王安石與金陵的關係，那可謂是淵源深厚。你看他說「登臨送目，正故國晚秋，天氣初肅」。「故國」兩個字不簡單，所謂「故國三千里，深宮二十年。一聲河滿子，雙淚落君前」。故國在古人就是故鄉的意思，我們知道王安石其實是江西臨川人，所以又叫王臨川。但我們去讀他的《王臨川集》，會發現他往往在說金陵的時候喜歡說故國、故園，也就是把金陵視之為人生的故鄉。比如他說：「故園回首三千里，新火傷心六七年。青蓋皂衫無復禁，可能乘興酒家眠。」第一句就是故園三千里，這個絕句的詩題叫《清明輦下懷金陵》，很明確這裏的故園就是金陵。

更不用說大家非常熟悉的《泊船瓜洲》了。「京口瓜洲一水間，鍾山只隔數重山。春風又綠江南岸，明月何時照我還。」「明月照我還」的地方就是他的故園，就是他的故鄉，就是金陵。「京口瓜洲一水間，鍾山只隔數重山」

的「鍾山」代指金陵。對王安石而言，故地就是金陵，就是鍾山，就是半山園。直到現在，南京城外有一個小區用的就是王安石當年給自己宅子取的名，就叫半山園。

王安石為什麼會視金陵為故鄉呢？

這和他的成長很有關係。他十七歲的時候，他的父親王益到江寧做通判，相當於今天的南京市副市長，他們全家就都跟着到了南京。可以說在王安石成長最關鍵的一段時期，十七歲到二十二歲，一直到他考進士入仕，都是在南京成長。從他的一生來看，他後來兩度在南京守孝，三任江寧知府，之後又十年的退休生涯都在南京，前後總共二十多年在南京生活。所以說「正故國晚秋」，可見他和金陵的感情。

但這也帶來了一個問題，就是這一首《金陵懷古》到底作於什麼時間呢？

有人就認為這首《金陵懷古》作於他剛剛入仕登第，意氣風發之時。也有人認為應該作於三任江寧知府，但不知是哪一任江寧知府期間。還有人認為應該作於熙寧變法，也就是歷史上稱作「王安石變法」的改革失敗，王安石兩度罷相之後回到南京退隱的這段時間。我仔細揣摩詩意，認為這首名作還是應該作於王安石變法失敗，晚年退隱金陵之際。為什麼呢？還是讓我們先從文本本身琢磨一番。

「登臨送目，正故國晚秋，天氣初肅。」「故國晚秋」

不用說了，「天氣初肅」則是指天地之間剛剛開始一片肅殺氣象。晚秋時節，最容易讓人傷感，讓人悲歡，讓人生出興亡之感。但王安石畢竟是大政治家，是列寧曾經說過的「中國 11 世紀偉大的改革家」，他的胸襟氣勢抱負還是不一樣。所以，上來一句雖然是「晚秋」，雖然是「天氣初肅」，但一句「登臨送目」，這四個字實在是太棒了。

作為一個文人，作為一個知識分子，我也特別喜歡秋日登高。每有登高望遠之際，胸懷中不由自主地沉吟起「登臨送目，正故國晚秋，天氣初肅」。

我感覺真的要有儒生的胸懷與襟懷，才能體會出那種登臨送目的奧妙。大家注意，那個「登臨」不是「遠眺」，而是「送目」，自然而然把目光送到天地的盡頭。遠眺就是刻意，但是送目呢，彷彿好像送的是目光，送出去的、拓展出去的其實是一個儒家知識分子、一個大政治家的襟懷與抱負。這個登臨送目和登臨遠眺的區別，就像武俠小說中大宗師和少年遊俠的區別。唯有到了那種大宗師大氣魄的境界，才能體會這種「登臨送目」。因為是送目，所以不是目光，而是胸懷充塞於天地之間。這種胸懷下的目光看到的東西就不一樣，就異常大氣。

「千里澄江似練」，這不用說，用的是謝朓《晚登三山還望京邑》的名句之典「餘霞散成綺，澄江靜如練」。謝朓把清澈的長江與傍晚錦緞一般的雲霞放在一起，我們

是非常容易接受的。可是王安石呢，「千里澄江似練」之後，他寫的則是「翠峰如簇」，是說那翠綠的山峰好像叢聚在一起一樣。這種感覺真讓我想起武俠小說裏，如獨孤求敗那種最高的大宗師聚萬劍如山峰的境界。同樣的長江如白練，一般人只會看到江上的雲霞，所謂「落霞與孤鶩齊飛，秋水共長天一色」。唯有在王安石的眼中，看到的是每一座山峰都像傲然挺立的劍客矗立在那兒一樣。

可是，這畢竟是繁華的江南，所以王安石眼中的長江不只是「澄江似練，翠峰如簇」，還有人世間的繁華，正所謂「歸帆去棹殘陽裏，背西風、酒旗斜矗」。江上的小船張滿了帆，彷彿駛向夕陽之中，而岸旁迎着西風飄拂的是抖擻的酒旗在風中傾斜矗立。這是一種怎樣動感十足的畫面啊！眼前的長江之景，在王安石這樣的大政治家眼中有靜有動。這是一種什麼樣的眼光？這正是一種登高後往下俯視的眼光。

正因為有這種俯視的眼光，所以才有了最後一句「彩舟雲淡，星河鷺起，畫圖難足」。繽紛的畫船出沒在雲煙之中，而江中的沙洲上，白鷺隱約飛起，這樣的美景用圖畫也難以表現。不過，圖畫不出來，文字卻畫得出胸中的畫卷。可以說，整個上片就是一種畫卷之感。

不過，要有畫卷之感，必須要有充塞天地的眼光，要有囊括寰宇的胸襟。所以王安石說「登臨送目」，最後又

説「畫圖難足」，這就是一種俯視的眼光，一種無所不包的眼光與視野。從寫景來看，這不應該是年輕的王安石能寫出來的感覺，而必須是歷經滄桑之後。

當然也有人認為，這首詞也有可能是王安石做江寧知府期間所作。他曾經三任江寧知府，其中變法失敗，第一次罷相之後也回南京做江寧知府。那個時候他已經領導改革，也有大政治家的胸襟和氣魄，同樣也應該能寫出這樣的感覺。那麼，讓我們來看下片，就可以明了為什麼我們也認為這是他晚年罷相之後隱居金陵時的創作。

下片同樣是俯視，同樣是一種大襟懷、大視野。但上片是空間上的視野，下片則是一種時間上、歷史上的大襟懷、大視野。「念往昔，繁華競逐，歎門外樓頭，悲恨相續」，這就是切金陵懷古的題了。這片繁華之城的背後，又是怎樣的呢？

「門外樓頭」用的是杜牧《台城曲》的典故，所謂「門外韓擒虎，樓頭張麗華」。作為隋朝的開國大將，韓擒虎帶兵攻破城門，而此時陳後主還在結綺閣上和寵妃張麗華尋歡作樂。家國將亡，當政者卻依然醉生夢死，在歷史的長河裏，這樣的亡國悲恨多少次一幕幕上演。所謂亡國之恨「悲恨相續」，說的雖然是金陵，雖然是陳後主，但一句「悲恨相續」可謂別有深意，點出歷史中深藏的規律──當政者稍有放縱，稍有個人的不努力，都有可能迎來

家國的悲慟啊！

對比王安石的人生，我想只有在他改革失敗之後，才會有這樣的切膚之痛。所以他說「千古憑高，對此謾嗟榮辱」。千古以來，如果這樣的登高者登臨送目，滿懷一腔熱血、故國情深，可惜空歎榮耀與恥辱。這是最深切的感歎。所以我認為，這一定是王安石晚年之作，這一句「謾嗟榮辱」正是全詞的關鍵所在。

王安石年輕的時候勵精圖治，是一個強大的行動派。他的改革並不是先提出思想，他在做地方官的時候就已經在實踐自己的改革主張。在地方試點成功後，才在神宗的支持下推行熙寧變法，而且一旦推行，便雷厲風行。

說實話，王安石的性格確實是有些偏執的。我們知道王安石有兩個外號，一個叫「拗相公」，就是說他脾氣倔。他一旦投入，不要說八匹馬了，九頭牛也拉不回來。他還有一個外號也特別有名，叫「邋遢相公」，就是不太洗澡。這也是因為全身心投入工作，連洗澡都得朋友騙着他去。蘇洵就說王安石這樣的人，澡都不洗，肯定不是好人。這個判斷不免過於武斷，但確實可以看出王安石比較奇怪、比較偏執的性格。

王安石年齡比蘇洵小，和司馬光幾乎同歲。他和司馬光兩個人都曾經在包拯手下做左右羣牧司判。我們知道司馬光性格也比較固執，但和王安石比起來，就弱了許多。

這從一件小事就可以看出來。一次過節的時候，包拯難得請屬下吃飯。宴會上，包拯作為他們的主管領導，分別向兩個人敬酒。王安石和司馬光平常都不太喜歡喝酒，司馬光推辭不過，最後勉強飲了一杯。但王安石卻說我今天不想喝酒，不論怎麼勸就是不喝。連包青天都勸不了他的酒，可見他一旦倔起來到了什麼地步。

但是，王安石有強大的行動力，有遠大的人生理想抱負，所以這種人的執行力不得了。因此王安石可以憑着「天變不足畏，祖宗不足法，人言不足恤」的精神，以絕大的勇氣推行變法和改革。當然，以他的這種性格、這種行動力，做法也往往比較極端，那就是順我者昌，逆者即使不亡也得靠邊站。

王安石當年推行熙寧變法之際，風頭一時無兩，司馬光這樣的保守派固然靠邊站，連蘇軾、蘇轍這樣具有理性精神的人，一旦不合作，王安石也立刻將他們外放。反過來，誰聽話就用誰，像李定、蔡京這樣的投機分子，就迅速因為迎合而發跡。所以，王安石的問題不是改革思想、改革主張和改革智慧的問題，最後還是出在人事的問題上。尤其像蔡京這樣的投機分子，在關鍵的時候反戈一擊，使得王安石一下子跌入人生的深谷。

當時榮耀，事後榮辱，如今登臨，則是千古憑高，為此謾嗟榮辱。這種感慨、這種心境，我以為一定要到晚

年，經歷過世事的滄桑變幻，經歷過風雲跌宕起伏，才能擁有。

在因「烏台詩案」被貶黃州之後，蘇軾歷經人生苦難，從而昇華到大宗師的境界。後來舊黨還朝，他重新得到啟用，但他路過南京，專門去看王安石。這時候，王安石騎着頭小毛驢親自到江邊來接蘇東坡。東坡居士見到舊日權傾天下的王丞相粗服布冠，長揖謝曰：「軾今野服見大丞相。」王安石則笑答曰：「禮法豈是為我輩設哉！」

這就是真正有大襟懷的男人，離開政治便見出性情。這兩個曾經的政敵，攜手遊遍金陵山山水水，互相詩酬應答。他們在遠離政治之後，反倒結下深厚的知己之情。王安石陪着蘇東坡在南京遊歷一月之後，甚至要求蘇東坡也遠離官場，也到南京在半山園旁邊買個房子住下來，兩個人做知己，做鄰居。為此，王安石寫過一首有名的《北山》，詩云：「北山輸綠漲橫陂，直塹回塘灩灩時。細數落花因坐久，緩尋芳草得歸遲。」而蘇東坡呢，專為此詩和了一首《次荊公韻》，詩云：「騎驢渺渺入荒陂，想見先生未病時。勸我試求三畝宅，從公已覺十年遲。」真是江湖一逢泯恩仇，榮辱都如眼前雲煙。

送走了蘇東坡之後，王安石曾經對人感慨說，不知道還要有幾百年，才能有蘇軾這樣的人物。而蘇東坡則在王安石病逝之後，高度評價王安石：「瑰瑋之文，足以藻飾

萬物；卓絕之行，足以風動四方。」

你看這首《桂枝香》，《古今詞話》記載說：「東坡見之，不覺歎息曰：『此老乃野狐精也。』」這是什麼？這雖然說得戲謔，但其中孕育的情感卻是讚佩之至。這種讚佩之情，根據蘇東坡和王安石的交往來看，應該是他們南京一笑泯恩仇之後。這也應該可以證明，這首《金陵懷古》是王安石晚年超越榮辱之後所作。正因為此時心境超越了榮辱，所以才有「千古憑高，對此謾嗟榮辱」的精彩。

至於最後則是點題了，「六朝舊事隨流水，但寒煙、芳草凝綠。至今商女，時時猶唱，後庭遺曲」。這又用到杜牧的《泊秦淮》，「商女不知亡國恨，隔江猶唱後庭花」。所謂六朝繁華舊事不過隨流水消逝，不過遺夢之誦，剩下的不過是寒煙慘淡、綠草衰黃。時至今日，醉生夢死之人還如那商女一般，只是將後庭遺曲遍遍吟唱。這曲中折射的歷史規律，折射的悲恨相續，又有幾人能明呢？

其實，豈止是六朝，豈止是金陵的繁華。大宋王朝繁華之下，所謂冗官冗兵冗費，積弊難返積重難返。作為大政治家的王安石，雖然退出政壇，隱居鍾山，可他的眼光、他的視野還在，他的襟抱、他的胸懷還在，他能清醒地看到隱藏在歷史背後那條深刻的脈絡。所以，他才會有這樣的《金陵懷古》，這樣的「謾嗟榮辱」！

新麗清狂皆驚人

　　我們前面講了艷情風流的張先，也講了俊逸瀟灑卻還羨慕張先的宋祁，接下去就把這種特立獨行、這種清狂進行到底。

　　下面要講的不是一個非常有名的詞人，但是他的這首作品卻家喻戶曉，那就是北宋王觀的《卜算子·送鮑浩然之浙東》。

王觀———《卜算子·送鮑浩然之浙東》

水是眼波橫，山是眉峰聚。欲問行人去那邊？眉眼盈盈處。

才始送春歸，又送君歸去。若到江南趕上春，千萬和春住。

王觀這個人非常有意思，更有意思的是當時有兩個人都叫王觀，同名同姓。但一個是北京人，一個是江蘇人。

　　那時候，在遼國佔領之下的「南京」，其實就是現在的北京，有一個漢人叫王觀。這個王觀在遼國考中了進士，入了翰林，被大遼所器重，最後官至南院樞密副使，權重一時，甚至還被賜姓耶律，改名叫耶律觀。

　　北宋這邊也有一個王觀，也就是這首詞的作者王觀了。他是江蘇如皋人，一個典型的南方人。這個王觀和身處北方的王觀一比，就可以看出一方水土養一方人來了。

　　詞人王觀，在仁宗嘉祐二年（1057）也考中了進士，後來歷任大理寺丞，還有江都知縣，最後也官至翰林學士。早年仕途看上去和北方那個王觀差不多，但接下來因為兩個人的性格大不相同，最後的人生境遇也大相徑庭。

　　北方遼國的那個王觀擅長寫文章，最後文章也收入《全遼文》。而南邊的詞人王觀呢，卻因詞而倒霉了。大家一聽可能會說不可能吧，詞寫得這麼好，怎麼會倒霉呢？

　　「水是眼波橫，山是眉峰聚」，寫得多傳神啊，這麼好的句子，名傳千古，怎麼會倒霉呢？哎，寫得確實形象生動，想像力尤其奇特，這些都凸顯出王觀詞的典型特點。

　　先從修辭技巧上來分析一下這句話。「水是眼波橫，

山是眉峰聚」，它的修辭手法是比喻還是擬人呢？中國詩詞最擅長寫情與景，要想把景寫活，一定要用修辭的手法，融入人世間的情感感覺。所以，無論是比喻還是擬人還是誇張，都是詩詞中常用的手法，而且非常容易區分。

比如杜牧的《贈別》，「娉娉嫋嫋十三餘，豆蔻梢頭二月初」，這就是比喻，把少女比喻成花朵。再比如「不知細葉誰裁出，二月春風似剪刀」，等等。又比如李白的《清平調》，「雲想衣裳花想容，春風拂檻露華濃」，這個「雲想」「花想」，都是很典型的擬人。杜甫的「好雨知時節，當春乃發生」也是很妙的擬人手法。至於誇張，比如楊萬里「接天蓮葉無窮碧，映日荷花別樣紅」，等等。

比喻和擬人，其實還是很好區分的，我們一般一眼就可以看得很分明。可是細想想王觀這一句「水是眼波橫，山是眉峰聚」，既可以把它當成是比喻（翻譯過來就是，水像美人流動的眼波，山就像美人蹙起了蛾眉），也可以把它解讀為擬人（水像美人的眼波一樣在流動，山呢，則像美人眉毛一樣在蹙起，這樣就非常有動感，就有了一種擬人的感覺）。正是這樣兩種都說得通的感覺，就使得這樣的描寫在極擅寫景寫情的中國詩詞中，讓人眼前一亮，感到這種描寫實在是太別致了。

這種寫法其實前人也寫得很多，比如《西京雜記》裏寫卓文君的眉毛，說「眉色如望遠山」；李白《長相思》

寫「昔日橫波目，今作流淚泉」；白居易説「雙眸剪秋水，十指剝春葱」；甚至李賀也説「一雙瞳人剪秋水」。雖然都是將眼波、流水互相比擬，可是唯獨王觀的這句「水是眼波橫，山是眉峰聚」讓人覺得推陳出新，法相奇絕，彷彿送別之情盡在山水之景，而山水之景又盡入送別之情，所以這就是王觀筆觸的特點，一向生動傳神之至又極富想像力。

好了，就是因為寫得太生動，麻煩事來了。

他在當翰林學士的時候，寫了一首本來不需要生動，但是在他筆下卻特別生動的應制詞《清平樂》，一下子改變了他整個的人生。

詞云：「黃金殿裏，燭影雙龍戲。勸得官家真個醉，進酒猶呼萬歲。 折旋舞徹伊州，君恩與整搔頭。一夜御前宣住，六宮多少人愁。」

問題出在哪裏呢？

他寫的對象是宮闈的生活。這種詞叫應制詞，就是應皇帝之命而作。毫無疑問，要求也比較莊嚴雅致。即使皇帝和后妃們玩賞之際，一時高興命詞臣而作，也應該是華貴雍容無傷大雅的風格才對。別人都能做到這一點，可王觀就不，你既然讓我寫，我就寫得直抒胸臆。

上片，「黃金殿裏，燭影雙龍戲」。燭影搖紅之中，已經扯下帝王尊貴的假面。接下來「勸得官家真個醉，進

酒猶呼萬歲」。看到「勸得官家」,「官家」這個詞,很多朋友應該會想起《水滸傳》,所謂「趙官家」就是姓趙的皇帝。這個嬪妃不停地勸酒,不停地嬌呼萬歲,說明她能夠討得皇帝的歡喜,能夠一杯杯灌下去,讓皇帝真的醉。這種場景怎麼想怎麼看都高雅不到哪兒去,皇帝那至聖高貴的面具到此基本就全被扒下來了。

下片,則將這種宴飲之情推向高潮。要取得皇帝的恩寵,看來只勸酒不行,還得有皇帝最喜歡的手段。所謂醉生夢死,古代的皇帝最喜歡的也就是酒色歌舞。這位嬪妃「折旋舞徹伊州」。伊州曲是唐宋著名的舞曲。伊州其實就是新疆的哈密,當地的姑娘善歌善舞,這種伊州曲帶有鮮明的異域特色,後來被西京節度使蓋嘉運帶到了長安。因為極具異域特色,一時熱情似火,一時柔情萬丈,一下子就在中原地區流行開來。唐代的大音樂家李龜年,也是演奏伊州曲的高手。

「舞徹伊州」之後,果然把皇帝看得如痴如醉,甚至不顧帝王的禮儀,「君恩與整搔頭」。痴迷的君王居然替這個嬪妃重整頭上的髮簪。「搔頭」就是髮簪。寫到這兒本來都可以了,別再寫了,皇帝和他的嬪妃兩個人醉生夢死的樣子,已經夠了。可王觀剎不住筆,剎不住車,還要把話挑明,說「一夜御前宣住,六宮多少人愁」。「御前宣住」那就是留宿侍寢,得以陪伴君王。可結尾一句「六

宮多少人愁」，卻是筆鋒一轉，讓人不由想起「白髮宮女在，閒坐說玄宗」，想起「一聲何滿子，雙淚落君前」。這種暗含諷刺的感慨，更反襯了前面君王紙醉金迷、貪戀女色、飲樂無度的形象。加之傳神之至，高太后一看，大為惱火，說應制詞，誰讓你寫這麼生動，這麼形象，這不是把皇家那點遮羞布都撩起來了嗎？

於是，一道懿旨，王觀就此被趕出了朝廷。

那王觀呢，就是有個性，絲毫也不惱火，反而有些自得。他被朝廷趕出去之後，自號逐客。因為他是詞寫得太生動、太形象才被趕走的，更有一份別樣的傲嬌。他說，你看大家認為寫詞最形象的是誰啊？毫無疑問，當然是白衣卿相柳永。當年柳永也被皇帝下旨「且去填詞」，我的命運跟柳永一樣，而我的詞生動有趣，更要超過柳永。所以他大量作詞，並把自己的詞編為《冠柳集》。那意思就是比柳永的詞還要生動，要超過柳永的詞。而且他一生以此自得，以此自樂。

你看，詞人王觀經歷了被逐出朝廷的命運，一點兒不沮喪，反而以此為榮。這對一般人來說那是多大的坎坷啊。反觀那個北方的王觀，雖然名重一時、官重一時，甚至被賜耶律國姓。但後來只因一件事不小心，就是建房子的時候違反了規制，被削去了爵位。結果經此打擊，一年之後抑鬱而終。

難怪詞史上評王觀「詞後之作，新麗輕狂，語皆驚人」。這樣的王觀沒了官場的束縛，沒了世俗的束縛，只因着自己的本心，才能寫出《卜算子》這樣的妙詞。

　　鮑浩然是誰，現在已不可考了，古代叫浩然這個名字的太多了。連蘇東坡都說「一點浩然氣，千里快哉風」，都從《孟子》「吾善養吾浩然之氣」而來。這個鮑浩然居然沒有留下一點信息，也許並不是什麼特別重要的人物。可是，王觀在同屬江南的紹興送別友人鮑浩然去浙東，也是去江南，他寫來卻別樣深情，不知道的還以為他是在遙遠的塞北送別鮑浩然呢。

　　「水是眼波橫，山是眉峰聚」，我們已經說了，這種想像實在是千古妙句。「欲問行人去那邊」，「那（nǎ）邊」，其實就是表疑問的哪邊。「欲問行人去那邊？眉眼盈盈處。」你看這又像開始說的一樣，可以有雙重的理解。可以說是鮑浩然要去山水秀麗的像美人眉眼盈盈的地方，也可能是說他此去江南，要與眉眼盈盈的心上人相會。不論怎樣，王觀寫來總之是句句含情，字字含情，山水生動，眉眼生動。

　　上片如此生動，下片就一定有趣。「才始送春歸，又送君歸去。」看來「春」已經是暮春時節之後了，因為已是「送春歸」了。現在又要送你歸去，本在江南，更向江南。「若到江南趕上春」，因為越往南，春天走得越晚，

所以說好朋友帶着這樣的相思之情，一片春心趕往江南，是一定能趕上春天的。趕上春天的尾巴要怎麼樣？「千萬和春住」。這一句實在太妙了，簡直猶如口語，千萬要和春天住在一起。這一點也不遜於西方人的那句名言──「我和春天有個約會」。

這就是王觀，他以性情入詞，以他自己的性格輕狂入詞，可以說把「詞緣情」這個特點發揮到了極致。王灼在《碧雞漫志》裏便說「王逐客才豪，其新麗處與輕狂處，皆足驚人」。這就是指詞人王觀。

他雖然不如大遼的王觀老成持重，也不如人家官運亨通，可卻別有才情，別有個性。他把他的輕狂和真性情宣泄到筆下，詞中就有了傳承絕妙的《卜算子》，就有了緣情任性的北宋詞。

所謂「我與我周旋久，寧做我」，北宋詞人王觀王逐客果然大有可觀。

願有歲月可回首
且以深情共白頭

　　元稹之妻韋叢離開元稹的時候剛剛二十七歲，蘇軾妻子王弗病逝的時候也僅僅二十七歲。這可以說是女子最美好的年齡，大概也正因如此才讓她們的夫君痛徹心扉。

　　下面我們要來品讀的，就是被稱作「千古悼亡之首」的蘇軾的《江城子·乙卯正月二十日夜記夢》。

十年生死兩茫茫，不思量，自難忘。千里孤墳，無處話淒涼。縱使相逢應不識，塵滿面，鬢如霜。

夜來幽夢忽還鄉，小軒窗，正梳妝。相顧無言，惟有淚千行。料得年年腸斷處，明月夜，短松岡。

蘇軾在題記中說，「乙卯正月二十日夜記夢」，所以這首詞上闋寫實，下闋寫夢，是在詞中懷念十年前已離他而去的妻子王弗。

每次讀到蘇軾的這首《江城子》，我其實最先想到的並不是東坡先生和髮妻王弗的愛情故事，而是國學大師唐圭璋先生。唐老憑一己之力，耗十年之功，編纂《全宋詞》，被稱作「詞聖」。而我一直覺得，在「詞聖」之前，應該再加一個詞——情聖。

聽我的老師說，唐老至情至性，和他的愛人在戰火紛飛的年代相識相愛，結成夫妻。可是髮妻在他三十多歲的時候，因病而逝。後來唐老獨自帶着孩子們艱難度日，一輩子都沒有續弦再娶。據說每年清明時節，唐老都會帶一把洞簫，去妻子的墳上，為她吹奏她生前最喜歡的曲子。

我的老師告訴我，有一次上課，唐老講宋詞，剛好講到這首《江城子》。他在黑板上抄寫下整首詞，轉過身來只唸了一句，「十年生死兩茫茫」，就突然淚如泉湧，聲音哽咽，再也說不下去。後來整堂課，唐老就和學生相對而泣。偶爾，口中呢喃地說兩聲：「苦啊，苦啊！」我只聽老師的轉述，便已覺得這是人世間最偉大的課，永遠都難超越。唐老用他的全部人生，至情至性的靈魂，去詮釋了這首千古悼亡之首的名作。

蘇軾的這首詞用語平實，卻如此感人，正是因為有

來自生活本身的力量。而且，這首《江城子》裏有一個小小的謎團，那就是蘇軾既然渴望與亡妻相會，怎麼又會說「縱使相逢應不識」呢？

「縱使相逢應不識」應該是一句很白話的話，就是說恐怕我們見了面你也認不得我了。既然是這樣，為什麼後來又說「相對無言，惟有淚千行」呢？難道是因為王弗認不出站在對面的蘇軾，才讓蘇軾傷心到「淚千行」的地步嗎？這樣的話，未免太過荒唐可笑。

真正的解答應該在於，詞的標題雖然是「記夢」，但詞中真正記夢的應該只是下闋，上闋說的並不是夢，而是蘇軾這十年以來的心態。那麼這是一種什麼樣的心態呢？

在「縱使相逢應不識」的前面，蘇軾說「不思量，自難忘」。也就是說不去想卻已刻刻難忘，這說明這種意識已經成了一種刻骨銘心的存在，用心理學詞彙準確地說也就是成了一種自覺的潛意識。隨後的「縱使相逢應不識」的感覺其實也應該是這樣的。

那麼，蘇東坡為什麼會產生這種不被王弗認識的直覺呢？其實蘇軾自己在詞中已經給出了一個答案，那就是「塵滿面，鬢如霜」。

一般的解讀只停留在字面意義上，認為是塵土滿面、星鬢如霜讓蘇軾自覺難以面對自己的妻子，也就是他覺得，即使這時妻子王弗真的醒來，也會認不出年華老去的

自己了。但蘇軾為什麼會這麼想呢？這是不是只是一般人的年華老去之感呢？

蘇軾寫下這首《江城子》時三十九歲，正遭遇一生中第一次重大的坎坷。蘇軾年少時名揚天下，意氣風發，但這個時候，開始了熙寧變法，也就是王安石變法。蘇東坡作為舊黨成員，不被重視，只得外放地方，鬱鬱不得志。人到中年思及往事，對曾是賢內助的髮妻王弗就更加思念。

歷經了紅塵的磨難，在時間的滄海中，蘇軾想起當年恩愛的髮妻，所謂「結髮為夫妻，死生未可移」。

不過，蘇軾絕非是因為人到中年、仕途坎坷，才分外思念髮妻，而是他和王弗的感情本來就非常好。

所以說，「塵滿面，鬢如霜」要和前面的兩個字合起來讀，就是「十年生死兩茫茫」的「茫茫」。其實不只是生死間的茫茫隔世，也是人生旅程的「路漫漫，夜茫茫」。正是這種對人生政治理想的「茫茫」之感，讓蘇東坡將心血與精力放到人文生活的層面上來，放到燒菜與飲酒上來，放到詩詞歌賦上來。以蘇東坡的才學與天賦，當他把全部精力都放到文學藝術上來的時候，宋代就幸運地誕生了一個前無古人、後無來者的文化巨匠。

理解了這種情緒，我們就會理解蘇軾為什麼會在這段時期特別思念前妻王弗。

這也就要說到他和王弗這段婚姻的特色所在了。

王弗的父親是四川的一個鄉貢士，在古代，也算是出身於一個知識分子家庭。我們不知道王弗的才學到底怎麼樣，但蘇軾自己在文章裏記載過，說有一次自己在夜裏讀書的時候，就被紅袖添香的王弗指出了一個錯誤。還有一次，他背書的時候突然忘了詞兒，王弗就輕聲地唸出了下句，這讓一肚子學問的蘇軾大為佩服。我想，要指出蘇軾讀書中的錯誤，那一般的知識積纍肯定是不夠的，王弗的才學肯定不一般。

王弗不僅天天陪着丈夫蘇軾學習，做一對愛學習有文化的模範夫妻，而且她對丈夫的人生理想、仕途追求都很用心。史書記載，王弗有一個愛好，就是蘇軾做官之後，家中凡是蘇軾的同僚、下屬來拜訪，蘇軾在前面接待、攀談，王弗就在簾子後面悄悄地聽。客人走了之後，王弗就憑自己女性特有的直覺，為丈夫分析談話的內容，還有談話的人，聽說蘇軾往往是大受裨益。

一次，北宋文人黨爭中新黨著名的成員章惇，在沒有發跡的時候曾來拜訪蘇軾。王弗對蘇軾說，這個章惇將來一定是個大奸大惡之人，不得不防，但是蘇軾卻並不以為然。章惇得志之後，果然是個極偏激的人，蘇軾等人都栽在他的手裏。蘇軾後來之所以被流放到惠州，被流放到遙遠的海南島，都是因為這個章惇。

後來蘇軾感慨説，還是王弗看人看得準啊。由此可見，王弗不正是男人們求之不得的「賢內助」嗎？蘇軾在紀念妻子的墓志銘中，就明確地稱妻子王弗是個賢內助。蘇軾的父親蘇洵，也認為這位兒媳婦是非常出色的。王弗去世的時候，蘇洵還提出來把王弗的靈柩送回四川眉山老家，和蘇軾的母親，也就是王弗的婆婆程夫人安葬在一起。

我們知道蘇軾號東坡，那是因為他在黃州的東坡上幹了不少農活。但蘇軾這輩子幹過最多的農活是什麼呢？是種樹。他曾經在故鄉四川眉州的山坡上，帶着家人，親手植下了三萬株雪松。為什麼要種那麼多的雪松呢？是因為王弗愛雪松。東坡居士的痴情，可見一斑。

蘇軾的這首《江城子》最大的特色，一是平實，二是感人。既能讓詞學宗師唐圭璋先生，一生為之念念不忘；也能讓半文盲的楊過，為之傷感發狂。金庸在《神雕俠侶》裏寫道，楊過為小龍女跳崖，最重要的引子就是這首《江城子》。楊過一輩子痴心武學，讀書不多，數年前在路邊一個小酒店的牆壁上，見過這首詞，隨口唸了幾遍，就牢記下來。

為什麼呢？因為他覺得這首詞情深意真。

楊過在等了十六年後重回絕情谷中，等待與小龍女相會。過了約定的日子，卻依然不見小龍女，失魂落魄之

際，想起了這首《江城子》。楊過心想，蘇軾是十年生死兩茫茫，而自己已經和龍兒相隔十六年了；蘇軾尚知愛妻埋骨之所，自己卻連妻子葬身何處也不知。於是又想起下半闋，說的是蘇軾夜晚夢到亡妻的情節，「夜來幽夢忽還鄉，小軒窗，正梳妝。相顧無言，惟有淚千行」，那正是柳永所說的「執手相看淚眼，竟無語凝噎」啊。

楊過念及此，不由得心中大痛，因為三日三夜不能合眼，竟連夢也不能做到一個。楊過心中不覺萬念俱灰，加上性情激烈，便縱身跳入萬丈懸崖。

什麼樣的作品才是最好的文學作品，什麼樣的詩詞才是最感人的詩詞？很簡單，來自真實的生活，來自深情的靈魂。

願有歲月可回首，且以深情共白頭。

人間四月天

這是一首很特別的詞。

它貌似情詩卻又不是情詩，但說它不是情詩，卻又勝似情詩。

這就是蘇軾的名作《蝶戀花·春景》。

蘇軾——
《蝶戀花·春景》

花褪殘紅青杏小。燕子飛時，綠水人家繞。枝上柳綿吹又少。天涯何處無芳草。

牆裏鞦韆牆外道。牆外行人，牆裏佳人笑。笑漸不聞聲漸悄。多情卻被無情惱。

說它貌似情詩，你看處處不是在寫情嗎？寫到最後是「多情卻被無情惱」。而且整首詞至少從字面意思上來看，還是一個生動的相思故事。

「花褪殘紅青杏小」，東坡居士從眼前景寫起，大概已是到暮春時節，看到眼前的那棵生動的杏樹，杏花已褪，但小小的青杏卻已經在疏枝上冒出身影。

「燕子飛時，綠水人家繞」，有燕子，有一池春水，將村舍圍繞。有人曾經質疑這個「繞」字會不會是「綠水人家曉」。「曉村」的「曉」，其實遠不如「繞」字精彩。這個「繞」字，細細想來意思豐富得很，不僅燕子繞春色，綠水繞人家，接下句還有牆外的行人繞着牆裏的佳人笑呢。接着說「枝上柳綿吹又少」，因為已是暮春時節了，但「天涯何處無芳草」。這一句尤其曠達，韻味極其深厚。

「牆裏鞦韆牆外道。牆外行人，牆裏佳人笑。」在這樣的短章小令裏，一般非常講究用字的精準，用詞用字盡量要避免重複，但是東坡居士真是「行於所當行，止於所當止」，隨手寫來全是精詞妙句。牆裏牆外，牆外牆裏，反覆使用，卻讓人覺得自然而然，充滿生活的趣味。牆裏面的佳人在蕩鞦韆，牆外的行人聽見了牆裏的佳人笑。但是即便動心，即便鍾情，又能怎樣呢？「笑漸不聞聲漸悄」，徒留牆外的行人「多情卻被無情惱」。

關於這首《蝶戀花》創作的時間，有說在黃州，有說在密州，也有說在惠州。但不論在什麼地方，都是蘇軾在政治上遭受打擊、仕途極不得意的情形下所做，甚至是在他貶謫流放的過程中所寫下的佳作。所以這首詞雖然寫的是春情春景，但背後其實有着相當的政治寓意。

　　我比較主張這首詞應該創作於蘇軾遭貶，流放嶺南惠州期間。這首政治寓意詩不是情詩卻勝似情詩的地方，在於它和蘇軾最愛的女子發生了深刻的人生關聯。

　　說到蘇軾在人世間最愛的女子，大家肯定會想到蘇軾的髮妻王弗。雖然我也極愛那首《江城子》，但我心裏一直覺得蘇軾最愛的人恐怕未必是王弗。

　　這樣說可能會受到很多朋友的非議，但我一直認為東坡居士真的和普通人不太一樣，他才是真正的謫仙人，比李白還像謫仙人。他從純淨的天堂貶謫到人間，他的情感生活也因此和一般人不太一樣。他對王弗的情感，在愛之外，可能更多的是敬愛。因為王弗是一個標準的賢內助，尤其是在蘇軾「達則兼濟天下」的仕途生涯中，在現實與生活層面給了蘇軾極大的幫助。

　　林徽因有一首名作《你是人間的四月天》，詩中寫道，「你是愛，是暖，是希望」。蘇軾的一生恰好也遇到過三個女人，她們分別是愛，是暖，是希望。

　　在蘇軾的心中，王弗更多是像一種希望，溫暖的

希望。

之所以說王弗更像是希望，是因為她的能力、她的聰慧、她的眼光。不僅蘇軾對王弗有這樣的評價，他的父親蘇洵，也很器重這個兒媳。尤其對王弗的眼光以及她對蘇軾的幫助深為嘉許。蘇家上下其實都把王弗比作程夫人。我們知道，程夫人不僅一手培養了兩個天才的兒子，而且幫助自己的丈夫蘇洵「二十七始發憤」，對蘇家的男人們起到了巨大的影響和幫助作用。王弗經常被比作程夫人，就可以看出蘇家上上下下對王弗的敬愛之情。

在王弗這個賢內助去世之後，王弗的堂妹王閏之嫁給了自己早已暗戀了多年的堂姐夫。王閏之是個絕對的賢妻良母，雖然她在才學上不如她的堂姐，在藝術才情上也不如後來的王朝雲。但她卻是蘇軾生命中最為噓寒問暖的人，她無微不至地關懷着蘇東坡，關懷着所有她親生的和不是她親生的孩子。這一切都讓蘇軾非常感動。

但嚴格地說，雖然蘇軾和王閏之感情很深，但王閏之並不是一個完全了解蘇軾的人。她是他的賢妻，卻不是他的知音。最典型的例子就是在「烏台詩案」的時候，蘇軾被抓進獄中，王閏之因為害怕而把家中蘇軾的詩稿全部付之一炬，都給燒了。這不能不說是中國文化史上特別遺憾的一件事。當然「烏台詩案」本質上是場文字獄，蘇軾得禍也確實是因寫詩而起，但王閏之的反應表現了她更看重

的是蘇軾的生命，而不是他的才情與成就。

所以當真正的知音來到身邊的時候，蘇軾就表現得特別鍾愛，請注意，不是敬愛，是鍾愛，這個知音就是蘇軾最後深愛的女子王朝雲。

說到蘇軾與朝雲，很多人會質疑一個敏感的問題，因為朝雲來到蘇軾身邊的時候，其實才十二歲，此時蘇軾已經三十七歲了，兩個人怎麼會產生所謂的愛情呢？

說到蘇軾與朝雲的初相遇，就要說到那首著名的詠西湖的詩了。宋神宗熙寧四年（1071），蘇軾因為反對王安石新法被貶為杭州通判。一天，他和幾位朋友同遊西湖，宴飲的時候招來了歌舞伎助興。歌舞伎中有一個年幼的女孩特別出眾，她就是王朝雲。朝雲這個名字其實是後來蘇東坡幫她取的，還為她取了個字「子霞」。

王朝雲是錢塘人，家境清寒，自幼就淪落為歌舞伎。但她天生麗質，聰穎靈慧，雖然混跡在煙塵之中，卻獨具一種清新雅潔的氣質。這種氣質出淤泥而不染，當時就吸引了蘇軾的注意。酒過微醺，舞罷換裝，朝雲洗盡鉛華，黛眉輕掃，一身素淨衣裙，重回席中，這時候本是陽光燦爛、波光瀲灩的西湖，由於天氣突變，突然陰雲蔽日、山水迷茫，成了另外一種景色。蘇軾見湖山佳人相映成趣，靈感頓時奔湧而出，揮毫寫下千古傳頌的《飲湖上初晴後雨》：「水光瀲灩晴方好，山色空濛雨亦奇。若把西湖比西

子，淡妝濃抹總相宜。」

必須要澄清的是，蘇軾這首詩是否為朝雲所寫並不可考，但人們願意相信當時的朝雲是那麼清純，而她和東坡居士的相遇也是那麼美好。平心而論，蘇軾此時對於朝雲，只是一種欣賞而已。是對她靈慧雅潔以及藝術氣質的一種欣賞。

宋人本就有蓄歌伎之風，所以朋友見此將朝雲買下，送入蘇軾府中。蘇軾對這個來自社會底層的少女青睞有加，不僅教她認字、寫詩、填詞，還在音樂、藝術、書法各個領域成為朝雲最好的老師。朝雲極聰慧，極用心，本就心有靈犀，又得到蘇軾這樣的用心指點，兩人亦師亦友，日久生情，真是「金風玉露一相逢，便勝卻人間無數」。朝雲長到十八歲的時候，在王閏之的要求和操持之下，蘇軾納朝雲為妾。

回頭來看，蘇軾將身為歌女的王朝雲帶回家中，教她寫字，教她音樂舞蹈，教她詩詞歌賦，他們之間是以師生的身份開始這段曠世情緣的。也正因為這樣，這段情產生之後，就特別濃郁，蘇軾對朝雲的憐愛和朝雲對蘇軾的崇拜，更加重了這份濃郁。這份情感發展到極致，就使當事人產生了強烈的知音之感。

宋代《梁溪漫志》記載，天性豁達的蘇軾常在朝廷受氣，但他喜歡以有趣的形式來宣泄。一天回家之後，

他拍着自己的肚皮問家中的侍女們，説你們猜這裏面是什麼？

一個丫鬟想也不想，説當然是中午剛吃過的飯唄！蘇軾搖搖頭。

另一個聰明的丫鬟説：一定是滿腹文章。蘇軾又笑着搖搖頭。

又有一個丫鬟説這還不簡單，蘇大學士啊，滿腹都是聰明才智啊，難道是一肚子草包？蘇軾聽了哈哈大笑，卻依然搖搖頭。

所有人都面面相覷，都不明所以。蘇軾看向在旁邊一直沒有説話的朝雲，朝雲笑了一下，卻歎口氣説，這裏頭啊，是一肚子的不合時宜。蘇軾聽了放聲大笑，捧着肚子，頻頻點頭。

人世間最美好的遇見其實只是兩個字——懂你。

説到真正地懂你，就要説到這首著名的《蝶戀花》了。

哲宗親政，蘇軾被貶嶺南，當時嶺南是窮荒蠻肆之地，瘴癘橫行，蘇軾估計此去難有生還之機，就遣散家中歌伎侍妾，打算孤身前往，甚至不願帶家人相隨。大難臨頭，難免各自算計，但唯有朝雲誓死相隨，不離不棄，一定要跟東坡居士去天涯海角，哪怕明知這是一條不歸之路。

來到嶺南之後，當時的惠州人煙稀少，瘴癘橫行，

條件確實十分艱苦，但蘇軾最大的本事就是苦中作樂，天性豁達與包容，使得他在整個宋代知識分子中顯得鶴立雞羣，超絕特出。

一天，秋風起，落木蕭蕭，蘇軾強打精神對朝雲說，唱一首春景吧，唱一首《蝶戀花》。於是，朝雲清喉婉轉，唱起了這首「花褪殘紅青杏小」。可是才唱一句，突然歌喉將轉，淚滿衣襟。

蘇軾問她怎麼了，朝雲含着淚，回答說，奴所不能歌者，是「枝上柳綿吹又少，天涯何處無芳草」也。這件事在很多史料裏都有明確的記載，據說之後不久朝雲就病逝了，而東坡先生終其一生，再也不聽這首詞了。

那麼，朝雲為什麼唱到這一句就淚滿衣襟，蘇軾又為什麼將其視為人間絕唱呢？

我們大多數人讀這首詞的時候，很容易讀出來一種豁達，甚至是有些歡快的情調。雖然政治上不得意，雖然牆外的有心人空留着遺憾，但終究有「天涯何處無芳草」的灑脫。這種灑脫境界如今尤其被大多數人接受，成為我們生活中一句常用的俗語。我們總是在朋友們失戀的時候去勸他，「天涯何處無芳草？」這麼灑脫的一句話，怎麼會讓朝雲情難自禁呢？這就要說到這句詞裏所用的典故了。

這句話是從屈原的《離騷》中化用來的。原句是司占

卜的靈氛勸屈原說，「何所獨無芳草兮，爾何懷乎故宇」，什麼意思呢？說天下到處都有香草，你又何必只念着故國？何不隨波逐流，得過且過呢？

我們知道，香草美人在屈原的《離騷》中是一種比喻、一種象徵。《離騷》中這句話，是說人生的理想既然在自己的國家不能實現，你可以離開故國啊！但屈原這樣說，其實是為了反襯自己「舉世皆濁而獨清」的高潔品質與堅貞的追求。所謂「路漫漫其修遠兮，吾將上下而求索」，這一顆心離不開自己的故國，離不開自己的理想，離不開自己的追求，雖九死而猶未悔。離不開，卻又這樣說，才分外表達出這其中的痛苦與傷感。

蘇軾這句話既然是借用屈原的詩意而來，其中的情緒就可想而知了。表面上有曠達、有灑脫，但字裏行間卻蘊含着一種更深切的悲痛。這一層意思別人讀不出來，可朝雲讀得出。只有朝雲能體會到，在嚴酷的現實面前，東坡居士只是一個牆外失意的匆匆過客罷了。只有她明白他的內心，只有她是他的知音。所以她為之淚下，難以為繼。蘇軾當時的反應是，他笑着撫着王朝雲的背說，是吾悲秋而汝又傷春矣。就是說：朝雲啊，沒必要為我傷感，我能在這天涯海角聽你唱《蝶戀花》，就是人生的幸福了，其他的苦痛又算得了什麼呢！可朝雲死後尤愛此詞的蘇大學士，卻終生不復聽此詞。

可見蘇軾當時面對朝雲的落淚好像表現得很豁達，實際上卻被朝雲的知己之情深深感動了。這種感動在當時表現為一種克制和灑脫，過後卻成為蘇軾心中一處永遠溫暖、卻又傷痛的存在。可以說，朝雲才是唯一理解蘇軾的人，而蘇軾面對朝雲對他的理解又產生了巨大的共鳴。也就是他們真正做到了心有靈犀的互通。在朝雲的眼中，在蘇軾的世界裏，舉世濁濁，只有他們二人是彼此世界中清澈的存在。這也就可以理解，為什麼說朝雲才是東坡先生一生的最愛。

當生死茫茫、塵世茫茫都成過眼煙雲之後，對於蘇軾這樣一個文化巨匠、藝術的魂靈來說，只有最真最純最清澈的情感，才是他最後的夢想。紹聖三年（1096），朝雲病逝惠州，蘇軾親手把朝雲葬在惠州棲禪寺大聖塔下，因朝雲臨終前背誦《金剛經》「一切有為法，如夢幻泡影，如露亦如電」，又為朝雲建「六如亭」，並親筆所書：「不合時宜，惟有朝雲能識我；獨彈古調，每逢暮雨倍思卿。」朝雲逝後，蘇軾對朝雲的懷念日日積聚心頭。他每晚都會夢到朝雲，看到她衣衫盡濕，便在夢裏問她緣故，她說夜夜要渡湖回家，才把衣衫弄濕。蘇軾醒後大為不忍，於是在惠州築堤，以便朝雲夢裏回家。惠州的枕豐湖，後來因為蘇軾和朝雲也改名為西湖。

朝雲葬後第三天，惠州突然起了暴風驟雨，第二天清

晨蘇軾來掃墓，發現墓的東南側有五個巨人的腳印，於是心懷感念，再設道場為之祭奠。他還為朝雲在惠州西湖邊遍植臘梅，並寫下《西江月‧梅花》，一句「高情已逐曉雲空，不與梨花同夢」，把朝雲的冰清玉潔永遠定格在時光的深情婉轉之中。

為了懷念朝雲，蘇東坡在惠州西湖上建塔、建亭、植梅，試圖用這些熟悉的景物喚回那已逝的歲月。然而佳人已杳，何處天涯能有如此芳草？

蘇軾一生都很崇拜唐代的大詩人白居易，他早年曾經羨慕地説「我甚似樂天，但無素與蠻」，就説我的才情啊，不比白居易差，只可惜我不像他那樣擁有樊素和小蠻。可是在貶謫惠州的歲月裏，蘇軾又作詩説：「不似楊枝別樂天，恰如通德伴伶玄。」是説我所鍾愛的女子不像樊素和小蠻那樣最終離開了白樂天，她會跟着我天涯海角，忠貞不渝，而且她還是我靈魂的知音和知己，這種幸福和快樂恐怕不是白樂天能比得了。蘇軾這首詩的名字就叫作——《朝雲》。

其實從愛情的角度看，白居易比起蘇東坡來，確實差得很遠。其實不止白居易，中國古往今來的大多數男人比起東坡居士都差遠了。蘇軾一生既擁有過王弗這樣的事業上的賢內助，又擁有過王閏之這樣家庭生活中的賢妻良母，還擁有過朝雲這樣才藝雙絕的情感知音，也就是説，

他幾乎擁有過中國男人在愛情與婚姻上所能夢想到的所有理想愛人，這樣的一生又哪會有一絲遺憾呢？

你是愛，是暖，是希望，你是人間的四月天。對於蘇軾，或者可以說王弗是希望，王閏之是暖，而朝雲是愛，東坡居士就永遠生活在他的人間四月天裏。

此心安處是吾鄉

每到中秋之夜，我總覺得心裏特別寧靜，特別安寧。不論在什麼地方，看着那一輪明月，便覺「此心安處是吾鄉」。

所以，我特別想和大家分享蘇軾的這首《定風波·常羨人間琢玉郎》。

常羨人間琢玉郎，天應乞與點酥娘。自作清歌傳皓齒，風起，雪飛炎海變清涼。

萬里歸來年愈少，微笑，笑時猶帶嶺梅香。試問嶺南應不好，卻道，此心安處是吾鄉。

「常羨人間琢玉郎」，這個「琢玉郎」是誰呢？這個丰神俊朗、如玉雕琢般的男子，他的名字叫王鞏，字定國，號清虛先生，後世常稱其為「王定國」；又因他後來被貶賓州，所以後人也稱其「王賓州」。

王鞏出身名門，祖父是真宗朝一代名相王旦。王旦曾經掌權十八載，為相十二年，深為真宗信賴，是昭勳閣二十四功臣之一，死後諡號「文正」。我們知道「文正」是一種對文臣最高的諡號了。像范仲淹、曾國藩，都是文臣之首，死後才諡號「文正」。

王鞏的父親名叫王素，也是仁宗朝的一代名臣。王素曾經出知鄂州，也就是主政於湖北武昌，和同樣出知岳州的滕子京以及慶曆黨人交從莫逆。

有這樣的父親和這樣的祖父，王鞏的出身自不待言，他的品格也為時人所敬重。尤其在北宋文人黨爭過程中，王鞏因同情舊黨文人，屢受新黨迫害。陸游《老學庵筆記》曾記載說，名臣馮京素來推崇王鞏，一天當着神宗皇帝的面，力薦王鞏之才。但新黨領袖王安石在旁邊聽了很不高興，輕蔑地說：「王鞏，不過一孺子耳。」馮京當時反應很快，氣憤地說：「安得謂之孺子！」

原來王鞏和神宗皇帝生於同年，王安石罵王鞏為「孺子」，那豈不是說連神宗皇帝也是「孺子耳」？所以據說當時王安石的表現是「荊公愕然，不覺退立」。事實上，

王鞏年輕時，「篤學力文，志節甚堅，練達世務，強力敢言」，加之家學淵源，才學向來被時人所推重。而且王鞏不僅才學富贍，長得也特別帥。不光是今天這個時代看顏值，古人也常常看顏值。所以，就有一個人特別喜歡王鞏，他就是比王鞏整整大上一輪的蘇軾。

蘇軾早就與王鞏結交，當年在做徐州太守的時候，年輕的王鞏前去拜訪他，兩人同遊泗水、魋山。王鞏尤擅音律，尤其善於笛曲，據說「遠承魏晉桓伊之笛法」，一曲《梅花三弄》，吹得橫絕當世。後來，蘇軾在徐州建黃樓，特意於黃樓之上請王鞏宴飲，王鞏當席奏笛，聲聞九天，不絕於耳。蘇軾聞笛歎曰：「李太白死，世無此樂三百年矣！」這就是人間的「琢玉郎」。

所以蘇軾說：「常羨人間琢玉郎，天應乞與點酥娘。」就是說我常常羨慕這世間如玉雕琢一般的、丰神俊朗的男子王定國啊！就連上天也憐惜他，要贈與他最柔美、最聰慧的佳人，讓這才子佳人永得相伴。

可是這個「點酥娘」又是誰呢？

「自作清歌傳皓齒，風起，雪飛炎海變清涼。」你看她是那樣的美麗，有着雪白的牙齒、鮮艷的紅唇。從那唇齒之間傳出來的輕歌曼妙，隨着輕風乍起，那歌聲如雪片飛過炎熱的夏日，能使世界變得清涼。這樣的女子和妙解音律、丰神玉朗的王定國在一起，簡直就是人間的絕

配呀！

　　這個「天應乞與」的「點酥娘」，其實蘇軾在《定風波》序中便有交代。

　　《定風波》序云：「王定國歌兒日柔奴，姓宇文氏。」「點酥娘」的原名，應該叫宇文柔奴。據說，柔奴本也是洛陽城中大戶人家的女孩，小時候家境非常不錯，可惜後來家道中落，淪為歌女。王鞏雖然出身世家豪門，卻因命運的安排，與柔奴在紅塵中相遇，王鞏感其妙解音律，一見之下，引為知音。後來，王鞏納柔奴為妾，向來以知己之禮待之。可是真正的知己與知音，總要經歲月的磨礪，總要經命運的坎坷，去洗練、去打磨，方能見其知己、知音的成色。在王鞏與柔奴生活美滿、兩情繾綣之際，在王鞏仕途按部就班、一帆風順之時，那塊煉金石突如其來。那塊煉金石的名字就是蘇軾和「烏台詩案」。

　　在北宋文人新舊黨爭的激烈搏殺過程中，眼見得天下「無一個不好人」的蘇軾，成了新黨處心積慮清算舊黨的一個靶子。當然那時的蘇軾還不是東坡居士，「烏台詩案」被貶黃州之後，在命運大起大落之後，那個叫蘇子瞻的樂天派才最終成為偉大的東坡居士。

　　而在整個「烏台詩案」的過程中，所有被牽扯到的朋友故舊受處罰最嚴重的就是王鞏。王鞏時任祕書省正字，雖官階不高，但切近中樞、消息靈通。得知新黨處心積慮

要暗算蘇軾的消息後，在朝廷放旨捉拿蘇軾之前，王鞏就盡快告知了蘇軾的弟弟蘇轍，讓蘇家早做準備。後來事發，蘇軾只不過最後被貶黃州，而王鞏則因此被貶嶺南賓州。當時嶺南是極荒涼之地，兼之瘴癘橫行，被貶此間的官員多有病死貶所的經歷。所以王鞏此去可謂凶多吉少，蘇軾對此心中愧疚莫名。

王鞏臨行之際遣散家人，不願家人隨己萬死投荒。他人避之唯恐不及，唯柔奴不避生死，誓要傾心相隨。正是因為有柔奴的傾心照顧、細心照料，王鞏才九死一生，終於在五年之後，由嶺南貶所生還中原。

蘇軾在《王定國詩集》序裏曾愧疚地說：「今定國以余故得罪，貶海上五年，一子死貶所，一子死於家，定國亦病，幾死。余意其怨我甚，不敢以書相聞。」可見蘇軾的愧疚與擔心到了什麼地步。

五年之後，當蘇東坡在黃州鳳凰涅槃，當舊黨終於在風水輪流轉的時政裏重新得勢，王鞏也終於奉旨北歸。王鞏一回中原，為寬蘇軾之心，便宴請蘇軾。事實上，兩人一貶黃州一貶賓州期間便常有書信來往。雖然王鞏在書信中總是作大度放達之言，但東坡先生還是不免惴惴於心。

可是等他見了王鞏之後，不覺大為驚異，發現王鞏雖然貶謫嶺南五年，不但沒有被貶官員通常那種倉皇落拓

的容貌，還神色煥發，甚至更勝當年。蘇軾心中不由得疑惑，說：「定國坐坡累，謫賓州，瘴煙窟裏五年，面如紅玉，尤為坡所敬服。」這是東坡先生對王鞏說，老弟呀，你貶謫的地方比我艱苦多了，你怎麼神色看上去比我還青春，還有生機和活力呀？你是怎麼保養的，有什麼祕方啊？

王鞏笑而不答，叫出柔奴為東坡獻歌。只見窈窕的柔奴輕抱琵琶、慢啟朱脣，歌聲隨風而上，亦如「雪飛炎海變清涼」。東坡先生見到王鞏已覺驚異，見到柔奴更覺驚詫萬分，只見柔奴容貌「萬里歸來年愈少，微笑，笑時猶帶嶺梅香」。

東坡先生更加驚歎，便問柔奴，你從萬里之外的苦難之地飽經滄桑歸來，卻為什麼看起來如此年輕，如此美麗？難道這就是傳說中的「凍齡」嗎？而且微笑之際，還「猶帶嶺梅之香」。「嶺梅」是指大庾嶺上的梅花。「笑時猶帶嶺梅香」，既寫出柔奴與王鞏北歸時要經過大庾嶺這一咽喉要道的情況，又以鬥霜傲雪的「嶺梅」喻人，說柔奴便如那大庾嶺上的梅花，經此人生的寒冬，卻愈發地美艷、愈發地清香。這是怎樣神奇的魅力呀？

所以東坡居士不解地問：「試問嶺南應不好？」難道那不是貶謫之地嗎？難道那不是瘴癘之地嗎？難道那不是人人望而生畏的窮荒之地嗎？後來，東坡居士自己也被貶

嶺南，雖然那時他已學習了柔奴的境界，成為一個通達超越的人，也像他的好朋友王鞏一樣，有人生知己王朝雲陪他遠赴嶺南，但畢竟嶺南的條件太過艱難、太過惡劣，知己朝雲最後病逝嶺南，可見當時嶺南的生活環境和生活條件確實是十分惡劣的。

面對蘇軾的疑惑，微笑着的柔奴卻只有一句簡單的回答，「卻道，此心安處是吾鄉」。心安定的地方便是歸宿、便是故鄉。

這是一句多麼樸實無華，又多麼堅定有力，多麼唯美的一句話啊！「此心安處是吾鄉」，因此一句，那個叫「柔奴」的女子，便得永恆！那叫王鞏、柔奴的一雙才子佳人，便得永恆！那個因此而備受啟發，寫下《定風波》的東坡居士，便得永恆！

如今，我也常在人生的路上風雨兼程，有時疲憊不堪，有時也孤獨彷徨。可只要見到一輪明月，那一輪同樣曾經在千年前籠罩過柔奴、王鞏與東坡的明月，佇立天邊，溫柔地看我，我的心中就會響起這樣的聲音：「雪飛炎海變清涼，此心安處是吾鄉！」

詩酒趁年華

　　我特別喜歡氣清景明的美麗春日，也最喜歡的有關這個季節的一首詞作，那就是蘇東坡的那首《望江南·超然台作》。

蘇軾——《望江南·超然台作》

　　春未老，風細柳斜斜。試上超然台上看，半壕春水一城花。煙雨暗千家。

　　寒食後，酒醒卻咨嗟。休對故人思故國，且將新火試新茶。詩酒趁年華。

這首詞第一個要注意的是「風細柳斜斜」的「斜」的讀音。我遇到許多老師、家長在教古詩詞的時候，對於「斜」這個字的讀音總是很頭疼。我們知道，在古詩詞裏，「斜」這個字如果押韻腳的話，一定要讀 xiá，它是平水韻中的下平六麻韻，而且「斜」還是一個使用非常頻繁的韻腳字，像「遠上寒山石徑斜」，像「過江千尺浪，入竹萬竿斜」。

　　當然，如果不押韻腳的話，這個「斜」字是可以讀 xié 的，比如陸游的「矮紙斜行閒作草，晴窗細乳戲分茶」。可令人遺憾的是，出於規範字音的需要，在國家語委《審音表》的統讀字音裏，xiá 這個讀音被取消了。以至於像《現代漢語詞典》這樣權威的詞典中，這個字只有 xié 的讀音。

　　我曾經向語委的朋友建議説，「斜」這個字在古詩詞裏用得太多了，一定要在統讀字音裏加上 xiá 這個音。事實上，從音韻發展變化的角度看，「斜」字的古音大多數情況是讀 xiá，後來在發展變化的過程中漸漸收口，變成 xié 音。所以古詩詞裏，如果在句中的話讀 xié 沒有問題，但是要押韻腳的話，最好要讀成 xiá。

　　蘇東坡的這一句「春未老，風細柳斜斜」壓在韻腳上，後一個「斜」字一定要讀 xiá；兩個「斜」連在一起，前面就不能讀 xié，而一定要讀作「風細柳斜斜（xiá

xiá）」，這樣才會有種春風蕩漾、細柳成行的春意和春感。

蘇東坡說的是春未老，其實他心中要感覺的是春天還正好。你看他接着說：「試上超然台上看，半壕春水一城花。」來吧，一起登上超然台遠遠地眺望吧，護城河裏半滿的春水微微蕩漾，而滿城則是繽紛競放的春花。更遠的地方呢，「煙雨暗千家」，家家的瓦房村舍均在細細柔柔的春雨籠罩之下。詞作的下片，則細細交代了為什麼春未老、春正好。

「寒食後」，你看正是寒食剛剛過去，「酒醒卻咨嗟」。為什麼酒醒要咨嗟，要歎息呢？在古代，寒食過後的兩天就是清明了，清明要祭祖，要掃墓，要寄託對先人的哀思，所以「清明時節雨紛紛，路上行人欲斷魂」。詩人遠離故土，俗務纏身，不能回鄉祭祖掃墓，以敬先人，所以難免有些惆悵，難免有些感傷。這也是清明時節，在外宦遊的遊子常有的思緒。

但蘇東坡畢竟天性豁達，他又是中國傳統文化的大宗師，深知在寒食、清明，「少陽始生」的季節，不能只有哀傷和悲痛，那樣並不合乎天地自然之道。略略惆悵之後，突然脫口而出：「休對故人思故國，且將新火試新茶。詩酒趁年華。」

真是敏感而通透。

我要講這首詞，就是因為這三句，這也是我個人特別鍾愛的三句話。「休對故人思故國，且將新火試新茶。詩酒趁年華。」要理解這三句，一定要對整首詞和其中詞人蘊藉的情感有深厚的揣摩和了解。傳統的說法，都以為蘇東坡這首詞寫的是思鄉之苦和念親之痛。因為思念之情不得排遣，所以不得不自我安慰說「休對故人思故國，且將新火試新茶。詩酒趁年華」，但如果那樣的話，這樣的語句怎能產生千百年來潤澤心靈的力量呢？

當然，這種傳統的說法也能得到某種貌似合理的時代背景的支撐。這首詞作於宋神宗熙寧九年，也就是公元1076年。這時候王安石變法早已如火如荼地展開，而蘇軾、蘇轍兄弟作為舊黨中蜀黨的領袖，紛紛被遠放地方。蘇軾先是做杭州通判，然後於熙寧七年（1074）又被調任山東密州做太守，就是現在山東的諸城。作為一個政治邊緣人物，又是被排擠的對象，一般論家以為此時蘇軾的心中鬱悶孤憤，時近清明，登台遠望，所謂「煙雨暗千家」，所謂「酒醒卻咨嗟」，當然是愁思滿懷，而故作「詩酒趁年華」之語，不過聊以自慰罷了。

我個人很不同意這種觀點，蘇軾絕不是一個作勉強之語的人。你看這首《望江南》，它其實就是我們所熟悉的《憶江南》。這個詞牌原名叫作「謝秋娘」，後來又叫「江南好」「望江南」「春去也」「夢江南」「憶江南」。當然叫

作「憶江南」最有名，這是因為白居易：「江南好，風景舊曾諳。日出江花紅勝火，春來江水綠如藍。能不憶江南？」

對比白居易的《憶江南》，我們突然發現一個奇怪的地方，《憶江南》是一首小令，只有一片，只有二十七個字，為什麼蘇軾的《望江南》卻變成了上、下兩片，五十四個字了呢？這是因為他所表現的情緒和情感太超然、太超脫了。這首詞的副題叫「超然台作」，「試上超然台上看，半壕春水一城花」，所以就只憑「超然台」三個字，也可以看出來蘇軾的情緒，恐怕並非抑鬱悲苦、難以排遣，才自我安慰。

事實上，就在寫作這首詞的時候，蘇軾還有一篇《超然台記》。開篇就說：「凡物皆有可觀。苟有可觀，皆有可樂，非必怪奇偉麗者也。」通篇都在說一個「樂」字，都在說超然物外，獨得天地精神往來之樂。蘇軾調任並不富庶的密州之後，在熙寧八年（1075）的冬天，寫出了宋詞史上豪放詞的扛鼎之作《江城子·密州出獵》，所謂「老夫聊發少年狂，左牽黃，右擎蒼」，所謂「會挽雕弓如滿月，西北望，射天狼」。

就是在密州城的城牆西北角上，蘇軾發現了一塊廢台。蘇軾其實是一個喜歡搞基建的地方官，在杭州喜歡築堤疏浚西湖，在密州、徐州就喜歡建台、建城牆。熙寧八

年的時候，蘇軾就把這塊廢台重新「增葺之」，就是說不僅是修補了，還有新建，建成著名的超然台。建成後，當時並沒有起名。他的弟弟蘇轍正在濟南做官，知道後特意為蘇軾建的這個台起名為「超然台」，並寫了一篇文章，叫《超然台賦》。

後來，蘇軾又寫了一篇《超然台記》。第二年的春天，也就是熙寧九年（1076）的春天，蘇軾寫下了這首《望江南‧超然台作》。

可見，蘇軾兄弟倆對「超然台」這個超然的名字是非常喜歡的。蘇轍為什麼給這個台起名叫「超然台」呢？就是取自老子的那句名言：「雖有榮觀，燕處超然。」就是說，不論是榮華富貴還是時運不濟，我們的靈魂都要超脫在這塵世之上。這反映了典型的道家思想。我們知道蘇軾貫通儒、釋、道三教，因此他在超然台上作《望江南》，篇幅上突破了前人的藩籬。

這裏不得不感歎，蘇軾真是改造文章的大宗師，真像他自己所說的那樣，寫文章也好，寫詩、寫詞也好，「行於所當行，止於所當止」。對於《望江南》這樣的單片小令，他意猶未盡，索性再作一片。正是在蘇軾等人的影響下，宋人再作《望江南》便多為雙調了。

試想一下，如果情感只是悲苦思親，則完全沒有這個必要了。

而且我們看下片的內容，在「休對故人思故國」的寬勉之後，緊接着寫出了千古名句「且將新火試新茶，詩酒趁年華」。這裏的「新火」「新茶」「詩」和「酒」，還有「年華」，都特別值得玩味。

寒食節真正的來源是「改火」習俗，是熄舊火、祀新火，蘇軾的這首詞正好是一個明證。新火之初，少陽始生，大地萌動，氣清景明。而我們知道，這時候的茶也是最珍貴的，所謂「明前茶」就是清明之前的茶。新茶入口沁人心脾，讓人覺得靈魂都會得到一種滋潤。茶對於中國文化來說，遠不是飲品那麼簡單。

我認為，以茶喻佛極為貼切。茶初入口是有點苦澀的，一般小孩子都不喜歡吃，但是苦而後甘，回味悠長，那種入口苦澀的味道就像佛家的慈悲，讓人嘗盡人間的滋味，終究慈悲為懷。

而酒則像道家，道家超然，獨與天地精神往來，所謂「逍遙遊」，正是精神的高蹈者。這種感覺，就像喜歡喝酒的朋友，微醺之後，手之舞之，足之蹈之，不正是活脫脫的「高蹈者」嗎？詩則可比之儒家，所謂「詩言志」，所謂「溫柔敦厚，詩教也」，孔子也說他的教育理想是「興於詩，立於禮，成於樂」。所以詩、酒、茶不就是儒、道、釋嗎？我研究儒釋道三家，也一直主張以詩喻儒家，以茶喻佛家，以酒喻道家。這樣的解讀靈感，其實就來自

蘇軾的「且將新火試新茶，詩酒趁年華」。

在詩、酒、茶合一的文化滋潤下，又逢新火始生，少陽萌發，不就是最好的年華嗎？這，就是華夏文明的獨特之處：三教合一，百川歸海。既有對祖先的敬畏與哀思，又能免於頹廢與沉淪；既能順應自然，合乎天地之道，又能將自然的智慧融入生命，然後藉此融會貫通，超然而上，從而達到人生的高妙境界。

所以我常想，作為華夏的知識分子，該是多麼幸運啊。我們有這樣的祖先、這樣的前賢、這樣的文化、這樣的境界，可供我們渺小的生命在其中汲取營養，獲得滋潤，不斷成長，生根萌芽。

請珍惜生命，請珍愛歲月，「且將新火試新茶，詩酒趁年華」。

豪放詞派第一

　　於東坡居士蘇軾而言，或者於整個宋詞詞史而言，下面這首詞都是不得不講的一首千古名作。

　　這就是蘇軾的《江城子‧密州出獵》。

蘇軾 ——《江城子‧密州出獵》

老夫聊發少年狂，左牽黃，右擎蒼，錦帽貂裘，千騎捲平岡。為報傾城隨太守，親射虎，看孫郎。

酒酣胸膽尚開張。鬢微霜，又何妨！持節雲中，何日遣馮唐？會挽雕弓如滿月，西北望，射天狼。

為什麼我們説這首詞如此重要？

從詞史的角度來看，詞分豪放與婉約，這是對宋詞風格的一種基本認識。豪放派以蘇東坡與辛棄疾為代表。可是，最早的豪放詞，即正式標誌豪放詞創作誕生的作品，應該是哪一首呢？

詞史上對此有不同看法，像國學大師夏承燾先生就認為，對於豪放詞的整個創作而言，范仲淹的《漁家傲》開其風氣之先。但這其實只是開其風氣，並不是標誌着豪放詞作為一種創作的誕生。只有到了蘇東坡，到了他的《江城子·密州出獵》，才標誌着最早的豪放詞創作正式誕生了。

考察東坡詞的年表，我們發現這首《江城子·密州出獵》也應該是他作品中最早的豪放詞。東坡居士開闢了豪放詞派，這是詞史上的定論。而這首《江城子·密州出獵》，又是他個人作品中最早的豪放詞作，那麼我們就可以推斷出，這首《江城子·密州出獵》可以説是整個宋詞詞史上豪放詞派的奠基之作，具有里程碑的意義。

我們反覆説過詞本來是伶工之句，胡夷里巷之曲，被稱為燕樂。後來經由溫庭筠、馮延巳等，到了李煜遂變伶工之詞為士大夫之詞，增加了它的深度。而柳永的慢詞創作則從音樂角度入手，增加了它的厚度。再到晏殊、歐陽修，以絕大才學入生活小節，增加了詞的溫度。到范仲淹

呢，以邊塞入詞，開豪放詞風氣之先，拓展了它的寬度。而真正到了蘇東坡，開豪放詞派，更是增加了詞的創作廣度，從真正意義上拓寬了詞的創作領域。

說實話，蘇東坡的這種拓寬是具有決定性意義的，這使得詞能和詩一樣，甚至讓詞最後擺脫了音樂的束縛，成為具有獨立價值、獨立意義的文學創作體裁。蘇東坡的天才學生，有「宋代王維」之稱的晁補之，當時就評價老師的詞已經擺脫了音樂，即曲的束縛。東坡居士的徒孫，晁補之的忘年交李清照，也說東坡詞「往往不協音律者」，正是從另一個角度說明蘇軾的詞已經徹底擺脫了音樂的束縛，成為一種完全獨立的文學體裁。

可以說，到了蘇東坡，不僅能夠以詩入詞，以文入詞，更是無事不可入詞啊。這首豪放詞派的奠基之作，《江城子‧密州出獵》最為典型。詞中幾乎處處用典，但又好像察覺不出在用典。

「老夫聊發少年狂，左牽黃，右擎蒼，錦帽貂裘，千騎捲平岡。」這個密州就在山東諸城。蘇東坡任密州知州的時候，不過三十七歲。寫這首詞是第二年，也就是 1075 年。這個時候，蘇軾實歲不過三十八歲，虛歲才三十九歲，還不到四十不惑的年齡，卻居然自稱「老夫聊發少年狂」。

他為什麼會這麼說呢？這其實與蘇東坡的心態有關，

也和他的性格也有關。他很隨意，還沒人到中年就敢說老夫。他不僅心態隨意，說話也隨意，所以他說話老惹禍。我經常開玩笑說，蘇軾堪稱北宋第一段子手。換作三十八歲的王安石，絕對不會稱自己為老夫，但是蘇軾卻會有「老夫聊發少年狂」的千古名句。

「左牽黃，右擎蒼」，就是打獵的時候左邊牽着黃狗，右臂托起蒼鷹。這是生活中很正常、很標準的狀態，我們也沒覺得用典。但典故其實已經暗藏其中了。

《梁書·張充傳》說張充會獵，標準動作就是「左擎蒼，右牽黃」。請注意，這裏就體現出了蘇軾的文化，為什麼呢？《禮記》裏講牽狗是左手牽狗，看來古人普遍都是左手牽狗，而在打獵的時候右手留給蒼鷹。這是因為狗是人類的好朋友，牠很容易馴服的，但是蒼鷹呢，很難馴服，所以有力的右手要留給蒼鷹，控制蒼鷹。

那麼，張充為什麼是左手擎蒼右手牽狗呢？這極有可能因為他是左撇子，左手的力量更大。但對一般人而言，就如《禮記》中所講的牽狗一般是左手牽狗。顯然東坡居士對《禮記》的敍述非常了解，他既用了張充的牽黃擎蒼的典故，又順便把它改回傳統《禮記》中所寫「左牽黃，右擎蒼」。

你看這貌似是極平淡的一句，像散文般的筆法，裏面居然暗藏典故。這就是歐陽修特別讚賞蘇東坡的地方，說

他是會讀書、會用書的千古奇才。當年科舉考試，蘇軾的文章之所以被主考官歐陽修視為天下第一，就在於他既深諳歷史，又不拘泥格套。

牽黃擎蒼之後，就是「錦帽貂裘，千騎捲平岡」。「錦帽貂裘」，也是漢代羽林軍的標準裝束，「千騎捲平岡」，形容會獵氣勢之大。「為報傾城隨太守，親射虎，看孫郎」，這又體現出東坡居士的豪情與才氣了。所謂「傾城隨太守」，是說大家傾城而出隨太守出獵，可見東坡居士的萬眾矚目。既然有這種主角的光輝，那也要有主角的擔當和行為，也就有了「親射虎，看孫郎」。

這又是一個典故，說的是《三國志·吳書·吳主傳》記載的一件事。說當年孫權帶手下去打獵，遇到一隻老虎，「馬為虎所傷」，孫權這時候呢，根本面無懼色，在馬上「投以雙戟」，「虎卻廢」。再加上旁邊的侍從張世「擊以戈」，最後不僅擊傷了虎，甚至還把這隻虎給獵獲了。蘇軾打獵的時候，毫無疑問也就是這個樣子了。

但蘇軾接下來感慨說，難道我要的只是一個主角的光輝嗎，只是這樣一個孫郎的形象嗎？非也非也！下闋才是我的胸懷與抱負。

「酒酣胸膽尚開張。鬢微霜，又何妨？」這是說喝酒喝到正高興的時候，人生的胸懷、襟懷更加開闊，膽氣更加張揚，即使頭髮微白，兩鬢微霜又有什麼關係呢？請注

意，這是蘇軾的一種智慧，是他即將人到中年，即將面臨中年危機時的一種大智慧。

說到「酒酣胸膽尚開張」，就要說到東坡居士作為一代文豪無所不能之處。他在文學上詩、詞、文、賦無所不能。推而到藝術上，書、畫、樂也都是頂尖高手。詩，在北宋詩壇，他與黃庭堅以「蘇黃」並稱；詞，和豪放派詞人辛棄疾以「蘇辛」並稱；文，他已然是「唐宋八大家」中的翹楚，與歐陽修以「歐蘇」並稱；書法，乃「蘇黃米蔡」四大家之首；畫，他的墨竹和文與可的竹並稱是文人畫中的典型；音樂，他也是深曉音律，雖然他的詞往往不協音律，但他的音樂水平還是很高。

生活層面蘇軾也是樣樣精通，可以說是中國歷史上最有名的美食家。

除了我們熟知的東坡肉、東坡羹這些菜之外，蘇軾還是茶道的大師，於酒文化也很有研究。雖然他酒量不大，大概喝兩三碗就要醉了，但喝酒很有講究。蘇軾深諳酒道，喝酒時有三個特點。第一他不乾杯。史料記載他杯中不盡，也就是不乾杯。第二，他不過量。他就和山濤一樣知道自己酒量在哪兒，從來不過量。第三，他微醉即離席，早離席。他能控制自我，要的就是那個酒酣半醉的效果。而一旦有了這個效果，他就起身離席去幹其他事兒，比如說寫字，比如說打獵，甚至去走訪農家，「酒困路長

惟欲睡，日高人渴漫思茶，敲門試問野人家」。

所以東坡先生喝酒，那是有大智慧的。看來，這次出來打獵之前他也是喝了酒的，正所謂「酒酣胸膽尚開張。鬢微霜，又何妨！持節雲中，何日遣馮唐？」這裏又用了一個典故。《史記・張釋之馮唐列傳》記載，漢文帝的時候，雲中太守叫魏尚。魏尚鎮守邊關，治軍有方，使匈奴遠避，不敢進雲中之塞。但後來，因為報功的時候「虜差六級」，多報了六顆首級的軍功，被文帝「下之吏，削其爵」，可見當時漢之律法之嚴。馮唐竭力為魏尚辯白，認為文帝賞太輕，罰太重，容易失去人心。漢文帝勇於納諫，幡然醒悟，就令馮唐持節赦免魏尚，官復原職。所以「持節雲中，何日遣馮唐」，這說的就是為魏尚平冤，去除不平的待遇。

這種歷史典故一旦引用，就直指東坡居士的人生與內心。他此時為什麼會在密州任太守呢？蘇軾二十歲隨父親和弟弟出川，一時名動天下。後來兩次科舉，實際上都是天下魁首。不僅歐陽修認為要把文壇盟主的位置將來讓給他，甚至仁宗皇帝都說蘇軾、蘇轍兄弟是他日宰相之才。可是當三十二歲的蘇東坡為父親守完孝之後重回朝中，卻當頭遇到了王安石熙寧變法。公允地說，王安石的變法主張、變法思路、變法智慧以及變法的擔當精神，絕對是超前的。但就是因為太超前了，再加上王安石本人又比較固

執，不懂變通，實際做法確實有問題，就連蘇東坡這麼包容、這麼變通的人都不能理解。

當時蘇東坡也是反對黨的核心成員，在新舊黨爭的政治傾軋中，本來一片雄心壯志、意氣風發的蘇軾，不得不自請外放，遠離朝廷。他先是到杭州做了三年通判，也就是在杭州做通判的這段時間，受了張先的影響，開始喜歡上詞的創作。

你看，他在密州任上寫的詞都是千古之作。不用說《江城子・密州出獵》，開豪放詞風，同一年他作的另一首《江城子・乙卯正月二十日夜記夢》又是婉約詞的千古名作，甚至是被稱為千古悼亡之首。而《望江南・超然台作》《水調歌頭・明月幾時有》，也都是在密州任上所寫。

也就是說，這些名作都始於他對詞的創作感興趣不久之時，但他那種強大的學習能力和包容能力，讓他迅速綻放出耀眼的創作才華，在詞的創作上綻放出驚人的力量。

之所以能如此，當然還和他的心態有關。蘇軾因為政治鬥爭被外放去做地方官，對於即將人到中年的蘇東坡來講，這種政治與仕途上的坎坷反而造就了一種積極、主動、包容的心態。正是這種能夠主動調整、包容的心態，才讓他能在接下來要面臨的巨大的危機中挺過烏台詩案，挺過黃州的中年危機，獲得再一次巨大的超越。

這其實也就是蘇東坡和王安石性格上本質的不同。在

整個北宋士大夫文人中，我最欣賞蘇東坡的地方就是他的包容，尤其是面對人生坎坷，隨時調整、既而超越的那種心態。所以不論是這時被外放地方官，還是後來的「烏台詩案」後貶官黃州，甚至最後所謂「問汝平生功業，黃州惠州儋州」，越貶越遠。換了別人都受不了，只有東坡居士能從那個天荒地僻的儋州活着回來，還成為儋州文化的奠基者。這和他善於包容、善於調整的心態息息相關。

可王安石就不是這樣，王安石也有大政治家的氣魄、擔當、智慧，但問題是他非常執拗，通過兩個小故事我們就可以看出來。

王安石和蘇東坡其實也是英雄惜英雄，有一首菊花詩據說便是蘇軾和王安石合作的。

蘇軾那時候還年輕，有一次到王安石府中，王安石正在會客。蘇軾就在王安石的書房裏看到桌案上有兩句詩，「西風昨夜過園林，吹落黃花滿地金」。蘇軾一看就笑着說，菊花怎麼可能花瓣一片片吹落呢？大多數的菊花花瓣是不會被吹落的，都是整朵凋謝，我們喝菊花茶它都是整朵整朵的。蘇東坡覺得王安石寫的沒常識，就提筆在底下續了兩句，說「秋花不比春花落，說與詩人仔細吟」。

王安石看了之後笑一笑也不說什麼。「烏台詩案」之後，蘇東坡被貶官黃州，一次看到秋天風大，果然菊花吹落滿地黃金，才發現原來各地菊花品種不同，有的地方

的菊花就是花瓣片片吹落。東坡居士此時此刻對王安石的才學十分佩服，認為當年是自己淺薄了。你看這就是蘇東坡，有錯就認，有錯就改。反觀王安石，明明可以說破，他就是不說，一副天生的傲嬌。

當然，兩人才學上還有另外的比拚。王安石寫過一本字典叫作《字說》，從訓詁學的角度去解釋字義。其中確實也有一些望文生義處，但總體而言才學還是很大。比如最典型的，他解釋「波」這個字，「波者，水之皮也」。這彷彿是有點望文生義，但細細想來，水底下就叫流，所謂暗流湧動，就不能叫波。只有表面洪波湧起，才叫作波。所以，稱「波」為「水之皮」，也有一些道理。

在當時黨爭氛圍下，就有人拿着這本《字說》給蘇東坡看。蘇東坡一看，就調侃說，那按照這個邏輯，「滑者，豈非是水之骨也」。後來有人就把蘇東坡的話告訴了王安石，這時候王安石的偏執性格就體現出來了。他一聽大為惱火，甚至一把火把自己的《字說》給燒了。因為別人的調侃以及有些人別有用意的挑撥，王安石就把自己的心血之作付之一炬，實在可惜。

也正是這種性格導致他在變法中一意孤行，任人唯親。到最後其實不是他的改革主張有問題，而是在落實的過程中偏激化了。

反觀整個北宋文人黨爭，體現出的其實都是偏拗的性

格。在舊黨中唯有蘇東坡能夠包容，能夠調整。新黨中唯有王安石的學生、陸游的祖父陸佃具有這種包容精神，十分難得。

一開始，蘇軾也不理解王安石的變法智慧、變法策略，但是到了地方真正接觸了百姓之後，他也明白王安石的變法思路有很多可取之處。因此到後來舊黨重新執政，把新黨盡數逐出朝廷，要廢除一切新法的時候，只有蘇東坡認為要辯證地看問題，甚至為王安石變法中的合理之處去說話，去爭取。這樣一來，他又被舊黨所不容，再次被外放地方。

這樣我們就能夠明白，蘇東坡為什麼能寫出豪放詞，能在密州任上的種種不如意中創作出千古不朽的《江城子‧密州出獵》《望江南‧超然台作》，都和他善於自我調整，在命運面前自我超越的大襟懷大智慧有關。他雖然借魏尚與馮唐的典故，寫出對現實、對仕途坎坷、對命運的不滿，但不滿的身後更多的是期望、是超越。

所以他才在最後說「會挽雕弓如滿月，西北望，射天狼」，這是何等積極樂觀啊。他只是一個文官，卻要「會挽雕弓如滿月」，要「西北望，射天狼」。這裏又是平易之中蘊藏典故，用的是《楚辭‧九歌》中的典故，「舉長矢兮，射天狼」。而「西北望」，則是精神遠寄范文正公。當時北宋面臨兩大邊患，一是東北的遼，也就是契丹人的

進攻，一是西北的西夏，也就是党項人的威脅。范仲淹當年以一介文士獨守西北，在身為一代文宗的同時堪為一代儒將。蘇軾也有這樣的抱負，也有這樣的擔當，也有這樣的人生理想，一句「會挽雕弓如滿月，西北望，射天狼」，情懷全出，豪放之氣充塞天地之間。

對比范仲淹的《漁家傲·秋思》雖然也有「塞下秋來風景異」「濁酒一杯家萬里」的豪放，但最後結篇之際卻依然是「羌管悠悠霜滿地。人不寐，將軍白髮征夫淚」。范仲淹以邊塞入詞，只是拓寬了詞的創作範圍，還沒有激發出真正的豪放詞風。豪放詞風真正形成，是到了蘇軾手中，到了他的「會挽雕弓如滿月，西北望，射天狼」。

正是因為有了這樣的《江城子·密州出獵》，才有了後來的《念奴嬌·赤壁懷古》，才有了豪放詞派的辛棄疾、陳亮、劉過、張孝祥。豪放詞在東坡居士的畢生詞作創作中，雖然只佔十分之一左右，但因為有了這首《江城子》，有了《水調歌頭》，有了《念奴嬌》，東坡先生就不愧是開一代風氣的千古大宗師。而東坡先生之所以能開一代之風氣，能為豪放詞派奠基，則是因為他有包容的心態、絕大的襟懷。所以，人生必有胸懷，境界方得超越，這正是東坡先生的大智慧。

滿庭芳樹滿庭堅

　　談到蘇軾之所以能改變詞史，他的學生黃庭堅說，因為老師和李白一樣都是謫仙人。不過除了蘇軾和李白，黃庭堅認為還有第三人，那就是他自己——「若問舊時黃庭堅，謫在人間今八年。」

　　下面就來品讀黃庭堅的代表作《鷓鴣天·座中有眉山隱客史應之和前韻，即席答之》。

黃庭堅——《鷓鴣天·座中有眉山隱客史應之和前韻，即席答之》

黃菊枝頭生曉寒。人生莫放酒杯乾。
風前橫笛斜吹雨，醉裏簪花倒着冠。

身健在，且加餐。舞裙歌板盡清歡。
黃花白髮相牽挽，付與時人冷眼看。

　　我非常喜歡這首詞，每每讀來便覺一個不屈的靈魂形象宛在目前。

　　平心而論，詞史上對黃庭堅的詞的創作是褒貶不一的。像宋人陳師道就說，「今代詞手，惟秦七黃九耳」。「秦七黃九」，都是取唐人的習慣，取他們在族中的排行。秦觀排第七，黃庭堅在族中排第九，所以叫「秦七黃九」。意思就是說，在蘇軾去世之後，詞壇執牛耳者只有「秦七黃九」。

　　而同為蘇門四學士之一的晁補之，他的水平也非常高。他有一個比較客觀的評論，「黃魯直間作小詞，固高妙，然不是當家語」，那意思是說黃庭堅寫詞偶爾有高妙之語，但整體而言不是本色當行。到了清代，像陳廷焯，簡直就是很不客氣地說，「黃九於詞，直是門外漢」。

　　其實，黃庭堅的風格很像蘇東坡，不拘一格，而且他們早期都是把主要精力放在詩的創作上面。

　　我們知道，黃庭堅在北宋詩壇那是不得了，是江西詩派的「一祖三宗」。「一祖」說的是杜甫，而「三宗」排第一就是黃庭堅。嚴格意義上，江西詩派可謂是我國古代文學史上一個最早的正式的詩派。此前雖有很多比如詩人並稱、文人團體，但都沒有一個明確的詩派的稱呼。黃庭堅作為江西詩派的一代宗師，作為整個江西詩派的領軍人物，在詩壇上的地位十分突出，與蘇東坡是並稱的。

於詩詞創作而言，可以說蘇黃二人都是着意作詩，隨意作詞，所以對於詞的格律規範往往有所突破。蘇東坡為什麼可以改變詞壇風氣，引領豪放詞的創作？就在於打破了規範，打破了束縛。但這對一個人的才學要求非常高。蘇東坡還是無人可比，他既打破了規範，又能卓然超絕，自有風範，避免淺俗。而黃庭堅共寫有兩百多首詞，有時寫得過於隨意，反而良莠不齊，也就給人留下了話柄。

但總的來說還是瑕不掩瑜，黃庭堅的創作尤其是那些精品，比如說他的《清平樂》「春歸何處，寂寞無行路。若有人知春去處，喚取歸來同住」，是惜春中的名篇。再比如這首《鷓鴣天》，簡直就是他不屈人生的縮影。

這首詞的小題交代了創作的緣由，「座中有眉山隱客史應之和前韻，即席答之」，說明是一首席間應答之作。史應之是黃庭堅的好朋友，而且是東坡居士的老鄉，四川眉山人。這個人一生落魄，但狂放無減，非常有性格，尤其「喜作鄙語」，就是喜歡開玩笑寫段子，這跟東坡居士倒有點像，都是眉山人，也都是段子手，不知道黃庭堅是否在他身上看到自己老師的影子。黃庭堅晚年被貶浙西南，與史應之結交，兩人一見如故。此外，黃庭堅還有好幾首與史應之的酬和之作。

既然是席間所作，那一定要有酒，但只有酒太孤單，所以黃庭堅選了另外一樣東西，這樣東西和酒放在一起，

再加上人，就可以表現出一個獨特的靈魂。

這樣東西是什麼呢？就是秋天裏傲立枝頭的菊花。

「黃菊枝頭生曉寒。人生莫放酒杯乾。」這說明已經到了深秋，黃菊枝頭顯出陣陣寒意。既然是到了深秋，一年四季也已是晚景了。那麼，人生與之相對應就是人生短促，就是「今朝有酒今朝醉」，就是「人生莫放酒杯乾」。

我們講詞時會發現一個規律，就是上片如果是寫景就把景寫透，下片再過渡到寫情；上片若是寫情，就把情寫透，下片用景來映襯。比如王安石的《桂枝香》、范仲淹的《蘇幕遮》都是這樣。按照這個規律來說，上片寫「黃菊枝頭生曉寒。人生莫放酒杯乾」，就應該把「菊」和「酒」的眼前景寫透。可是黃庭堅只寫了兩句，接下來立刻就要讓「人」呼之欲出，「風前橫笛斜吹雨，醉裏簪花倒着冠」。你看，有一個人在酒席宴中，冒着斜風細雨，橫笛斜吹，風前自樂，那是何等的瀟灑。

所以上片中菊也有，酒也有，人也已經出現，下片索性就直吐心聲：「身健在，且加餐。舞裙歌板盡清歡。」這是對誰說的？這是對史應之，也是對在座的朋友說的。《古詩十九首》有云，「棄捐勿復道，努力加餐飯」。李白曾說「真是為君凔不得，書來莫說更加凔。」這就像李白在《將進酒》裏說：「岑夫子，丹丘生，將進酒，杯莫停。與君歌一曲，請君為我傾耳聽。」黃庭堅是勸史應之，也

黃庭堅

《鷓鴣天·座中有眉山隱客史應之和前韻，即席答之》

是自勸：「身健在，且加餐。舞裙歌板盡清歡。」就是要在黃花與酒之間，在家人歌舞陪伴之下盡情歡樂。

要在苟活於人世的坎坷命運中留一個大寫的自我，正所謂「黃花白髮相牽挽，付與時人冷眼看」。一個疏狂、孤傲的形象，展示在世人面前，任他們冷眼相看。

黃庭堅早年作《登快閣》：「痴兒了卻公家事，快閣東西倚晚晴。落木千山天遠大，澄江一道月分明」，那種境界就是天生的浩然闊達。後來在人生坎坷面前，又別有蘊藉，別有情懷。他的《寄黃幾復》中的名聯「桃李春風一杯酒，江湖夜雨十年燈」更是氣象萬千。

黃庭堅一生仕途坎坷，屢被貶謫，來到岳陽樓，登上岳陽樓看君山。劉禹錫怎麼寫，「遙望洞庭山水翠，白銀盤裏一青螺」，純是寫景，寫得生動有趣。杜甫怎麼寫，「吳楚東南坼，乾坤日夜浮」。孟浩然怎麼寫，「氣蒸雲夢澤，波撼岳陽城」。可唯有黃庭堅將眼前風景全部道來。他的《雨中登岳陽樓望君山》寫道：「投荒萬死鬢毛斑，生出瞿塘灩澦關。未到江南先一笑，岳陽樓上對君山。」在岳陽樓與君山之間，在洞庭湖的浩淼煙波之上，我們看不到任何風景，只有一個形象，一個「未到江南先一笑」的形象，這一笑便讓那個大寫的人成為岳陽樓上、洞庭湖上、天地之間最鮮活最生動的風景。

這就是桀驁不馴、疏狂自得的黃庭堅，這就和「醉裏

簪花倒着冠」，和「黃花白髮相牽挽，付與時人冷眼看」的黃庭堅完全吻合了。

不過，我要告訴大家的是，這個印象是後人從黃庭堅詩詞中獲得的印象，並不是黃庭堅在當時人們眼中的印象。在時人眼中，黃庭堅恰好相反，是一種風雨不動安如山的形象。

黃庭堅自幼聰穎，而且非常早熟，很小就顯露出很典型的理性思維。據說他七歲就寫過一首牧童詩，「騎牛遠遠過前村，吹笛風斜隔岸聞。多少長安名利客，機關用盡不如君」。你看多少長安名利客，機關用盡不如一個小童，這種認識何其深刻。他的舅舅李常非常欣賞這個外甥，一到黃庭堅家便喜歡考問外甥的學問，而黃庭堅總能對答如流。李常為之驚奇，說年少的黃庭堅就有一日千里之功。

後來黃庭堅父親早喪，十五歲時父親就去世了，跟着舅舅李常到江淮一地遊學。十七歲時來到揚州，認識了北宋文人朋友圈一個非常重要的人物——孫覺。

孫覺的知己中，一個是蘇東坡，另一個是王安石。雖然王安石是新黨領袖，孫覺後來也算是舊黨保守派的，但是他和王安石私交特別好。還有一個就是當年因「烏台詩案」被關在蘇東坡隔壁牢房的一個人，一個了不得的大人物——蘇頌。

蘇頌是福建人，當時也被誣陷關在御史台的監獄，就在蘇東坡的隔壁牢房，這也是二蘇的緣分。蘇頌在中國科學史上，是一個里程碑式的重要人物。他是宋代的天文學家、天文機械製造家、藥理學家，是一個大科學家。

孫覺分別向蘇軾和王安石推薦了他的兩個學生。一個是向蘇東坡推薦了秦觀；另一個就是把陸佃，也就是陸游的祖父，推薦給了王安石。所以你看，在北宋文人的朋友圈裏，孫覺這個人物多關鍵。

而黃庭堅跟孫覺的關係就更不一般了。黃庭堅跟着舅舅見到孫覺時，席中都是文人，正在討論詩史。孫覺很推崇杜甫，認為杜甫的《北征》勝過韓愈的《南山》，而另一個詩人叫王平甫，則認為《南山》寫得比《北征》好。兩個人反覆爭論，都不服對方。一輩老者爭執不下的時候，就問旁邊侍立的年輕人黃庭堅怎麼看。

黃庭堅面不改色，鎮定如常，坦然而答，説：「若論工巧，《北征》不及《南山》，若書一代之事，以與《國風》《雅》《頌》相為表裏，則《北征》不可無，而《南山》雖不作，未害也。」這是一種深刻而獨到的眼光，確實把杜甫《北征》的歷史地位看得非常透徹，這一下在場前輩眾皆心服。孫覺一看這個年輕人，喜歡得不得了，不光那份見識，尤其那種風雨不動、淡定如虹的姿態。

孫覺欣賞這個年輕人到什麼地步呢？一高興就把自

己最小的女兒許配給了黃庭堅。年少的黃庭堅因為一場問答，獲得了一樁美滿的婚姻。孫覺看中黃庭堅的就是那份沉穩鎮定和他深刻的見識。

黃庭堅後來去考進士，十九歲的時候第一次參加省試，當時就傳說他中了解元。住在一起的考生設宴慶賀，正在飲酒的時候，有僕人闖進來告訴他，現場有三個人考中了，但是黃庭堅不要說解元，根本就是落榜了。這一下，大家都很尷尬，紛紛散去，而十九歲的黃庭堅坐立席中，若無其事地自飲其酒，飲罷又和眾人一同去看榜，毫無沮喪之色。

這就像後來的王陽明，別人以落榜為恥，而他卻說「世以不得第為恥，吾以不得第動心為恥」。黃庭堅就是這樣風雨不動，鎮定如恆，見出一種強大的自信和氣場來。黃庭堅再次參加省試，真中了解元，後來又參加禮部試，中了進士。這時候，黃庭堅依然面無驕色，彷彿如常，不像孟郊登科後那般「春風得意馬蹄疾，一日看盡長安花」。所以時人對他的最大印象便是，氣場強大、學問精深，尤其是少年老成、老成持重。

後來黃庭堅參與編纂《神宗實錄》，但因為新舊黨爭，黃庭堅毫無疑問跟着他的老師蘇東坡，結果備受打壓。一是蔡京等人說他編撰《神宗實錄》，有污上之言，把莫須有的罪狀扣到他的頭上。二是當年王安石變法期

間，黃庭堅在德州任職，當時德州民貧，百姓苦之。黃庭堅就和新黨一個重要的成員反覆爭論，以至於反目成仇，為他後來的命運埋下了禍根。

這個人是誰呢？他就是李清照的公公，趙明誠的父親，後來新黨的核心成員，官至副宰相的趙挺之。後來新黨執政，因為《神宗實錄》，因為與趙挺之個人的恩怨，黃庭堅也是名列元祐黨人碑，屢被貶謫，屢被流放，遠貶福州、泉州。但黃庭堅面對人生命運、坎坷命運，一直鎮定如常，到了別人都覺得苦不堪言的地方，他依然面不改色。只有和朋友和老師在一起的時候，他會露出很戲謔的一面。

比如說，他的老師蘇東坡調侃他的字叫「樹梢掛蛇」。其實，北宋四大書法家蘇、黃、米、蔡，師生倆排在最前面。黃庭堅長得瘦小，比較矮，但他的字很長。所以蘇東坡就説他的字瘦長瘦長（黃庭堅學的是歐陽詢的字），就像樹梢上掛着一條蛇一樣。自己還沒那麼高呢，字卻寫得那麼長。黃庭堅反過來笑他老師，蘇東坡個子很高，但是蘇東坡的字是比較寬，比較扁。黃庭堅就説我的字是「樹梢掛蛇」，您的字那叫「石壓蛤蟆」。蛤蟆本來就夠扁的，上面再壓一塊石頭，那扁得成什麼模樣了。可以看出，受老師的影響，黃庭堅的骨子裏、靈魂中也有那種戲謔清狂的一面。

黃庭堅後來因為長期被貶謫，身體不好，尤其不能喝酒，戒酒曾經長達十五年，後來又連戒了五年，總共戒了二十多年酒，但為什麼晚年所作的這首《鷓鴣天》卻是「黃菊枝頭生曉寒。人生莫放酒杯乾」呢？為什麼卻是「醉裏簪花倒着冠」呢？

　　這就和黃庭堅與一款名酒——五糧液的關係密切相關。貶到戎州之後，黃庭堅在戎州淡然自處，朋友們仰慕他的文名，請他喝酒。他平常不喝酒，但是當地有一款酒叫「姚子雪曲」，非常獨特，是當地赤水河獨特的水源釀出來的酒。黃庭堅一嘗，大為讚歎。他於茶道、酒道其實非常精深，雖因身體不好，不能多飲酒，但為了這個「姚子雪曲」，還是破了酒戒。

　　因為有酒，因為有菊，所以可以「醉裏簪花倒着冠」，所以可以「黃花白髮相牽挽」，所以可以把內心深處的狂傲凸顯出來，這才是他內心的靈魂形象。而「孤標傲世偕誰隱」的菊花，與「古來聖賢皆寂寞，惟有飲者留其名」的酒湊在一起，就可以讓「醉裏簪花」狂放的自我，讓「黃花白髮相牽挽」真實的自我，傲立於天地之間。

　　所以説，生活裏一個風雨不動、具有強大氣場的黃庭堅，內心裏、詩詞中一個「黃花白髮相牽挽，付與時人冷眼看」的黃庭堅，合在一起才是一個真實的黃庭堅，才是「滿庭芳樹滿庭堅」。

兩情若是久長時
又豈在、朝朝暮暮

　　一年，我去揚州高郵，當地的朋友告訴我他們正在籌劃「少游七七情人節」，要為中國的情人節定一個秦觀的品牌。

　　我一聽，便說，如果把秦觀冠名在中國的情人節之前，真是實至名歸。更何況，秦觀有那樣一首千古名作《鵲橋仙·纖雲弄巧》。

秦觀
──
《鵲橋仙·纖雲弄巧》

纖雲弄巧，飛星傳恨，銀漢迢迢暗度。
金風玉露一相逢，便勝卻、人間無數。

柔情似水，佳期如夢，忍顧鵲橋歸路。
兩情若是久長時，又豈在、朝朝暮暮。

秦觀是蘇軾最得意的弟子之一，和黃庭堅、晁補之、張耒並稱為「蘇門四學士」。了解他成為蘇軾弟子的過程，就可以看出他的聰慧和努力。

　　宋仁宗皇祐元年，也就是公元 1049 年的寒冬臘月，在九江的江面上，一條小船迎着冷風緩緩前行。突然有僕人喊道：「少夫人要生了！」前不着村，後不着店，船上一片混亂。沒過多久，響起一聲響亮的嬰兒啼哭，一個嶄新的生命就誕生在這顛簸的旅途之中，蒼茫的雲水之間。他就是後來的秦觀。

　　秦觀少時家境悽苦，父親早亡，他極其努力，經常借書來讀。正因為這樣，逼出了他過目成誦的驚人記憶力。後來，秦觀屢試不第，這讓他意識到，加入朋友圈很重要，拜在名師門下很重要。

　　一次，他聽說蘇東坡要路過揚州，就事先策劃了一場精彩的自薦。

　　蘇東坡過揚州的時候，在一處寺廟突然發現有一首詩。這首詩無論是詩風，還是筆風，甚至包括書法，都和蘇東坡非常相似。以至於蘇東坡一時恍惚，也覺得是自己的創作。但是，無論怎麼想，都想不起來自己什麼時候在這個地方寫過這樣一首詩。

　　滿腹疑竇的蘇大學士一路前行，來到了好友孫覺的家中。這時，孫覺拿出一個年輕人的文集交給蘇東坡鑒賞。

蘇東坡一看，大為讚賞，脫口而出，看來在那個寺廟上題詩的一定是這個年輕人啊。

這個策劃了如此精彩的自我營銷案的年輕人，就是二十六歲的秦觀。

現在學廣告的真可以借鑒一下秦觀的方法。當然，要策劃這樣精彩成功的自我銷售案，必須要有紮實的功底。詩要寫得好，書法也要過硬。模仿宋四大家之首的蘇軾，竟然可以到了以假亂真的地步，足見秦觀所下的苦功夫。

那麼，只是努力、勤奮、聰明、功底好，就可以冠名在中國情人節之前了嗎？

當然不是。秦觀有這個資本，還取決於四個關鍵的因素。

第一個理由，秦觀本人就是一個痴情之人，有一顆赤子之心。秦觀在他四十多歲的時候，為了照顧母親買了一個侍女。

這個侍女非常聰明、聰慧，跟着秦觀學了很多東西，對他和母親的生活照料得無微不至。後來，秦觀依照蘇東坡和朝雲的恩愛生活，將他亦師、亦生、亦友的侍女取名朝華。這個女子姓卞，所以她的名字叫卞朝華。

後秦觀奉母親之命，娶朝華為妾。但納朝華為妾之後沒多久，政治風暴突然襲來。秦觀的命運和老師蘇軾的命運緊密相連，哲宗親政之後，先是蘇東坡被貶嶺南，接着

秦觀因莫須有的罪名遭到貶謫。

秦觀的罪名是什麼呢？是他喜歡抄佛經。新黨栽贓他妄撰佛經，貶至湖南郴州，後來又把他一路貶到雷州，和他的老師蘇東坡隔海相望，寫下了「郴江幸自繞郴山，為誰流下瀟湘去」的句子。

蘇軾被貶嶺南惠州，朝雲誓死相隨，死在嶺南蠻荒瘴癘之地。朝華亦如此，一定要誓死相隨。可當時朝華年紀很輕，秦觀不願耽誤她的前程。又看到朝雲的悲劇，就把朝華的父親找來，讓他帶走女兒，勸她另嫁。

朝華亦是極痴情的女子，等到秦觀一路南貶，走到杭州的時候，朝華又追了上來。秦觀沉浸在與朝華分別的痛苦中，見朝華追上來，又不免繾綣歡喜，可是過了一段時間，他還是狠下心來，勸朝華離開自己，並最終以求真修道為理由，生生斷了朝華追隨之心。

秦觀是為朝華着想，怕朝華跟隨自己遠赴窮荒，在瘴癘之地受苦受難。自己此去是赴難之旅，無幸還之理，後來秦少游也確實因這段貶謫流放的旅程，死在了途中。而朝華離開秦少游之後，削髮為尼，立志終身不嫁，用最後的歲月報答她平生的愛人。

這段愛情故事不禁讓我想起西方的情人節和「白色情人節」的傳說。

公元三世紀，古羅馬的一座監獄裏，監獄長正在審訊

一個年輕的男囚犯。監獄長的身邊，坐着一個姑娘，姑娘散發着青春的魅力，但美中不足的是她的眼睛晦暗無光，雙目失明。

監獄長問，小夥子你認罪嗎？男囚犯回答説，不，我沒有罪。我只是做了我應該做的事情。審訊室裏長久地沉默，那個失明的姑娘突然插話問，先生你喜歡花嗎？姑娘的問題讓小夥子感到意外，他自然而然地回答，是的，小姐。我喜歡花，我熱愛自然。

從此，這個年輕的姑娘，也就是監獄長雙目失明的女兒，每天都會來探望這個男囚犯，陪他一起散步，一起聊天。男囚犯精通醫術，在散步的路上，發現一種能夠治癒姑娘眼睛的草藥。他每天精心煎熬，為她洗眼，可是，姑娘的眼睛還沒等來光明的時候，卻等來了小夥子的死刑判決書。

在小夥子生命的最後時刻，奇跡出現了。姑娘的眼睛復明了，她一路呼喊着小夥子的名字，跟跟蹌蹌奔向刑場，兩個有情人擁抱在一起，可是死刑如期執行，小夥子倒在刑場上。不久，姑娘也抑鬱而終。

故事的男主人公就是當時赫赫有名的瓦倫丁修士。羅馬暴君克勞迪二世規定，取消所有婚姻的承諾，所有的男人必須從軍。而瓦倫丁修士則違反克勞迪二世的禁令，在教堂祕密為一對相親相愛的新人主持了婚禮。後被人告

發，送上斷頭台。

他遇難的那一天就是 2 月 14 日，後來教會為了紀念他，將這一天定為聖瓦倫丁節，也就是情人節。據說，瓦倫丁死後，他曾經為其主持婚禮的那對年輕人，冒着被懲罰的風險，在整整一個月之後，也就是 3 月 14 日，來到瓦倫丁被處死刑的地方，宣誓對他們的愛情至死不渝。這也就是「白色情人節」的來歷。

真正偉大的愛情，不是自私的佔有，而是無私的奉獻，是為他人着想，為愛的人提供溫暖和歸宿。從秦觀到瓦倫丁，其實殊途同歸。

除了痴情、深情與奉獻，秦觀能名正言順冠名中國情人節的第二個理由是，他是一位情歌王子。

其實不止這首《鵲橋仙》，愛情是秦觀詞一以貫之的主題。他在當時是公認的抒情聖手。每一佳作出，天下盡傳頌。

據史料記載，他的很多作品，都是寫給那些在紅塵中曾經綻放過生命光華的紅塵女子的。比如說著名的《滿庭芳·山抹微雲》和《水龍吟·小樓連苑橫空》。甚至有人揣測，他的很多詞中都嵌着他同情、愛戀的那些底層女子的姓名。

其實，在宋代婉約詞的創造中，秦觀可以比肩晏幾道，他們對那些處於社會底層的女子，充滿了憐愛。他們

很多描寫愛情的新詞，往往一經問世，就迅速唱遍大江南北。

史料説，少游詞，「元豐間盛行於淮楚」，有「唱遍青樓」之説。也就是説秦觀的情詞堪稱當時真正意義上的流行歌曲，而他也可比風流千古的情歌王子。

第三點理由是，秦觀還堪稱「大眾情人」，舉一例可見一斑。

據宋代洪邁在《夷堅志補》裏的記載，説秦觀在貶謫途中，路過長沙，有個藝妓歌唱得特別好，生平酷愛少游詞。每得一篇，必親手抄錄，反覆詠唱。

秦觀偶然遇到她，以為當時的長沙離京城千里之遙，風俗粗陋，雖稱名妓，估計也不怎麼樣。但一見面，清秀可人，舉止大方。

秦觀看到茶几上有一本《秦學士詞》，就故意問，這個秦學士是什麼人啊，你哪來他那麼多的詞呢，你會唱嗎？樂府名家那麼多，你為什麼獨愛秦學士呢？這個秦學士難道來過這兒？你見過他嗎？

這個藝妓當然不知道，對面就是她愛慕的秦觀，然後一一作答，言辭裏盡是傾慕與熱愛。最後藝妓悵惘地説，此地邊遠荒涼，大名鼎鼎的秦學士怎麼會來我這兒呢？又怎麼會知道有我這樣一個人，在如此深深眷戀着他呢？

秦觀大為感動，自報家門與之坦誠相見，藝妓大驚，

重新梳妝打扮之後，盛裝行拜見之禮，一夜為其唱盡少游詞。

後來，秦觀不得不踏上貶謫之路。這名藝伎發誓要潔身自好，從此閉門謝客，等待少游北歸。後來有一天她白日做夢，夢到秦觀。哭醒之後，知道不是吉兆，派人打聽，才得知秦觀已死於滕州。

藝妓於是對母親說，我已身許秦學士，現在不能因為他去世而背棄諾言。於是身穿孝服，行船數百里，終於迎上秦觀的靈柩，手扶棺槨，泣行三周。突然放聲大哭，三聲之後，氣絕而亡。

一個普通的藝伎，因為愛他的詞而愛他的人，最終為之殉情，感天動地。對這位長沙藝妓，秦觀也感念至深。據考，他的很多詞也是為她而寫，比如《木蘭花・秋容老盡芙蓉院》。

當然，除了情深，除了是情歌王子和大眾情人，秦觀可以冠名中國情人節最重要的理由，還是因為這首千古絕唱《鵲橋仙》。

牛郎織女的傳說幾乎是中國愛情文學中一個典型的母題。從《詩經》開始，到漢樂府，到《古詩十九首》裏的《迢迢牽牛星》，到曹丕的《燕歌行》，到柳永，到歐陽修，到蘇軾，很多人都寫過這個題材，但多不脫歡少離多的窠臼。所謂「盈盈一水間，脈脈不得語」，所謂「牽

牛織女遙相望，爾獨何辜限河梁」……唯有秦觀卻道出，「纖雲弄巧，飛星傳恨，銀漢迢迢暗度」。終於盼到了一年一度的七七相會，這樣一個夜晚，「金風玉露一相逢，便勝卻、人間無數」。

今天的都市社會有種一夜情的說法。今天所謂的一夜情，比之秦觀筆下的一夜之情，寧不愧乎！「金風玉露一相逢，便勝卻、人間無數。」這樣的一夜之情，是建立在深厚的愛情基礎上，是因為愛，而不是因為性。

當好不容易盼來的一夜時光匆匆而過，相見的歡愉還在「柔情似水，佳期如夢」之中，怎麼能夠回頭去看那要分離的歸路呢？「忍顧鵲橋歸路」，換了其他的詞人來寫，此處多半是是發出吶喊與悲傷的哀歎，可是秦觀筆鋒一轉，吟唱出超越千古的一句，「兩情若是久長時，又豈在朝朝暮暮」。

這兩句，簡直就是跨越銀河而上，重開千古天地。愛情因此是美好的，是充滿了希望的，雖經時光的磨折，雖經命運的坎坷，但依然成為生命最光輝的綻放。多麼美好的愛情啊。

清初文壇盟主王士禎後來到了揚州，在江畔船頭，突然放聲長歎：「風流不見秦淮海，寂寞人間五百年。」

聞此，我也不禁想唱，「我的憂傷，是寫不出一首美麗的詩，為你歌唱……」

觸不到的戀人

有一首詞，簡直平白如話，根本不需翻譯。但這首詞裏的情感卻像那長江水一樣，滾滾而下，自然而然地流淌在了我們的心中。

這首詞就是北宋詩人李之儀的名作——《卜算子·我住長江頭》。

我住長江頭，君住長江尾。日日思君不見君，共飲長江水。

此水幾時休，此恨何時已。只願君心似我心，定不負相思意。

李之儀是北宋詞人，字端叔，自號姑溪居士，又號姑溪老農。他是滄州無棣人，也就是今天的山東省慶雲縣人。

早年李之儀師從於范仲淹之子范純仁，後來又在定州拜到蘇軾門下。當然，蘇軾對李之儀也是亦師亦友，朝夕唱和。在蘇門弟子中，李之儀的文采不算是很高的，比黃庭堅、秦觀都差不少，但唯獨這首詞，蘇東坡以及黃庭堅、秦少游、張耒等蘇門中人都紛紛有唱和之作，可見大家都認為這首詞寫得精彩之極。

那麼，這首詞到底是寫給誰的，還是僅僅是簡單地模仿漢樂府？

有學者認為，這首詞是李之儀寫給自己的妻子的。

李之儀的妻子名叫胡淑修，字文柔。要知道，在中國古代男權社會之下，一個女子能留下姓名，而且有字號，那是非常不容易的。胡淑修是常州晉陵人，也就是現在的江蘇常州人。胡淑修出身書香門第，祖父、外祖父都是當朝名臣，自幼天資聰穎，文采斐然，可惜的是沒有作品留下來。

李之儀的這首《卜算子》用語明白如話，技法上復遝迴環，既深得民歌神情和風味，具有民歌的素樸之美；同時，又兼具文人詞的構思新巧之美。

「我住長江頭，君住長江尾。日日思君不見君，共飲

長江水。」你看，同住在長江邊，同飲長江水，卻因相隔兩地而不能相見。此情則如江水一般長流不息，此恨亦如江水綿綿，終無絕期，只能對空遙祝君心永似我心，彼此不負相思情意。語言極平常，感情卻是深沉、真摯，設想卻非常別致，深得民歌風味，以情語見長。

「此水幾時休，此恨何時已。只願君心似我心，定不負相思意。」這首詞的下片則寫出了隔絕中的永恆的愛戀，給人以江水長流、情意長流之感。

全詞以長江水為抒情線索，悠悠長江水既是雙方萬里阻隔的天然障礙，又是兩人一脈相通，遙寄情思的天然載體；既是幽幽相思無窮別恨的觸發物和象徵物，又是雙方永恆的情感與期待的一種見證。所以長江水的作用，隨着詞中情感的發展，也不斷地變化，可謂妙用無窮。

當然，還有的說法則認為這首詞是寫給另外一個女子的。

李之儀仕途多舛，被貶到太平州，與他相濡以沫的夫人胡淑修也撒手人寰，遭遇到了人生極大的磨難，跌到了人生的谷底。這時，一位年輕貌美的奇女子出現了，她就是楊姝。

楊姝是個很有正義感的歌伎。早年，黃庭堅被貶到當塗做太守，楊姝只有十三歲，就為黃庭堅的遭遇抱不平，彈了一首古曲《履霜》。《履霜》講的是伯奇被後母所讒

而受冤被逐的故事，表達縱使自己受到了天大的冤屈，此情此心此志卻依然如故。前面我們在講范仲淹的時候曾經說過，他幾十年如一日只彈一首古琴曲，就是這首《履霜》。

楊姝與李之儀偶遇，又彈起這首《履霜》，觸動了李之儀的心。他對楊姝一見傾心，把她當作人生知己，接連寫下幾首聽她彈琴的詩詞。這年秋天，李之儀與楊姝來到長江邊，面對滾滾東逝奔流不息的江水，他心中湧起萬般柔情，寫下了這首千古流傳的愛情詞。

其實無論李之儀這首詞究竟是寫給誰的，這首詞本身所傳遞的力量已經穿越古今。每次讀這首詞的時候，都讓我想到一部叫《觸不到的戀人》的影片，使我不禁唏噓最長的江河就是時間。

這部電影事實上有兩個版本，一個是韓國版，是最早的版本。後來因為電影太成功，好萊塢也拍了一個《觸不到的戀人》，也是一個非常優秀的版本。

韓國版《觸不到的戀人》由李政宰和全智賢飾演，李政宰飾演的主人公叫星賢，他搬到一個海邊的小屋，為這個房屋取了一個意大利的名字，就是海的意思。

整理房間的時候，他發現在岸邊這個房子的信箱裏有一封內容非常奇怪的信，信上寫着：我是你搬來前的上一個房客，如果有收到我的信，請寄來給我。更奇怪的是，

這封信寄出的日期是 1999 年，也就是兩年後了，因為星賢當時的時間是 1997 年。星賢感到莫名其妙，但是又有抑制不住的好奇心，就立刻回信給這個奇怪的來信者，詢問到底是怎麼回事。

1999 年的恩澍就是全智賢飾演的角色。恩澍是一個配音員，她發現回信的內容之後，就開始常常寫信給兩年之前的星賢。你看，我住時間頭，君住時間尾。日日寫信，但是我們卻不能相見，只能共用一個郵箱。恩澍的男朋友去美國之後很少和她聯絡，從美國回來後，卻已經和別人訂了婚。心碎的恩澍就寫信給星賢，拜託星賢到當年她和男友最後見面的那一天，去改變他們的命運。但是，星賢卻覺得很痛苦。因為通過彼此信件的來往，他已經愛上了恩澍。這種觸不到的戀人，隔着時間長河的感覺，讓人百感交集。

而美國版的《觸不到的戀人》則由基努·里維斯和桑德拉·布洛克聯袂主演。講述的是一個失敗的建築師，和兩年後的一個孤獨的女醫生的相遇，他們的愛情也是通過屋外的神奇信箱，在互相傳遞信件中萌生的。這一次，這個小屋子不是放在大海邊，而是放在湖邊。他們通過神奇的信箱，在時間長河的兩岸互相傳遞，時空交錯中成就了一段刻骨銘心的淒美愛情。

我認為美國版的《觸不到的戀人》把場景設置在一個

湖邊，比韓國版放在海邊更有意境一些，因為時空在我們心中如水般流淌，看似靜靜的，沒有多大波瀾，卻無聲無息地改變了我們的生命，改變了我們的世界，改變了我們全部的人生。所以看這個片子的時候，我很容易想起梭羅的《瓦爾登湖》，以及他在湖邊的日月。其實梭羅在瓦爾登湖湖畔，就是隔了時光和現在的我們在進行着情感思想的交流。

或許，在我們每個人的人生中，都有這樣觸不到的戀人，都有一份潛藏在內心深處的，隔着時空的愛戀。

遠方的遠，才是我們魂牽夢繞的地方。那些人、那些事從時間的長河裏浮現出來，深深打動我們的靈魂。當思念越來越深，時間也只是陪襯，所有的夜晚，都一如舊時的夜晚，所有的清晨，都曾是血色的黃昏。

我也想笑傲江湖、跌宕一生、叱咤風雲，卻一不小心，默默鍾情於了一人。「我住長江頭，君住長江尾。日日思君不見君，共飲長江水。」

沒道理、有深情的一問

　　在蘇軾的朋友圈中，除了王鞏這樣的人生知己，還有一個在蘇軾研究中很少被人提及，但在詞史上，經常被和蘇軾並列在一起。

　　這個比蘇軾小十五歲的朋友寫了一首詞，和蘇軾那首《江城子·乙卯正月二十日夜記夢》，並稱為北宋詞壇的「悼亡雙璧」。

　　這就是賀鑄和他的名作《鷓鴣天·重過閶門萬事非》。

賀鑄——《鷓鴣天·重過閶門萬事非》

重過閶門萬事非，同來何事不同歸？
梧桐半死清霜後，頭白鴛鴦失伴飛。

原上草，露初晞。舊棲新壠兩依依。
空床臥聽南窗雨，誰復挑燈夜補衣？

沒道理、有深情的一問

據考，賀鑄是五十七歲的時候寫下了這首千古悼亡名作。他的忘年交蘇東坡那首被稱為「千古悼亡之首」的《江城子》，是作於三十七歲的時候。一首三十七歲之作，一首五十七歲之作，並稱為北宋「悼亡雙璧」。放在一起比較，於悼亡詞而言，甚至於整個宋詞或詞史而言，都特別值得細細揣摩、品味。

　　「重過閶門萬事非。」「閶門」是蘇州城的西門，可謂是「姑蘇八門」中最有名的一門。「閶」本來就是「通天」之意，「閶闔」原是指「天門」之意。而春秋五霸中的吳國，把面朝西的西門叫為「閶門」，其寓意自不待言。

　　吳國的西面是強大的楚國，吳楚爭霸，吳欲滅楚。西門名曰「閶門」，其實它還有一個民間的叫法，叫作「破楚門」。既然氣勢那麼大，後來的影響也就非凡了，《紅樓夢》開篇就說：「閶門最是紅塵中一二等富貴風流之地。」而姑蘇的文化代言人唐寅更有《閶門即事》詩，詩云：「世間樂土是吳中，中有閶門更擅雄。翠袖三千樓上下，黃金百萬水西東。五更市賣何曾絕，四遠方言總不同。若使畫師描作畫，畫師應道畫難工。」所以，自古而下名揚天下的閶門，也就成了繁華姑蘇的代名詞。

　　所謂「重過閶門」，其實就是重臨姑蘇城。據考，賀鑄晚年致仕退隱之後，便隱居在蘇州。賀鑄對姑蘇非常有感情，前此元符二年（1099），賀鑄丁母憂的那一段時

間，曾經和他的妻子趙氏在蘇州寓居了很長一段時間。他們來到蘇州的時候，還是比翼雙飛、相互扶持。而十年之後，重回蘇州、重過閶門時，已是「十年生死兩茫茫」，只剩下白髮蒼蒼的賀鑄形單影隻。

立身閶門之下，即便此時已歷盡滄桑、已到晚年的賀鑄，也忍不住要發聲質問：「同來何事不同歸？」這一問，真是問得無理而又深情。「同來何事不同歸」，問的是誰？問的當然是他的髮妻趙氏，而趙氏這時卻已然與他陰陽兩隔。你既與我當年同來此地，為什麼今日不能與我再度同歸呢？趙氏已然不能回答他，已然身在杳冥之中，可賀鑄卻還偏要這麼問，這也可以看出他的性格，想來蘇軾就不會這麼問。蘇軾即便要問，他要問的對象也是命運，也是自問自答式的浩歎。可賀鑄的「同來何事不同歸」，卻明明白白地問向已與自己生死兩隔的髮妻，這顯得毫無道理，卻又讓人聞之不覺落淚。

這種問法不由得讓我想起絕情谷裏的楊過來。楊過痴情一片，十六年後，在絕情谷斷腸崖前，苦苦等候小龍女五日，數日數夜不曾合眼。終於，從滿懷期望到徹底絕望，在過了約定之夜之後，在又一輪紅日東昇之後，楊過瞪視着小龍女所刻下的那幾行字，大聲叫道：「『十六年後，在此重會，夫妻情深，勿失信約！』小龍女啊小龍女，是你親手刻下了字，怎麼你不守信約？」楊過一嘯之

威，震獅倒虎，這幾句話發自肺腑，只聽得羣山響應，東南西北四周山峰都傳來他的聲音：「怎麼你不守信約？怎麼你不守信約？不守信約⋯⋯ 不守信約⋯⋯ 不守信約⋯⋯ 」

我年輕的時候，性格偏激，不知中庸之道，最愛讀的就是金庸先生的這部《神鵰俠侶》，這一段文字簡直是刻骨銘心呀！金庸先生在《神鵰俠侶》裏說，楊過自來生性激烈，所以此時才會有如此驚天之問。看上去是在質問小龍女，質問他深愛的人。可這種質問的背後，是何等深情、何等不甘、何等心痛！賀鑄能對髮妻有「同來何事不同歸」之問，想來與楊過一樣，也是生性激烈之人。

一般人對賀鑄的印象，容易被他的那個「賀梅子」的外號所誤導。他那首同樣作於晚年隱居姑蘇時的《青玉案》，為他迎來工妙嫻雅、一時無兩的盛名。詞云：「凌波不過橫塘路，但目送、芳塵去。錦瑟華年誰與度？月橋花院，瑣窗朱戶，只有春知處。　　飛雲冉冉蘅皋暮，彩筆新題斷腸句。試問閒情都幾許？一川煙草，滿城風絮，梅子黃時雨。」

但賀鑄其實除了「賀梅子」這個清雅的外號之外，還有一個更聳人聽聞的外號，叫作「賀鬼頭」，這個外號就純粹是形容他的長相。

據說賀鑄長得特別難看，面色青黑如鐵，眉目聳拔，

而他為人的性格倒和他的長相非常吻合。程俱在為他寫的墓志銘裏說，賀鑄豪爽精悍，「喜面刺人過。遇貴勢，不肯為從諛」；《宋史》則說他「喜談當世事，可否不少假借；雖貴要權傾一時，小不中意，極口詆之無遺辭，人以為近俠」。就是說他性格比較偏激，而且嘴巴比較狠，不論你是多大的高官，多麼權傾一時的貴要，只要不合他的意，他就能極盡諷刺、批判、挖苦之能事。

賀鑄自己也說：「鑄少有狂疾，且慕外監之為人，顧遷北已久，嘗以『北宗狂客』自況。」他這種豪爽任俠乃至偏激的性格，可以說是他自發自覺、自我塑造去形成的。他的詞雖有深情、工雅的一面，但詞史論及賀鑄真正的主體風格，尤其是在詞史上的貢獻，反倒重點是他在宋詞創作藝術上的豪放不拘，對後世影響最大的也是他《六州歌頭·少年俠氣》這樣的詞作。

所謂「知人論詩、知人論詞」，只有知道這個傳奇的賀鑄到底是一個什麼樣的人，才會更深入地體悟他在深情之中、悲痛之時，那一句貌似無理卻又深情之至的質問——「重過閶門萬事非，同來何事不同歸？」

在一句非常奇絕的開篇之問後，詩詞要感人肺腑，要具備打動人心的力量，終究還是要回到意象與意境的塑造上。接下來的一個典型意象，就是這首詞被後人特別稱道的一個地方。在「同來何事不同歸」的驚天之問之後，心

如死灰的賀鑄陡然寫出「梧桐半死清霜後，頭白鴛鴦失伴飛」的名聯來，也正因為這一句影響所及，後來「半死桐」就成了「鷓鴣天」這個詞牌的別名。

說到梧桐半死的意象，本來倒與悼亡無關。《詩經》中最早提到梧桐，是說它是製琴瑟的良材，比如《鄘風‧定之方中》所云：「椅桐梓漆，爰伐琴瑟。」《周禮‧春官》中所云龍門之琴瑟，就是說用龍門的梧桐所做的琴瑟最為傑出。而到了枚乘的《七發》，開始有了「半死桐」的意象，但還是說用龍門半死梧桐來製成古琴，這樣的琴聲具有驚心動魄的魅力，「半死桐」所傳達的則是悽楚、悲怨的聲音。

古人這樣借琴音要反襯的其實既有琴韻之高潔，又有人之品性之高潔。琴為君子之音，所以它的原材料梧桐，就同樣具有了一種高潔的品質。故而哪怕是半死梧桐，哪怕是被燒焦的焦尾梧桐，即便命運不濟、現實無奈，但也難掩那種高潔的品質。天下四大名琴之一的焦尾琴，據《後漢書》記載，就是蔡文姬的父親蔡邕在偶然經過江浙時，聽聞「吳人有燒桐以爨者，邕聞火烈之聲，知其良木，因請而裁為琴，果有美音，而其尾猶焦，故曰『焦尾琴』焉」。

在枚乘的《七發》之後，庾信在《枯樹賦》裏也寫出了「半死桐」的意象，並融入了個人的身世之感。其言

「半死桐」是説，枯樹枯木的枝幹雖存，但心已半空，據此來形容人生多艱，生命蕭索，是一種極其落寞而灰心喪意的心態。受庾信影響，後世悲觀派的詩人常有半死、半空、半心之説，大多體現出一種極消極、極失意的心態。

比如南宋末年，一個叫方回的詩人，賀鑄字方回，而這個詩人就叫方回。他就在《和陶淵明飲酒詩》中説：「言念半死樹，類我晚節乖。」原來啊，這個名叫方回的詩人，雖為江西詩派殿軍，卻生性懦弱，了無氣節，元兵一至，便望風而降！後來方回雖為貳臣，卻終被褫奪官職，晚年流離失所，貧病交加，對當年之變節雖悔恨萬分，卻終究不能挽回！人生事怎可反悔？所以他説「言念半死樹，類我晚節乖」，正是一片蕭索、了無生趣之境。

我們知道，中國的詩詞最擅抒情，最善於向自然尋找兩情相依的意象典型。像梧桐、鳳凰、鴛鴦、鷓鴣，這些都屬於漢語裏的雌雄複合式合成詞。像鳳凰和鴛鴦，都是雌雄雙鳥，合併稱一個鳥類，鳳是指雄性，凰是指雌性；鴛是指雄性，鴦是指雌性。同樣，梧桐也被認為是這種雌雄複合式的合成詞，古人認為梧為雄，桐為雌。

為此我特地請教過植物學家，在植物學上其實認為梧桐是雌雄同株的。所以《詩經·大雅》就説：「鳳凰鳴矣，於彼高岡。梧桐生矣，於彼朝陽。」這裏鳳凰和梧桐並舉，很明顯地可以看出詩裏這種雌雄並舉的意象。更不

用説司馬相如的《琴歌二首》裏有《鳳求凰》:「鳳兮鳳兮歸故鄉,遨遊四海求其凰。」要注意的是,這裏雖然唱的是「鳳求凰」,但它是琴歌,是用梧桐所做的古琴彈奏,這種雌雄並舉的意象也是非常明晰的。而到了我們都熟悉的《孔雀東南飛》裏,劉蘭芝與焦仲卿雙雙殉情後,「兩家求合葬,合葬華山傍。東西植松柏,左右種梧桐。枝枝相覆蓋,葉葉相交通。中有雙飛鳥,自名為鴛鴦。」到了這裏,梧桐和鴛鴦已經成了男女愛情的一種象徵。

而將半死桐用於喪偶悼亡的寓意,在唐朝其實已經是很明確的一種意象了。李商隱《上河東公啟》云:「某悼傷以來,光陰未幾。梧桐半死,方有述哀;靈光獨存,且兼多病。」白居易《為薛台悼亡》云:「半死梧桐老病身,重泉一念一傷神。手攜稚子夜歸院,月冷空房不見人。」蘇門四學士中與賀鑄關係最好的張耒,也有悼亡作品,其中也有半死桐的意象,比如他的《悼亡九首》其五就説:「新霜已重菊初殘,半死梧桐泣井闌。可是神傷即無淚,哭多清血也應乾。」

但是,半死桐最終成為悼亡的一種標誌性意象,它的節點式創作卻是賀鑄的這首《鷓鴣天》。所謂「梧桐半死清霜後,頭白鴛鴦失伴飛」。這是説詩人與髮妻便如那清霜之後的梧桐,一死一生陰陽兩隔,又似那白頭失伴的鴛鴦孤獨倦飛。鴛鴦眼睛周圍都是白色的,而且有白色的

眉紋，所以特別醒目，也特別美麗。又因之雌雄雙棲，被當作愛情的經典意象。所以在寫出「半死梧桐」與「頭白鴛鴦」的經典意象之後，下片就關乎整首詞場景與意境的昇華！

過片云：「原上草，露初晞。」這同樣是一種意象的比興，是用原本晶瑩無比卻又被迅速曬乾的露水來代指髮妻的離世，而一句「舊棲新壠兩依依」，又使得前面的「原上草，露初晞」在比興之外，成為荒郊野外髮妻墳前的實情實景。「舊棲新壠」更成為一種悲傷的對應，「新壠」是指壠上的新墳，而「舊棲」則是舊日同棲的居室。陶潛《歸園田居》其四云：「徘徊丘壠間，依依昔人居。」舊棲對新壠，居所依依，卻已天人永隔，這很清晰地見出詩人徘徊思念、黯然神傷的場景。而這樣的場景要昇華出意境來，需要一個點睛之筆，就像蘇軾的《江城子》，先寫出一個經典的場景，塑造出一個昇華的意境，最後再回到「明月夜，短松岡」，葬妻的孤墳之處！而賀鑄則是先寫「舊棲新壠」，先寫孤墳，再去回到那個經典的場景和要昇華的意境！

那麼，要與蘇軾的《江城子》並稱「悼亡雙璧」，賀鑄《鷓鴣天》中只剩兩句的場景刻劃與意境昇華就顯得尤為重要，那他會如何塑造、如何昇華呢？「空床臥聽南窗雨，誰復挑燈夜補衣？」蘇軾精巧地用了一個夢，而賀鑄

大巧不工，只回到生活的最常景、最平實處。一句「誰復挑燈夜補衣」的細節與場景，便最沉痛地表現出對當年患難與共、相濡以沫髮妻的深切懷念。

你看他躺在空蕩蕩的床上，聽着窗外的淒風苦雨，平添多少愁緒！心中只有一聲聲地哀歎，今後的歲月裏，還有誰能像你那樣再為我深夜挑燈縫補衣衫？這樣於細節處極平實的一問，與前此開篇「重過閶門萬事非，同來何事不同歸」，貌似無理卻又極深情的一問，前後呼應，卻各具面目、各具深情。而全詞憑此兩問猶如空谷迴音，悲傷之情、思念之情、悼亡之情、哀悔之情彷彿不絕於耳、不絕於心。

讀蘇軾《江城子》，如深情人茫茫四顧，而讀賀鑄《鷓鴣天》，則如痴情人自問於心。

這兩首悼亡雙璧之作，在深情與痴情上，雖曰殊途同歸，但在表現方式與創作技巧上卻各具面目、各有特色。究其原因，一則蘇軾是三十七歲中年之作，賀鑄是五十七歲晚年之作；二則當然是和東坡居士與賀方回的性格氣質迥然不同大有關係。蘇軾平和曠達，雖則中年之作，但已見一代宗師氣象；而賀鑄生性激越，兼之人生沉浮潦倒，故而別有一種一往情深。

實際上，賀鑄與蘇軾之間也別有一種交集。

賀鑄終其一生與東坡居士論交，在其集中我們可以見

到，他和蘇軾酬答之作總共有六首，都是作於蘇軾貶謫之際。對於蘇軾這樣的仕途恩人而言，賀鑄其為酬答之作，不在其仕途風光時作錦上添花，而必於其人生困厄處作雪中送炭，可見賀鑄的性格與人品。

賀鑄其實有着輝煌的家世，家中不僅有賀知章這樣的傑出先賢，還是宋太祖趙匡胤的髮妻——原配孝惠皇后的五世孫。他所深深思念的妻子趙氏，更是皇親國戚趙廷美的重孫。但人生就是這麼諷刺，這麼好的身世，這麼顯赫的家族，卻成了賀鑄心中和他命運之中不可言說的心痛，不能承受之重。一切都是因為斧聲燭影，一切都是因為金匱之盟，都是因為趙匡胤那個狼子野心的弟弟、趙廷美那個心狠手辣的二哥——宋太宗趙光義。

我們在講李煜時講過，他想要用牽機藥毒死李煜，卻要假趙廷美之手。趙廷美篤愛文辭，向來佩服李煜，卻被哥哥暗算，親手毒死了自己心中的偶像！當然，趙廷美也不改悲劇命運，三十八歲就被自己的親哥哥逼死了。

賀鑄既然是趙匡胤、孝惠皇后這一支，髮妻趙氏又是趙廷美這一支，可以說兩支雖為皇親國戚，卻都是太宗皇帝這一支的心腹大患，只得以恩蔭的方式補官進入仕途。而這在重科舉、重進士出身的宋代，幾乎就失去了一展宏圖、仕途騰達的希望。連晏小七，雖為名相之子，但以恩蔭補官，仕途依然偃蹇不得志，更何況賀鑄這樣深為猜忌

的所謂皇親國戚。

賀鑄之所以與髮妻趙氏深情纏綣，所謂「舊棲新壟兩依依」，大概除卻生活中的相濡以沫，可能也還有這種命運中的悲苦意義吧？

賀鑄晚年致仕歸隱吳中，不僅絕意仕途，而且在思念亡妻的日子裏冷眼旁觀，看着這個所謂朝廷的腐敗與黑暗，看着大宋王朝無可救藥地一頭紮進命運的深淵。他性格的偏激、他冷靜的批判，以及他詞中的深情，其實都是為了不與這濁世同流合污，其實都是為了顯現他獨立的人格與自潔的操守。他要用一個人落寞的命運、一個人獨自深情的思念，一種人格的微弱燭光，去反襯、反照出這個朝廷、這個時代的無望與黑暗。徽宗宣和七年（1125），一生貧病交加卻淡泊平靜的賀鑄病逝於常州僧舍，而他死後的第二年便是靖康元年（1126）。

賀鑄是幸運的，他離世的時候沒有看到祖宗之辱，沒有看到「靖康之難」，而他其實已用他的特立獨行、用他的別具深情、用他的冷靜評判、用他不堪命運的微弱燭火，甚至用他髮妻的「舊棲新壟」，映照了那些不擇手段、所謂成王敗寇的勝利者的無恥、黑暗，以及所謂煊赫一時的命運的必將崩盤！

一個人的愛情、一首詞的悼亡，貌似簡單，卻其實內蘊着一種命運、一個時代的悲鳴。

赤子心 清且真

我們講黃庭堅的時候，講了他的狂放孤傲、桀驁不馴，也講到詞史上對他的詞是褒貶不一。

下面要講的卻是一個被公認最是當家語、最不是門外漢的詞人的作品，那就是被稱為「詞中老杜」的周邦彥，以及他的代表作──《少年遊‧并刀如水》。

周邦彥──

《少年遊‧并刀如水》

并刀如水，吳鹽勝雪，纖手破新橙。錦幄初溫，獸煙不斷，相對坐調笙。

低聲問：向誰行宿，城上已三更。馬滑霜濃，不如休去，直是少人行。

講到這首《少年遊》，那就有意思了。這簡直就是詞中具有電影蒙太奇藝術的一種精彩表現。

你看，它其實就是幾個非常具有畫面感的場景。「并刀如水，吳鹽勝雪，纖手破新橙。」這在講什麼？在講一個女孩子一雙纖細的手握着并刀（并刀就是并州出產的刀子），然後再去剖開新橙，就是在切橙子。

但是，這個細微的動作裏最關鍵的是那「吳鹽勝雪」，就是說她的纖手和她的容貌皮膚，都潔白似雪。與她的皮膚、與她的美相對應的是，她用來破新橙的刀。那刀是并州出產，特別鋒利，特別輕薄，刀鋒如水。這種對比這種畫面不禁讓人產生了一種唯美的讚歎。這其實是最生活化的場景，但周邦彥寫來卻極具畫面感，而畫面的色彩又讓人那麼舒服，背後又充滿了一種情感的暗示。那個正在纖手破新橙的女孩子，她的心態，她的隱微的心理，都能讓人察覺到。所以，從這個細節開始，一種氣氛迅速被鋪墊開來了。

接下來上片的最後三句就是鋪墊這種氣氛，就是「錦幄初溫，獸煙不斷，相對坐調笙」。「錦幄」，可見房間的華麗。絲綢之路在中唐以前最重要的出產就是絲綢，中唐以後是陶瓷，到明清主要是茶葉。這是中國古代三大出口產品。有學者認為，china 其實不是通常所認為的瓷器的意思，而是絲綢的一種譯音。紡織品裏最高檔的就是絲

綢，絲綢裏最高級別的就是織錦，所有的織錦裏最最頂端的則是南京織造的雲錦，被稱為中國三大名錦之首。但不管這裏用的什麼錦，「錦幄初溫」四字，就可見出房間的華麗。

「獸煙不斷」，是指刻着獸頭的香爐，正在輕輕升起讓人陶醉的檀木香來。華美暖烘烘的帷帳，還有縹緲的香薰，這是一種何其唯美的狀態。在這種唯美的氛圍裏，二人「相對坐調笙」。前面已經有「并刀如水，吳鹽勝雪，纖手破新橙」，這是女主人公。那麼「相對坐調笙」，顯然是一對。兩個人不僅在吃水果，最關鍵的，他們還在享受音樂。

在這種浪漫的氛圍下，在這種極具畫面感的場景下，女主人公又有什麼表現呢？

上片是場景，是氛圍，是細節，下片則是對話，是關鍵，也更具有電影一般的表現力。「低聲問：向誰行宿」，低聲問，是向誰在問，肯定是那個女孩子在問。向誰行宿，這好像是不經意問出來的一句話，今天晚上到哪兒去睡呀？尤其是「向誰」，其實還不知要住到哪裏去，潛台詞已經很明顯了。接着，又提醒他「城上已三更」。所謂三更半夜就是夜已經很深了，意思是時間也不早了，要走你就早點走，要留你就開個口。

不過，這樣的小女兒心態顯得很任性，並不符合周

邦彥要寫的女主人公聰慧聰明的性格，所以接下來一轉，「馬滑霜濃，不如休去，直是少人行」。就是説夜那麼深，霜濃夜寒，路濕馬滑，萬一凍着怎麼辦？萬一不小心磕着碰着怎麼辦？你現在走我還真有點不放心。你看，街上連個人影都沒有，「直是少人行」，這個時候「不如休去」，還是不要走了吧。這種語氣上的一鬆一緊，一句一轉，女子的婉轉情態真是纖毫畢現，畫面感十足。

其實，這首詞寫得如在目前，其中一個説法就是説周邦彥真的就在現場，可那位男主人公卻不是他，那麼，這位男主人公到底是誰呢？宋人張端義《貴耳集》記載説：「道君幸李師師家，偶周邦彥先在焉。知道君至，遂匿床下。」（這個道君就是宋徽宗。宋徽宗喜歡道教，甚至自稱教主道君皇帝，大家也這麼稱呼他）。這是説，當朝天子宋徽宗來到歌伎李師師的家裏，周邦彥比他先來，一看皇帝來了，躲也沒地方躲，就往床底下一趴。這跟孟浩然的故事一樣。孟浩然在王維那，看到唐玄宗來了，也是趕快躲到了床底下。

孟浩然趴在床底下沒有關係，因為外面是他的好友王維和唐玄宗，而周邦彥卻麻煩了。「道君自攜新橙一顆，云江南初來。遂與師師謔語，邦彥悉聞之。」宋徽宗來看李師師，帶着江南新貢的新鮮的橙子，兩個人吃水果，聊音樂，當然還有各種情話，繾綣情濃。趴在床底

下的周邦彥全都聽到了。按道理這是他人的隱私，況且還是皇帝的隱私，就算知道了也不能說不能提。可周邦彥不，他用自己的生花妙筆，寫下這首名聞天下《少年遊‧并刀如水》。

寫完也就罷了，這首詞李師師也很喜歡。李師師本來就喜歡周邦彥的才情，譜上曲子就唱，還特別喜歡這首曲子。隔了一段時間，宋徽宗又來看李師師，李師師一時忘情，就把這首曲子唱了出來。宋徽宗一聽心裏咯噔一下，立刻知道那天晚上自己私自來看李師師的事被別人知道了，就問填詞的人到底是誰？李師師也不敢欺君罔上，只好直言相告。

宋徽宗當時不露聲色，回宮之後就下旨把周邦彥貶出京城，限三日內必須起程。第三天，宋徽宗又去看李師師，李師師不在。宋徽宗等李師師回來，便問她去了哪裏。原來李師師是去送別周邦彥。宋徽宗雖治國不行，但文學、音樂、繪畫都是一代宗師級的，所以他也永遠都有一顆文藝青年的八卦之心，就問周邦彥是不是又填什麼詞了？李師師說是。宋徽宗一聽很感興趣，便要李師師唱來聽聽。

李師師清展歌喉，用她冠絕天下的樂藝，又唱出一首千古名作，那就是周邦彥的另一首代表作——《蘭陵王‧柳》。詞云：「柳陰直，煙裏絲絲弄碧。隋堤上、

曾見幾番，拂水飄綿送行色。登臨望故國，誰識京華倦客？長亭路，年去歲來，應折柔條過千尺。　閒尋舊蹤跡，又酒趁哀弦，燈照離席。梨花榆火催寒食。愁一箭風快，半篙波暖，回頭迢遞便數驛，望人在天北。　悽惻，恨堆積！漸別浦縈回，津堠岑寂，斜陽冉冉春無極。念月榭攜手，露橋聞笛。沉思前事，似夢裏，淚暗滴。」

這首《蘭陵王・柳》寫得實在唯美之極，宋徽宗一聽也不禁吟詠再三，讚歎再三，起了愛才之心，又下了一道聖旨赦免周邦彥，把他留在京城。據説還專門提拔他做了專管樂舞的大晟府提舉。對於這兩首名作，以及張端義《貴耳集》記載的這些背後的故事，到底是真還是假呢？王國維先生早就在《清真先生遺事》裏考辨過，説張端義的《貴耳集》純屬是花邊新聞，不足為信。

不過，王國維先生的學術研究觀點並不是一成不變的，也有一個成長、發展、演變的過程。後來，他為周邦彥的《片玉集》寫過一個長跋《庚辛之間讀書記》，講到了新發現的材料：「曩讀周清真《片玉詞・訴衷情》一闋，詞云『當時選舞萬人長。玉帶小排方。喧傳京國聲價，年少最無量……』頗以此詞或為師師作矣」，「今得李師師金帶一事，見於當時公牘，當為實事」，也就是説王國維先生重新做了理據考證，對自己原來的觀點有了懷疑，至少有了搖擺。

這其實說明了兩個問題：第一，《少年遊‧并刀如水》和《蘭陵王‧柳》這兩首周邦彥的代表作背後，是不是有宋徽宗、李師師的八卦故事還真不好說。第二，也可以看出王國維先生作為一代國學大師，對周邦彥詞的態度的變化。我們現在看到很多文章引王國維先生評價周邦彥，不少觀點都自相矛盾，很多人不明所以，其實這是因為研究周邦彥的過程中，王國維自己的看法、態度有時候會有翻天覆地的變化。

比如在寫《人間詞話》的時候，王國維對周邦彥的評價並不高，但在寫《清真先生遺事》時，簡直就是一百八十度的大轉彎了。他有一段很有名的話：「先生於詩文無所不工（這個時候已不稱其為美成，而稱其先生了），然尚未盡脫古人蹊徑。平生著述，自以樂府為第一。詞人甲乙，宋人早有定論。惟張叔夏病其意趣不高遠。然北宋人如歐、蘇、秦、黃，高則高矣，至精工博大，殊不逮先生。故以宋詞比唐詩，則東坡似太白，歐、秦似摩詰，耆卿似樂天，方回、叔原則大曆十子之流。南宋唯一稼軒可比昌黎。而詞中老杜，則非先生不可。昔人以耆卿比少陵，猶為未當也。」最後甚至說，周邦彥是「兩宋之間，一人而已」。這簡直就是把蘇東坡、辛棄疾、李清照都蓋壓一頭，更不要說柳永、晏殊、晏幾道、歐陽修、秦觀了，評價之高簡直讓人難以想像。

為什麼會有這麼大的態度上的變化呢？

這其實和王國維的人生觀相關聯。其實，周邦彥在北宋詞壇上是一個謎一般的人物，我們只知道他長得帥，才學高，早年的時候因為一篇《汴都賦》歌頌新法，被宋神宗所賞識，但我們並不知道他到底算新黨，還是算舊黨。

周邦彥的叔叔和蘇東坡是好朋友，蘇東坡那麼喜歡交朋友，那麼欣賞有才的年輕人，但是從來沒有提到過他。李清照稍晚於周邦彥，她的詞論中幾乎將所有名家都點到了，唯獨對周邦彥未置一詞。陳郁的《藏一話腴》外編裏說，周邦彥「二百年來，以樂府獨步。貴人、學士、市儈、妓女，皆知美成詞為可愛。而能知美成為何如人者，百無一二也」。這就是說大家都知道他詞寫得好，但他到底是一個什麼樣的人，卻沒人能夠搞清楚。

要知道，王國維先生也推崇知人論世之說，面對周邦彥這樣一個謎一般的人物，不知其人生，不知其境界，便無從論起。但王國維先生畢竟是詞學研究宗師，在反覆揣摩的過程中發現了周邦彥的詞本色當行，所以他說周邦彥是富有常人之境界的大詞人。

從人生至高的三大境界論，轉向追求常人之境界，王國維先生感受到了周邦彥本色當行創作的可貴，他對周邦彥認識的發展與變化，其實是在告訴我們，一代宗師的

觀點、思想，也有一個不斷發展成長的過程，更何況我們普通人。所以，我們也要像王國維先生這樣，敢於否定自我，超越自我，始終葆有一顆赤子之心，葆有一種成長的智慧。

可憐之人必有可恨之處

　　周邦彥的《少年遊‧并刀如水》和《蘭陵王‧柳》，這兩首詞據說和李師師以及宋徽宗有關。而且因為這兩首詞，宋徽宗非常賞識周邦彥的才能，這也算是另一種的惺惺相惜了吧。

　　宋徽宗趙佶不僅有鑒賞之力，他自己也是長於書法、丹青，長於寫作詞賦。下面我們就來講講他的代表作《燕山亭‧北行見杏花》。

趙佶——《燕山亭‧北行見杏花》

裁翦冰綃，輕疊數重，淡著燕脂勻注。
新樣靚妝，艷溢香融，羞殺蕊珠宮女。
易得凋零，更多少、無情風雨。愁苦。
閒院落淒涼，幾番春暮。

憑寄離恨重重，這雙燕，何曾會人言語。天遙地遠，萬水千山，知他故宮何處。怎不思量，除夢裏、有時曾去。無據。和夢也新來不做。

對於這首詞，唐圭璋先生曾分析説，這首詩最能見出趙佶這個才子皇帝典型的創作技巧。這樣説不僅因為運用了層層推進的手法，而且因為創作時趙佶感慨深重，所以真情至極。對此，況周頤説，「『真』字是詞骨，若此詞及後主之作，皆以『真』勝者」，就是説宋徽宗的這首詞和李後主的作品都是以真情勝。

這首詞有一個題目，叫「北行見杏花」，它的詞牌叫「燕山亭」。請注意，因為宋徽宗的這首詞特別突出，寫得特別好，所以這個詞牌的格律就以宋徽宗的這首作為標準的範本。既然説是北行見杏花，就是從北行路途中所見杏花開始寫起。我們知道，這個北行其實就是宋徽宗和他的兒子宋欽宗被金兵所虜，北行至五國城，最後死在冰天雪地的北國，可謂晚景淒涼之至。這首詞正是宋徽宗被金兵擄往北方的途中，路遇杏花綻放，百感交集而作。

因為見到杏花，所以開篇就先寫杏花，「裁翦冰綃，輕疊數重，淡著燕脂勻注」。冰綃就是那種潔白如冰的透明的絲織品，此處是比喻杏花的花瓣像潔白的生絲一樣。而且是裁剪冰綃，也就是説，像剪裁好的潔白的絲綢。「輕疊數重」，疊成輕盈的好多層，這體現出大自然的精美。至於「淡著燕脂勻注」，更是一下子生動起來了。為什麼呢？冰綃是潔白的絲綢，很多層疊在一起，又將胭脂勻注，彷彿淡淡地塗勻了胭脂一樣。這樣的色彩白裏透

紅，就讓我們想起很多通俗小說裏寫女孩子的皮膚總是「吹彈得破」。

「新樣靚妝，艷溢香融，羞殺蕊珠宮女。」這是說，那時興靚麗的扮裝，還有濃郁四溢的清香，簡直要羞死那蕊珠天宮的仙女。說到「靚」這個字，它的本音讀 jìng，就是指那種精華的部分讓人眼前一亮，讓人睜大眼睛去看。這個字用在物上面，都讀 jìng，比如司馬相如《上林賦》裏說「靚妝刻飾」，比如《後漢書》裏說王昭君「丰容靚飾」，指的都是最美的妝容。但用於指人的時候，比如粵語裏常說靚女靚仔，這種直接修飾人的時候就讀作 liàng 了。所以，這裏「新樣靚妝」的靚應該是讀 jìng，寫的是花容美麗，甚至可以超過天上的仙女。

宋徽宗是一個藝術上的天才，書法上創有瘦金體，繪畫方面尤其是花鳥畫自成院體，音樂上的造詣也不用說，可謂是一個集大成者。所以他借杏花寫心情的時候，也彷彿一幅畫卷一樣，一層一層打開，這也正是唐圭璋先生所說的創作技巧。唐圭璋先生說這首詞「起首六句，實寫杏花。前三句，寫花片重疊，紅白相間。後三句，寫花容艷麗，花氣濃郁。『羞殺』一句，總束杏花之美。『易得』以下，陡轉變徵之音，憐花憐己，語帶雙關」。

「易得凋零，更多少、無情風雨。愁苦。閒院落淒涼，幾番春暮。」這是說杏花本來就很容易凋零，更何況

又遭受那麼多無情的風雨。這樣的情景讓人感到分外愁苦，何況在冷落的庭院中淒涼如許，這花樣的年華與人生還要經受幾番暮春的悽楚。這麼幾句層層遞進，花易凋零一層，風雨摧殘一層，院落無人又一層，愈轉愈深，愈深愈痛。

這種深痛之感，彷彿已然近在眼前。可是到了下片，這種層層深痛更是愈演愈烈，「憑寄離恨重重，這雙燕，何曾會人言語」。詞人不僅見到杏花，還見到南來的玲瓏雙燕，想把離恨付諸雙燕，無奈牠們並不明曉人言人語。情思難寄，故而「天遙地遠，萬水千山，知他故宮何處」。「天遙地遠，萬水千山」簡直就是一腔心中語直接道出。而「知他故宮何處」不由讓人想起李後主的「雕欄玉砌應猶在，只是朱顏改」。

「怎不思量，除夢裏、有時曾去。無據。和夢也新來不做」。這是說我雖有深深的思念，卻只能在夢中重回故國，重回故宮，重回故鄉故土。更悲哀的是，如今倉皇北去，這幾日連在夢中回去也辦不到，因為最近竟是連夢也做不得一個。這樣的文字，讓我們想見當日宋徽宗趙佶是可憐至極，也是可悲至極。

說到宋徽宗，後人都喜歡把他和李後主作比。歷史上有一種說法，是說神宗皇帝「生時夢李主來謁，所以文采風流，過李主百倍」。就是說宋神宗夢到李後主轉世投

胎，所以生下趙佶，文采風流，過李後主百倍。趙佶果然自幼愛好筆墨丹青，尤其在書法、繪畫上表現出非凡的天賦。這種事雖然不足為信，但李煜託生的說法越傳越神。實際上，宋徽宗很多方面和李煜也很像，包括他當皇帝也和李後主一樣，本來輪不到他，但是命運就把這些才子硬推到皇帝的位置上。所以他們是稱職的藝術家，卻都不是稱職的皇帝。

不過，對於宋徽宗文采風流過李後主百倍的說法，我向來不太認同。尤其在詞的創作上，雖然趙佶有像《燕山亭．北行見杏花》這樣真情流露的作品，但總體而言，與李後主其實相差很多。

為什麼這麼說呢？其實從這首「北行見杏花」也能看得出來。趙佶在如此沉痛之中寫杏花，還寫得如此細緻，而且寫杏花的嬌美還以美人作比。而李煜亡國之後，一旦歸為臣虜，也不是不寫花。比如他寫「別來春半，觸目柔腸斷。砌下落梅如雪亂，拂了一身還滿」，可是緊接着就是「雁來音信無憑，路遙歸夢難成。離恨恰如春草，更行更遠還生」。再比如他寫「林花謝了春紅，太匆匆，無奈朝來寒雨晚來風」，筆鋒一轉便道出人生深痛的感慨，說出了「自是人生長恨水長東」。還有最著名的《虞美人》，「春花秋月何時了，往事知多少？小樓昨夜又東風，故國不堪回首月明中」，更是如此。

同樣是寫花，李後主和宋徽宗兩個人在亡國之後，在歸為臣虜之後，在悲痛之中寫花的時候，宋徽宗把花寫得那麼細緻，那麼美，彷彿一個美人就在眼前。而李後主寫花只是一個影子，隨後就過渡到沉痛鮮活的內心。兩個人都很真，都很真實，但兩個人性格不同，個性不同，氣質不同。雖然都是藝術上的才子，都有一個悲哀至極的靈魂，但是內心的那股勁兒，那股韌勁兒，有着本質的不同，這也造成了宋徽宗和李後主的境界大相徑庭。

歷史上像後蜀之主，像吳越王，像陳後主，許多人都會樂不思蜀，這樣至少保全性命。可只有李後主不肯渾渾噩噩、自欺欺人地去污濁自己的赤子之心。他極悲痛，極憤慨，極沉鬱，把那種悲痛與無望全部寄託在他的詞作中，一下子就拓寬了詞的寬度與深度，遂變伶工之詞為士大夫之詞。詞的創作簡直就是李後主在亡國之後，精神靈魂與生命的全部寄託。他的這種執着，反倒使得他的悲劇命運成就了他創作上的偉大。

或許藝術天賦上，宋徽宗並不比李後主差，但在人生境界上就差得遠了。他在成為俘虜後也時時沉痛，也經常進行一些創作，可還一直對返還抱有希望，甚至讓人帶信求他兒子，也就是宋高宗想辦法接他回去。就是因為沒心沒肺，所以到後來哪怕跌入深谷，他也只可憐哀求，卻

生不出悲憤之心，也就無法將他的沉痛昇華到人生終極的救贖。

說趙佶沒心沒肺還真不是歪曲他，在那麼悲慘的命運中，他還創造了一項堪稱前無古人後無來者的紀錄，那就是生孩子！據《宋史》記載，宋徽宗在北宋滅亡之前，共有三十一子，還有一個沒算在裏面，實際應該是三十二子和三十四女，這加起來就是六十六個孩子。據說宋徽宗後宮有佳人無數，而像趙構的母親，原來是蘇頌家的一個婢女，他跑去把人給霸佔了，生下趙構。所以趙構本來也不得待見，也是命運使然，再加上他有投機的本性才走到前台，當上皇帝。想讓這樣一個人把他的老爹和哥哥迎回來，那簡直是不可能的事。宋徽宗在冰天雪地的北國一個勁地哀求金人和這個兒子，根本就是問道於盲。

可憐歸可憐，但可憐之人必有可恨之處。即使在被流放冰天雪地的北國，據金人記載說他又生下十餘個子女。算起來前前後後總共生了差不多八十個孩子。這在古往今來的帝王中，可以說是獨一份了。這既可以看出他的好美色，也可以看出他的麻木。

可以說，宋徽宗與李後主俱是可憐之人，但前者有可笑可恨之處，後者則有可歎可敬之處。人生的雲泥之別，其實不在命運而在靈魂，更在於靈魂的純淨程度和人生境界的高下。

獨立之精神 自由之成長

　　要講李清照，講她如何成長為朗朗清輝照古今的千古易安居士，便不能不首先來講一講她的那首名作——《如夢令·常記溪亭日暮》。

李清照——《如夢令·常記溪亭日暮》

常記溪亭日暮，沉醉不知歸路。興盡晚回舟，誤入藕花深處。爭渡，爭渡，驚起一灘鷗鷺。

有關這首詞有幾個要先交代的地方。第一,「如夢令」這個詞牌,是後唐莊宗李存勖創作的。原來的詞牌名叫「憶仙姿」,又叫「宴桃園」,有一種説法説是蘇東坡因為李存勖詞中有「如夢,如夢」之句,就把詞牌改作了「如夢令」。東坡居士一改之後,這首小令卻是大放異彩。但是有關這個詞牌創作的最高成就,毫無疑問是李清照的兩首詞。

第二,李清照這首詞的創作時間。一派觀點認為兩首《如夢令》的創作時間大致相當,都應作於李清照的婚後時光,也就是李清照十八歲到二十三四歲之間。另一種觀點則認為這首詞應該作於她婚前,也就是李清照從明水老家來到汴京之後所作,大概也就是十六七歲,總之應該在她嫁給趙明誠之前,甚至有些人認為這首詞應該是她的處女作。我也比較同意後一種説法,也就是這首詞作應該是李清照婚前所作,甚至是剛剛來到汴京不久所作。這樣一來,我就不能同意一代詞宗唐圭璋先生的觀點了。

唐圭璋先生認為,第一句「常記溪亭日暮」的這個「常」字,可能是被訛誤寫錯了。唐老引宋人陳景沂《全芳備祖》記載這首詞的「常」就寫為孟嘗君的「嘗」,「嘗」就是曾經的意思。唐老認為李清照這首詞是憶昔之詞,就是懷念過去,而非當時當地所作。也就是想起曾經在溪邊亭中遊玩,日色已晚,姐妹們沉迷在優美的景色中,竟然

忘了回家的路。

但我覺得，這首詞若是寫於李清照婚後，是說她偶然想起婚前少女時代和女伴們一起生活的情形，那確實是「嘗記」，也就是曾經記得。但如果這首詞是寫於她十六七歲，或者是剛剛從明水老家來到汴京城的時候。這時候，雖然京城的一切給她帶來新奇的感受，可天性自由的李清照卻常常想起在明水老家時和女伴們一起的玩樂時光也無不可。

天真無邪的李清照來到京城之中，雖然眼見着繁華無數，可是李清照的性格卻是「繁華落盡見真淳，清照天然萬古新」。身處繁華的都市，她卻能常常想起和女伴們在老家溪邊亭中遊玩的場景。日色已暮，大家盡興之後，趁着夜色趕快調轉船頭，不料卻走錯了路，小船走進了藕花深處。怎麼出去呢？怎麼出去呢？女伴們嘰嘰喳喳的叫聲，還有划船聲、爭渡聲，驚起了一灘鷗鷺。

這是多麼純潔無邪的一幅畫面，真是一圖天然萬古新。而李清照的獨立精神，她的生命的自由成長，從這首小令中便可以看得出來。

你看，十三四歲的李清照和女伴們一直玩到日暮，玩到興盡方歸，為什麼會誤入藕花深處呢？一是因為天色已晚，二是因為沉醉不知歸路啊。就是說她們不光是在外面玩，還在外面喝了酒，喝到沉醉不知歸路。李清照確實

一生好酒，酒量還不小，還喜歡玩各種遊戲，比如打馬、雙陸，而且逢玩必贏，從來沒怎麼輸過。前些年我的好朋友楊雨老師在《百家講壇》解讀李清照的時候說她好酒好賭，還曾引起軒然大波。

其實，這種好酒好賭只是表面現象，它背後真正的本質是這個少女自由地成長。要知道，這在那個時代是非常不容易的。

李清照的父親李格非是著名的蘇門後四學士，向來以治學嚴謹出名，而且北宋以來理學影響漸著，社會對女性的束縛也越來越嚴重，「女子無才便是德」漸成共識。晚年江湖飄零的李清照，身邊僅存一些趙明誠留下的物什以寄託對往事的懷念，別無親人相伴，生活淒清孤苦。她看到一個朋友的十歲小女兒，非常聰穎，就想將畢生才學都教給這個小女孩，可是這個姓孫的小女孩卻說「才藻非女子事」，直截了當就拒絕了那麼偉大的李清照。後來，陸游為這個孫姓女子寫墓志的時候，居然還認為這話說得好。連陸游這樣的熱血詩人也認為才藻非女子事，可見在當時的社會環境下能出現擁有獨立之精神、自由之思想的李清照，是宋代文學史上一個多麼難得的奇跡。

我們思考一下，到底是什麼造就了後來那個光照千秋的李清照。

非常重要的一點便是家庭教育。李格非自不待言，

《宋史》記載李清照的母親也擅文事,知書達理,腹有詩書。李格非雖然向來以謹嚴著稱,但在對女兒的教育上卻非常有格局、有眼光。搬到汴京之後,李格非知道女兒的興趣和創作欲望,甚至主動把當時知名文士的詩文拿給女兒看,讓她模仿學習,甚至鼓勵她唱和。

一次,李格非拿了蘇門四學士之一張耒的名作《讀中興頌碑》給李清照,李清照立刻作了兩首《浯溪中興頌詩和張文潛》。在接下來的詩友聚會中,李格非主動拿出女兒的和詩給張耒、晁補之看。張耒、晁補之等人雖已詩文早著,一見之下卻驚為天才,晁補之甚至還把李清照引為忘年之交。

讓我們回頭來看看張耒的原作和李清照的這兩首和詩,就知道李清照為什麼可以成為後來的易安居士了。

張耒的《讀中興頌碑》寫湖南祁陽有個著名的中興頌碑,碑文是講郭子儀等名將平定安史之亂迎來大唐中興的局面。所以開篇說:「玉環妖血無人掃,漁陽馬厭長安草。潼關戰骨高於山,萬里君王蜀中老。金戈鐵馬從西來,郭公凜凜英雄才。舉旗為風偃為雨,灑掃九廟無塵埃。」陳述的就是中興名臣的功績。而李清照的和詩開篇卻說:「五十年功如電掃,華清花柳咸陽草。五坊供奉鬥雞兒,酒肉堆中不知老。胡兵忽自天上來,逆胡亦是奸雄才。勤政樓前走胡馬,珠翠踏盡香塵埃。」

難怪眾人拍案稱奇，張耒之詩從歌頌入手，十六七歲的李清照卻能從反思與批判入手。大唐固然有中興，可是安史之亂的根由到底在哪兒呢？小小的李清照就能有這樣的眼光，我們也就不難理解說到項羽，杜牧只説「勝敗兵家事不期，包羞忍恥是男兒。江東子弟多才俊，捲土重來未可知。」而李清照卻能遠超其上，寫下：「生當作人傑，死亦為鬼雄。至今思項羽，不肯過江東。」格局眼光與境界，尤其是內在的價值與精神高下立判。

可以説，正是在父親的引導與呵護下，李清照有了一個健康的良性的自由的成長環境，能夠葆有生命裏健康自然的天性，加之又有良好的學習氛圍和思想的交流碰撞。尤其是在婚後，這種交流和碰撞一直在延續，只不過碰撞的對象從父親李格非、亦師亦友的晁補之、張耒等人，換成了她心愛的丈夫、偉大的金石學家趙明誠。李清照成為有宋一代最具獨立精神、最有自由思想的女詞人，也就是水到渠成的事情了。

所以，僅就詞的創作而言，李清照寫過著名的《詞論》，提出詞「別是一家」之説。這在詞史詞論上實為一大里程碑。我們就可以理解，這樣的李清照為什麼一方面既相思情深、深情繾綣，另一方面又擁有獨立的人格，思想深刻。即使面對她深愛的丈夫，在趙明誠擅離職守、臨陣脱逃之後，她雖然依然愛着他，可是就像面對那個只知

南逃的朝廷一樣，李清照毅然發出「至今思項羽，不肯過江東」的批判。

我們知道李清照的晚年非常悽苦，非常悲涼。國破家亡，夫死物散，為了趙明誠臨終保護文物的囑託，整整二十七年，她帶着那些文物西藏東躲，流離失所。不僅被人偷，被人搶，被人騙，還被世人冷眼嘲諷，甚至被狼子野心的張汝舟騙婚。

張汝舟騙婚之後，謀財不成，便對李清照拳腳相加。在那樣的時代裏，大概也只有李清照不甘命運的安排，奮起反抗，將張汝舟告入獄中。這在宋代絕對是冒天下之大不韙之事，而且根據宋律，李清照告夫也要被陷於獄中。

雖然經朋友和弟弟營救，李清照沒過多久就擺脫了牢獄之災。可是就當時的記載來看，世人對她都是冷漠的白眼與諷刺、嘲笑與挖苦。在人生如此逼仄的困境裏，在百般無奈走投無路，不得不向人求助的時候，一個非常令人驚奇的事實就是她寧肯向趙明誠的遠親求助，也不向自己的表姐開口。而她的這位表姐那不是一般的炙手可熱，在當時簡直可以說是權傾天下。

李清照的這位表姐就是她二舅家的女兒，後來嫁給了權相秦檜，至今還在西湖邊和秦檜一起跪在岳飛廟裏的王氏。當時秦檜權傾朝野，而王氏族人莫不雞犬升天，但李清照再苦再難都絕不肯向這樣的奸相夫妻發出

一聲求助。李清照人格的魅力、獨立的精神，與她朗朗清輝照古今的名字，是何其相配。

我常想，在丈夫趙明誠死後，在國破家亡流離失所的人生困境裏，是什麼支撐着李清照一直堅持了二十七年。在歷經磨難、受盡白眼、晚景如此淒涼的時候，還能以一片赤子之心，一種別樣的熱情關心國事，關心天下興亡，這是一種何等的胸襟和魄力啊。

同為晚景淒涼，但李清照和謝道韞、張愛玲的晚景有本質上的不一樣。謝道韞婚姻不幸，晚年獨自撫養孫兒，閉門謝客，兩耳不聞天下之事。而張愛玲僻居異鄉，彷彿在人世間消失了一樣，不言不語不吭不響，獨自在一間小屋中告別了這個冷漠的世界。

所謂哀莫大於心死，可前此的謝道韞和後來的張愛玲，從所能擁有、所能經受的命運的坎坷以及靈魂的悲傷的角度看，其實都比不上李清照。李清照有着世人難以想像的哀傷，可是卻沒有成為一具行屍走肉。她一直到孤寂無助的晚年，靈魂的深處依然像陳寅恪先生說的那樣，擁有獨立之精神，自由之思想。

這才是李清照，即使苦難的命運讓她如漫漫寒夜中的一彎孤月，也要朗朗星輝照古今。

這才是偉大的李易安，即使要歸去，也要「九萬里風鵬正舉，風休住。蓬舟吹取三山去」。

只為你如花美眷 似水流年

接下來要和大家一起品讀的，是李清照另一首廣為傳頌的《如夢令·昨夜雨疏風驟》。

傳統的解讀一般都認為，這首《如夢令》和那首《如夢令·常記溪亭日暮》，寫的都是她的少女情懷、珍惜青春年華的感慨與感悟。但這其實也是一首情深意切的有情之作。

昨夜雨疏風驟，濃睡不消殘酒。試問捲簾人，卻道海棠依舊。知否，知否？應是綠肥紅瘦。

從「昨夜雨疏風驟，濃睡不消殘酒」，到「試問捲簾人，卻道海棠依舊」，這幾句不經意之間就構築了一個多樣的時空場景。一句「昨夜雨疏風驟」，立刻展現了兩個時空坐標。第一個時空坐標是，昨天晚上的時間和簾外的空間。「昨夜雨疏風驟」，可知簾外夜色裏的風雨，簾內人不是看到的，而是聽到的。夜色裏的風和雨就像一首交響曲，簾內人用她敏感的內心、敏銳的聽覺去感受雨點的疏密和風聲的緩急。

第二個時空場景是什麼呢？接下來就到了睡醒試問的時候，也就是到了早晨的時間和簾內的空間。這時候，昨夜的風雨已成記憶。面對着清晨的寧靜，簾內人的耳畔卻似乎仍然喧響着昨夜的風雨聲。

你看這兩個時空的坐標裏，暗含着一動一靜的兩個場景。從昨夜的雨疏風驟到今晨的靜謐安寧，從昨夜風雨裏敏銳地聆聽，到今晨醒來回憶裏滿滿的不能釋懷。這樣兩個場景，既形成了兩個充滿張力的畫面，又在兩個時空之間形成一種心理的衝擊，讓人讀來可以由此及彼，再由彼及此，反覆玩味。

那麼，兩個場景之間，簾內人那種夢幻般的心理體驗的原因是什麼呢？就是「濃睡不消殘酒」。此前有人以事理邏輯來質疑說，既然「濃睡不消殘酒」了，又怎能知道「昨夜雨疏風驟」呢？又怎能聽得那麼清楚呢？

其實這恰恰是李清照運筆的妙處。為什麼聽得那麼清楚？是因為惜花之情啊！而為什麼「濃睡不消殘酒」啊？同樣，之所以在「雨疏風驟」的夜裏一個人獨飲悵懷，也還是因為惜花之情啊！

正是因為這種滿滿的惜花之情，在靜謐安詳的清晨醒來，簾內人第一件關心的事情，便是她夢魂裏縈繞不去的事情。於是脫口而出，「試問捲簾人」。問什麼不用說，只看捲簾人的回答便知——「卻道海棠依舊」。我們知道，簾內人要問的是什麼了：昨夜風雨裏的海棠花怎麼樣了？所以捲簾人才會以一句「海棠依舊」作答。捲簾人的作答越是顯得平常、不在意，就越是反襯了昨夜聽雨的那個簾內人，她的疑問，她的牽掛，愈發地在意，愈發地不能釋懷。

正是因為這種難以釋懷之情，李清照才或是反駁，或是自言自語，傾吐了她自己最重要的心聲：「知否，知否？應是綠肥紅瘦。」一夜風雨摧折之後，那美麗的生命又如何能夠「海棠依舊」呢！「綠」代表葉，「紅」代表花，是兩種顏色的對比；肥是形容雨後的葉子因水分充足而茂盛肥大，瘦是形容雨後的花朵因不堪雨打風吹而凋謝，而滿目狼藉。綠對應肥，紅對應瘦，一句話兩組對應的形象關係，一下子就讓我想起李清照的「莫道不銷魂，簾捲西風，人比黃花瘦」。在那一句裏，簾與西風互捲，人與黃

花比瘦，正是解答銷魂的關鍵。

　　古代就有詞評家，評李清照最善於用「瘦」字，用得最精彩的毫無疑問，一是「應是綠肥紅瘦」，一是「人比黃花瘦」。

　　細想想還有一種遞進關係呢，你看花比葉瘦，最後人又比花瘦，這種情緒、情懷在幾年之內的創作中連續出現，其實是一以貫之的。從這最精妙的語詞的運用，我們也有理由去揣度，從《如夢令》的「昨夜雨疏風驟」的惜花之情，到《醉花陰》的「莫道不銷魂，簾捲西風，人比黃花瘦」，這其間是不是有着某種一脈相承的情感和情緒呢？

　　説到這首詞背後真正隱約的情緒，就要提到這首詞中最關鍵的一個人物，就是那個捲簾人。

　　一般解讀都認為，捲簾人就是李清照的侍女，是個小丫鬟，「知否，知否」，好像就是對這個小丫鬟的反問。好像我們可以感受到一個小姐的口吻：你知不知道，院中的海棠應該是紅花稀少，綠葉繁茂才對呀。這種情態生動俏皮，活潑自然，讓人看到一個惜花念春的少女如在目前。説實話，這樣的少女形象是我們潛意識裏受了那首《如夢令·常記溪亭日暮》的影響。

　　那首詞裏描繪的是一個無拘無束、活潑開朗、健康成長的少女形象。「常記溪亭日暮，沉醉不知歸路。興盡晚

回舟，誤入藕花深處。爭渡，爭渡，驚起一灘鷗鷺。」那也是李清照啊，而且那也是喝了酒的李清照啊。

兩首《如夢令》裏一首有「沉醉不知歸路」，一首是「濃睡不消殘酒」，何其相似的李清照啊。從「爭渡，爭渡，驚起一灘鷗鷺」的李清照，到靜聽了一夜的「雨疏風驟」，「濃睡不消殘酒」，到反問「知否，知否，應是綠肥紅瘦」的李清照，難道不應該是一樣的嗎？有什麼差別嗎？

有。差別其實還挺大。

因為《如夢令·常記溪亭日暮》寫的是十四五歲時的李清照，而這首《如夢令·昨夜雨疏風驟》則是十八歲時的李清照。十八歲與十四五歲的李清照最關鍵的區別就在於，十八歲的李清照是有了愛人、有了趙明誠的李清照。

吳小如先生在《詩詞札叢》裏論及這首《如夢令》時說：此詞乃作者以清新淡雅之筆寫秾麗艷冶之情，詞中所寫悉為閨房昵語，所謂有甚於畫眉者是也，所以絕對不許第三人介入。頭兩句固是寫實，卻隱兼比興。及至第二天清晨，這位少婦還倦臥未起，便開口問正在捲簾的丈夫，外面的春光怎麼樣了？答語是海棠依舊盛開，並未被風雨摧損。這裏表面上是在用韓偓《懶起》詩末四句「昨夜三更雨，今朝一陣寒。海棠花在否，側臥捲簾看」的語意，實則惜花之意正是戀人之心。丈夫對妻子說「海棠依舊」

者，正隱喻妻子容顏依然姣好，是溫存體貼之辭。但妻子卻說，不見得吧，那花該是「綠肥紅瘦」，葉茂花殘，只怕青春即將消逝了。這比起杜牧的「綠葉成陰子滿枝」來，雅俗之間判若霄壤，故知易安居士為不可及也。「知否」疊句，正寫少婦自家心事不為丈夫所知。可見後半雖亦寫實，仍舊隱兼比興。如果是一位闊小姐或少奶奶同丫鬟對話，那真未免大煞風景，索然無味了。

根據李清照的作品年表，這首《如夢令》一般被認定為寫於 1101 年，也就是宋徽宗建中靖國元年。正是在這一年，十八歲的李清照嫁給了二十一歲的趙明誠。所以吳先生有理由相信，這個捲簾人未必是丫鬟，而應該是她心愛的趙明誠。

但是，也有一種觀點認為這首《如夢令》應該作於前一年，也就是李清照嫁給趙明誠之前。那樣的話，這個捲簾人就估計是丫鬟了。

其實我覺得，這個捲簾人到底是趙明誠還是丫鬟都無所謂，關鍵是，即使是十七歲的李清照，這時候也已經與十四五歲的李清照不同，因為她已經有了愛人。即使還沒有嫁給他，也有了心上人。十四五歲時的李清照，仍隨母親和弟弟生活在明水老家，所以會和女伴們在溪亭日暮時分，在溪水中划船遊春飲酒，甚至沉醉不知歸路，以至「爭渡，爭渡，驚起一灘鷗鷺」，那是多麼健康爽朗的少

女時光啊！

十六歲的時候，李清照跟隨母親和弟弟來到了汴京，她的父親李格非這時候正任太學正。而李清照呢，至少有堂兄也應該在太學裏就讀，這樣當時同在太學就讀的趙明誠能夠知道、了解並追求李清照，就是可想而知的事情。

像《琅嬛記》裏引《外傳》記載，趙明誠為了能徵得父親同意，向李家提親，還編了一個夢。趙明誠對父親趙挺之說：我午睡的時候做了一個夢，夢裏誦讀了一卷書，醒來的時候書裏寫的什麼都忘了，只記得三句話「言與司合，安上已脫，芝芙草拔」。我實在不明白這三句話是什麼意思，不知道父親大人有何高見？

趙挺之一聽，這還不簡單！言字旁加一個司合在一起就是詞，宋詞的詞；安上已脫，安這個字把寶蓋頭去掉，就是個女字；芝芙草拔，就把靈芝的芝、芙蓉的芙的那個草字頭拔去，不就是之夫二字麼？合在一起就是「詞女之夫」嘛，看來你要娶一個女詞人啊！

趙明誠趕緊說，還是父親大人有智慧、有見解啊，既然是命裏注定，京城裏最有名的女詞人，非李清照莫屬吧。

當時李格非已升任吏部員外郎，而趙挺之則是吏部侍郎，兩家門當戶對，天作之合，於是一切水到渠成，便有此美好姻緣。

想來在趙家提親之前，李清照和趙明誠之間雖無史料記載，但也應該有過情投意合的接觸。李清照的《點絳唇》便說：「蹴罷鞦韆，起來慵整纖纖手。露濃花瘦，薄汗輕衣透。見有人來，襪剗金釵溜。和羞走，倚門回首，卻把青梅嗅。」尤其是最後的「和羞走，倚門回首，卻把青梅嗅」，多麼天真自然的小兒女情態啊。來人如果是父親李格非的客人，李清照會這樣嗎？若是哥哥那位帥氣的同學趙明誠，大概就能說得通了吧！

　　有人可能會問，既是天作之合，如此美好的姻緣，那為什麼在新婚燕爾、兩情繾綣之際，不是幸福而開心的生活描寫，卻是雨疏風驟中綠肥紅瘦的感慨呢？事實上新婚燕爾，沉浸在幸福之中的李清照當然有開心幸福的描寫，比如說她著名的《減字木蘭花》：「賣花擔上，買得一枝春欲放。淚染輕勻，猶帶彤霞曉露痕。　　怕郎猜道，奴面不如花面好。雲鬢斜簪，徒要教郎比並看。」

　　這是要在心愛的丈夫面前與一枝花爭春爭美爭艷，這和那個曾經爭渡的少女一脈相承。不過即使新婚，趙明誠身在太學，學業繁重，宋代的太學又是中國古代太學史上最重要的一個發展階段，管理十分嚴格，趙明誠每月只能回家幾次。所以寫作這首《如夢令》的李清照，她身邊的捲簾人也可能只是丫鬟。當然這個捲簾人，不論是丫鬟還是趙明誠，李清照在清晨醒來的那一刻，喃喃自語地說出

「知否，知否？應是綠肥紅瘦」的時候，她那顆清澈通透敏感、對愛情充滿希望但又不自覺之中因為幸福的愛情反生惆悵、反生憂思的少女心便如在目前了。

越是在幸福裏，越是在愛情裏，越容易擔心光陰的易逝。而且心愛的人難得一見，美麗的她獨守空房，不知什麼時候，美麗的生命就會像那「昨夜雨疏風驟」下的海棠花，在春意闌珊的時光下，忽然迎來綠肥紅瘦的傷感與惆悵，這不就是聽了一夜風雨，飲了一夜孤酒，即便濃睡醒來，還依然念念不忘，兀自縈懷的那個簾內人的滿滿心事嗎？

所以從十八歲所作《如夢令》，到二十一歲所作《醉花陰》，從「應是綠肥紅瘦」，到「莫道不銷魂，簾捲西風，人比黃花瘦」。雖然從花比葉瘦，到人比花瘦，程度越來越深，其中的感懷與銷魂卻是一以貫之的。

只是，這樣的情詩同樣需要美麗的心靈和自身的感悟方能讀出。正如吳小如先生所說，不知李清照深愛趙明誠之心，便難做解人啊。

世上最好的愛

　　講李清照，一定繞不開她和趙明誠的愛情。下面要講的這首詞，不僅是易安詞創作技巧臻至化境的一首代表作，也是她人生與愛情非常重要的一個里程碑。

　　這就是李清照那首著名的《一剪梅·紅藕香殘玉簟秋》。

紅藕香殘玉簟秋。輕解羅裳，獨上蘭舟。雲中誰寄錦書來，雁字回時，月滿西樓。

花自飄零水自流。一種相思，兩處閒愁。此情無計可消除，才下眉頭，卻上心頭。

上片開篇一句「紅藕香殘玉簟秋」，實在是妙不可言。「紅藕」就是荷花，「玉簟」，則是光滑如玉般精美的竹蓆。「紅藕香殘」是說，荷花已殘，荷香已消。而「玉簟秋」則是說冷滑如玉的竹蓆，已透出深深的秋涼。暑去秋來，荷花凋謝，連竹蓆都變涼了。這樣的描寫看似隨手寫來，但在不經意間卻飽含了青春易逝、紅顏易老之感。將這一句與李璟《攤破浣溪沙》中的名句「菡萏香銷翠葉殘」相比，便知境界高出不少。「菡萏香銷翠葉殘」也是寫荷花凋謝，秋天要來了，可是李清照一句「紅藕香殘」，就把李璟全句的意思都已表達出來，再加上一個「玉簟秋」就是通過竹蓆生涼，來表達秋的到來。也就是在客觀的描述中加入了主觀的感受，這樣不知不覺間，主客觀就融在一起了。同樣是七個字，但李清照的「紅藕香殘玉簟秋」，卻遠比李璟的「菡萏香銷翠葉殘」豐富得多。陳廷焯便曾說：「易安佳句，如《一剪梅》起七字云『紅藕香殘玉簟秋』，精秀特絕，真不食人間煙火者。」就是說這一句的精妙，簡直就是不食人間煙火者方能道出。

一句「紅藕香殘玉簟秋」，已然在客觀的描述中糅入了主觀的感受，接下來主人翁的出場則顯得自然而然。「輕解羅裳，獨上蘭舟」，是誰「輕解羅裳，獨上蘭舟」呢？

一種說法引《琅嬛記》的記載，李清照這首《一剪梅》

是送別之作，送別她要外出求學、負笈遠遊的丈夫趙明誠。這樣一來，這個「輕解羅裳，獨上蘭舟」的人，就應該是趙明誠了。可是仔細體味全詩，我們可以肯定地說，《琅嬛記》的這種說法是不準確的。

李清照寫的，並不是「執手相看淚眼，竟無語凝噎」的送別場景，而是別後的相思與思念。而且「輕解羅裳」的「裳」，古人上衣為衣，下衣為裳，北宋文人士大夫，男子並不着裳，只有女子才着下衣之裳，也就是裙子。「輕解羅裳，獨上蘭舟」，一定是在內心感受到「紅藕香殘玉簟秋」的那個人，正在百般無奈、難以排解的情緒中，生出秋意漸涼、時光飛逝的感慨，才會「輕解羅裳，獨上蘭舟」，坐上小船划進河塘，在如水的時光裏浸潤流淌如水的思念。

「雲中誰寄錦書來，雁字回時，月滿西樓」，便正是這種思念的體現。仰頭遠遠地凝望，那雲捲雲舒的天際，誰會將錦書寄來？當雁羣排成人字一行行南歸的時候，皎潔的月光一定會灑滿曾經倚欄獨望，亦曾經相擁而伴的西樓吧。

「雲中誰寄錦書來？」當然是李清照心愛的丈夫趙明誠寄錦書而來。「雁字回時，月滿西樓」這一句的爭議就更大了。有人認為，這是李清照已經離開了乘坐的蘭舟，來到西樓之上，從白天已經到夜晚。獨倚危樓，思念如月

光一般。這樣說也無不可，但是下片接下來說「花自飄零水自流」，說明李清照的眼前景還是河塘，還是舟中所見，豈非矛盾？所以另一種觀點認為，「雁字回時，月滿西樓」，其實是李清照的期望。

當愛人錦書寄來的時候，她可以想到他們重新相聚時，相擁灑滿月光的西樓之上，愛河永浴。其實，詞中這樣溫潤、圓融的情緒，完全不必強解。詩詞的意象和情緒之間，本身就有着跳躍性的勾連，有時候不必非要追究事理性的邏輯。我以為這一句最關鍵的是，趙明誠會寄錦書而來，會知道他心愛的妻子對他深深的思念，因為他也同樣深深思念着她。

這種相互的思念其實特別重要，所以接下來才會有「花自飄零水自流，一種相思，兩處閒愁」。請特別注意這一句，雖然「花自飄零水自流」依舊流淌着不盡的青春易逝的傷感，可「一種相思，兩處閒愁」的這種愛、這種相思，在古人的詞作裏卻是不常見的。

古人寫思婦之愁，大多如溫庭筠所說「梳洗罷，獨倚望江樓。過盡千帆皆不是，斜暉脈脈水悠悠，腸斷白洲」，都是思婦對丈夫的思念，這種思念大都是單向的。而李清照說「一種相思，兩處閒愁」，雖然相思讓人堪愁，但是她對自己和趙明誠間的愛情，卻是無比自信。這也正是李清照和趙明誠的愛情，讓人羨慕的地方。

後人稱李趙之間的愛情叫「金石良緣」，「金石良緣」的「金石」是指趙明誠所擅長的金石學。金石學其實就是考古學的前身，「金」是指的青銅器上的銘文，鐘鼎銘文又被稱為「金文」；而「石」則是碑石上的石刻。當然，廣義的金石學不僅包括青銅器、碑石上的銘刻和拓片，還包括竹簡、甲骨、玉器、磚瓦、兵符冥器等上面的文字。金石學成為一門獨立的學科，始於北宋，最重要的兩位奠基人是歐陽修和趙明誠，歐陽修的《集古錄》和趙明誠的《金石錄》可謂金石學的奠基之作，所以歐趙並稱。

　　趙明誠可以說是中國古代考古學之父。趙明誠既然是考古學家、金石學家、文字學家，他對本朝的文字也特別專注，尤其是蘇東坡與黃庭堅的文字。據說即使後來蘇東坡、黃庭堅被劃為元祐黨人，他們的作品甚至被朝廷封禁，但是趙明誠作為一個真正的學者，每遇蘇、黃文字便大喜，便書錄之。李清照的父親李格非，正是蘇門後四學士之一，從師承關係上看，李清照也可以算是蘇東坡的徒孫了。

　　趙明誠的父親雖然是新黨中人，但趙明誠出於一個偉大學者的本能，和李清照之間在學識上產生強烈的共識，那實在是一件水到渠成的事情。李清照在嫁給趙明誠之後，受趙明誠的影響，也對金石學產生了濃厚的興趣，同樣也成了古代考古學重要的奠基人。她和她的丈夫趙明誠

共同完成的《金石錄》，其實是中國的金石學，也就是早期考古學最重要的奠基之作。

最好的愛情不僅是兩情相悅，還要有共同的志趣和情趣。李趙二人那些為人所熟知的婚後幸福生活的片段，其實都源於這種共同的志趣與情趣。

比如，趙明誠在太學裏就讀，偶爾回家，就會帶李清照去大相國寺淘古玩。因為趙明誠還在讀書，沒有生活來源，兩家又向來家教甚嚴，所以二人並不富裕，他們就典當衣物，去買心愛的古玩和字畫。雖然物質生活比較匱乏，但一旦購得心愛的古玩字畫，倆人便徹夜賞讀把玩，快樂無比。

又如，李趙二人因學識超絕，夫妻之間的有些遊戲也高雅無比。比如有時泡得香茶，卻要賭誰先喝，於是兩位傑出的文獻學家、金石學家，便賭看誰記得書中的原句，在第幾頁第幾行。而趙明誠總是不如機智的妻子，李清照總是飛快地答出，便興奮地搶茶來喝，有時興奮快樂之際，茶未入口，倒不小心地潑滿一懷。夫妻哈哈大笑，真是人間至樂。後來納蘭容若在懷念自己的妻子的時候，不無羨慕地用到「賭書消得潑茶香」，就是引的李清照和趙明誠日常恩愛的生活片段。

受李清照影響，趙明誠在詩詞上發憤創作，雖然終究比不上老婆大人，但是心甘情願地被他的才女夫人所啟

迪。反過來，在趙明誠的影響下，一代才女、一代詞宗李清照，也在金石學上成為一代大家。所以「一種相思，兩處閒愁」，那是一種相愛的自信，正因為這種平等而相互的愛，這種相思才會化為兩處閒愁。像李清照和趙明誠，他們算得上真正的琴瑟之合。在後世，我能想到的，大概只有錢鍾書與楊絳先生才能與之相比吧。

不過，再完滿的愛情也一定有不如人意處。「此情無計可消除，才下眉頭，卻上心頭。」此情是何情？當然是相思之情，但更是純潔之愛、心心相印之情。越是純潔高尚的愛情，越會在現實的風雨中面臨紅塵的種種考驗。

趙明誠的父親趙挺之和李清照的父親李格非，分屬新舊兩黨。雖然宋徽宗登基之初，平和兩黨之間的矛盾，就是在這段平和期，李清照嫁給了趙明誠。但後來沒多久，新舊兩黨之間矛盾再次爆發。李格非被列入元祐黨人，遭受罷官返鄉的厄運。李清照為了救父，懇請公公趙挺之施以援手，可趙挺之冷漠以對，李清照憤然手書，「炙手可熱心可寒」。

李清照不僅沒能拯救父親，作為犯官家屬也不得再居汴京，只得離開丈夫趙明誠，隻身返鄉。最值得慶幸的是，在政治的風浪和命運的坎坷面前，她的愛情經受住了所有風雨的考驗，她深愛的那個和她志趣相投的金石學家趙明誠，沒有辜負她的愛，沒有因為家世、政治、環境而

離開甚至疏遠她。趙明誠依然和她「一種相思，兩處閒愁」。

這才是最好的愛情、最好的婚姻。不僅遇到最好的你，還因為你，讓我成為更好的自己；更因為你，我可以抵擋全世界的風雨。於是，在全世界的黑暗裏，我是那麼地思念你，那思念「無計可消除，才下眉頭，卻上心頭」。

後人屢屢評價，説李清照的「此情無計可消除，才下眉頭，卻上心頭」，是如何超越了范仲淹的「眉間心上，無計相迴避」，又如何與李後主的「剪不斷，理還亂，是離愁，別是一番滋味在心頭」有異曲同工之妙。其實我認為，像李清照的這首《一剪梅》，完全不用做技巧上的分析，只要了解她和趙明誠的愛情，了解他們共同的志趣與心心相印的人生，你就能深刻體悟到「一種相思，兩處閒愁」的背後，他們那唯美、崇高而純潔的愛情。

多麼羨慕趙明誠啊，因為他可以遇見李清照。同樣，李清照也是幸福的，因為她終於遇到了趙明誠。你看，那鴻雁在傳頌着他們的愛意，那時光在流淌着他們的傳説。這正是：「雲中誰寄錦書來，雁字回時，月滿西樓。」

思念是一種很玄的東西

我們講李清照的詞，也講到了她和趙明誠的愛情，講到了他們彼此之間除了最好的愛情，還有相伴一生的共同的志趣和情趣。

下面要講的這首《醉花陰·薄霧濃雲愁永晝》，就是對他們美好愛情與共同情趣的最好的註解。

李清照──《醉花陰·薄霧濃雲愁永晝》

薄霧濃雲愁永晝，瑞腦銷金獸。佳節又重陽，玉枕紗廚，半夜涼初透。

東籬把酒黃昏後，有暗香盈袖。莫道不銷魂，簾捲西風，人比黃花瘦。

我個人揣摩這首詞,覺得有兩個細節,特別值得注意。

一是,上下片之間的時間問題。二是,最後的那句「莫道不銷魂,簾捲西風,人比黃花瘦」裏的一個小的細節。

「薄霧濃雲愁永晝,瑞腦銷金獸」,這是從眼前所見寫起,這應該就是李清照的閨房。「薄霧濃雲」,未必是外面的天氣。我們知道,「醉花陰」這個詞牌又叫「九日」,就是說的重陽這個時節,雖然已屆深秋,但是秋高氣爽。在古代沒有霧霾、沒有污染的環境下,這個季節很難是「薄霧濃雲」的陰霾天氣。但是,在李清照這個無比思念丈夫的妻子心中,依然會產生一種愁雲籠罩的感覺。

那麼,這種愁思的感覺是從哪裏來的呢?「薄霧濃雲」其實就是眼前所見,因為屋裏點着香,因為「瑞腦消金獸」。「瑞腦」,就是龍腦香,是一種非常珍貴的香,「金獸」則是一種獸型的銅香爐。我們在講周邦彥的《少年遊》時,那一句「獸煙不斷」,寫的也是類似的情景。

喜歡香道的朋友都知道,在居室之中,在銅香爐裏燃起龍腦香,使得屋中產生「薄霧濃雲」之狀,應該是讓人非常陶醉的。可是,就在這個容易讓人陶醉的香霧繚繞的環境中,李清照卻產生了愁的感覺,並因為這種

「薄霧濃雲」，產生了陰雲籠罩的感覺。從早到晚「愁永晝」，以至於整個白天都在這種煙霧籠罩的環境裏愁思難遣。

為什麼那麼憂愁呢？因為馬上就是重陽節了，可自己的丈夫還沒有回來，自己心愛的人還遠在天涯的另一方。「佳節又重陽，玉枕紗廚，半夜涼初透。」「玉枕」就是玉瓷枕的美稱，「紗廚」就是碧紗帳，它們和前面那個煙霧繚繞的居室環境一起，呈現了一個女子精緻的閨房。可是，在這種精緻而唯美的居住環境下，李清照卻徹夜難眠，「半夜涼初透」，這個「透」字用得特別精巧新奇。從白天的「愁永晝」到夜晚的寒意陣陣，徹夜難眠，一個思念丈夫獨守空閨的少婦形象如在目前。

下片再點重陽，「東籬把酒黃昏後，有暗香盈袖」，這寫的是重陽佳節賞菊飲酒，大概是為了應景，李清照在屋裏悶坐了一天，直到傍晚，才強打着精神把酒東籬。可是賞菊飲酒，並沒有寬解她的愁思愁緒，反而在她心中掀起更大的情感波瀾。「有暗香盈袖」，可見菊花開得極美，極讓人陶醉。然而，這麼美的眼前景，這麼美好的氤氳香氣，卻沒法送給自己思念的人。暗香浮動又豈止是花香，也有自己那不盡的愁思啊。

緊接着，就是那傳頌千古的名句，「莫道不銷魂，簾捲西風，人比黃花瘦」。讀這三句的時候，應該回頭來看

我們剛才所提的第一個問題，就是上下片的時間問題。

許多人讀這首詞的時候，都沒有注意到這個問題。你看上面說「佳節又重陽，玉枕紗廚，半夜涼初透」，這已經說到徹夜難眠了。問題來了，下片卻又接着說「東籬把酒黃昏後，有暗香盈袖」，從時間順序上就會有些問題，怎麼會先寫到「半夜涼初透」，再寫到「把酒黃昏後」呢？難道不應該先是黃昏後，再是「半夜涼初透」嗎？

歷來解讀認為，這首《醉花陰》寫了李清照重陽節這一天，「愁永晝」的這種思緒，下片則取出「東籬把酒黃昏後」的那個細節重點渲染。上片寫從早到晚，下片突出重點，所以可以見出李清照的佈局之妙。

我其實不同意這種觀點，李清照的那種深情自然流淌，感動人的地方就在於她的那種思念，她的那種深情，彷彿流水般在眼前流淌，忽然道出「莫道不銷魂，簾捲西風，人比黃花瘦」，彷彿脫口而出，卻深情婉轉，直擊人心。若是在佈局構思上過於精巧的話，反倒很難有這種直擊人心的效果。

這就需要回頭去看上片所寫的時間，「佳節又重陽」，李清照在感慨，又到了重陽佳節啊！可是丈夫還沒有回來。雖有「玉枕紗廚」，可半夜寒涼，讓人孤枕難眠。細細揣摩這個「佳節又重陽」，其實並非是重陽當日的感慨，因為這種愁思愁緒思念其實是在前一天，在重陽到來

的前日，就滿滿縈懷在李清照的心中了。

所以，上片寫的應該是重陽節的前一日，所以才合得上「薄霧濃雲愁永晝」，一直到「半夜涼初透」。從重陽佳節到來的前一天，李清照就在默默地思念她的丈夫，就在默默地惆悵，自己一人該如何面對東籬盛開的菊花，該如何獨自品味那暗香盈袖的佳節。這樣，才能體現李清照心中那盡日的愁悶與徹夜的惆悵。

從前面整整一天的「薄霧濃雲愁永晝」的惆悵，到「玉枕紗廚，半夜涼初透」的愁思，到第二天又是一整天的思念與哀愁，再到傍晚的時候強打精神「東籬把酒黃昏後」，正是因為有這種漫長的時間的積澱，最後那「莫道不銷魂，簾捲西風，人比黃花瘦」的輕歎，才成為蘊藉而深摯的直擊人心的生命中不能承受之輕歎。這三句的美，這三句的驚艷，其實並非輕易道來，它要有時間、歲月的積澱。

說到「莫道不銷魂，簾捲西風，人比黃花瘦」的名句，還要說到第二點值得揣摩的地方，從場景上看，為了說明銷魂，當西風把簾幕捲起的時候（「簾捲西風」一般被解讀為西風捲簾的倒文），瑟瑟風涼，讓人感到一陣寒意，不由聯想到剛剛把酒相對的菊花，在瑟瑟風中尚能傲芳挺立，而相愛的人則悲秋傷別，思念無際，於是頓生人不如菊之感，故而有「人比黃花瘦」之歎。可是細想想，

「簾捲西風」只是西風捲簾的倒文嗎？當西風捲起簾幕，微捲的簾幕，是不是也在擁抱着柔弱無寄的西風呢？所以簾捲西風，西風捲簾，簾捲風，風捲簾，涼意中自有一種不盡的繾綣。

同樣，人與黃花相映，在這樣的西風中，又過得幾日，便是滿地黃花堆積啊！人與花、花與人的處境中又有一種人與花、花與人的繾綣。所以簾與風的互捲，人與花的比瘦，因為這兩種意象的選取和搭配，產生了一種繾綣不盡的柔情，這才是銷魂的最好註解。所以「人比黃花瘦」，一個「瘦」字堪當銷魂的詞眼，故夏承燾先生曾說，李清照「人比黃花瘦」一句乃前人未道之境。所以，正是時間的積澱，是歲月的深情，是李清照那一顆深情婉轉的心靈，纏綿悱惻的思念，造就了「莫道不銷魂，簾捲西風，人比黃花瘦」的經典。

說到這三句經典，還有一個非常有名的小故事。

《琅嬛記》引《外傳》記載說：「易安以重陽《醉花陰》詞函致明誠。明誠歎賞，自愧弗逮，務欲勝之。一切謝客，忘食忘寢者三日夜，得五十闋。雜易安作，以示友人陸德夫。德夫玩之再三，曰：『只三句絕佳』。明誠詰之，答曰：『莫道不銷魂，簾捲西風，人比黃花瘦。』正易安作也。」

這是說，李清照寫下了思念丈夫的《醉花陰》詞之

後，就把它寄給了在外求學的趙明誠，趙明誠讀完之後，感慨萬千，就起了好勝之心。

趙明誠就吩咐書童把自己關在屋子裏，廢寢忘食，三日三夜寫了五十首詞，要和自己這個有才的老婆一比高下。寫完之後，趙明誠還是比較自鳴得意的，可是想想不放心。其實他擅長的是金石考古詩作，並不擅長詞作。因為不放心，沒敢先寄回去，就請了自己的好朋友陸德夫來欣賞一下。

於是，他又謄寫了一下。謄寫到最後，趙明誠靈機一動，把這首《醉花陰》也謄抄了一遍，雜在自己的五十首詞作裏，拿給陸德夫看。

陸德夫也很慎重，這個好朋友趙明誠從來不寫詞的，不知道為了甚麼這麼發奮創作，這可是要好好賞讀一下。賞讀再三，終於抬頭要說話了。趙明誠這時候激動萬分，看着好朋友陸德夫，這就是等點讚，等好評啊！

果然，陸德夫也不吝溢美之詞，兩眼放光地看着趙明誠說，有三句絕佳。趙明誠一聽就激動了，哪三句？陸德夫眼睛一眯，很陶醉地說：「莫道不銷魂，簾捲西風，人比黃花瘦。」趙明誠一聽，從此再不敢在詞作上跟李清照比試了。

今天，這首《醉花陰》千古流傳，趙明誠的那五十首詞卻不見蹤跡。趙明誠與李清照鬥詩賽詞的這一典故，正

說明了兩個人感情很深，彼此志同道合，才會在才學上欲一較高下。

　　了解他們的人生，了解他們的心靈，了解他們的深情，你才會真正懂得他們恩愛的夫妻生活中那些感人的畫面，才會真正懂得「莫道不銷魂，簾捲西風，人比黃花瘦」。

物是人非事事休

　　我曾經說過怕講李清照，捨不得講李清照。

　　她的有些詞，雖在文字中是說不盡的春愁與秋愁，但背後是相思，是相愛，是美好、美麗而幸福的愛情。

　　可當時光老去，年華不再，李清照經歷了國破家亡，夫死家散，到了她的《武陵春·春晚》，真是讓人不忍卒讀。

李清照——《武陵春·春晚》

風住塵香花已盡，日晚倦梳頭。物是人非事事休，欲語淚先流。

聞說雙溪春尚好，也擬泛輕舟。只恐雙溪舴艋舟，載不動、許多愁。

「風住塵香花已盡，日晚倦梳頭。」這首《武陵春》有個副題叫作《春晚》，春將盡了，東風也停了，塵土裏帶着花的香氣，那些曾經盛放的花朵，都已凋零殆盡了。這豈是凋零的花朵，這豈是將盡的春天，這完全就是她的生命，她的靈魂，她和趙明誠曾經無比美麗的愛情。

一句「風住塵香花已盡」，真可以看出易安居士的用筆用詞已臻化境。彷彿只是客觀的描述，可那種花已盡的悲歡，卻籠罩着全部的人生。「日晚倦梳頭」，這一句不由得讓人想起她的另一名句「香冷金猊，被翻紅浪，起來慵自梳頭」。

其實，在講到「物是人非事事休」之前，確實應該需要先提一下她前此的那首名作《鳳凰台上憶吹簫》：「香冷金猊，被翻紅浪，起來慵自梳頭。任寶奩塵滿，日上簾鈎。生怕離懷別苦，多少事、欲說還休。新來瘦，非乾病酒，不是悲秋。 休休！這回去也，千萬遍《陽關》，也則難留。念武陵人遠，煙鎖秦樓。惟有樓前流水，應念我、終日凝眸。凝眸處，從今又添，一段新愁。」

這首《鳳凰台上憶吹簫》是向來被當作李趙二人之間感情有裂痕的一個重要證據。

其中「武陵人遠，煙鎖秦樓」用到了兩個典故。一是說有兩個人劉晨、阮肇，他們入天台山，逢二仙女，結果忘卻家人，與仙女生活在一起。二是說蕭史、弄玉乘龍跨

鳳而去，留下何人獨守秦樓。近些年來，有很多學者談李清照和趙明誠其實有婚姻不幸福的地方，通過《鳳凰台上憶吹簫》所使用的典故表達的情緒來證明，李清照嫁給趙明誠之後多年沒有生育，趙明誠有可能移情別戀，也有納妾，也有對李清照的冷淡。

這些說法不能說毫無道理，但我覺得也不必過於放大，因為婚姻本來就是如此。「倚門回首，卻把青梅嗅」，那是愛情中的男女與小兒女情態。「賣花擔上，買得一枝春欲放」，那是兩人新婚燕爾。到「賭書消得潑茶香」，那才是日常生活中男女的共同情趣。可是日常的婚姻生活，更多的是柴米油鹽，是細細碎碎，是「不如意事常八九，可與人言無二三」。李清照沒有生育，二人沒有子嗣，在當時就是一個人所共知的事實。當然我們現在知道，其實這個責任並不在李清照，因為趙明誠後來納了不少侍妾，也並無子嗣。

可是古人並沒有這樣的常識，趙明誠對此心有芥蒂，李清照對此心生遺憾，也不是不可理解的事情。但要把「起來慵自梳頭」的倦懶情緒，簡單地理解成李清照對趙明誠的不滿，那又該如何理解《武陵春》裏的「風住塵香花已盡，日晚倦梳頭」呢？

其實不論是「慵自梳頭」還是「倦梳頭」，都是因為梳不動許多愁啊，而那一句「物是人非事事休」，真是讓

人「欲語淚先流」。

詞牌名「武陵春」，本取自陶淵明《桃花源記》，「晉太元中，武陵人捕魚為業」之語，那是一段尋找桃花源的浪漫旅程。可是李清照寫來卻盡是「物是人非」的悲傷之歎。

雖然說的是「物是人非」，人固然「非」，物又何嘗「是」？

一般認為李清照的這首《武陵春》寫於宋高宗紹興五年（1135），金兵已然南下，大宋面臨國破，李清照避居浙江金華。回看李清照的人生，「靖康之亂」生生地把她的人生劈成兩段，前一段幸福、唯美、深情、婉轉，後一段國破家亡，夫死物散，前後不啻天壤之別，猶如天堂與地獄。

李清照和趙明誠的愛情之所以讓人羨慕，讓無數的後人稱頌，是因為他們志同道合，有共同的志趣、情趣，更是因為他們的愛情在北宋文人黨爭，也就是元祐黨人案中經受住了考驗。因為要遠離政治，他們十年僻居青州的夫妻生活反倒成了人生中最幸福的一段時光。

後來時事變遷，趙明誠又出來做官，先後任萊州等地的行政長官。這時，他們的婚姻不像以前那麼幸福，也有了裂痕，也有了疏遠，也有了埋怨。但總體而言，這些生活裏的無奈，並不能從根本上改變他們相濡以沫的愛情。

舉一個小小的細節就可以看出來。一次，趙明誠在一個朋友那裏購得白居易手書的《楞嚴經》小冊，欣喜若狂，打馬飛奔回家，要和李清照一起「故燒高燭照字畫」，共同欣賞，徹夜把玩。所以，在金石和字畫上，在情趣與志趣上，沒有人可以替代李清照的地位。即使生活中有種種無奈，即使他們的愛情不像新婚時那樣濃烈，但也沒有消亡，沒有斷裂。不過，這樣美麗而堅韌的情感，等到國家的危難到來時，才算是面臨了最嚴峻的考驗。

　　靖康二年（1127），趙明誠的母親在南京去世，趙明誠因奔母喪要南下金陵，同時就任江寧知府。夫妻二人商議，由李清照返回青州老家，整理他們在歸來堂中的金石文物，然後再與趙明誠會合。李清照萬般無奈中，將多年積纍的金石文物挑選十五車，其他沒有帶走的東西，鎖在十餘間屋子裏。然而，就在李清照帶着十五車文物離開之後沒多久，青州就陷於戰火，剩下的文物也燬於亂世。

　　不過雖然已是亂世，但因為趙明誠任江寧知府，李清照跟趙明誠在南京又度過了一段短暫的幸福生活。宋人周煇《清波雜志》記載說：「明誠在建康日，易安每值天大雪，即頂笠披蓑，循城遠覽以尋詩。得句，必邀其夫賡和，明誠每苦之也。」就是說李清照愛踏雪尋梅，尋詞覓句，還讓心愛的丈夫與之唱和。趙明誠的才情遠不如李清照，當年和《醉花陰》的時候就可見一斑，所以「明誠每

苦之」。既以之為苦，卻還要陪着清照踏雪尋梅，詩詞唱和，可見夫妻的感情依然深厚。可是，在國破家亡命運面前，這種短暫的安寧、最後的幸福，卻如水中月鏡中花一般，被迅速打破。

趙明誠先是因金陵兵變中處置不當臨陣脫逃，被朝廷罷官，被世人不齒。第二年，也就是 1129 年，四十九歲的趙明誠病死南京。臨終前，唯以畢生心血金石文物，相託妻子李清照。李清照既失去心愛的丈夫，又失去自己的家國，唯有帶着文物，浪跡天涯。

她先是將絕大部分的金石古籍，寄放在自己的弟弟，當時正在任洪州刪定官的李迒那裏。可是當年年底，金兵就攻陷了洪州，絕大多數藏品化為灰燼。這對於李清照來說簡直就是滅頂之災。

隨後，她帶着僅剩的珍品輾轉流離來到紹興，租住在一位鍾姓士子的家中。不料，一天夜裏有竊賊挖牆而入，盜走了五箱文物。李清照悲憤莫名，為了找回這些承載了她和趙明誠心血的文物，她公開懸賞。誰知沒兩天，鍾姓的房東就拿着十八軸畫卷來領賞了。真相大白，可是獨在異鄉的孀居的李清照，又能怎樣呢？此時，已是孤苦伶仃、孤獨無助中的李清照，為了剩下的文物珍品考慮，不得已嫁給了時任右承奉郎的張汝舟。這也就是歷史上爭訟一時的李清照再嫁之謎。

然而，失去趙明誠之後的李清照就再沒有得到過命運的眷顧。她再嫁張汝舟，本是為文物考量，尋求保護，哪知道只是從一個噩夢跌入另一個噩夢。張汝舟狼子野心，娶李清照本就是為了她的文物藏品，當他在婚後暴露出中山狼的面目來，千難萬難中的李清照卻依然是剛毅頑強、人格獨立的李清照。她拋棄幻想，不肯坐以待斃，主動告發了張汝舟的劣行，艱難地在世人的非議中與之離異。按宋律，妻子控告丈夫，即使證據確鑿，妻子也要入獄兩年。李清照為了她和趙明誠的心血，不惜捨身入獄，幸好在親友的營救下，李清照僅僅入獄九天就被放了出來。可是這時的李清照歷經人世的磨難、人事的劫難，又該如何獨自面對往日曾經幸福的生活呢？

　　所以說「物是人非事事休，欲語淚先流」。一個人僻居金華的李清照，除了身邊僅有的幾冊和趙明誠當年收集的字畫精品，絕大多數文物已喪失殆盡。在這孤獨的人世，又一個春天到來了，又一個春天將去了。枯坐院中的李清照，大概在心底對自己說怎能整日面對那悲傷的往事呢？「聞說雙溪春尚好，也擬泛輕舟」。想當日「輕解羅裳，獨上蘭舟」，雲中還有明誠要寄錦書來，雁字回時，月滿西樓。

　　可如今，輕解羅裳，欲泛輕舟，卻「只恐雙溪舴艋舟，載不動許多愁」。舴艋舟就是輕舟，形似蚱蜢的那種

小船，愈説其輕，愈發載不動許多愁。這個「載」字很多人喜歡把它讀成 zǎi，其實從音韻的角度看，它的本音是讀 zài。所以《詩經‧采薇》裏説：「行道遲遲，載渴載飢」，李世民也説：「水能載舟，亦能覆舟。」

是啊，雙溪那單薄的小船又如何能承載易安居士人生中那滿滿的哀愁呢？在世人的嘲諷與冷落裏，在命運的拋棄劫難中，曾經無比幸福的李清照，如今無比孤獨的易安居士，她該如何面對曾經無比幸福的愛情？又該如何面對此後將無比淒涼的人生？

念及此，在那長夜將盡、乍暖還寒的清晨，讀詩人不禁一聲長歎：「只恐雙溪舴艋舟，載不動、許多愁。物是人非事事休，欲語淚先流。」

悲夫，李易安；
偉哉，李清照！

　　我研讀詩詞，有一個切身的感受，像易安詞、納蘭詞不可輕易觸碰。一旦觸碰，便欲罷不能，輕易便淪陷其中，難以自拔。

　　有時候我經常會想，大概就是在陸游娶了表妹唐婉的那個秋日下午，七十多歲的李清照流落江南，一個人在孤單的院中，寫下了這樣的《聲聲慢·尋尋覓覓》。

尋尋覓覓，冷冷清清，悽悽慘慘戚戚。乍暖還寒時候，最難將息。三杯兩盞淡酒，怎敵他、曉來風急！雁過也，正傷心，卻是舊時相識。

滿地黃花堆積，憔悴損，如今有誰堪摘？守着窗兒，獨自怎生得黑！梧桐更兼細雨，到黃昏、點點滴滴。這次第，怎一個愁字了得！

首先讓我感慨的是，晚景淒涼的李清照用一首詞，去回望她漫長、豐富的人生，居然選擇的是《聲聲慢》。這首詞堪稱詞中絕品，有人認為是李清照中年時期所作，有人認為是晚年時期的作品，但毫無疑問，均是在南渡之後。

　　「聲聲慢」作為詞牌，原為「勝勝慢」，這裏的「勝」，也讀 shēng，後來因蔣捷的那首《秋聲》，而改為「聲音」的「聲」。這個詞牌的創作，最早見於蘇門四學士之一的晁補之。說到晁補之，我們提到過，他對李清照十分欣賞，甚至以比李清照大三十多歲的前輩詞人的身份與少女李清照結為忘年交。

　　晁補之少年天才，過目不忘，飽讀詩書，被時人稱為「當代王摩詰」。不過，晁補之的命運也同樣晚景淒涼。作為蘇門四學士之一的他，在北宋文人黨爭中備受打擊，五十多歲便鬱鬱而終。

　　對李清照而言，晁補之亦師亦友，而李清照在自己人生將要走到盡頭的時候，用晁補之開闢的《聲聲慢》來回望人生，來書寫晚年的心境，真是讓人心生萬千感慨！

　　當然，李清照的這首《聲聲慢》從詞律成就、意境上，都遠遠超過晁補之。晁補之原創的《聲聲慢》是平韻體，也就是押平聲韻，而李清照的這首《聲聲慢》則是仄韻體。押仄聲韻往往是險之又險，除非詞律技巧臻於化

境，否則很難寫到通透婉轉。

一首《聲聲慢》可以見出易安居士的詞律、技巧和創作藝術幾近於道。

開篇便是無數人稱頌的十四疊字連用：「尋尋覓覓，冷冷清清，悽悽慘慘戚戚。」詞中的這個「戚」，還有「最難將息」的「息」，「晚來風急」的「急」，包括最後的「黑」字、「得」字都是入聲字。現在因為「入派三聲」，歸到平聲裏，就分不出來了。

對於首句，宋人張端義《貴耳集》評價說：「煉句精巧則易，平淡入調則難，且《秋詞》（《聲聲慢》）『尋尋覓覓，冷冷清清，悽悽慘慘戚戚』，此乃公孫大娘舞劍手，本朝非無能詞之士，未曾有一下十四疊字者。」張端義此說一出，遂為定論。後來元代的喬吉模仿作「鶯鶯燕燕春春，花花柳柳真真。事事風風韻韻。嬌嬌嫩嫩，停停當當人人。」真是東施效顰，更反襯了李清照的才高絕倫。

對於這一句的句意，大多數人認為是清晨起來的李清照，四處找找看看，卻只見冷冷清清，於是心生悽慘與悲戚。但我想問的是，晨起的李清照在尋覓什麼呢？

有人以為孤獨中的李清照，會閒不住地東找找西看看，借着下意識的舉動，去排解心中的愁苦。我以為不然，真正的愁苦無需藉助動作上的釋放。那麼，李清照說

的「尋尋覓覓」到底是什麼呢？她要尋覓的東西又是什麼呢？那時的她流落江湖，孀居獨處，身邊早已沒了愛人，甚至連親人也無一個。想來想去，七十歲的李清照，身邊能擁有的，也就是她在流離失所中還要時時刻刻帶在身邊的，她和趙明誠的點滴心血——幾幅珍貴的金石字畫了吧？

通過史料記載我們知道，李清照晚年曾經拿出兩幅米芾的字來，去請米芾的兒子米友仁，也就是「小米」（米芾被稱為「大米」，米友仁被稱為「小米」，父子倆都是宋代書法家）題跋。

米友仁為之欣喜若狂，因為米芾總是隨性所書，他的字留存很少。當時米友仁興奮地說，這兩幅字可值數百金，是米芾字中的精品。可見，李清照到晚年身邊還是有一兩冊重要的金石字畫精品，而這些精品，大概就是李清照晚年最重要的精神寄託了。

事實上，李清照之所以能在那個悲傷的亂世裏隱忍苟活，全是為了這些字畫、為了這些金石文物、為了趙明誠臨終的心願啊！

亂世豈易安，李清照在趙明誠死後為了這些字畫、為了這些文物，在悲傷流離中整整堅持了二十七年。我們前面說過，趙明誠雖然在文學創作上遠不及李清照，但他卻是有宋一代著名的金石學家。在趙明誠的影響下，李清照

同樣成長為一個偉大的金石學家。

洪邁就曾經評論說：「（趙明誠）其妻易安居士，平生與之同志。」古代漢語裏曰「同志」，體現的是一種令人崇敬的、巨大的、共同的價值追求。經過多年的研究、探求與整理，李趙二人在山東青州老家積攢了大量的金石文物與字畫，趙明誠作《金石錄》，對這些文物進行了非常科學系統的整理。

可是國家不幸，個人又豈能倖免。「靖康之亂」，金兵南下，趙明誠趕赴江寧上任，文物南遷的重任全都託付給了李清照。可以說，正是李清照用她瘦弱的肩膀，扛起了中國歷史上、中國文物史上第一次文物南遷的重任。

據說，李趙二人收集的金石文物多達十幾屋，李清照第一次把精品整理出來，就裝滿了十五大車。但這遠遠還不到一半，她其實還準備第二次文物的南運，可是才離開青州沒多久，當地就淪陷了，剩下的文物則燬於一炬。

對於那些搶救出來南遷的文物，趙明誠和李清照極其重視。他們在安徽貴池的時候，趙明誠突然要進京赴任。趙明誠已然上岸，李清照卻突然有很不好的預感，大聲喊道，如果局勢緊急怎麼辦？趙明誠遠遠地應道，跟隨眾人吧。實在萬不得已，先丟掉包裹箱籠，再丟掉衣服被褥，再丟掉書冊卷軸，再丟掉古董，只是那些宗廟祭器、禮樂

之器和我們畢生的心血,「可自負抱,與身俱存亡,勿忘之!」必須要抱着、要背着,要與自身共存亡。這就是趙明誠對李清照的囑託。

後來趙明誠在南京病危,李清照一日夜行三百里,趕來為明誠送終。據李清照記載說,趙明誠臨終前,取筆作詩,絕筆而終,殊無「分香賣履」之意。「分香賣履」引用的是曹操臨終前,安置他的嬪妃的典故。很多人把這一句話和以前的《鳳凰台上憶吹簫》聯繫在一起,作為李趙二人感情分裂乃至淡漠的一個明證,就是說趙明誠在臨死的時候,並沒有安排李清照的後事。

其實趙明誠在萊州和淄州知州任上,對李清照有疏遠,還納了很多侍妾,李清照對此也確實心有怨言。可是我們說過,他們的婚姻中無子的悲痛,以及趙明誠納妾的事實,並不能改變他們夫妻的感情,反倒是趙明誠的臨陣脫逃,讓李清照產生了「至今思項羽,不肯過江東」的感慨。趙明誠沒有「分香賣履」之意,不只是沒有安排李清照的後事,對其他的侍妾也沒有作出任何的安排。

我覺得李清照要說的是,趙明誠到人生的終點,最後看重的並不是他身邊的那些女子們,而是他畢生的金石研究的心血,而這些心血他無可交付,全部都託付給了人生的知己李清照。

接下來的二十七年,李清照帶着這些沉重的金石文

物和趙明誠臨終前沉重的囑託，南逃北躲、流離失所。到了晚年，那些無數的珍貴的文物字畫，按照李清照自己的說法：「所有一二殘零不成部帙書冊，三數種平平書帖，猶復愛惜，如護頭目，何愚也耶！」身如飄蓬的易安居士，身邊除了那些殘零不成冊卷的寥寥的幾件書畫精品，還有趙明誠畢生心血編就的《金石錄》，其他就什麼都沒有了。

每天清晨，她看着僅剩的書冊和趙明誠當年手書的《金石錄》，悲歎地說：「今手澤如新而墓木已拱，悲夫！」意思是說，明誠啊，你當年在這些字畫和這《金石錄》上手書的題跋、字跡的樣子，還如在目前，可你墳墓上的樹木已成拱。我與你陰陽兩隔，你知不知道，我現在孤獨寂寞的樣子？

所以「尋尋覓覓」，尋覓的是什麼？又於何處尋覓呢？

我想，經歷了無數苦難的李清照，在晚年已經把那些最珍愛的她和丈夫趙明誠的心血貼身收藏，每日醒來，眼前所及，心中所想，大概就是手邊所剩的金石字畫。她唯有從這些金石字畫上可以尋覓到她五十年前「和羞走，倚門回首，卻把青梅嗅」的初戀，尋覓到《賣花擔上》「買得一枝春欲放」的新婚燕爾，尋覓到「賭書消得潑茶香」，尋覓到「雲中誰寄錦書來，雁字回時，月滿西樓」的兩情

繾綣。可是尋覓的結果，卻只有「冷冷清清，悽悽慘慘戚戚」。

「乍暖還寒時候，最難將息。」通過下闋我們知道，這首詞寫的是秋天的場景。所以，這裏的乍暖還寒應該是說秋天的早晨。這個「時候」也不是指的時令，雖然古文中「時候」大多指的是時令，但也有指的就是那個時間狀態的。「乍暖還寒時候」，是指這個秋天太陽剛出來卻又寒意陣陣的早晨，所以說「最難將息」。

「三杯兩盞淡酒，怎敵他、曉來風急！」很多通行本都作「晚來風急」。詞學宗師唐圭璋先生就說：「此詞上片既言『晚來』，下片如何可言『到黃昏』雨滴梧桐，前後言語重複，殊不可解。若作『曉來』，自朝至暮，整日凝愁，文從字順，豁然貫通。」確實應該如此。宋人有喝「扶頭卯酒」的習慣，也就是在卯時就開始飲酒，而李清照尤喜飲酒，這是她一生保持的一個習慣。

「三杯兩盞淡酒」應該是喝的「扶頭卯酒」。「怎敵他、曉來風急」也剛好和前面的「乍暖還寒時候」相匹配。「雁過也，正傷心，卻是舊時相識。」一行大雁從庭院裏的天空飛過，更是讓人傷心不已，因為牠們都是舊日的相識啊。李清照從北方護送文物南遷，輾轉流離數十年，可大雁每年南飛之後還能北歸，而李易安這隻孤雁呢，「渺萬里層雲，千山暮雪，隻影向誰去？」

下片開篇說「滿地黃花堆積。憔悴損，如今有誰堪摘？」院中的菊花已經堆積滿地，已經憔悴不堪了。這讓我們想起她在《醉花陰》裏說：「莫道不銷魂，簾捲西風，人比黃花瘦。」那時的黃花還在枝頭，相思的人還可以和黃花比瘦。如今滿地堆積，憔悴不堪，豈止是眼前的黃花，不正是花與人的命運嗎？

「守着窗兒，獨自怎生得黑？」從早晨醒來，李清照摩挲着《金石錄》與趙明誠題過的字畫，從尋尋覓覓到三杯兩盞淡酒，眼看大雁南飛，再見黃花堆積，到黃昏，再到夜晚，多麼漫長的一天啊，有誰能陪一陪晚景如此淒涼的易安居士？

其實，又豈止這一天呢？

每一天、每一月、每一年，自從明誠逝後，曾經那樣深情的李清照，就要獨自面對這荒涼的人世間。這時，秋雨又來了，這時「梧桐更兼細雨，到黃昏、點點滴滴。這次第，怎一個愁字了得？」這時，當能說出「怎一個愁字了得」的李清照，我想一定如她在說「手澤如新，而墓木已拱，悲夫！」的時候一樣，一定是熱淚盈眶，一定是在淚眼模糊中又看到她心愛的愛人，和當年曾經無比幸福的美麗時光。

李清照和孔夫子一樣，都活到了七十三歲。孔夫子臨終前，有「泰山其頹乎！梁木其壞乎！哲人其萎乎！」的

悲歡，也有臨終歌泣。

其實，李清照晚年「怎一個愁字了得」的悲歡和孔夫子臨終歌泣的本質是一樣的。

天不生仲尼，萬古如長夜；天生李易安，清輝照古今。李清照是用她曾經多麼幸福的人生、後來多麼沉痛的命運，為我們寫下了那些千古傳頌的不朽精品。

悲夫，李易安！偉哉，李清照！

樓船夜雪瓜洲渡，
　　鐵馬秋風大散關。

了卻君王天下事，
贏得生前身後名。

民間的國歌 國人的寄託

　　我想，作為中國人，只要你身上流淌着華夏的血脈，大概就一定會喜歡這樣一首偉大的作品，那就是岳飛的名作《滿江紅·怒髮衝冠》。

岳飛──《滿江紅·怒髮衝冠》

怒髮衝冠，憑闌處、瀟瀟雨歇。抬望眼，仰天長嘯，壯懷激烈。三十功名塵與土，八千里路雲和月。莫等閒，白了少年頭，空悲切。

靖康恥，猶未雪；臣子恨，何時滅？駕長車，踏破賀蘭山缺。壯志飢餐胡虜肉，笑談渴飲匈奴血。待從頭，收拾舊山河，朝天闕。

這樣的《滿江紅》，每每讀來總是讓我熱血沸騰。在解讀之前，我想先講一個讓我印象極為深刻的小故事。

有一年我去廣西師大做講座，聽說白先勇先生在我之前剛剛也做了一場講座。當時我很感慨，就提到了白先勇先生回憶他幼年的一段訪談。

他說有一年他還很小，一天父親帶着他和哥哥回鄉下，說是要給奶奶做壽。在回鄉下的路上，父親抱着他，然後牽着哥哥的小手，走在鄉間的小路。因為父親一直帶兵打仗，所以平常很威嚴，向來不苟言笑。但是就那一次在回鄉下給奶奶做壽的路上，白先勇先生清晰地記得父親唱起歌來，這也是他唯一一次聽到父親唱歌。父親開始是自己唱，後來教他們兄弟倆唱，那也是他人生中學會的第一首歌，印象極其深刻。

給奶奶做完壽，白先勇因為那時候很小，又特別興奮，一累就早早睡着了。等他醒來，發現父親已經走了。奶奶說父親天不亮就離開他們，去了遠方。

白先勇先生的父親，名將白崇禧，雖然離開了他們去了抗日的前線，但他教給他們的那首歌，卻永遠留在了白先勇的心中。

當然，我不知道白崇禧將軍當年教孩子們唱的是怎樣的曲調，但很可能就是當時《滿江紅》傳唱以來非常有名的一種曲調。

著名音樂史學家楊蔭瀏先生發表過一篇回憶文章，說這個曲調最早出現於 1920 年北京大學的《音樂雜誌》上，當時配的是的一首薩都剌的名作《滿江紅・金陵懷古》這首詞。楊蔭瀏覺得這個曲調特別棒，就把它移到了岳飛的《滿江紅》上，並把此曲油印成冊，在學生中傳唱。

　　接下來在反帝愛國運動中，岳飛以及他的這首《滿江紅》迅速成為一面旗幟，一下子膾炙人口，在社會上風行傳唱起來。抗日戰爭時期，更不用說了，更是成了一種民族精神的載體。前此，像西北名將，一代傳奇人物徐樹錚在軍中最後定下的軍歌就是《滿江紅》。

　　所以不論是北大的校園，還是到後來白崇禧、徐樹錚的軍中，還是到無數的抗日將士、民族勇士那裏，甚至到我們這一代人的靈魂與精神世界裏，岳飛的這首《滿江紅》，不論是它的詞還是它的曲，都有一種別樣的寄託，一種偉大的意義。

　　從某種角度上來講，它是一種別樣的《義勇軍進行曲》，是一種傳唱在民間的國歌，是在歷史長河中、在民族磨難裏，給華夏民族每一個龍的傳人提供精神能量與價值支撐的根本所在。

　　「怒髮衝冠，憑闌處、瀟瀟雨歇」，雖然作為成語的「怒髮衝冠」，是因為岳飛的這首《滿江紅》而名聞天下，但在此之前的兩處典故中，「怒髮衝冠」已經非常有名了。

一個是《莊子》的《盜跖》篇，「盜跖聞之大怒，目如明星，髮上指冠。」說盜跖大怒的時候怒目圓睜，頭髮上衝冠的樣子。另一個就是《史記·廉頗藺相如列傳》中說，「相如因持璧卻立，倚柱，怒髮上衝冠」。不論是盜跖的「髮上指冠」，還是藺相如為維護和氏璧而「怒髮上衝冠」，固然都表現了他們的怒，但更重要的是一種氣勢。這首《滿江紅》裏的「怒髮衝冠」，當然有面對金人侵佔神州大好河山的怒氣，但更重要的是一種收復神州的氣勢和決心。所以因這種怒，因這種氣，岳飛登高遠眺，正所謂「憑闌處、瀟瀟雨歇」。說到「憑闌」，我們會想到李後主的「獨自莫憑欄，無限江山」，也可能會想到柳永的「無言誰會憑欄意」，或者歐陽修的「憑欄盡日愁無限」，一句「憑闌處」，體現出了岳飛的一種儒將色彩。

岳飛，其實也是華夏文明歷史上儒將中的一個典型人物。他的《滿江紅》詞豪放至極，他的《小重山》詞也一樣可以婉約之致。但他最感人的並不是他的才學，並不是他的才能，而是他精忠報國的不屈之志、赤子之心。你看，「抬望眼，仰天長嘯，壯懷激烈」，不論是極目遠眺，還是仰天長嘯，都是為了顯現那憑欄獨立的激烈壯懷。最關鍵的就是「壯懷」這兩個字。「壯懷激烈」，毫無疑問，這種「壯懷」是激昂的。但是我們不禁要問，《滿江紅》到底是雄壯的呢？還是悲壯的呢？有的朋友聽了之後可能

會覺得詫異，這有必要區分嗎？很有必要。有關這首《滿江紅》到底作於什麼時候，歷來爭議很大。有主張這是岳飛第一次北伐時所作，也有主張是他第二次北伐時所作。如果是第一次或第二次北伐時所作，那麼這種壯懷就是雄壯更多一些。但事實上還有一種說法認為，這首《滿江紅》是他第四次北伐，也就是被十二道金牌召回之後班師回朝，即將面對人生悲劇結局之前的這段時間裏所作。如果是這樣的話，這裏的「壯懷」恐怕就是悲壯之情更多了。

同樣，「三十功名塵與土，八千里路雲和月」，這個「三十功名」也就是三十多年的功名，到底是從軍以來三十多年，還是指岳飛三十出頭？我們知道，岳飛最後冤死風波亭的時候，也不過才三十九周歲。他弱冠從軍，如果「三十功名」泛指他的戎馬生涯，這首《滿江紅》便應該作於他生命結束之前，也就是他四次北伐之後。但如果說的是三十多歲，那麼就有可能說的是他紹興四年（1134）和紹興六年（1136）的第一、第二次北伐。

僅從文本出發，有關這首詞的創作時間爭議很大。可是在岳飛那裏，他所有的壯懷激烈，所有的人生風雨，都是為了最後一句殷切的囑咐。那就是上片的最後一句「莫等閒，白了少年頭，空悲切」，這裏的昂揚之志、報國之心自不待言。毫無疑問，岳飛在這不只是自我的勉勵，他其實是在勉勵同道中人，是在勉勵所有和他有共同志向的

志士仁人。那麼這個志向是什麼？也就是前面「怒髮衝冠」的原因和「壯懷激烈」的內涵，又是什麼呢？是一種恥，是一種恨，那就是「靖康恥，猶未雪；臣子恨，何時滅」。

平心而論，靖康之恥，可以說是漢族政權王朝歷史上經受到的最大、最極端的恥辱了。而在岳飛這樣的仁人志士看來，靖康之恥並不只是朝廷之恥，並不只是徽欽二帝之恥，而是整個族羣之恥，所以這樣的臣子恨也一定是整個族羣之恨。正是因為有危亡之難，有民族之恥之恨，才要精忠報國，才要「還我河山」！所以岳飛的岳家軍要「駕長車，踏破賀蘭山缺」，要「壯志飢餐胡虜肉」，要「笑談渴飲匈奴血」。

岳飛這裏用了一個真實的事典，就是雲台二十八將名將耿弇的姪子耿恭的事跡。耿恭身為戊己校尉，率數百人鎮守金蒲城。北匈奴數萬大軍來攻，耿恭兵力與敵懸殊之至，但耿恭誓死不降。最後彈盡糧絕，沒有吃的，就用水煮鎧甲、弓弩，吃上面的獸筋和皮革。北匈奴單于見耿恭已身陷絕境，就派使者去招降。結果耿恭親手將匈奴使者斬殺於城頭，用火炙烤北匈奴使者的屍體。單于大怒，又增派援兵圍困耿恭，但仍不能攻破城池。最後，耿恭以三百人死扛匈奴五萬大軍，堅持兩百多天，創造了世界戰爭史上的奇跡。最後當他們生還玉門關的時候，僅剩十三

勇士。對耿恭而言，對他的勇士們而言，「壯志飢餐胡虜肉，笑談渴飲匈奴血」，那就是一種「雖千萬人，吾往矣」的英雄氣概。

歷史上從耿恭到岳飛，到後來大明王朝的于謙于少保，他們身上都流淌着一種叫作民族魂的英雄氣概，流淌着一種叫作大無畏的精神底蘊。至今，岳廟裏還留存着岳飛親筆題寫的「還我河山」。這是一種何等的樂觀主義精神，又是一種何等的耿耿忠心！岳飛雖然說的是「朝天闕」，但其實不只是向一個君主、向一個朝廷的忠心，而是向一個族羣、向一個時代、向一種精忠報國價值所表露的忠心。

這就是岳飛，這就是他的《滿江紅》。因為這樣的精忠岳飛，因為這樣偉大的《滿江紅》，所以後來劉過才會在《六州歌頭》裏，寫下「看年年三月，滿地野花春，鹵簿迎神」。正所謂，天地自有評判，歷史自有評判，民心自有評判。

劉過身為布衣，認識得就更為透徹、更為深刻，這些仁人志士、豪傑之士，哪一個不是最終「多少英雄夢難成，有淚如傾」！那麼，岳飛命運悲劇的根源到底是什麼呢？只是奸臣當道嗎？只是敵人兇殘嗎？在歷史與民心的評判中，在句句皆有玄機的《滿江紅》背後，岳飛的形象又有着一種怎樣的價值與內涵呢？

歷史上的岳飛可以說是一個才藝超羣的優等生，更是一個品德高尚的人，一個才能卓越的人。這是一個在成長的過程中，內心有着堅定的價值操守的人，加之早年閱歷豐富，有多次從軍的經歷，軍事智謀與戰鬥經驗俱遠超常人，又有着精忠報國的志向與決心，在那樣民族危亡的時代想不脫穎而出，都不可能。

我們再來看看站在他歷史對面的人物形象，那其實不是秦檜，不是金兀朮，而是宋高宗趙構。如果說岳飛是平民學校裏的優等生，那麼趙構基本上可以說是貴族學校中的差生。

從成長過程以及基因遺傳來看，趙構有着難以抹除的心理陰影。他是宋徽宗第九子，因為母親不過是一個宮女而已，心裏充滿了自卑。後來靖康之難，趙構的母親韋氏和妻子邢氏都被擄到北方的五國城，甚至最後被送入洗衣院。但趙構面對所有的屈辱，卻都能忍下來，一直忍到可以有翻身的機會。

所以當欽宗第一次要派使者北上與金兵議和，沒有人肯去的時候，趙構居然自告奮勇，挺身而出，讓所有人都大跌眼鏡。也正是這次冒險出使，趙構被封為康王。到了金營之中，趙構索性豁了出去，拿出一份王爺的範兒來，倒把金人唬得不輕，最後連金兀朮也覺得趙構將來有可能是個人物，對他另眼相待。但趙構在賭成功一把後，就迅

速體現出賭徒的本色，由極膽大變得極膽小，風聲鶴唳之下，一味只知南逃。南宋朝廷一開始是建都建康，也就是南京，後來為什麼建都臨安，也就是杭州了呢？因為趙構實在是被嚇怕了，所以杭州灣裏常備幾十艘快船，隨時準備逃跑。

從趙構的成長歷程就可以看出，他原來是差生，所以敢豪賭一把，但又不改畏縮懦弱的本質。另外除了自身的成長經歷，還有基因的遺傳。這也就要說到大宋王朝的悲哀了。宋代君主的整體心理定式就是防大臣、防軍隊、防將領、防北伐、防主戰，他與岳飛這樣一對君臣，注定了就是生死對頭。

所以，站在家國的角度看，岳飛的對手好像是金兀朮，但站在人性的角度看，岳飛的終極對頭正是趙構。況且還有秦檜這樣的幫兇，這樣的奸臣。秦檜問題的本質，根本不是主和派還是投降派的問題。秦檜作為一個士大夫階層的知識分子，才學超羣，這是毋庸置疑的。現在通行的宋體字其實就是秦檜發明的。像歐體字、顏體字、柳體字，都是以人物命名。但就是因為秦檜的名聲太臭，所以他發明的這個字體，最後寧肯以整個朝代來命名，這就已經可以看出歷史的評判與民心的向背。

宋金和議，尤其到最後紹興和議的時候，在秦檜與高宗的面前，最大的絆腳石，毫無疑問，也就是岳飛。而

在金人面前，所謂「撼山易，撼岳家軍難」，最大的絆腳石同樣也是岳飛。事實上，我認為岳飛最大的功績還不是後來的四次北伐，而是在金兀朮「搜山檢海捉趙構」，在南宋王朝最艱難的時候，岳飛樹起了一面抗金的偉大旗幟。他先是在廣德六戰六捷，然後宜興大捷，其後又四戰四勝，取得常州大捷。繼而清水亭之戰，帶兵殺金軍無數。正是在岳飛的強大攻勢下，金兵倉皇北逃，才有了韓世忠、梁紅玉設伏黃天蕩，大敗金軍的佳話。緊接着，岳家軍又設伏牛首山，大敗金兀朮，金兀朮最後不得不棄建康，鑿開老鸛河，逃回江北。從此以後，金兀朮再沒有渡江而戰的勇氣和決心。

所以說，岳飛是武力保家衛國的一面旗幟，一座豐碑。面對強大的敵寇，是岳飛在國破家亡的時局裏給整個族羣重塑了希望，也在宋代軍事史上，一改宋軍代代積弱的弊病，用一支岳家軍重塑了漢人軍隊的面貌。但可悲的是，他雖然有才能，有資本，可他面對的卻是秦檜這樣的帶路黨，是高宗趙構這樣充滿心理陰影的流氓皇帝。

這裏就要說到世人常說的岳飛的性格缺陷了。有人說他智商很高，情商不高，與其他中興諸將的關係都不是很好；有人說他功高震主，犯了高宗的忌諱。其實這些觀點只看見表面，沒有看到本質。有很多事例可以證明，岳飛的情商並不低，也非常善於交際。但在高宗面前，在秦檜

面前，他為什麼不能像其他人那樣謀求自保，全身而退？那是因為他心中有一條底線，有一種操守。

他說「待從頭，收拾舊山河，朝天闕」，但他所要精忠報效的，不只是一個君王，一個朝廷，他要報效的是家國，是天下。他選擇站在族羣的立場，而非個人利益與朝廷利益的立場。所以，他的死，他的北伐失敗，他的風波亭，都是因為這種價值的選擇、人性的根本衝突所決定的。從這個意義上看，岳飛之死也死得其所。他雖然「壯志未酬身先死」，他雖然「直搗黃龍夢不成」，但他身上的那種精忠之志、浩然之氣，卻因他的死，從此「與天地兮比壽，與日月兮齊光」。

美麗的西湖邊至今還有岳王廟，還有于謙祠，這就是因為「賴有岳于雙少保，人間始覺重西湖」。這就是岳飛的價值和意義，這也是中國人祖先崇拜、先賢崇拜的價值和意義。因為有岳飛，有于謙，有戚繼光，我們這個民族才能一次次在生死磨難中奮發蹈厲，披荊斬棘，一次次從血泊中站起來，走出來，變得更加強大堅韌。這也正是華夏文明的生命力所在啊！

錯錯錯，難難難

　　下面要講的這一首詞，我想是很多人都非常鍾愛，但又一觸碰就會萬般心痛。

　　那就是陸游的名作——《釵頭鳳‧紅酥手》。

陸游——《釵頭鳳‧紅酥手》

紅酥手，黃縢酒，滿城春色宮牆柳。東風惡，歡情薄，一懷愁緒，幾年離索。錯、錯、錯！

春如舊，人空瘦，淚痕紅浥鮫綃透。桃花落，閒池閣，山盟雖在，錦書難託。莫、莫、莫！

說起這首詞，我覺得自己沒法從冷靜的字詞句分析、訓詁解讀法說起，我們還是從那個美麗的故事說起吧。

南宋紹興十四年，也就是公元 1144 年一個秋天的午後，當六十多歲的李清照思念她的愛人趙明誠，獨自在庭院深深中寫下悲情的《聲聲慢》的時候，二十歲的陸游迎娶了唐琬為妻。他們的結合到底是開啟了另一段幸福呢，還是開啟了另一段痛苦？

事實上，所有的痛苦之所以特別痛苦，都是因為當初的幸福特別幸福。陸游和唐琬真的是郎才女貌、天作之合，真的是才子佳人、人間絕配。比較傳統的說法是，唐琬是陸游的表妹，兩人兩小無猜，自幼一起長大，大概小時候就經常玩過家家。唐琬不知道在遊戲裏做過多少回表哥的新娘，如今好夢成真，那正是叫如願以償，陸游又何嘗不是呢？所以從過家家過到了成了家，這種水到渠成的愛，簡直就是人世間最美的事，所以這種感覺也讓小夫妻倆沉浸其中，難以自拔。

然而，物極必反，造化弄人。唐琬的婆婆、陸游的母親以雷霆萬鈞之勢出現在陸游和唐琬美滿的夫妻生活中，並最終生生拆散了這對人間的鴛鴦。

我們不禁要問，陸母為什麼非要拆散他們呢？

要知道，她可是唐琬的親姑姑啊，她原本對唐琬這個兒媳應該是看得上眼的，所以才會為兒子定下這門婚事。

可婚後為什麼對兒媳如此看不順眼？史書裏記載唐琬的性格溫婉柔順，就像她的名字一樣，並不像《孔雀東南飛》裏面記載的劉蘭芝那樣，是個典型的女強人。按理她不會與陸母有什麼生活中的矛盾，怎麼就得罪了這位本來還蠻喜歡她的姑姑兼婆婆呢？

這就要宕開一筆，說說中國古代婚俗文化中一個重要現象，那就是姑表親、姨表親這一種近親結婚。

《左傳》裏說「男女同姓，其生不蕃」，「蕃」是茂盛的意思，「不蕃」就是不茂盛了，也就是說，男女宗族同姓間結婚，後代繁衍是不會茂盛的。儒家繼承了這個說法，嚴禁同姓之間的近親婚姻。但是，姑表之間、姨表之間，只要不同姓的近親之間的婚姻就不違反禮教，反而覺得親上加親。可是，事實往往很悲慘。

很多人不知道蘇小妹的原型，也就是蘇洵的女兒蘇八娘，就是嫁給了自己的表哥程之才，後來在夫家被虐待，結果鬱鬱而終，蘇洵為此懊惱終生。《浮生六記》裏的芸娘嫁給自己的表哥沈復，後來在家庭生活中也是被公公婆婆虐待，非常不幸。

事實上，這種近親結婚不僅會造成生育上的惡果，也會導致家庭成員間的關係複雜化。親上加親的一個後果便是，人與人的關係亂上加亂。人與人之間其實是要有一定距離的，親戚和親戚之間也是這樣。所謂四世同堂，同

陸游

《釵頭鳳‧紅酥手》

住在一個大宅門裏，很少沒有矛盾的。這其中最複雜的關係就是婆媳關係了。按道理，婆媳之間如果有姑姑、姨媽這層關係應該好溝通一些，但在封建家長制的環境下，在「多年媳婦熬成婆」的變態心理下，反而會使以前的了解變成一種變本加厲的控制手段。蘇小妹、唐琬、芸娘，歷史上嫁給表哥的幾位女子，其婚姻悲劇大多相同，都是自己的親姑姑變成惡婆婆。這其中多少還是有一些規律的。

當然說到唐琬和陸母之間的關係，最關鍵的原因我覺得還在於陸母的變態心理，歷史上關於陸游休妻的原因通常有幾種說法。

最有名的一種是南宋劉克莊《後村詩話》裏記載說，陸母「恐其惰於學也，數遣婦」。也就是說陸母望子成龍，怕陸游沉浸在兒女情長的溫柔鄉裏，怕他不能自拔，耽誤學業，所以讓他把老婆休了。

這實在有點莫名其妙，我們說小夫妻倆熱火一點，讓他們保持距離，但沒有必要把距離拉大到離婚啊。唐琬又不是河東悍婦，她可是一個賢惠的妻子，怎麼可能因為自己影響丈夫的前程呢？

另一種說法說陸母覺得女子無才便是德，而唐琬卻偏偏才貌雙全，讓她看不下去。這種說法也站不住腳，因為陸母本人也是書香門第，按照這個邏輯推理，她自己早就應該被陸游他爹給休了。

還有一種說法是因為兒媳過於優秀，而陸游對唐琬言聽計從，所以使陸母有了兒子娶了媳婦忘了娘的隱憂。我們知道陸游是個少有的聽話的大孝子，父母之命就是他頭頂上的天，否則他也不會謹遵母命把唐琬給休了，這種說法其實也不能成立。

　　當然，陸游晚年曾經說過一個原因就是唐琬不孕，一直沒有為陸家生個兒子，但這個說法也不能成立，因為唐琬嫁給陸游之後一年多就被陸母休了，根本沒給人家生兒子的時間啊。況且在那個時代，要想傳宗接代，可以娶偏房可以納妾，沒有必要一定休掉原配夫人。

　　所以我以為問題的癥結不過就是陸母的心理有問題，或許是戀子情結很重，導致了心理變態。從心理學的角度來看，極有可能真正的原因就是陸母的私心作祟，寧願讓兒子不快樂，也絕不給兒媳幸福。

　　就這樣，在陸母的壓力下，陸游和唐琬這對人間的絕配只能跟愛情說再見了。陸游是個出了名的孝子，雖然苦苦哀求，但母命難違，最終無法挽回。後來，他還曾經瞞着母親悄悄另築別院安置唐琬，一有機會就去跟唐琬祕密約會。但是沒多久，陸母就察覺了兩人私會一事，嚴令二人斷絕來往，並立刻為陸游另娶了一位王氏女為妻，徹底切斷了陸游和唐琬之間的幽幽情思。最可憐的是唐琬啊，她可能死也想不通，相愛會是一種罪。

唐琬被迫離開陸游之後，倒迎來了生命的轉機，她另嫁的趙士程是個非常不錯的男人，而且是皇族後裔門庭顯赫。趙士程寬厚、重情，對曾經遭受過情感挫折的唐琬表現出同情與諒解，使唐琬飽受創傷的心靈漸漸得到平復。

　　而這一段時間陸游被母親逼着準備應舉，到他二十七歲的時候，也就是唐琬離開陸游三年之後，陸游隻身入京參加科舉考試，以他紮實的學識和才氣橫溢的文思博得了主考官的賞識，被薦為魁首。可第二名恰好是奸相秦檜的孫子。秦檜深感臉上無光，就在禮部會試的時候，硬是藉故將陸游的試卷剔除了。

　　陸游在感情失意之外，在仕途上一開始就遭受了大風雨。陸游禮部會試失利之後回到家鄉，心中倍感凄涼。為了排遣愁緒，在一個春日的午後，他漫步到禹跡寺的沈園。沈園是江南名園，今天去紹興如果沒去沈園，就不能算去過紹興。

　　我年輕時曾去沈園，站在那小小的園中，想像近千年前陸游和唐琬在這園中忽然相遇，那一剎那，時光和目光都會凝固吧。本來他們各自都開始了新的生活，一切都波瀾不驚，就像徐志摩詩裏說的，他們「相逢在黑夜的海上」，卻最終「你有你的、我有我的方向」。可此時不論向左走還是向右走，他們的命運終將緊緊地纏繞在一起。

　　當時唐琬和趙士程正在沈園遊春，而陸游則是孤身一

人。這是陸游和唐琬離婚之後的第一次見面，所以雖有趙士程在旁，一時真情流露估計也是難免的。據說還是唐琬反應比較快，大大方方把陸游介紹給趙士程，趙士程和陸游寒暄幾句之後就帶着唐琬離開了。

陸游此時的心裏一定非常難受，人家都說「恨不相逢未嫁時」，可他們明明相逢了，卻又錯過了。如今心愛的表妹嫁作他人婦，陸游只能深恨相逢已嫁時。陸游呆立原地，看着唐琬和趙士程的身影消失在沈園的樹叢間，竟然無法挪動自己的目光和腳步。

過了一會兒，有個丫鬟捧着酒看過來贈與陸游，原來唐琬徵得丈夫的同意，把他們夫妻遊春的食物送一些給陸游。

陸游端起送來的紹興黃酒，淚一下子止不住地流下來。想起當初唐琬纖纖玉手為他把盞黃縢酒的情景，陸游心中陣陣隱痛，於是他捧着唐琬送來的那杯酒，在沈園的牆壁上留下了那首《釵頭鳳》。

請注意這裏的「黃縢酒」，一般我們可以泛指美酒，宋代的官酒以黃紙為封，所以黃封就代指這種美酒。我們常說「青梅煮酒論英雄」，包括陸游在內的宋人在詩詞裏也經常提到「青梅煮酒」，也有說「煮酒青梅」。我的一位老師考證，其實自《三國演義》以來，我們大多犯了一個集體無意識的偏差錯誤，以為是用青梅來煮酒。其實青

梅和煮酒是兩樣東西，煮酒的酒就是黃縢酒，酒在泥封之前加煮過了就叫作煮酒，放到第二年春天再去打開喝。

因此，煮酒放在這兒，也是別有深意的。一是它特別醇厚綿密，二來它當年封藏的時候其實是加過溫的，是有溫度的。那樣美好的紅酥手，那樣曾經有溫度的黃縢酒，和這滿城的春色宮牆柳，都已然遙不可及。即便物還是，酒尚溫，可人已昨，情已非，愁已深，所以説「錯、錯、錯」！三個「錯」字寄予了陸游最痛徹心扉的懊惱與悲憤。

留詞之後，陸游將杯中酒一飲而盡，踉蹌而去。

據説，在陸游留詞之後的某一天，當時表現沉靜、內心卻實難割捨的唐琬，事後又一個人來到沈園，找到了陸游留在牆壁上的那首《釵頭鳳》，流着淚把它讀完，又流着淚在那首詞後和了一首《釵頭鳳》：

世情薄，人情惡，雨送黃昏花易落。曉風乾，淚痕殘，欲箋心事，獨倚斜欄。難、難、難！

人成各，今非昨，病魂常似鞦韆索。角聲寒，夜闌珊，怕人尋問，咽淚裝歡。瞞、瞞、瞞！

唐琬在寫完這首《釵頭鳳》之後，淚流滿面，回到家一病不起，不到一年就香消玉殞病逝了。這兩首《釵頭

鳳》，從此成為這個詞牌千古以來最有名的作品。

從考證的角度來看，「釵頭鳳」的詞調是根據五代無名氏的《擷芳詞》改易而成的。因為《擷芳詞》裏面原有「都如夢，何曾共，可憐孤似釵頭鳳」的句子，所以取名「釵頭鳳」。但陸游用《釵頭鳳》卻是另有深意，一方面陸游和唐琬離異之後，「可憐孤似釵頭鳳」；另一方面他在和唐琬相愛的日子裏，曾親手為她在髮髻鬢邊插上過鳳釵一枚。可如今前塵往事都如夢啊！可以說，是在陸游和唐琬之後，「釵頭鳳」的詞牌才被文人廣泛採用。沒有陸游和唐琬的深情，也就沒有這樣的美麗詞牌。

這樣兩首《釵頭鳳》，讓美麗的唐琬香消玉殞，也讓深情的陸游從此背上了四十多年的情債，千言萬語都在那情真意切的文字之中──錯、錯、錯，難、難、難！

自開自放 情深一往
一樹梅花一放翁

　　下面要講到的關於梅花的這首詞，大家應該都非常熟悉，不僅各種鑒賞辭典經常收錄，還多次入選語文教材。

　　它就是陸游的千古名作《卜算子‧詠梅》。

陸游——《卜算子‧詠梅》

驛外斷橋邊，寂寞開無主。已是黃昏獨自愁，更着風和雨。

無意苦爭春，一任羣芳妒。零落成泥碾作塵，只有香如故。

雖然說陸游的主要精力在於詩，他甚至認為詞不那麼重要，但是他的格局太高了，隨便寫寫，《釵頭鳳》《訴衷情》《卜算子》都是千古名作。

詩史上一般認為李白是詩仙，飄逸絕倫；杜甫是詩聖，沉鬱頓挫。這兩種風格其實是兩個極端，只有陸游，可以把兩種風格合在一處，做到了連蘇東坡都做不到的事。

那麼，在這首詞中，我們可以看到怎樣的妙處呢？

「驛外斷橋邊」，這第一句就很有講究。一般說來，就是在驛站外面，在斷橋旁邊，有一株開放的梅花。這裏要推敲的，首先就是「驛外」。因為在宋代，沒有驛站這個詞。一直到了元代，這個詞才正式出現。在元之前，其實是叫驛傳、郵傳，或者叫郵驛。到元代呢，蒙古語把「驛」稱作站赤，站赤其實就是「驛」的音譯，蒙語和漢語糅在一起，才有了驛站一詞。

說到驛站，會讓今天是我們覺得就像高速公路的休息站一樣，但其實古代的「驛」，主要是用來傳遞信息的。所以，古代的「驛」，一般都是設在城外交通方便的地方，遠離豪華之地。既然「驛」在城外，也就可見這一樹梅花所處的位置。

接下去我們看「斷橋」，一般大家都理解為是一座破敗的橋，比如說西湖斷橋。但其實驛站旁邊，一般不會有

殘破的橋。所以古代有版本不是寫作「斷」,而是加個竹字頭的「籪」。

「籪橋」是什麼呢?古代人到郊外,去攔河捕魚,就把籪插在河中,籪橋也就是與「籪」相伴的橋。所以,籪橋也一定是在郊外。有人來野外捕魚,然後有了籪橋。

你看,「驛外」「斷橋」(或者「籪橋」)突出的都是荒郊野外,都是遠離城市,都是遠離繁華與喧囂。因此那梅花就不是名園、庭院中的梅花,而是一株野梅。在這裏,看上去像是陸游把驛外和斷橋隨手寫來,其實他是為了要突出梅花,而刻意突出了環境。

因為刻意突出了這是一株野梅,所以第二句就很關鍵了。「寂寞開無主」,「寂寞」不用說,大家都很理解。包括下面「已是黃昏獨自愁」的「獨」字,講的也是寂寞。寂寞,不僅是他的人生狀態,其實還是一種內在情感和情緒的發泄。但是接下去「開無主」,從陸游當時的人生境遇來看,用得真是非常講究。姜夔的《暗香》「舊時月色,算幾番照我,梅邊吹笛?」彷彿是在寫人,卻句句處處有梅的影子。而陸游的《卜算子》,看上去每一落筆都是在寫這樹梅花,但句句處處出現的卻是人的影子。

所以說這首《卜算子·詠梅》最典型的特色,其實是把比興手法用到了極致。詞中的梅花正是用一種擬人手法來寫的。因為比興那麼強烈,每一遣詞用句,落筆用字其

實很容易被人抓住把柄。

陸游作為主戰派，雖然在朝廷中被打壓，但畢竟是朝廷命官，怎麼能說無主呢？一個臣子能憤而說無主，這是一種什麼樣的情形？

這就需要說到這首詞的創作時間了。一般鑒賞文章講解這首詞，多泛泛說是陸游晚年所作，但關於這首詞的創作時間，是有不同說法的。一個是說他晚景愈發淒涼的時候，自他六十餘歲被朝廷罷官，長達近二十年的時間裏被朝廷棄之不用，可以說是「寂寞開無主」。另一種觀點則認為，應該作於中年時期，也就是 1172 年或 1173 年或 1175 年。當時陸游在四川，於蜀中作了這首《卜算子·詠梅》。我覺得後面一種說法更有可能，因為它更符合這首詞中表現出的寂寞而激憤的心境。

陸游四十七歲入川，當時王炎宣撫川陝，招陸游為幕府。王炎是著名的抗金派、主戰派，陸游在王炎府中作《平戎策》，為收復中原竭心盡力，提出了「收復中原必先取長安，取長安必先取隴右」的戰略規劃。

悲哀的是，朝廷依然把握在主和派手中。幾個月後，王炎被召回京，幕府解散，出師北伐的計劃毀於一旦。陸游被改派到成都，「細雨騎驢入劍門」。四川的宣撫史虞允文也是個主戰派，陸游和虞允文還是如人生知己一般，陸游又大膽上書建議出師北伐。然而沒過多久，虞允文又

病逝了。

接下來，不管新來的主政者是誰，陸游都頻繁上書，建議北伐。甚至在蜀州還搞了一個閱兵，並寫了《蜀州大閱》，通過文章抨擊朝廷養兵不用，苟且偷安，以致後來的官員都對陸游感到頭痛。

到了最最關鍵的 1175 年，范成大由桂林調任成都，他和陸游可謂師友，又是人生知己。陸游這時候便極力鼓動范成大，備戰抗金。結果朝廷看陸游雖在很遠的四川，依然鬧得動靜很大，非常惱火。於是，主和派彈劾陸游，說他不拘禮法，燕飲頹放，逼着范成大將陸游免職罷官。陸游此刻憤慨至極，你說我頹放，你說我狂放，那我就自號放翁。

這個時候的陸游可以說跌到了人生的低谷，免職之後只能在杜甫草堂附近的浣花溪開了個菜園子，躬耕隴畝。陸游為什麼說「寂寞開無主」？因為朝廷的打壓，甚至連工資都停發了，只能靠自己種菜維持生計。在無用、無能的朝廷眼中，他竟然成為一顆棄子。你看，為什麼沒有人說他詩詞中大不敬，因為寫詞時的陸游已被踢出了朝廷之外。

「已是黃昏獨自愁」。這個「獨自愁」，當然是梅花之愁，卻也是詩人之愁。但這個「已是黃昏」，說的又是什麼？說的是環境，但並不只是個人命運的環境，更是大宋

朝廷的環境，甚至是整個族羣的命運。所以陸游悲哀，陸游氣憤，接下來的過片就是由上片的悲哀語，過渡成那一句悲憤之語「無意苦爭春，一任羣芳妒」。

對這兩句過片最好的解釋，就是陸游的號和他的書齋名。剛才我們講了他之所以號「放翁」。是朝廷中的反對派攻擊他不拘禮法，燕飲頹放，潛台詞就是說他只不過為了吸引人注意，故意大放厥詞，故意表現得如此狂放。陸游就憤而自號，索性自稱「放翁」。這真是千古男兒一放翁啊。尤其他喜歡梅花，更是說「何方可化身千億，一樹梅花一放翁」。到了陸游晚年，主和派依然還是攻擊他，說他博眼球，說他嘲詠風月，結果他索性把自己的書齋號稱作「風月軒」。陸游說，你們說我「嘲詠風月」，索性我把房子也叫「風月軒」了。

所以陸游會說，梅花早春即放，那是它的本性，那是它的氣節。那些羣芳爭艷、搔首弄風姿的花，那些晚春的花啊，怎知道梅花經過了怎樣的苦寒，經過了怎樣的人生？與梅花有一樣氣節的陸游自明心志，這才是詩詞託物言志的最高境界。詞的最後兩句最有名，「零落成泥碾作塵，只有香如故」。這毫無疑問繼承了自屈原以來，仁人志士那種志節高尚操守如故的崇高感。就算淪落到化泥作塵，人生傲骨猶存，猶如梅花一般香氣依舊。細細推究，這種信念裏不僅是託物言志，還有一種強大的自信。

這種「只有香如故」的自信自持，又來自什麼地方呢？

說到這一點，就要說到陸游一生中堅定不移的抗金主張。和南宋其他文人抗金主張不太一樣，像韓侂冑這些人其實都是想當然，都是書生誤國！而陸游，以及比他小十幾歲的辛棄疾，兩人是在山陰道中攜手前行的人生知己。兩人雖然人生經歷不同，但抗金主張、策略實施，卻是很類似的。

辛棄疾長於敵佔區，從小受到爺爺的熏陶，勤練武藝。他曾經帶領起義軍在敵後抗戰，有着豐富的實戰經驗。陸游其實也是這樣，他的抗金主張、抗金意識是埋藏在血脈中。陸游出生於 1125 年，接下來的 1126 年就是靖康元年，所謂「靖康恥，猶未雪，臣子恨，何時滅」，他是伴隨着靖康國難而出生的。

在陸游的成長環境裏，有兩個特別關鍵的因素。我們知道，他的祖父陸佃是王安石的學生。北宋文人意氣用事，黨爭內耗，舊黨中能夠有包容的胸懷、寬容的境界去看待新舊黨爭的，其實就是蘇軾；而新黨中能有這種眼光和胸懷的，就是陸游的祖父陸佃。陸游的父親陸宰，也以經學傳家，是一代大儒。所以陸游的詩文天賦高，和家庭環境有一定的關係。這是第一個關鍵因素。另一個關鍵因素就是靖康國難，陸家在靖康之難中可謂一門義士。在陸

宰的支持下，太原保衛戰才能獲得堅持，而陸游的叔叔陸時，國破家亡之時，以書生之力力保危城。但後來，陸宰、陸時卻都被主和派彈劾罷官。

陸游幼年一兩歲還被家人抱在懷裏的時候，就經歷了戰亂的逃亡生活，跟隨家人逃往南方。陸游回憶說，雖然他記不得當時的事，但聽大人說，一家人躲在草叢裏，遇有金兵，一點兒聲音都不敢發出來。每人懷裏藏着一個冰涼的餅子，餓了就咬一口。回到南方之後，陸宰走投無路，最後投奔義軍。當時在東陽，也就是現在的浙江金華，有個人叫陳彥聲，他率領抗金義軍，慕陸宰之名，接納了陸宰全家。所以陸游一直到他五六歲、六七歲時，都長在義軍的山寨之中。

這樣的幼年成長經歷，為陸游一生的抗金之志，奠定了何等堅實的基礎。對陸游來說，對辛棄疾來說，抗金主戰，收復中原，是埋藏在血脈裏、浸潤在骨子裏的人生追求！然而，現實沉重，即便如辛棄疾那樣的軍事家，最後也被放歸鄉野。辛棄疾後來自號稼軒，也是出於和陸游一樣的激憤。

陸游的一生其實都充滿了悲劇色彩。年輕的陸游參加科舉考試，權傾一時的秦檜因為孫子秦塤之故，直接讓陸游名落孫山。直到秦檜死後，老師曾幾復用，陸游才有出頭之日。但整個朝廷卻依然被投降派、主和派掌控。

陸游一生有兩大痛，一是北伐之痛，一是沈園之痛。對於人世間的一切風雨，一切坎坷，陸游早已經預見到了，他預見到自己的命運會像那梅花一樣「零落成泥碾作塵」，但是他的精神、他的精魂，就如那梅花一樣，「只有香如故」。這是一種信念，一種與生俱來的信念，這是一種和他一生息息相隨的永恆的信念。不論成功與否，不論旁人怎樣詆毀嘲諷，攻擊謾罵，也不論命運給予怎樣的難堪與坎坷，詩人一定暗香如故，「為有暗香來」。

所以說，這首詞到底作於陸游被免職蜀中，還是晚年被罷職山陰老家之際，確實都有可能。當然我個人更傾向於是他中年所作，是在川中被免職所作。只有結合陸游人生的每個階段的心境，去理解這首詞，我們才能更好地把握其內在的精神訴求和價值訴求。

這也正是詩詞最大的魅力！

陸游一生寫了一百多首關於梅花的詩詞，甚至慨歎說「何方可化身千億，一樹梅花一放翁」，其實不唯陸游，比如王安石也寫梅花，林逋也寫梅花，再如李清照、陳亮、劉過以及後面我們還要講到的姜夔、朱淑真，他們也都寫了梅花。

宋人為什麼如此愛梅花呢？其實也是一個特別值得深思的問題。

千度，百度

　　下面我們要講的這首詞，如果把它當作一種情詞來解讀，它當然非常符合愛情中的男女那種尋尋覓覓，那種所謂伊人、在水一方的感覺。但是，王國維《人間詞話》裏用它比擬人生的最高境界，就不只是愛情的境界，更是人生的境界。

　　這就是辛棄疾的名作——《青玉案·元夕》。

辛棄疾——《青玉案·元夕》

> 東風夜放花千樹，更吹落，星如雨。寶馬雕車香滿路。鳳簫聲動，玉壺光轉，一夜魚龍舞。
>
> 蛾兒雪柳黃金縷，笑語盈盈暗香去。眾裏尋他千百度，驀然回首，那人卻在，燈火闌珊處。

首先要面對的一個問題，就是「青玉案」的這個詞牌名。前些年，我還一直堅持這個詞牌應該讀作「青玉碗」。後來經過反覆思考，我認為還是應該讀回「青玉案」。

説到這個詞牌，所有人公認是來自張衡的《四愁詩》，其中説「美人贈我金錯刀，何以報之英瓊瑤」，「美人贈我錦繡段，何以報之青玉案」。問題就在於張衡的這首《四愁詩》裏，他到底説的是「何以報之青玉案」，還是「何以報之青玉碗」呢？

此前大多數觀點認為，《四愁詩》裏這個地方肯定是「何以報之青玉碗」。美人贈我錦繡段，也要回贈她一個，不可能贈送一個几案給她。「青玉」這裏指獨山玉，所贈應該是玉做的食器。南宋鞏豐就引呂少衛《語林》説，這個「案」字乃古「碗」字，就是通古寫的這個「碗」字。所以回報給美人的一定是青玉做成的碗。

《語林》已經不可考了，但是一經鞏豐引用之後，後來很多人都以這個觀點為依據，就把它都讀成「何以報之青玉碗」。到了明代，大才子楊慎和「後七子」的領袖王世貞都考證過，認為鞏豐對呂少衛的這個解讀可能是有誤的。我也專門向有些考古專家請教，還到一些博物館去看，反覆推敲，覺得呂少衛的説法確實有誤。

這個「何以報之青玉案」的「案」肯定不是指几案，

更不是小桌子。但不是几案，是不是就一定是碗呢？

我們對古人所用的食器，仔細進行分類就可以看出來。比如說喝酒要用杯子，比杯子大一點的是「碟」，碟也是裝零食用的；比杯子深一些的叫作「盞」，「三杯兩盞淡酒」嘛。但是盞，其實是用來喝茶的。比盞更大更深一些的，就是「碗」，碗主要是用來裝飯的。比碗更闊、更淺一些的是「盤」，盤子是裝肉或者裝菜用的。這個盤子就分兩種，一種是無足的，就是我們現在看到的，大多數的盤子就是個平底兒。但古人有一種盤子，是有腿的，就像古代的「豆」器一樣。有時候有三隻腿，雖然很短，卻是有腿的，這樣一來有足的就是「案」，無足的就是「盤」。所以這裏說的不是青玉做的碗，而是青玉做的有足的那種盤子，也是一種食器。當然，比盤更大就是「盆」了。

「案」其實是食器盤子裏面獨特的一種，因為這個盤子可以做得很大，有玉做的，當然也可以有木質的。這個器形放大了之後，就變成了一種几案。古人對桌子的分類也有幾種，桌子肯定是有腿的，那麼腿短而面窄的，就叫作「几」，像我們經常說茶几、條几。桌子腿短而面寬的，就叫「案」，就是由這個有腿的盤子發展來的。腿長而面闊，就是「桌」子。

由此一大篇考證，我認為像這個詞牌還是要讀作青玉

案，它不是青玉做成的碗，而是青玉做成的有足的盤子。
好吧，就此打住，音韻、訓詁太多，有時候真的會破壞詩
詞的意境。

「東風夜放花千樹，更吹落，星如雨。」辛棄疾寫的
是什麼？寫的是元宵夜的勝景。

宋代煙花的技術已經非常高超了，中國人的四大發
明像火藥、指南針，一旦發明出來，首先不用於武力和擴
張，而是用於生活。火藥技術的發明，使得煙花技術在兩
宋期間就像印刷術一樣突飛猛進。元宵之夜，一簇簇的煙
花、禮花飛向天空，就像吹落如雨的星辰。煙花綻放之
後，像星雨一樣散落下來，而人被這種閃亮的星雨所籠
罩，情緒一下子就會無比亢奮，沉浸在火樹銀花的節日狂
歡裏。

「寶馬雕車香滿路。」「寶馬」和現在的寶馬車當然不
一樣，但是本質上也沒有什麼不一樣，畢竟每個時代都不
乏拜金的喧囂。這裏的寶馬和雕車指的是達官顯貴們攜帶
家眷出行，滿滿的脂粉氣真如紫陌紅塵拂面來啊。這裏不
僅有視覺的絢爛，還有嗅的香艷。

「鳳簫聲動，玉壺光轉，一夜魚龍舞。」鳳簫，一般
解讀為吹奏笛簫。其實細細甄別還是有用意上的差異。民
族樂器裏的簫，其實還分為洞簫、琴簫，還有就是排簫。
那麼這裏的鳳簫呢，其實應該指的是排簫。洞簫適合獨

奏，排簫適合和古琴一起演奏。洞簫和琴簫的音量都不是很大，其聲就像蘇東坡說的「如怨如慕如泣如訴」，適合在幽靜的環境下吹。而排簫呢，音量很大，音域也比較廣，吹起來非常響。這裏說「鳳簫聲動」，當然也可以泛指，應該指的就是當時的場面非常之熱鬧。

關於玉壺，古人爭議很大，一說是指月亮，另外一說就是指花燈。我個人認為指月亮，可能效果更好一些。因為後面的「一夜魚龍舞」的「魚龍」就是指的這個像魚像龍一樣的燈籠。如果玉壺也還是指花燈、指燈籠，那麼就在燈籠的光輝下，燈籠在舞動，顯得太平常了。相比之下，就不如說在月華之下，燈火輝煌。人們因為沉浸在節日裏，通宵達旦，載歌載舞，非常歡樂。這種情緒，甚至都影響月亮。

所以說「玉壺光轉，一夜魚龍舞」，就是說在元夕，賞花燈的這個節日氛圍中，所有你能看到的因素，無論是演奏、音樂、月光、花燈、寶馬、雕車，甚至聞到的脂粉香氣，都在一種狂歡的狀態裏。

辛棄疾是調動了視覺、聽覺、嗅覺、觸覺各方面的感覺，來寫元宵燈會的盛景，這正是他技法上的高妙之處。當把觸覺、味覺、嗅覺、聽覺、視覺，所有的感覺都用上去的時候，在這種極其喧囂熱鬧的背景襯托下，最後的第六感讓你驀然回首，才特別能觸動你的靈魂，所以下片開

始，作者在上片營造的元夕氛圍下直奔主題。

「蛾兒雪柳黃金縷，笑語盈盈暗香去。」這一句寫的是元宵觀燈的女子，穿着美麗的衣服，戴着漂亮的首飾。「蛾兒」「雪柳」和「黃金縷」，都是古代女子們在盛大節日出行時，頭上戴的各種裝飾品。這說明辛棄疾眼中所見，滿街的女子都是盛裝出行，她們歡天喜地地從詞人身邊走過，所過之處，陣陣暗香，隨風飄蕩。可是這種極盡渲染之能事的描寫，卻是為了反襯心中的不為所動，於是盛裝的女子們與各種感官的誘惑一樣完成了他們作為目標誘惑的使命。

「眾裏尋他千百度」，就是說詞人在人羣中，在人流中，在無數的美麗女子中，找啊找啊，在有目的地尋找。他知道自己要找的是什麼人，所以才說「眾裏尋他千百度」。

那麼，最終找到了嗎？

「驀然回首，那人卻在，燈火闌珊處。」闌珊，零落稀疏的樣子，「燈火闌珊」因為《青玉案·元夕》已經變為一個成語，成為濃縮的精華。

對於這一句，一種說法認為「燈火闌珊」就是指當時，燈火漸漸散盡，天空飄灑下來的禮花快接近地面的時候，已經熄滅散盡了。頭上雖然有流光溢彩，而那姑娘站立的地方卻是昏暗的；相較於當時喧囂熱鬧的背景，姑娘

站立的地方是人煙稀少而冷清的地方。還有一種說法則認為，這裏的燈火闌珊是良夜將逝，也就是火樹銀花的燈會接近尾聲，說明作者是經過了一個漫長的尋找。

我認為這兩種說法都有可取之處，但我更喜歡後一種說法。現在我們經常用的「燈火闌珊夜」，就是說入夜之後家家舉燈，就寢的時候就會關燈。那麼，「燈火闌珊夜」指的不是家家開燈，而是逐漸燈都滅了，說明夜深了，深夜無人時分才叫「燈火闌珊夜」。自萬家燈火透亮，再到燈一個個熄滅，這種過程就讓人有一種時間上的無限感慨。當然，因為有驀然回首在，第一種說法即便看到煙花將滅，意為燈火闌珊也無不可。

不管怎麼樣，整首詞最精彩的就是這一句，「眾裏尋他千百度，驀然回首，那人卻在，燈火闌珊處」。這首詞，有人覺得是寫愛情，但還有一種觀點認為，辛棄疾其實是用一首情詞來表達對人生的追求。所以「燈火闌珊處」的那個人，固然可以是一個青春妙齡少女，但也可以是詞人偉大靈魂的自喻。

辛棄疾自幼就有堅定的報國之志，有一顆不屈的愛國之心。年輕時加入義軍，擎起抗金大旗，然後渡江南歸尋宗認祖。他曾突入金兵大營，生擒叛賊張安國，當時「馬作的盧飛快，弓如霹靂弦驚」，從此欲「了卻君王天下事」，要「贏得生前身後名」。沒想到的是，南渡之後，

一腔報國之志卻無從實現。

當然，即使有種種阻撓、種種非議、種種現實的悲哀，辛棄疾也從未放棄過他心中報國的理想，以及對人生價值的永恆追求。甚至到臨終之際、病榻之上，他還大喊：「殺賊！殺賊！殺賊！」現實是悲哀的，塵世是荒涼的，政治是無奈的，然而在現實的喧囂與無奈裏，那個堅定的精神自我反倒凸顯了出來，這不就是「燈火闌珊處」的那個人、那個我嗎？

愛情其實和理想、和信仰是一樣的。我經常感到，愛情本身就是一種信仰，要找到你真愛的那個她，就像要找到你追求的那個我，必須在紅塵裏，必須在視覺、聽覺、幻覺等一切喧囂的誘惑中，堅定你的追求，堅定你之所愛。

人世一身霜雪 歸來還是少年

　　辛棄疾作為南宋的著名詞人，他不僅創作數量多，而且風格多樣。

　　下面，我們就來品讀他的一首代表作，一首和他豪放詞風迥然不同的《醜奴兒‧書博山道中壁》。

少年不識愁滋味，愛上層樓，愛上層樓，為賦新詞強說愁。

而今識盡愁滋味，欲說還休，欲說還休，卻道天涼好個秋。

「醜奴兒」這個詞牌，是一個非常有意思的名字。它標準的詞牌名，其實原來叫作「採桑子」。像納蘭容若的「誰翻樂府淒涼曲，風也蕭蕭，雨也蕭蕭，瘦盡燈花又一宵。　不知何事縈懷抱，醒也無聊，醉也無聊，夢裏何曾到謝橋」，就是一首《採桑子》的名作。

那麼，「採桑子」為什麼又叫作「醜奴兒」呢？

因為它們的緣起乃是那篇著名的《陌上桑》，其實這個詞牌還叫「羅敷媚」。說到秦羅敷我們就熟悉了，「日出東南隅，照我秦氏樓。秦氏有好女，自名為羅敷」。羅敷是個美貌的採桑女，她的美貌不可方物，詩中說「行者見羅敷，下擔捋髭鬚。少年見羅敷，脫帽着帩頭。耕者忘其犁，鋤者忘其鋤。來歸相怨怒，但坐觀羅敷」。

既然羅敷那麼美，為什麼要叫「醜奴兒」呢？這就是古人的講究了，因其美，故言醜奴兒；或者又是羅敷自言，不以美為誇耀。所以，這個詞牌由「採桑子」到「醜奴兒」，可以看出那種情趣與俏皮。

辛棄疾的這首《醜奴兒》，也正是以少年的情趣、情懷起筆，真是妙到好處。

「少年不識愁滋味，愛上層樓，愛上層樓，為賦新詞強說愁。」是說少年人啊，不解憂愁的滋味，喜歡望遠登高，因為心中繾綣自得的情緒，欲賦新詞勉強說愁。可如今經歷了世事，嘗盡了人世間憂愁的滋味，想說卻說不

出，欲言還是罷了，終究只有一聲感慨，眼前好一個天氣漸涼的秋天啊。

辛棄疾的這首《醜奴兒》好就好在它幾乎寫盡了所有人的人生。年少時懵懂無知，自信滿滿，不知愁而欲説愁，把世間事都看得太輕易，太容易。可是歷經紅塵的劫難，真正成長起來，才知道在這樣荒涼的人世間，無奈何事常八九，不如意事豈二三啊。無論是愛情還是世事，很多時候都是「欲箋心事，獨倚斜欄。難、難、難」啊。

當然，回到辛棄疾自己的人生，這首《醜奴兒》的情緒其實還有特別的所指。

這首詞題做「書博山道中壁」，博山在江西廣豐西南，學者據此考證這是他在被罷官之後，閒居信州帶湖時所寫。

為什麼辛棄疾會被罷官呢？

是因為他要「了卻君王天下事」，要「贏得生前身後名」，是因為他要憑自己一腔愛國之志，憑一腔熱血，憑胯下馬、掌中劍，收復神州，光復大好河山。

早年的辛棄疾把這一切看得理所當然，對人生的志向與使命向來信心滿滿。他也曾「愛上層樓，愛上層樓」，少年時他的祖父辛贊，經常帶着他登高望遠，指點河山。從那時起，年少的辛棄疾就把光復神州、光復大好河山，當作人生的使命和追求。他苦練技藝，努力修身，認定憑

自己的理想和能力，就可以兼濟天下。所以他「壯歲旌旗擁萬夫，錦襜突騎渡江初」，所以他「醉裏挑燈看劍，夢回吹角連營」，二十出頭便高舉義軍大旗，後又作為義軍特使，渡江與南宋朝廷建立聯繫，在叛徒張安國賣主求榮，盡毀義軍大好局面的危機之下，他「馬作的盧飛快，弓如霹靂弦驚」，帶五十人突入金軍五萬大營，擒叛賊，立威名，又全身而退，這是何等的壯志豪情！

南渡之後，辛棄疾以為憑自己的膽識與才華，憑南宋朝廷的支持，定可以大有作為，實現自己收復河山的人生理想。所以他連上《美芹十論》與《九議》，系統地提出強兵富國的具體規劃。那時他「愛上層樓，愛上層樓」，登高望遠，望遠登高，真是「何處望神州，滿眼風光北固樓」。

可惜的是，南宋朝廷的懦弱遠遠出乎辛棄疾的想像。更何況人簡單，事簡單，人事卻那麼不簡單。在人事鬥爭中，辛棄疾屢屢被排擠、被打壓，甚至他在佔領區成長起來的身份，也成為一種被懷疑的標籤。

豪情萬丈的辛稼軒，不肯放棄少年以來的夢想，雖然抗金名作《美芹十論》和《九議》紛紛石沉大海，成為當權者案上的一堆廢紙，他卻秉持着收復神州的理想，在湖南等地自練飛虎軍，後來金人亦稱之為「虎兒軍」，談之色變。可朝廷內部的投降派、保守派，卻以聚眾滋擾的罪

名，彈劾掣肘，甚至最後將辛棄疾罷官。

辛棄疾無奈只得回到帶湖閒居，把自己所住的帶湖莊園取名為稼軒，並以此自號「稼軒居士」。一代抗金名將，一個曾征戰沙場的勇士、壯士與戰士，如今不得已以耕田的老農自居。這一刻，真是「霍霍誰去病，辛辛求棄疾。到此淒涼地，怎明稼軒意」。真是「而今識盡愁滋味，欲說還休，欲說還休，卻道天涼好個秋」。

一句「天涼好個秋」裏，該是有多少難以傾訴、難以吐露的人生況味與悲涼。辛棄疾雖然故作通達之語，可「欲說還休」和「卻道天涼好個秋」裏，卻深藏了說不盡說不出的愁滋味。

通過詩詞我們可以看出來，辛棄疾的情緒一直沉浸在從少年到壯歲、到而今、到暮年前後對比的感慨與悲痛之中。無盡的自我寬慰，繼而則是無盡的惆悵與悲涼。他那傳奇的人生固然是從「少年不識愁滋味」到「而今識盡愁滋味」的最好註解，但更是華夏民族哪怕歷經磨難，也要抱定信仰永不言棄的最好例證。

晚年的辛棄疾依然愛登高望遠，他登上鬱孤台「西北望長安，可憐無數山」；他登上博山王氏庵「布被秋宵夢覺，眼前萬里江山」；他登上南京賞心亭「我來弔古，上危樓，贏得閒愁千斛。虎踞龍蟠何處是？只有興亡滿目」，真是「把吳鈎看了，欄杆拍遍，無人會，登臨意」。

英雄本色 稼軒千古

唯美詩詞既包括柔美，也包括壯美。

作為一個軍事發燒友，我認為唐詩裏最壯美的毫無疑問首推王昌齡的詩作，宋詞裏最壯美的自然就是辛棄疾詞了。

下面，就來講講我特別喜歡的辛棄疾的這首名作《破陣子·為陳同甫賦壯詞以寄之》。

辛棄疾——《破陣子·為陳同甫賦壯詞以寄之》

醉裏挑燈看劍，夢回吹角連營。八百里分麾下炙，五十弦翻塞外聲。沙場秋點兵。

馬作的盧飛快，弓如霹靂弦驚。了卻君王天下事，贏得生前身後名。可憐白髮生。

這首詞的詞題叫作「為陳同甫賦壯詞以寄之」。陳同甫就是陳亮，也是南宋著名的抗金義士。他和辛棄疾是平生知己，所謂英雄相惜。而「破陣子」這個詞牌本來就來自李世民《秦王破陣樂》。據說秦王破陣樂、秦王破陣舞，都是李世民親自編定。像秦王破陣舞要用到兩千人以上，皆身披鎧甲，手執旌旗，並引軍馬出場，盡展大唐開國氣象，尤為壯觀。《破陣子》取其中一段，雖為小令，但它的精神應該是和《秦王破陣樂》一脈相承的。而能夠體現《破陣子》這種音樂背後的雄心壯志，唯辛棄疾這首詞可盡其意。

「醉裏挑燈看劍，夢回吹角連營」，首先這個「看劍」，不能看得太稀鬆、太平常了。辛棄疾的「看劍」只是一般人拿著劍端詳嗎？

辛棄疾是非常喜歡看劍的。你看他的《水龍吟·登建康賞心亭》裏說，「把吳鈎看了，欄杆拍遍，無人會，登臨意」，這個吳鈎，就是吳地所煉製的兵器，應該是一種刀，後來也泛指所有的刀劍。因為吳越之地所煉製的冷兵器，在古代是最為有名的。南京最早叫冶城，在范蠡建越城之前，其實就是吳王的兵器庫，冶煉吳鈎這些刀劍兵器的地方，就是兵工廠。所以李賀也有名句說，「男兒何不帶吳鈎，收取關山五十州」。

辛棄疾的「把吳鈎看了」「挑燈看劍」，不是一般文

人做做樣子的。如果只是做做樣子，就沒有必要「挑燈看劍」了。「挑燈」就是挑亮燈芯，仔細端詳。我們知道就像狙擊手要和自己的武器合而為一一樣，一個真正的將軍、一個真正的高手，是要和他手中的劍融為一體的。所以他時不時就會撫摸，就會端詳。人喝過酒之後，醉了之後，他的行為越發能體現出他本能的一面。所以一句「醉裏挑燈看劍」，一方面既體現出了辛棄疾欲上陣殺敵的豪情，另一方面也體現出了辛棄疾能夠上陣殺敵的本領和素養。

他接着說「夢回吹角連營」，醉意中「把吳鈎看了」，夢醒來聽號角一片。這是什麼？這是他無比熟悉的真實生活。蘇東坡和辛棄疾固然並稱宋詞豪放派的兩大代表，但這種「醉裏挑燈看劍，夢回吹角連營」，蘇東坡絕對寫不出來，因為他沒有帶過兵，沒有打過仗，沒有這種真實的軍營生活。

文人想像的沙場激情，其實大多是隔靴搔癢，唯有辛棄疾這樣，曾經真的在沙場搏殺過的大好男兒，才能真正地領會秦王破陣樂的精髓，才能把那種激戰沙場、搏擊天地的豪情，表現得淋漓盡致。所以「夢回吹角連營」，迅速回到了辛棄疾所熟悉的軍營生活。

「八百里分麾下炙」，這是在幹什麼呢？如果沒有真實的軍營生活體驗，戰場生活體驗的話，這一句又摸不着

頭腦了。「八百里」其實指的是一種牛，這種牛的名字叫「八百里駁」，長得非常高大，非常英武。《世說新語》裏與石崇鬥富的王愷，家裏就有這種牛，說明這種牛是很珍貴的。可是，這種珍貴的牛拿來幹什麼用呢？分給麾下烤熟，做烤牛肉。為什麼要把這麼好的牛分給麾下食用呢？這是因為古人大戰之前，要犒賞三軍，要大吃一頓。而決戰之前，為了要犒賞三軍，激勵勇氣，一般要吃牛肉或者是羊肉，不能吃豬肉，因為古人認為豬肉不值錢。

春秋戰國的時候「弦高犒師」，弦高是鄭國一個販牛的商人，遇到秦軍要去偷襲他的祖國鄭國的時候，他一面趕快派人回國報告敵情，一面以十二頭牛作為禮物，犒勞秦軍，說自己是鄭國國君的特使。秦軍將領就完全相信，為什麼？因為他能拿十二頭牛來犒勞秦軍，這是非常重要的禮物。

同樣像春秋戰國時期有位名將叫華元，是宋國的大將，曾經半夜潛入楚軍大營，劫持了楚軍主帥子反，讓楚軍退避三舍，一時名重天下。但他後來和鄭國作戰的時候，也是在大戰之前信心滿滿，殺羊宰牛犒賞三軍。但是最後分肉的時候卻漏掉了一個人。他沒分給誰呢？沒分給他的御者，也就是他的馬車夫。結果第二天一開仗，馬車夫二話不說，駕着戰車，直接衝到對方陣營裏，華元還沒開打就被俘虜了。這就是一塊肉引發的悲劇。所以「八百

里分麾下炙」，這一句話立刻就把那種軍營生活，提到一個節點的位置上來了。了解軍營生活的，就知道大戰在即了。

「五十弦翻塞外聲」，「五十弦」是指古代的一種有五十根弦的瑟。當然，這裏的「五十弦」是泛指各種軍樂合奏。「翻」就是演奏。「塞外聲」，所謂「鐵馬秋風塞北」，在唐宋時，邊塞曲成為軍樂的一種典型象徵，唐詩中就甚至把描寫戰爭的詩作統稱為邊塞詩。

酒喝過了，肉吃過了，軍樂也響起了，接下來要怎麼樣？大戰在即，點兵列隊，正所謂「沙場秋點兵」。

回頭來看，辛棄疾這首《破陣子》的上片，戰陣之氣，酣暢淋漓。但若是只知道所謂豪放、豪情，卻並不了解軍營生活的話，讀來其實還是隔靴搔癢。

宋詞上下兩片，下片的第一句往往叫過片，要能承上啟下，且上下片應該語境、語義各不相同。像李煜那首《破陣子》，上片說「四十年來家國，三千里地山河。鳳閣龍樓連霄漢，玉樹瓊枝作煙蘿。幾曾識干戈」。下片說「一旦歸為臣虜，沈腰潘鬢消磨。最是倉皇辭廟日，教坊猶奏別離歌。垂淚對宮娥」。這個過片「一旦歸為臣虜」，就是從「幾曾識干戈」而來，但語義和懷念故地山河不一樣了，是一個典型的過片。而辛棄疾敢於創新，突破原有的格局，接着往下寫。「馬作的盧飛快，弓如霹靂弦驚」，

這個過片根本沒有改變上片的語境和語義。

為什麼會這樣呢？其實是做出這樣評價的人不知道，辛棄疾是一個真正的軍人、真正的戰士。他寫這首《破陣子》是要借手下筆，回到當年快意恩仇、報效家國的沙場生活。所以便說「馬作的盧飛快，弓如霹靂弦驚」，這是什麼？這是繼「沙場秋點兵」之後，出兵作戰了。兩句話寫盡南征北戰，寫盡將軍豪情。

這個「的盧」用了的盧馬的典故，也是別有深意，不是隨便用的。為什麼不用烏騅馬？為什麼不寫赤兔，為什麼不寫汗血寶馬？卻偏偏要說「馬作的盧飛快」呢？熟悉三國歷史的都知道，的盧馬原來是劉表手下降將張武所有，後來張武造反，劉備平張武之亂，見張武坐騎極其雄駿，大為讚賞。趙雲領會主公之意，挺槍而出，三個回合，便斬將奪馬，勝利歸來。

劉表看了之後也很喜歡，劉備這時依附於劉表，只好將此馬送給劉備，但不料劉表的謀士蒯越說，此馬妨主，眼下有淚槽，額邊生白點，所以叫的盧馬。一聽說此馬妨主，劉表就不敢要了。劉備呢，卻不信邪，就騎了這匹馬。後來蔡瑁設計要陷害劉備，劉備從酒席中慌忙逃走，騎上的盧慌不擇路，到了檀溪無路可走。

劉備這個時候想起的盧妨主來了，一邊抽打的盧，一邊大叫，「的盧今日危矣，可努力」，這是《三國志》的

記載。《三國演義》裏，劉備就喊：「的盧，的盧，今日妨吾啊！」《三國志》和《三國演義》境界大不相同，《三國演義》裏是埋怨的盧，而《三國志》裏劉備是激勵的盧。最終，的盧一躍三丈，如天馬行空啊，徑直跨躍檀溪而去。

的盧馬這個典故的寓意何在？一般人不看好牠，但是關鍵的時候牠的本領、牠的素養、牠的能力、牠的忠心不可小覷。對比辛棄疾的一生，這個典故用得就非常有深意了。

首先，和上片一樣，辛棄疾所說「馬作的盧飛快，弓如霹靂弦驚」，這絕不是文人的想像，而是他的真實生活，也是他的真實本領。

南宋紹興三十二年（1162），辛棄疾奉命南下與南宋朝廷建立聯絡。在他完成使命歸來的途中，聽到義軍首領耿京被叛徒張安國所殺，義軍已經被金兵攻潰。此時的辛棄疾以驚人的勇敢和果斷，率五十多人夜襲金軍五萬大營。張安國這時正在金軍大營和金軍主將把酒言歡，他想破頭也想不到，辛棄疾竟有這樣的膽略。所以「馬作的盧飛快，弓如霹靂弦驚」哪是什麼文學創作，文學作品中的騎術和劍法，真不如辛棄疾真實生活之萬一啊！

辛棄疾畢竟生長在敵佔區，雖然功勳卓著，南渡之後卻遭到保守派、懷疑派的中傷，暗中掣肘。所謂的盧妨

主，這種詆譭大概也是辛棄疾要寫的盧的用意所在吧。可是，就像《青玉案·元夕》裏所說的，「驀然回首，那人卻在燈火闌珊處」。雖然身處宵小之輩誹謗的惡劣環境，一個真正的英雄、一個真正的勇士、一個真正的將軍，絕不會放下戰場殺敵的使命與豪情。

「了卻君王天下事，贏得生前身後名」，這不就是辛棄疾作為一個戰士的人生使命和價值所在嗎？所以「過河！殺賊！」才是他「醉裏挑燈看劍，夢回吹角連營」，才是他為陳同甫寫下這首詞的根由所在。

然而，詞的最後一句卻急轉直下，竟然是「可憐白髮生」。從開篇一直到「贏得生前身後名」，這首詞都不像詞，而像一篇出征時的檄文，大氣磅礴豪健英武，不愧配得上秦王破陣樂。最後一句「可憐白髮生」則於豪放之外頓生沉鬱頓挫，真是大手筆！從技法上看，最後這一句的逆轉，就像我們常說的反轉劇，一下讓人從不斷攀升而上的沙場豪情，瞬間跌回冰冷的現實，巨大的落差讓每一個讀這首詞的人，都心生無限感慨。辛棄疾手中的筆真如他手中的劍，輕挑劍花，劍芒微閃，便直擊每一個人的靈魂。

理想不能實現，空懷萬丈豪情，誰見當年辛幼安，可憐如今白髮生。這裏的「可憐」，是可悲可歎，是對冰冷現實的批判。他絕不是要放棄心中的理想與壯志，因為辛

棄疾在和陳同甫分別時，就作《賀新郎》自明心志說「男兒到死心如鐵，看試手，補天裂」。那個「到死心如鐵」，那個「試手補天裂」的辛棄疾，才是男兒本色的辛棄疾，英雄本色的辛棄疾。

　　我常想，一座濟南城能擁有李清照、辛棄疾這樣的「濟南二安」，該是何等幸運啊！易安不朽，稼軒千古！

清澈的歡喜 古樸的純淨

辛棄疾的《破陣子》，體現了他作為一名勇士的豪情。《醜奴兒》講述漫長的人生跨度充滿了豐富的人生況味。而《青玉案》則是詞人偉大靈魂的自喻，表達了堅定的信仰以及對人生的追求。

下面這首《西江月·夜行黃沙道中》，卻又帶給我們另一種不同的閱讀感受。

明月別枝驚鵲，清風半夜鳴蟬。稻花香裏說豐年，聽取蛙聲一片。

七八個星天外，兩三點雨山前。舊時茅店社林邊，路轉溪橋忽見。

我相信，很多人都是對這首詞非常熟悉，不過有時越熟悉反倒越陌生。

比如，這樣一首充滿着鄉野之趣、田園之趣的《西江月》，和所謂「詞中之龍」辛棄疾一貫表現出來的豪放、沉鬱、悲壯的詞風之間有怎樣的關係呢？換句話說，一貫沉鬱頓挫、豪放慷慨的辛棄疾，又為什麼會寫出這樣的《西江月》？

「西江月」這個詞牌和「蝶戀花」一樣，都是出自唐代教坊曲。後來用做詞牌名，是因為李白的那首《蘇台覽古》，詩云：「只今唯有西江月，曾照吳王宮裏人。」「西江」就是長江的別稱，最初調詠的是吳王和西施的故事。《西江月》的詞牌本來長於感慨，而「詞中之龍」的辛棄疾，卻信手拈來，寫來竟是一派鄉野風光。

「明月別枝驚鵲」，這一句常常被解釋為因為月光太亮，烏鵲被月光驚起，要離開樹枝飛走，也就是說「別枝」被解釋為離開樹枝飛走。我年輕的時候，很長時間也一直是這麼以為的，況且還有典故的支撐。比如曹操的《短歌行》就有「月明星稀，烏鵲南飛，繞樹三匝，何枝可依」；更何況東坡居士也不止一次在詩中說，「月明驚鵲未安枝」，或者說「明月驚鵲未安枝」。

但這樣一來，我就發現一個問題，因為第二句緊接着是說「清風半夜鳴蟬」，像辛棄疾這樣的詞作大家，雖

然不是在寫律詩，不是在寫絕句，只是在寫詞，詞的要求沒那麼嚴格。但我們看到他在寫《破陣子》，像「馬作的盧飛快，弓如霹靂弦驚」，像「八百里分麾下炙，五十弦翻塞外聲」，本不要求對仗的時候，他都對仗得非常工穩。更何況像這首聯兩句，大多數要寫起來是有對仗的要求的，所以「明月別枝驚鵲」一定是對「清風半夜鳴蟬」。

既然是烏鵲受驚離開，那怎麼解釋半夜鳴蟬呢？「清風半夜鳴蟬」，這說的是夜半時分，清風徐來，蟬鳴在耳，以動襯靜，表現了鄉村夏夜的寧靜和優美。「清風半夜鳴蟬」，明顯是三個名詞放在一起，既如此，前面的「明月別枝驚鵲」就也應該是三個名詞放在一起，而不是兩個名詞中間夾一個動詞，不是指烏鵲離開枝頭。

那麼，這個「別枝」的「別」，到底是一個動詞呢，還是「別枝」構成一個名詞？從訓詁的角度看，「別」這個字最早是指用刀來分肉，然後就延伸出來區別、分別，並使之顯得特殊的意思。所以「別枝」其實又可以理解為「特別的、突兀的、斜伸出來的樹枝」。這樣一來，「明月」「別枝」和受驚的「驚鵲」，就形成了三個名詞，其實也是三個意向的疊加。

這樣的一組意向，和後面「清風半夜鳴蟬」的三個意向，對仗起來就顯得特別精緻、工穩。這其實是中國古詩

詞常用的手法，實詞簡單疊加就能構成唯美的意境。我們最熟悉的，當數馬致遠的《天淨沙·秋思》中的「枯藤老樹昏鴉，小橋流水人家」了。

就像馬致遠寫秋天一樣，詩人要寫的是鄉村夏日夜景。他只把幾個名詞簡單疊加，頭頂的明月、眼前突兀伸出的樹枝以及枝頭被月光驚起的烏鵲，還有拂面而來的清風、半夜的時分和在耳的鳴蟬，這六個名詞、六個意向簡單疊加，就自動組成了一幅清新的鄉村夏日夜景圖，讓我們感受到了那樣美麗的意境以及那種美麗意境中愜意的情緒。

正是因為有了這種美麗的意境和愜意的情緒，詩人情感的自動延伸才會把視覺、聽覺不自覺地向前延伸。「稻花香裏說豐年，聽取蛙聲一片」，稻花飄香是嗅覺，詩人彷彿聞到了一個豐年的到來。但是「說豐年」，是誰在說呢？不是充滿了吉祥意義的喜鵲在說，反而是田裏的青蛙在說。陣陣蛙鳴此起彼伏，連成一片，牠們在「說豐年」，牠們在唱美好的未來。於是，夏日夜晚裏的蛙聲、蟬叫都一下變得和白天不同了，都讓人那麼喜歡聽、願意聽，這樣的叫聲不再是噪聲，而變成了樂音，因為牠們預示着生機勃勃的季節，預示着充滿希望的未來與美麗的大自然。月光下，嗅着稻花的香味，聽着蛙叫蟬鳴，輕鬆愉快的稼軒居士，信步前行。

他抬頭望向天空,「七八個星天外,兩三點雨山前」。小的時候我們會經常讀成「七八個,星天外,兩三點,雨山前」,其實這是我們小時候受《三字經》的影響,三字成韻的一個讀音習慣。辛棄疾要說的是,天空中稀稀落落地掛着七八個星,突然山前下起小雨來,兩三點雨滴落到身上。

這就是漢語,這就是中國詩詞的妙處。它不需要動詞和介詞在中間過渡,它只要具有名詞性的詞組或者名詞簡單地並列疊加,就可以營造出那種意境來。這兩句也可以反證前面的「明月別枝驚鵲」應該是三個名詞的並列疊加。

這是夏日的夜晚,夏天的晚上氣候多變,突然一片烏雲遮住了星空,只能看到稀稀疏疏的七八個星,然後一陣急雨,兩三點小雨猝不及防撲進詞人的懷裏。這樣一來剛才還閒情逸致的稼軒居士,不禁有些着急了,也許一場傾盆大雨就會隨之而來呢。

他加快了腳步,趕快尋找避雨之所,於是就有了最精彩的意境,「舊時茅店社林邊,路轉溪橋忽見」。也有版本作「溪頭忽見」,「見」是通假字,通「現」。是說他從山林小路轉過彎過了一座溪橋,就在土地廟旁邊的樹林邊,一座茅屋茅店突然出現在了眼前。稼軒居士定睛一看,竟然是他從前落過腳的那家小店啊。一種喜悅,於是蔓延在字裏行間,這是一場多麼美的、不期而遇的遇

見啊。

　　仔細揣摩，這種令人欣喜、自然而然不期而遇的遇見，讓我們不禁會提出一個疑問。這首《西江月》是有詞題的，題目叫作《夜行黃沙道中》。這個黃沙道是在上饒縣西邊四十里左右的一個黃沙嶺，它在當時是一條非常重要的官道。宋孝宗淳熙八年（1181），辛棄疾被貶官之後，就回到上饒帶湖一帶景區，並在此築稼軒，自號「稼軒居士」，連他的詞集也被稱作《稼軒長短句》。

　　也就是說，這條黃沙道是辛棄疾經常走的。他現存的作品中也有好幾首詞作，比如說《浣溪沙·黃沙嶺》，比如說《鷓鴣天·黃沙道中即事》，都是寫的這條黃沙道。按道理說，他對這條黃沙道，對舊時茅店都非常熟悉，怎麼會路轉溪橋忽現，還突然有一種特別的欣喜呢？

　　這個問題的答案，其實正是這首《西江月》最值得玩味之處。解答了這個問題，同樣也就解答了我開始提出的那個問題，就是具有豪放、悲壯詞風的辛棄疾，為什麼可以寫出這樣充滿着鄉野之趣的作品來？

　　我們知道，辛棄疾是宋孝宗淳熙八年被罷官，此後他閒居帶湖將近十五年的時光。他的人生其實也像李清照一樣，從南渡之後被靖康之亂生生劈做兩半。辛棄疾南渡之後，理想抱負不得施展，還屢屢被小人、奸人流言構陷，所以詞作中也總是體現出他對「壯歲旌旗擁萬夫」

的懷念，以及對如今冰冷的現實「而今識盡愁滋味」的慨歎。

這首《西江月》，其實就作於他被貶官回到帶湖閒居之後數年的時光裏。但為什麼這首詞沒有憤懣，沒有感慨，沒有撫今追昔，沒有痛心疾首呢？細考這首《西江月》的創作時間，應該作於辛棄疾四十一歲到四十六歲之間，也就是人到中年之時。

其實，真正的人生境界固然有不忘初心的堅持以及追求理想的堅韌，但人生還需要一種境界，就是時不時地清空自我。這種清空不是讓你放棄理想、不是讓你忘記初心，而是在某一刻放下自我、放下固執，與天地自然，與生活，與身邊的一草一木，一月一橋融為一體。一沙尚有一世界，一葉自有一菩提，一個不能清空自我的人又怎麼能去擁抱世界，擁抱自然？

禪宗曾經有個故事說，有一位飽學之士來山中求見南隱禪師，他胸中已破了萬卷書，足下已行了萬里路，自然拋開了塵俗的禮儀。

見了老禪師，他便開門見山道：「我來問禪，請禪師告訴我何為禪心？」南隱笑而不答，盡禮儀之數，舉案進茶。

時在清明，茶屬明前，未入杯中，已覺清香沁脾。問禪的學者也為茶香所動，自覺飲而問禪亦無不可。

南隱將壺中的茶注入杯中，茶杯漸滿，南隱卻兀自傾倒不止。學者感覺老禪師或者年歲已高，目力不及，便忍不住出聲提醒：「已經滿了、夠了」。老禪師依然微微笑，依然注茶不止，杯中的茶水一瞬間滿溢而出。學者不禁驚呼：「老禪師，杯子滿了，倒不進了。」

南隱於是罷手，放下茶壺，笑着說：「居士便如此杯，裏面裝滿了你的學識、情緒、想法、念頭，居士不先把自己的杯子空掉，叫我如何與你說禪呢？」

是啊，不把自己心中的杯子空掉，不清空自我，又如何能接觸到禪心、接觸到大道。所以，這正是稼軒居士的可愛之處。你看他在這樣美麗的夏夜行走在黃沙道中，看到「明月別枝驚鵲」，感受到「清風半夜鳴蟬」，嗅到稻花香的裏豐年，聽到蛙聲一片，甚至七八個星天，兩三點雨點，也可以讓他突然興奮起來，而路轉溪頭，舊時的茅店闖入眼簾，宛如老友重逢，那種歡喜真真是「忽現」。

這樣的辛棄疾，就是一個清空了自我，帶着清澈的靈魂和素樸的乾淨，行走在黃沙道中的辛稼軒啊。

我也人到中年，也在人生路上風雨兼程，每日跋涉。雖然時代不同，但人世間有一些永恆的東西，可以讓我們穿越千年，感受到每一顆乾淨的靈魂，這正是我特別喜歡辛稼軒的原因所在。

他是這樣一種偉大的人，一方面在追尋理想的路上

「衣帶漸寬終不悔，為伊消得人憔悴」；另一方面在人生的境界上時時能放下我執、能清空自我。

　　我們甚至可以看到他走在路上輕快的腳步、乾淨的微笑，他那幾近於道、天人合一的靈魂裏，有的只是清澈的歡喜與古樸的純淨。

於無聲處聽驚雷
平淡之中見真我

　　和古代的文人一樣，我也特別喜歡登高遠眺。

　　每當登高望遠，看向對面的老山，我總會想起在那連綿的羣山裏有一座孤獨的墳塋，裏面躺着一個偉大的靈魂，他的名字叫作張孝祥。下面，我們要來講的就是張孝祥的《念奴嬌·過洞庭》。

張孝祥——《念奴嬌·過洞庭》

洞庭青草，近中秋，更無一點風色。玉界瓊田三萬頃，着我扁舟一葉。素月分輝，明河共影，表裏俱澄澈。悠然心會，妙處難與君說。

應念嶺表經年，孤光自照，肝膽皆冰雪。短髮蕭騷襟袖冷，穩泛滄溟空闊。盡挹西江，細斟北斗，萬象為賓客。扣舷獨嘯，不知今夕何夕。

這首《念奴嬌》，我特別喜歡，與我個人也有着非常重要的關係。它的詞句之美、格調之高，古人向來評價非凡，像王闓運《湘綺樓詞選》裏就認為「飄飄有凌雲之氣，覺東坡《水調》猶有塵心」。意思就是說蘇東坡的詞夠高妙了吧，尤其像他的《水調歌頭》，但是一對比張孝祥的《念奴嬌》，就覺得《水調歌頭》猶有塵心，還沒有脫離萬丈紅塵，還沒有達到最高蹈的至妙境界。

袁行霈先生曾經說，從蘇東坡到辛棄疾，其間有一個偉大的橋樑式的人物，就是張孝祥。但是，這首《過洞庭》如此高妙，可為什麼它在文化史上的傳播遠不如蘇東坡的《水調歌頭》呢？這其實就要說到那個重要的規律。

我一直說最重要的解詩方法是知人論詩，知人論世。世人對張孝祥遠不如對東坡居士熟悉，所以這首無比高妙的《念奴嬌》在傳播上、在名氣上，也就遠不如東坡居士的《水調歌頭》了。所以要想讀懂這首《念奴嬌》，一定要先讀懂張孝祥。

張孝祥可謂是中國古代士大夫中逆境裏成長，艱難中高蹈，具有獨立思想與品性的典型代表。他出身名門之後，是唐代著名詩人、韓愈的大弟子張籍的七世孫。他的祖籍是溧陽烏江，也就是今天的安徽和縣，也就是詩豪劉禹錫寫下千古名作《陋室銘》的地方。

張孝祥出生之前，「靖康之難」爆發，北宋為女真所

滅，徽、欽二帝被俘，南宋建立。江淮之地的百姓，大規模避難南遷。張孝祥的父親張祁帶着族人逃到了江南，張孝祥的伯父張紹就沒有逃掉，被金人拘禁在江北。

公元 1132 年，也就是「靖康之難」後的第五年，張孝祥出生在明州鄞縣，也就是今天浙江寧波一個寺廟的僧房之中，可見當時張家早已衰落、窘迫到了什麼地步。可以說，張孝祥自幼在艱難時勢、苦難生活中成長。誠所謂「奮起於荒涼寂寞之鄉，固別有超絕奮發之氣」。成長環境雖然艱難，但他自幼資質過人，讀書過目不忘，被視為天才兒童，在逆境裏很快脫穎而出。

當時的名臣王十朋評價張孝祥，甚至說「天上張公子，少年觀國光」，將其視為天人，評價有如當年賀知章之於李白。張孝祥長到十三歲的時候，父親張祁欲帶全族返鄉，然而那裏已被金人佔領，沒有辦法回到江北的故鄉，只能到了長江南岸的蕪湖。因為發音的問題，蕪湖在唐以後經常被叫作于湖，所以張孝祥後來就自號「于湖居士」，其實指的就是蕪湖，蕪湖被他視做人生的第二故鄉。

十六歲時，年少奮發的張孝祥就通過了鄉試。十八歲的時候，張孝祥來到南京拜師求學，二十二歲通過省試考試。紹興二十四年（1154），二十三歲的張孝祥參加了殿試，那也是南宋科舉史上最著名的一場考試，張孝祥成為其中最耀眼的明星。

為什麼說這場考試在南宋歷史上是最著名的一場科舉考試呢？因為這一場考試不僅決定了張孝祥的命運，也決定了很多人的命運，比如愛國詩人陸游，還有大奸臣秦檜的孫子秦塤。關鍵所在就是，秦塤也參加了這場考試，鎖廳試的時候秦檜便多次暗示當時的主考官陳之茂要取秦塤為第一。陳之茂為官正直，不買秦檜的賬，而是取了陸游為第一。

　　考試結果出來之後，秦檜大為惱火，並遷怒於陸游，陸游的人生坎坷也由此開始。但是，官場上並非都是陳之茂那樣有獨立人格的耿直之輩。到了省試的時候，也就是禮部試的時候，主考官就是秦檜安排的親信御史中丞魏師遜，還有禮部侍郎湯思退。於是，秦塤就被列為省試第一，而鎖廳試第一的陸游反遭落榜。

　　省試之後便是殿試，按照常理和此前的規矩，皇帝非常尊重鎖廳試和省試的排名，但是到了殿試，高宗趙構卻出乎秦檜的預料，居然欽點張孝祥為狀元。秦檜滿心以為非孫子秦塤莫屬的狀元，生生點給了張孝祥，而秦塤最終不過只得了一個探花。不過二十三歲的張孝祥，這時候已然成為滿朝上下反感權奸秦檜的一種希望，一種潛在的希望與代表。

　　作為希望與正義的代言，張孝祥成為狀元之後，第一件在朝堂所做之事就是對秦檜黨羽曹泳的提親默然不對。

接着他又以狀元的身份上表為岳飛鳴冤，批判的矛頭直指秦檜一黨。秦檜十分惱怒，便指使黨羽誣告其父張祁，說張祁殺嫂謀反，把張祁投入監獄百般折磨，張孝祥也因此牽連受難。不幸中的萬幸是，秦檜到了第二年便一命嗚呼，張孝祥才得以重回仕途。

帶着狀元的光環，卻受到非人的磨難！張孝祥一入仕途，即讓世人看到其獨立之人格、高潔之品性。再加之他是堅決的主戰派，又和秦檜的餘黨有不解之仇，所以在後來政治生涯上屢遭打擊和排斥，十幾年的官場生涯可以說是幾番起落，終究沒能實現自己的政治抱負，最後在政敵的攻擊下黯然離開官場！

張孝祥最後一次任職是孝宗乾道元年，也就是公元1165年，知靜江府兼廣南西路經略安撫使。第二年，因政敵攻擊，辭職還鄉。由桂林北歸，就途經岳陽。這時候離他三十八歲英年早逝，僅僅只有不到三年時間。

辭職返鄉途經岳陽的時候，張孝祥寫下了這首《念奴嬌‧過洞庭》。雖然這時候的張孝祥只有三十五歲，但官場的沉浮、仕途的坎坷、人世的磨難，以及北伐抗金的理想不能實現，都讓他對這個腐朽的朝廷和腐朽的塵世，徹底失去了希望，轉而追求精神的超越與高蹈的自我。一旦超越而上，用一顆赤子之心去回望山河歲月，他眼中的洞庭、眼中的世界，就有了一種別樣的澄澈。更何況又是

中秋時節，所以他説：「洞庭青草，近中秋，更無一點風色。」洞庭湖和青草湖相連接，浩瀚無垠，在中秋將至的時節，竟然沒有一絲風吹拂過的痕跡。所謂「風乍起，吹皺一池春水」，連風色都沒有，可見其靜，靜到了極致！

我們回想一下，孟浩然怎麼寫洞庭湖，所謂「氣蒸雲夢澤，波撼岳陽城」，杜甫怎麼寫洞庭湖，所謂「吳楚東南坼，乾坤日月浮」，是説洞庭的波濤，可以撼動岳陽城，可以分裂吳楚大地，可以浮動乾坤。可張孝祥寫洞庭，卻極寫其靜，甚至連一點風色都沒有，説「玉界瓊田三萬頃，着我扁舟一葉」，「玉界」也有作「玉鏡」，就是像一面玉做的鏡子。而「瓊田」，則是瓊玉的原野啊。

這一片瓊玉一般的世界是説什麼？是在極言其高潔啊。三萬頃明鏡般的湖水，載着一葉細小的扁舟。這樣浩渺高潔的背景，和這樣孤獨渺小的我，放在一起，要説什麼呢？要説的是「素月分輝，明河共影，表裏俱澄澈」。關鍵就這兩個字「澄澈」，而且是「表裏俱澄澈」。當然，表面上好像寫的是素月與明河，「素月分輝，明河共影」，寫的是秋水長天一色，可是真的只是秋月秋水嗎？前面在極靜的狀態下寫出的是三萬頃如鏡湖水，與扁舟上孤獨自我，這也是一種表裏，也是一種秋水與秋月！這就像東坡先生的臨終遺言「世事浮雲改，孤心此月明」。「孤心」便是「此月」，那三萬頃湖水上，一葉扁舟中，孤獨的我

便如這中秋的明月，光明磊落，坦坦蕩蕩，表裏如一，言行澄澈。

回望人生，一句「表裏俱澄澈」，就是張孝祥的夫子自道。袁行霈先生認為杜甫一句「心跡喜雙清」，可以和張孝祥的「表裏俱澄澈」放在一起，集成一副對聯，作為士大夫為人處事的準則。

既然可以達到表裏俱澄澈的境界，人生到此天人合一，那就是一種高妙之境，所以接下來就有了「悠然心會，妙處難與君說」。這種妙處難道只是自然風景，難道只是洞庭青草風光嗎？文辭上看當然是這樣，但文辭背後，無疑還有一種人生高蹈的體悟與希望啊。

接下來下闋，便是自明心跡之語了。「應念嶺表經年，孤光自照，肝膽皆冰雪」，這是回望他最近的仕途經歷。「嶺表經年」是說他任靜江府兼廣南西路經略安撫使的這一段任期。《宋史》記載，張孝祥任地方官時，總能勤於政事，為民請命，奈何他品行高潔，與污濁的官場不能苟合，總是遭到奸黨的掣肘與攻擊。最後這一次，張孝祥這位曾經的狀元，曾經的政治新星，終於徹底看透了仕途，欲辭職歸鄉，淡出官場。

但離開歸離開，他卻寫下了他的自白書，「孤光自照，肝膽皆冰雪」。這不僅僅是寫明他「嶺表經年」去的仕途經歷，還是他自二十三歲以狀元之姿登上仕途以來，

以獨立人格、高潔品行，無愧於士大夫「學而優則仕」的理想的一種自白與宣言。可是現實沉重，人世荒涼。久經磨折之後，曾經雄姿英發的少年英才不禁也已是「短髮蕭騷襟袖冷」的形象，蕭條冷落的人生才是最冷的現實，所以一個「冷」字讓人讀來涼意頓生，陷入沉重。

然而，再冷的現實也打不敗一種人，一種拿得起放得下的大格局的人。所以，一個「短髮蕭騷襟袖冷」的形象，緊接着便是「穩泛滄溟空闊」，一種闊大的格局與境界也就憑空而生。所以，我自己特別喜歡這一句，再冰冷的現實面前，也要「穩泛滄溟空闊」。

許多朋友都知道，我姓酈名波，字雲水，號滄溟，學生都叫我滄溟先生。很多朋友經常問我號從何所出，其實歷史上叫滄溟、號滄溟的非常多，比如說後七子的領袖李攀龍也號李滄溟。而曾國藩的岳父，歐陽滄溟也是一代大儒。而我當年取號「滄溟」，直接的緣起則是來自張孝祥這一句，所以我才說他的這首《念奴嬌·過洞庭》與我是息息相關。

張孝祥明明是在洞庭湖上，乘一葉扁舟，卻說「穩泛滄溟空闊」。從訓詁學的角度上來講，「滄」指天，「溟」指海，「滄溟」既可指海，泛指大海，也可以指蒼天與大海。人生隨着一葉扁舟，彷彿孤獨之至，彷彿渺小之至，但只要有一種精神上高蹈的自我，只要有陳寅恪先生所說

的「獨立之精神，自由之思想」，那麼於天地之間，哪怕再冰涼再荒涼的現實，守着精神的自我，也自可「穩泛滄溟空闊」。

能夠有這種氣象，自然便可迎來「盡挹西江，細斟北斗，萬象為賓客」的高潮。禪宗《景德傳燈錄》記載，馬祖道一說「一口吸盡西江水」，可見心胸何其開闊。而北斗七星狀如長勺，「細斟北斗」，便是淺酌低唱，以此應對天地萬物。以萬象為賓客，這是一種何等的氣勢、何等的胸懷呀！

最後「扣舷獨嘯，不知今夕何夕」。這是什麼？東坡居士《赤壁賦》中只是「扣舷而歌」，而此時的張孝祥卻是「扣舷獨嘯」，可見其仰天長嘯，滿腔豪情啊！「穩泛滄溟空闊」，亦是空間之極致。而「不知今夕何夕」，則是直接跨越時間的滄海，至此時空的束縛盡去。

於此，一葉扁舟上孤獨渺小的自我，一瞬而昇華為獨與天地精神而往來的偉大自我。真是「一點浩然氣，千里快哉風」！沒有風，「更無一點風色」，由無限平靜之中波瀾起伏，壯懷激烈，真是於無聲處聽驚雷，平淡之中見真我。

不要忘記，哪怕現實沉重，哪怕人生蕭索，哪怕世界冰冷，哪怕「短髮蕭騷襟袖冷」，也要「穩泛滄溟空闊」。

寫荷聖手 誠齋妙心

　　說到楊萬里，估計大家馬上想到的就是那首有名的《小池》了。

　　而講他的詞呢，我也想講一首和《小池》堪稱異曲同工、寫荷花的《昭君怨·詠荷上雨》。

午夢扁舟花底，香滿西湖煙水。急雨打篷聲，夢初驚。

卻是池荷跳雨，散了真珠還聚。聚作水銀窩，瀉清波。

四〇九

夏天最常見的就是荷花，就是蓮花。當然，荷花和蓮花雖然看上去非常像，但還是有些細微的區別。簡單地說，有藕的是荷花，沒有藕的則是蓮花，比如睡蓮。

　　我們知道，中國的文人士大夫尤其愛荷花，愛蓮花，比如周敦頤就寫有《愛蓮說》。楊萬里尤其愛荷，愛蓮。我們都知道他的名作《小池》：「泉眼無聲惜細流，樹陰照水愛晴柔，小荷才露尖尖角，早有蜻蜓立上頭。」小泉無聲，像珍惜泉水流淌着的那種細流，映在水上的樹陰呢，喜歡這晴天裏柔和的風光。最妙的是鮮嫩的荷葉，尖尖的角剛露出水面，早早就已經有蜻蜓落立。

　　《小池》是初夏的景色，到了盛夏呢？就是他著名的《曉出淨慈寺送林子方》：「畢竟西湖六月中，風光不與四時同。接天蓮葉無窮碧，映日荷花別樣紅。」可以說，把盛夏之中西湖的荷花寫到了極致。相信夏天去西湖遊覽過的朋友，一定看到過這樣難以忘懷的景象，這樣熱烈的景象。

　　《小池》《曉出淨慈寺送林子方》都是絕句，而這首《昭君怨》則是一首詞。「昭君怨」是個詞牌，別名叫「燕西園」，或者叫「一橫沙」，也是上下兩片四十字的小令。「昭君怨」的形式原型很活潑，單片是六六五三的句式。你看，從字數上看，六六五三，就是越來越短，越來越快，越來越鮮活，越來越生動。用這種詞牌創作的話，創

作者不僅能讓它表現出自己的情思來，還能表述出生活的那種趣味來。

那我們來看楊萬里這首《昭君怨》是不是這樣呢？

它有一個副題，叫「詠荷上雨」，就是歌詠這個荷花上的雨珠。楊萬里是那麼愛荷花。首句說「午夢扁舟花底，香滿西湖煙水」，這是在說什麼？是說做夢啊，夏天到中午要睡個午覺吧，就睡午覺那麼短的一會兒時間，都能夢到荷花，夢到蕩舟於西湖的荷花之間！而滿湖的煙水迷茫，夢中的荷花清香撲鼻。

但是，這樣的夢很短暫，為什麼呢？

突然「急雨打篷聲，夢初驚」。這是什麼？這是西湖上下雨了。雨珠打在船篷之上，看來楊萬里夢中在西湖上坐的是那種典型的烏篷船，是有船篷的。雨打在船篷之上，劈哩啪啦的聲音，「夢初驚」，一下子把夢給驚醒了！

這個夢來得很突然，去得也很突然。但不管來去有多突然，都可見他對荷花的愛已經是深入骨髓。夢醒了之後，下片回到生活更是有趣了，「卻是池荷跳雨」。

為什麼會夢到突然一陣急雨打在船篷上呢？原來是真的下雨了！而這個雨珠，是打在家中庭院的河池之上，打在荷葉之上，也有劈哩啪啦的聲音。這個聲音其實應該不如打在船篷上那麼響，但在詩人的夢境中就彷彿打在船篷上一樣，這說明他的心神都留在這片荷池之上，說明入

夢之前大概已在腦海中浮現多次，所以一點點聲音在他的夢境裏就會被放大。夢醒了之後，原來不是「急雨打篷聲」，只是「池荷跳雨」，這個「跳」字啊，用得太妙，雨珠打在荷葉之上，就是蹦蹦跳跳的那種感覺。

所謂「白雨跳珠亂入船，望湖樓下水如天」，可見蘇東坡和楊萬里一樣，都是極具生活情趣，又極具敏銳的藝術感知能力的人。所以不論是蘇東坡的「白雨跳珠」，還是楊萬里的「池荷跳雨」，這個「跳」字，都用得非常形象。楊萬里不僅這個字用得形象，接下去的描寫更是細緻生動。

他說，「卻是池荷跳雨，散了珍珠還聚」，是說那個急雨敲打着荷葉，雨珠跳上跳下，晶瑩的雨點忽聚忽散，散如斷線的珍珠，四處迸射，使人眼花繚亂。我們知道，荷葉是中心低四面高，所以迅速散開的水珠又聚在荷葉的葉心裏，這就是「散了珍珠還聚」。聚在一起越聚越多，就像一窩淡薄的水銀一樣，「聚作水銀窩」，亮晶晶的。水珠越聚越多，最後荷葉撐不住那個重量的時候，突然某一個角落一傾斜，聚在荷葉中間的那些水就「嘩」的一下流入池中，那就是「瀉清波」呀。

「跳」「散」「聚」「瀉」，下片中四個動詞連用，把雨打荷葉，荷葉上水珠滾動，然後周而復始的情景，寫得活靈活現！

而從詞的構思來看，也是無比巧妙：上片寫夢境，下片寫現實，夢境和現實又是完全對照着來寫的，都是緊緊扣住荷花，扣住「池荷跳雨」，扣住「詠荷上雨」來寫。

　　雖然都是緊緊扣住描寫對象來寫，但楊萬里的筆觸又是極富層次，極曲折變化的。隨着這首小令的每一句，甚至是每個詞每個字，尤其是每個動詞的變化，我們彷彿能嗅到荷花的陣陣幽香，彷彿能看到晶瑩璀璨的雨珠像珍珠一樣在碧綠的葉盤中滾動，我們鮮活的內心彷彿也能隨着那種「水銀窩」裏的水珠，突然「瀉清波」的流動，而產生會心的快樂。這就是藝術的最高境界，自然而然在最生活化的描寫刻劃之中，讓我們的心靈、我們的靈魂回歸最樸實最自然的生活本身。

　　其實不光這首《昭君怨・詠荷上雨》，另外像我們提到的《小池》《曉出淨慈寺送林子方》都同樣充滿了自然之趣、生命之趣。不過，如果我要告訴你，楊萬里其實是南宋數得着的理學大師，你會不會驚訝？一位理學大師，他的詩詞創作為什麼會如此生動自然？一位理學大師，他筆下的荷花又為什麼會如此讓人容易產生會心之趣，甚至可以成為我們靈魂融入天地自然的一把新鑰匙呢？

　　楊萬里是南宋名臣，他在文學史上的地位尤其高。他和陸游、范成大、尤袤，被並稱為南宋「中興四大詩人」，或者叫「南宋四大家」。而他的「誠齋樂府」也自

成一格，被後人專門稱為詩體中的「誠齋體」，對後世影響甚大。

為什麼叫誠齋樂府和誠齋體呢？因為楊萬里原來的書齋就叫誠齋，而他的書齋之所以叫誠齋，那就和他的家庭教育有關了。

楊萬里的父親楊芾是一個非常典型的讀書人，精通易經，嗜書如命。到了他父親這一代，家境已經十分貧寒，但父親忍着飢寒也要購買書籍。父親的這種苦讀精神，對小楊萬里產生了至關重要的影響。家裏雖然很窘迫，父親卻指着滿屋子藏書對楊萬里說，「聖賢之心具焉，汝盍懋之」。就是說，你別看咱們家窮，這屋子藏書就是最大的財富啊，因為聖賢之心、聖賢之意都在這些書裏，你掌握了這些才是掌握了人世間的最大財富。

隨着楊萬里才學見長，他的父親經常帶着他去拜見天下名士。父親跟抗金名士胡銓是忘年之交，和胡銓的兒子也是非常要好的朋友。面對秦檜的投降賣國聲明，胡銓說「義不與檜等共戴天」，甚至要求高宗砍下秦檜的人頭，如若不然，他寧願赴東海而死。楊芾帶着年輕的楊萬里去拜見胡銓，為楊萬里畢生的愛國主義情操奠定了堅實的基礎。

除了胡銓，楊芾還帶着年輕的楊萬里拜訪過像王庭珪、張九成這些前輩，給年輕的楊萬里提供了一條重要的

師法前賢的學習途徑。楊萬里長大之後，曾經三次去拜謁主戰派領袖、南宋名臣張浚。張浚一般不太見客人，楊萬里三次拜謁而不得見，後來楊萬里就結交了張浚的兒子張栻。

張栻和朱熹、呂祖謙當時齊名，並稱「東南三賢」，也是南宋的理學大師。

楊萬里與張栻兩人，年齡差不多。楊萬里稍長幾歲，兩人志趣相投，理想高度一致，一見之後遂引為平生知己。經張栻的引薦，楊萬里最終見到了心中偶像張浚。張浚見到楊萬里之後，對這個年輕人大為欣賞，極為勉勵，勉之以正心誠意之學。

正是因為張浚的勉勵，楊萬里回來之後就把他的書房改名誠齋，正心誠意之誠。後來，楊萬里索性就號誠齋，詩集也叫《誠齋樂府》。他的詩體呢，也被稱作「誠齋體」。楊萬里甚至請胡銓為他寫了《誠齋記》，說「一日而並得二師」，就是以胡銓和張浚為人生師法效仿的榜樣。

楊萬里後來為官，個性剛直，連宋光宗都稱他「也有性氣」，就是說他性格耿直，在還是太子的時候專門為他的書房題寫「誠齋」的橫匾二字。

楊萬里在朝廷以清正廉直聞名。到地方呢，往往殫精竭慮，造福一方百姓。他做江東的副使。任期到滿，有餘錢萬緡可得，卻全棄於官府，一文不取而歸。世人欽佩其

胸懷真是光風霽月，一塵不染！

所以當時詩人徐璣曾經稱讚他説，「清得門如水，貧惟帶有金」。可是，楊萬里這樣的性格，這樣的品格與當朝者、執政者卻難以苟合。後來，楊萬里晚年誓不出仕，據説是由於不滿權臣韓侂冑當國。韓侂冑當權之時，修了一座南園，因為楊萬里的才名很大，想請他作一篇記，而楊萬里卻説，「官可棄，記不可做」，當場嚴詞拒絕。

後來韓侂冑專權日盛，楊萬里憂憤國事，抑鬱成疾，退隱在家。家人知道他憂國心重，一切時政消息都不敢告訴他。一直到開禧二年（1206）的五月，族中的一個姪子從外地回鄉，不知內情，去見楊萬里的時候説到邸報，這個邸報所載就是韓侂冑出兵北伐，開禧北伐之事！

楊萬里聽説之後，痛哭失聲，忿然歎曰：「奸臣妄作，以至於此。」他太了解韓侂冑這個人了，料定韓侂冑意存僥倖，輕舉妄動，必定會遭到失敗，貽害國家。最後果不其然，完全如楊萬里所料。

楊萬里心憂國運，知此消息之後，不肯進食，孤坐誠齋之中，最後手書：「韓侂冑奸臣，專權無上，動兵殘民，謀危社稷，吾頭顱如許，報國無路，惟有孤憤！」又另書十四言告別妻兒，落筆後溘然長逝。

如此正直耿介的楊萬里，如此以理學傳人自命的楊萬里，和《小池》《曉出淨慈寺送林子方》中，和《昭君怨》

中那個寫荷花的楊萬里，會不會讓我們感覺差別好大呢？

這就和另一層人生境界，人生智慧有關了！

楊萬里一生非常勤奮，據沈德潛記載說他寫了兩萬餘首詩，比陸游還要多。不過存世的只有四千多首了。楊萬里初學是江西詩派，這可以說是中國古代文學史上，尤其是詩歌史上第一個標準的詩派。

江西詩派有所謂「一祖三宗」，「一祖」就是杜甫，「三宗」就是黃庭堅、陳師道、陳與義。江西詩派其實和宋代的理學息息相關，理學大師們都很喜歡江西詩派，因為江西詩派的創作強調要像杜甫那樣，嚴格遵循律詩的創作技巧、規範格式，追求字字有出處，崇尚瘦硬奇奧的詩風，特別強調師法傳承。而楊萬里的成長歷程，從一個有志青年到理學傳人，尤其從他的精神世界以及他為官清廉的一生來看，他也確實是理學家所標榜的規範謹嚴之輩。

所以，他的詩歌創作、文學創作一開始也確實規範謹嚴，講求聲韻技巧，可是楊萬里之所以能成為楊萬里，關鍵在於不斷成長，不斷突破自我。在廣泛地向前輩學習之後，人到中年的楊萬里終於意識到要勵志超出前賢，超出前輩。

他後來作詩說，「筆下何知有前輩」；又說，「傳宗傳派我替羞，作家各自一風流，黃陳籬下休安腳，陶謝行前更出頭」。這就是要「反」出江西詩派了。「黃陳籬下休

安腳」，黃陳就是黃庭堅和陳師道，陶謝就是陶淵明和謝靈運。所以他最後終於突破了江西詩派的束縛，超越了格律技巧的限制，詩法自然，融匯天地，最後自成一家，形成獨具特色的詩風，創造出了在詩歌史上也是獨樹一幟的「誠齋體」。

因為他最後師法的對象是天地，是自然，所以不論是他的《小池》《曉出淨慈寺送林子方》，還是他的《昭君怨‧詠荷上雨》，都那麼生動，那麼鮮明，彷彿從心底間，從脣齒間自然流淌而出，那樣通俗淺近，卻又讀來那樣別有會心。這就是得益於轉益多師之後，師法自然的突破與創新。

這又是一種什麼樣的人生智慧呢？

這是經歷了人世的坎坷風雨之後，又回到自然的懷抱，找回自己的那顆赤子之心。一方面人生理想，報國之志至死不渝，至死不變。楊萬里在他辭世前一年，尚夜讀詩卷，寫下「兩窗兩橫卷，一讀一沾襟。只有三更月，知予萬古心！」另一方面又能「小荷才露尖尖角，早有蜻蜓立上頭」，又能「卻是池荷跳雨，散了珍珠還聚。聚做水銀窩，瀉清波」，無處不充滿着生活情趣，展現着赤子之心。

這就如同辛棄疾一樣，雖然艱難時世中，哪怕夜行黃沙道中，也隨時能清空自我，與天地、與自然，獲得一

種人生的和解，達成一種偉大的和諧。無論是辛棄疾，還是陸游，還是楊萬里，還是范成大，人生的境界殊途而同歸，那就是左手《破陣子》，右手《西江月》，一手緊握理想，一手赤子之心。

在人生中有這樣的智慧和境界，便可任風裏來，任雨裏去。便可與天壤而同久，共三光，而永光。

多少英雄夢難成，淚如傾！

　　我們前面講了南宋主戰派代表張孝祥的代表作《念奴嬌・過洞庭》，下面就再來講一首南宋另一主戰派人物劉過的名作——《六州歌頭・題岳鄂王廟》。

劉過——《六州歌頭・題岳鄂王廟》

中興諸將，誰是萬人英？身草莽，人雖死，氣填膺，尚如生。年少起河朔，弓兩石，劍三尺，定襄漢，開虢洛，洗洞庭，北望帝京。狡兔依然在，良犬先烹。過舊時營壘，荊鄂有遺民。憶故將軍，淚如傾。

說當年事，知恨苦：不奉詔，偽耶真？臣有罪，陛下聖，可鑒臨，一片心。萬古分茅土，終不到，舊奸臣。人世夜，白日照，忽開明。衰佩冕圭百拜，九泉下、榮感君恩。看年年三月，滿地野花春，鹵簿迎神。

先來說說這個詞牌「六州歌頭」，程大昌《演繁露》裏解釋說：「好事者倚其聲為弔古詞，音調悲壯。又以古興亡事實文之，聞其歌使人悵慨，良不與艷詞同科，誠可喜也。」「六州歌頭」雖然是雙調，一百四十三個字的慢詞的詞牌，但我們朗誦時就會發現，它好多都是三字成句。《演繁露》就說，後人倚其聲為弔古詞，音調悲壯，使人聞其歌容易產生慷慨、悲壯、激越之情，劉過的這首《六州歌頭》堪稱代表。

這首詞的副題，雖然現在一般簡稱「題岳鄂王廟」，但它的原題應該叫作《六州歌頭・弔武穆鄂王忠烈廟》，這就是我們剛才所說的音調悲壯的弔古詞。當然不論是「題岳鄂王廟」，還是「弔武穆鄂王忠烈廟」，劉過弔古歌詠的都是岳武穆岳飛。這是因為岳飛被冤殺，後來又被平反，封為鄂王，諡號「武穆」。

那麼，劉過為什麼會寫這篇弔詠岳飛的《六州歌頭》呢？這就要說到劉過其人。

劉過，字改之，在南宋的主戰派詞人裏頭，是一個絕對的異類。他和前面的張孝祥，後面的劉辰翁，包括辛棄疾、陸游這些人都不一樣。不一樣就在於，他是豪放詞人的典型，但卻是一個徹頭徹尾的布衣義士。

在豪放派詞史上，劉過、劉克莊、劉辰翁，被並稱為「辛派三劉」，「辛派」指的就是辛棄疾，是說劉過、劉克

莊、劉辰翁的詞風和辛棄疾的豪放詞風非常類似。「辛派三劉」中，不論是劉克莊還是劉辰翁，後來都中過進士。前面的張孝祥、陳亮這些人，就更不得了，張孝祥和陳亮，都中過狀元，但唯獨劉過科舉考試屢困於場屋，一輩子也沒能考上，終身不過是一介布衣。但這一介布衣，人人都不能小覷，連陸游、辛棄疾、朱熹，還有張栻這些名家，個個都非常推崇劉過，尤其是劉過和辛棄疾的關係，更是文壇上的一段佳話。

一開始，辛棄疾並不知道劉過，也不了解劉過的才學。劉過曾經去拜訪過辛棄疾，但被門房所阻。這時，朱熹和張栻都在辛棄疾的手下，這兩個人都了解劉過，就給劉過出主意，說哪天辛公會請大家吃飯，這個時候你就可以來，如果門房再不讓你進來，你就大聲喧嘩，便能引起辛公的注意。

劉過聽了之後，果然就來了，門房仍舊不讓他進，他於是怒聲呵斥。辛棄疾在裏面就納悶，問怎麼回事？門房說，有一個布衣在外頭鬧事。辛棄疾非常生氣，說什麼人這麼沒禮貌？席上，朱熹和張栻就說，門口的這個人不得了，此人姓劉，名過，字改之，別看他只是一介布衣，卻是豪傑之士，辛公如不相信，可以請進來一看。

辛棄疾也不是聽了朱熹和張栻的話就把劉過放在眼裏，他問劉過能詩乎？就是你能寫詩嗎？劉過自信滿滿，

隨口就說「我能，來吧」。這時候剛好廚子進菜，進了一道什麼菜？叫羊腰腎羹，也就是羊腰子湯。

辛棄疾一指這個羊腰子湯，即興命題，就以這道菜為題寫一首詩吧。劉過笑一笑說：「寒甚，願乞卮酒。」什麼意思啊？天太冷了，大人賞一杯酒，我酒後作詩。辛棄疾讓人賞他一杯酒，劉過端起酒杯一飲而盡。天太冷，這個酒呢，有些就流到外頭來了。辛棄疾便讓他以「流」字為令，這就是不僅限題目，而且限韻腳。

劉過一杯飲後，放聲頌曰：「拔毫已付管城子，爛首曾封關內侯。死後不知身外物，也隨樽酒伴風流。」辛棄疾讓他以羊為題，以「流」字為韻。劉過詩才驚人，脫口而出，又妙致毫巔。

「拔毫已付管城子」，「管城子」就是毛筆的簡稱，典出韓愈的《毛穎傳》。「拔毫」就是拔羊毛，做成「管城子」。「爛首曾封關內侯」，這說的是什麼呢？這是說漢之外戚專權。《後漢書·劉玄傳》說，劉玄寵韓夫人，韓夫人的父親就因而專權，濫封官爵，連伙夫廚子也封關內侯，時人即以「爛羊頭，關內侯」相諷刺。你看，首聯緊扣住「羊」來寫。「死後不知身外物，也隨樽酒伴風流。」妥妥帖帖押在平水韻的十一尤韻上，也就押在這個「流」字上。辛棄疾一聽，擊掌大喜，立刻引劉過入座，兩個人從此成為莫逆之交。

在席間推薦劉過的張栻，看了劉過即題吟詩的水平之後，大為讚歎。他此前知道劉過才情超絕，但不知道其才情如此驚艷。回家後，他又置了酒席，把劉過請到家中。敬過酒之後，張栻說：「先君魏公，一生公忠，為國功臣，厄於命，來輓者竟無一篇得此意。願君有作，以發幽潛。」這是說，我老爹——已經故去的魏國公，也就是一代名相張浚，一生盡忠報國，一片忠心，但有時候命運不濟，帶來很多是非。我爹死後，他的門生故舊、很多老部下，寫的敬輓詩篇，沒有一篇能寫出我爹的這種人生境界來，我這做兒子的非常遺憾啊！先生詩才，可是大才，不知能不能替我爹寫一首詩，把他的人生境界寫出來。

要知道張栻，那也是一代理學大師，是湖湘學派集大成者，和朱熹、呂祖謙當時並稱「東南三賢」。他那麼大的學問，居然向布衣劉過提這樣的要求，可見他對劉過的才情、才學敬佩到了什麼地步。

劉過也不客氣，一杯酒下肚，便吟道：「背水未成韓信陣，明星已隕武侯軍。平生一點不平氣，化作祝融峰上雲。」這就是把張浚比作諸葛武侯，比作「萬古雲霄一羽毛」啊！這麼漂亮的詩，劉過脫口而出，隻字不改。張栻聽後，感動得熱淚盈眶。

所以劉過雖然一介布衣，但像朱熹、張栻這些人，尤其是辛棄疾，都視他為平生知己，經常資助他不說，走到

哪裏為官，還要經常帶着他。

後來，辛棄疾到了鎮江，也就是當時的京口為官。一天，又是冬天大雪的時候，辛棄疾約好幕僚到了北固山觀雪。劉過來得特別晚，辛棄疾就為難他，讓他即題賦雪，以「難」字為韻。哪知劉過脫口而出一句名聯：「功名有分平吳易，貧賤無交訪戴難」。辛棄疾聞之，讚歎不已！因為辛棄疾的關係，劉過和另一位主戰派的名士陳亮也成為至交。

你看這些人在一起，不論是名將名帥，還是名士，甚或只是布衣，他們情趣相投，甚至成為人生知己，這其中固然有才情的互相欽佩，但更重要的是人生價值觀的一致，即收復河山、光復神州的人生理想的高度一致。

劉過還有一個人生知己，一個非常要好的朋友，就是岳飛的孫子岳珂。岳珂是南宋的大史學家，他的《金陀粹編》和《桯史》是研究岳飛的第一手資料。岳珂比劉過、陳亮都要小上很多，而劉過、陳亮等人俱與岳珂相友善，固然因為岳珂的才學，但也有一個非常重要的原因，那就是在劉過、陳亮、張孝祥這些人的眼中，岳武穆那就是一面精神旗幟，就是抗金歷程中一座最偉大的豐碑。

劉過的這首《六州歌頭》，誠如它的副題所言，這不是簡單的弔古之詞，是完全在為岳飛鳴不平、樹豐碑！所以開篇即問：「中興諸將，誰是萬人英？」南宋有所謂「中

興四將」之説，岳飛、韓世忠，還有張俊、劉光世，誰是其中的翹楚呢？毫無疑問，世所公認那就是岳飛。

劉過接下來就感慨地説：「身草莽，人雖死，氣填膺，尚如生。」這四個三字句，説的是悲憤。「身草莽」，那是慘死獄中，葬身草莽之中，但「人雖死，氣填膺」，義氣填滿胸膛。「尚如生」，這是説看着眼前鄂王岳武穆的塑像，彷彿栩栩如生啊！

然後詞人開始回憶，回憶岳飛生平。「年少起河朔，弓兩石，劍三尺，定襄漢，開虢洛，洗洞庭，北望帝京。」這是什麼？這是用極簡潔的筆觸，回憶了岳飛的生平。岳飛曾經三次從軍，年少時起於河朔，這是他最初從軍的地方。岳飛天賦異稟，「弓兩石」説他能拉開三百斤的弓，這個還是宋代的斤，和今天的不一樣。有學者換算，當時三百斤相當於現在的兩百零四公斤，也就是四百零八斤。這個臂力要擱在今天，絕對是奧運健將。岳飛憑一身本領，憑三尺劍，然後「定襄漢」。這是講紹興四年（1134），岳飛收復襄陽六郡。「開虢洛」，指紹興十年（1140），岳家軍分路北伐。而「洗洞庭」則是岳飛在洞庭湖平楊么之亂，最後還收了大將楊再興。「北望帝京」，就是指岳飛時刻不忘要收復汴京，要光復華夏。

接下來才是讓人沉痛的時候，「狡兔依然在，良犬先烹」。請注意這一句，「狡兔死，走狗烹；飛鳥盡，良弓

藏」，可是狡兔還沒死，飛鳥還沒有盡，良弓與良犬就失去了用處，甚至引來殺身之禍。這一句裏，其實已經透露出一種批判的鋒芒，但作者先不忙着批判，而先説人民的情感。「過舊時營壘，荊鄂有遺民。憶故將軍，淚如傾。」這是説到處都有懷念岳飛的人，人們説起他的事跡，無不痛哭流涕。

不過，劉過這首弔古悲憤的《六州歌頭》，難道只是為了懷念嗎？如果只是為了懷念岳飛，那就失去了它的力度與深度。這首詞的力度和深度，其實在它的下片。

下片首先詠歎岳飛遭讒、身死的根源，「説當年事，知恨苦：不奉詔，偽耶真？」這是説，説起當年之事，知道將軍您恨苦到極致啊！當時秦檜等人最先為岳飛擬定的罪名是「不奉詔，有謀反之心」。劉過在這裏輕蔑地反問一句：「不奉詔，偽耶真？」即是將「莫須有」的栽贓諷刺得體無完膚。

接下來四句非常關鍵，詞人甚至到此以岳飛的口吻直陳心跡，甚至是質問：「臣有罪，陛下聖，可鑒臨，一片心。」那就是以岳飛的口吻説，如果我真的有罪，那麼以皇上的聖明，以你高宗趙構的聖明，可以審查，自然可以看到我的一片忠心。但是高宗看不到，最後還是冤殺了岳飛。後人都説高宗是被秦檜蒙蔽，或者説是上了金兀朮的反間計的當。可是請注意，劉過在這裏把批判的矛頭直指

高宗趙構，雖然說的不是那麼明顯，但一句「臣有罪，陛下聖」因為事實上是忠臣無罪，可見陛下不聖，這正是劉過這首《六州歌頭》深刻的地方。他的批判矛頭既有對奸臣的鞭撻，更是將批判的鋒芒直指皇權，直指宋家王朝終極寶座上的那些無恥兒郎，這在南宋就已有如此的眼光，劉過可謂不易！

當然這樣的眼光、這樣的批判，不能說得太直接，所以他最直接的批判還是那些奸臣。「萬古分茅土，終不到，舊奸臣。」分茅分土，是分封諸侯時候的一種儀式。這是說，自古以來沒有給奸臣封侯拜爵的，是說天道好還，像秦檜這樣的奸臣，最終不會有好下場。而「人世夜，白日照，忽開明」。這是說人世間的一切冤案，終將能得到昭雪，就像黑夜終將會被白晝所取代一樣。

那麼，為岳飛昭雪的是誰呢？是孝宗、是寧宗，而不辨忠奸的是誰呢？則是高宗，是趙構。所以詞人說「袞佩冕圭百拜，九原下、榮感君恩」。就是說九泉之下，岳飛封神，就像此刻岳王廟裏的岳飛的塑像，穿着袞服，戴着冠冕，佩着圭玉，他一定會榮感君恩的。這裏的君是誰？是孝宗、是寧宗，絕不是高宗。

人世間自有一桿秤，詞人相信，歷史終將給出最公平的評判。所謂公道自在人心，景仰與尊崇也自在民心。全詞最後，詞人還是以民心、人心定調，說「看年年三月，

滿地野花春，鹵簿迎神」。這是說年年三月，清明前後，人世間生機盎然，中國人祭祖感恩，懷念先賢。你看百姓用「鹵簿」之禮，這是最隆重的儀式，紛紛紀念岳飛的神靈。這樣的場面，在世間處處可見，這也就可以看出人民的哀思、人民的懷念、人民愛憎的情感。

所謂「公論久而後定，何處更得此人」。這是林則徐評于謙之語，用於岳武穆亦是實至名歸。劉過的這首《六州歌頭》，情感充沛固不待言，其中最可取處，竟然將批判的鋒芒直指最高權力者，直指奸臣背後的東家，直指權力陰謀的幕後黑手，這就極為難得了。

這也是劉過深刻的地方，這也正是劉過、陳亮、辛棄疾、陸游、張孝祥所有的這些主戰派們命運多舛、人生坎坷的根本原因所在。

清空騷雅 才子篇章

張炎說過，論寫梅，詩中是林逋的《山園小梅》為第一，而詞則以姜夔的《暗香》《疏影》為第一。說實話，單以清空騷雅的風格而論，姜夔的詞確實可謂翹楚。不過要說千古以下，以姜夔為第一，許多人估計會不服氣。比如陸游《卜算子·詠梅》、朱淑真《菩薩蠻·詠梅》也都是傳世佳作。

那麼，姜夔的《暗香·舊時月色》究竟好在哪兒呢？

姜夔──《暗香·舊時月色》

舊時月色，算幾番照我，梅邊吹笛？喚起玉人，不管清寒與攀摘。何遜而今漸老，都忘卻、春風詞筆。但怪得、竹外疏花，香冷入瑤席。

江國，正寂寂，歎寄與路遙，夜雪初積。翠尊易泣，紅萼無言耿相憶。長記曾攜手處，千樹壓、西湖寒碧。又片片、吹盡也，幾時見得？

説到姜夔的《暗香》《疏影》兩首詞的詞名，其實是從林逋《山園小梅》中的名聯，「疏影橫斜水清淺，暗香浮動月黃昏」裏化來的。不過這兩首詞不為人所注意的一點，就是它其實不是一個詞牌，而是一個曲牌。這個曲牌，就是姜夔的自度曲。自度曲的本意，是擅長演奏音樂的音樂家，到樂曲演奏終了的時候意猶未盡，還能根據音樂的整體節奏和精神自由演繹下去，這叫作「度曲」。我們講宋詞，反覆説很多詞牌都來自唐代教坊曲的曲牌，這些曲牌夠經典、夠流行，才最後演變成詞牌。能做自度曲的人，音樂水平要非常高，音樂境界也要非常高。

　　事實上，姜夔在《暗香》《疏影》之前，有一個小序交代了這兩首詞的緣由。他説：「辛亥之冬，余載雪詣石湖。止既月，授簡索句，且徵新聲，作此兩曲，石湖把玩不已，使二妓肄習之，音節諧婉，乃名之曰《暗香》《疏影》。」「辛亥之冬」，是南宋紹熙二年（1191）的冬天，「石湖」是范成大，范成大號石湖居士，晚年就住在蘇州西南石湖齋。姜夔來到之後，范成大知道他音樂才能很高，就讓他寫兩首新曲子。

　　可以説姜夔首先是音樂大家，他曾經就朝廷的音樂典章制度提出很多真知灼見。而他在詞史、音樂史上最大的一個貢獻，就是他詞集《白石道人歌曲》中就有十七首自度曲。在這些自度曲旁，他都註明了工尺譜。這可不得

了，這是歷史上流傳至今唯一完整的南宋樂譜資料，有着不可估量的價值。正是因為姜夔的音樂水平非常高，所以范成大當時就讓他做新聲。時值冬天，臘梅開放，姜夔立刻自度曲，寫了這兩首《暗香》《疏影》。當時范成大在石湖把玩不已，讓兩個精於音樂的歌妓，依樂唱字，音樂和詞完美無匹，范成大讚賞不已，佩服不已。

　　讓范成大佩服不已的結果是什麼，我們暫且留一個懸念，後面再說。我們先來說說這兩首詞音樂和文字的匹配妙至毫巔，那麼作為詞本身，它的內容又如何呢？

　　後人評價姜夔這首詞最能體現清空、騷雅的特色。你看，上片開篇語，「舊時月色，算幾番照我，梅邊吹笛？」王闓運《湘綺樓詞選》曾對此很不以為然，說「如此起法，即不是詠梅」。就是說這樣起筆這哪是詠梅花啊，這其實也就可以看出姜夔詞的特色。

　　說實話，王闓運的質疑也有他的道理，「舊時月色，算幾番照我，梅邊吹笛」，這是什麼筆法呢，這是一種散文，尤其像後世抒情散文的寫作筆法。我們知道，詞分豪放與婉約兩派，一開始的婉約特別接地氣，像柳永「自是白衣卿相」，一腔激憤沉淪在紅塵之中，喜歡用俗樂去表現詞。文人參與之後，則到了廟堂，變得特別雅，成為兩個極端。而姜夔的創作，後人稱讚恰恰正好就在中間，典雅有致，形成詞史稱之為清空的風格。

所以他寫梅花，就是清俊空靈！他的筆法，不像林逋《山園小梅》寫梅就是寫梅；也不像陸游寫梅，雖然內裏是寫梅的精神——「零落成泥碾作塵，只有香如故」，但起筆還是從梅花的外部寫起，「驛外斷橋邊，寂寞開無主」。姜夔寫梅，好像句句是在寫梅，但起筆卻是在寫梅邊之人，這個主人公彷彿不是梅，而是梅邊吹笛的那個人。

接下來，「喚起玉人，不管清寒與攀摘」，則說笛韻悠長，喚起了那玉人，冒着清寒攀折梅花。這樣的曲中，這樣的清寒玉人與笛曲，這樣的吹笛人與梅花，那種彼此相應的情感，別有一分舒朗與濃郁。真是「當年今日此林中，人面梅花相映紅」啊！一句「喚起玉人」，其實喚起了一段唯美的記憶，這種喚醒引發的是一種強烈的共鳴。在每個人漫長的人生經歷中，一定有一些唯美的瞬間，是時間的長河中永遠揮之不去的吉光片羽。

對姜夔而言，這段感情到底是什麼，那個被喚起的玉人又是誰呢？這在詞史上，其實也是一個爭議非常大的話題。比較主流的觀點認為，姜夔的初戀情人是合肥的一個歌妓，而如夏承燾先生則主張是一對姐妹，因為姜夔的詞中有一句叫「大喬能撥春風，小喬妙移箏」。姜夔的情緣到底是怎麼樣，現在也只是一個謎，只能憑他的詞去想像和揣摩。不過據現有資料可知，姜夔對初戀情人用情至

深，他現存八十四首詞，合肥情詞就有二十多首，佔有相當大的比重。

據夏承燾先生考證，寫《暗香》的時候，是他最後一次離開合肥之後。所以從詞裏的情感來看，詞中所寫的玉人，所喚醒的記憶，毫無疑問是情人之間的那種回憶。當然除此之外，也有其他的觀點。但不論怎麼說，不管怎麼樣，姜夔的清空詞筆立刻把人帶入了與梅花相映的清寒，帶入了唯美的回憶之中。

「何遜而今漸老，都忘卻春風詞筆」，這裏是用了一個典故，何遜是南朝梁的一個詩人。我們知道當時的永明體對唐代格律詩的影響非常重要，何遜是永明體創作中一個重要的人物，連梁武帝都非常欣賞他。

何遜這個人非常喜歡梅花，早年在揚州的時候，在揚州榭舍有一棵梅樹，他對那樹梅花一直念念不忘，也寫過很多詩。晚年的時候，他從洛陽辭官回到揚州，到了他魂牽夢縈的梅樹面前，此時此刻他卻江郎才盡，為之詞窮，居然寫不出詠梅的詩來了。姜夔借何遜的典故在說什麼？在說年歲漸老，人生境遇漸衰，看着眼前心愛的梅花，卻是欲說還休。

可是，多情的梅花卻不管詞人如今是否衰老，是否忘卻春風詞筆，梅花之香，依然隔着竹林疏影，遠遠地飄入酒席宴間，飄入瑤席之中。這真是「但怪得，竹外疏花，

香冷入瑤席」,你看,梅花變被動為主動,梅花之香又融入了梅邊人,融入回憶無邊的往事之中。

下片由此而感慨「江國,正寂寂,歎寄與路遙,夜雪初積」。這是用了陸凱寫給范曄的詩:「折梅逢驛使,寄予隴頭人。江南無所有,聊贈一枝春。」江南水國正是一片靜寂,想借這枝梅花寄託相思情意,可歎路途遙遠,只有夜色中無邊的積雪遮蔽了茫茫大地,於是「翠尊易泣,紅萼無言耿相憶」。「翠尊」是翠綠的酒杯,而「紅萼」是傲雪紅梅,就是說,詠梅之時嫌春色過素,故用「紅萼」字,又恐突然,所以先說「翠尊」。這兩句看似平淡,但深得杜詩韻味,平淡中自有神奇。

手捧「翠尊」,經不住灑下傷心的淚滴,面對紅梅,人雖默默無言,往事卻歷歷在目,所以接着就有了「長記曾攜手處,千樹壓、西湖寒碧」。「長記」的這個「長」字不要等閒視之,這其實是說詞人永遠都記得回憶中最高潮最唯美的場景。冬日的西湖,泛着寒波,一片澄碧之色,而千株的梅林壓滿了綻放的紅梅,「千樹壓、西湖寒碧」。最最關鍵的是,在這唯美的景色裏,曾經有兩個人在這裏攜手,在這唯美的世間、在這永恆的時空裏攜手。

可是,也就是在這樣的高潮之中,一切卻又戛然而止,「又片片、吹盡也,幾時見得?」這是從永恆的回憶之中,又回到當下,回到眼前,此刻的梅林壓滿了孤索與

飄離。而那曾經如此綻放的紅梅，也被吹落得凋落無序。何時才能重見那梅花的幽麗？可是幾時見得的疑問，只是為了見梅花的幽香嗎？詞人內心無限的渴望，不更是梅花下曾經的攜手，舊時月色下梅邊的吹笛，和玉人因笛聲而來不管清寒的攀摘嗎？

全篇彷彿句句不離梅花，句句又看得出動人的身影，看得出對往事的深情。這種身影與深情卻又不着痕跡，與梅花的清香完美地交融在一起。所以即便寫懷念，寫傷感也充滿了通透與清俊，洋溢着清澈與空靈。故後人稱，姜夔的風格既不同於豪放，又不同於婉約，而是清空騷雅。他的詞，他的音樂充滿了一種書卷氣，既遠離廟堂，又遠離市井，可謂別具一格。

那麼姜夔的這種清空騷雅的風格，是如何形成的呢？

每個人的人生，每個人的風格，其實都是時光與命運雕琢的成果。姜夔也算出身於書香門第，父親曾經中過進士，但只做過縣丞或知縣，在漢陽知縣任上病逝時，姜夔年齡還很小，後來母親也相繼病逝，姜夔只有依靠姐姐生活。所以姜夔很懂事，非常努力，懷抱滿腹才學去參加科舉考試。但他一生考運不佳，到晚年名聲很大的時候依然名落孫山，一輩子都沒考中科舉。

考試落榜之後，年輕的姜夔遊歷天下，在湖南認識了前輩詩人蕭德藻。蕭德藻是個「詩痴」，與楊萬里是人

生知己。他們兩人年齡差不多，在湖南零陵一個旅社中相識，以詩論交。第二天，蕭德藻一早要動身，他對楊萬里說，咱們成為人生知己，這種定交，應該如訂婚一般，各留一首詩為證。於是，蕭德藻先寫了一首，楊萬里和詩一首，兩個人成為畢生師友。

蕭德藻其實官運不錯，但他無意做官，一心愛詩，他其實比姜夔大許多，但兩個人迅速結為至交。就因為蕭德藻的推薦，後來姜夔又結識了楊萬里，楊萬里又把姜夔推薦給了范成大，所以蕭德藻、楊萬里、范成大這些前輩詩人，都和姜夔結為忘年之交。尤其是楊萬里，對姜夔的詩詞讚歎不絕，稱讚他「為文，無所不工」，說他的詩類似於唐末詩人陸龜蒙。范成大也特別推崇姜夔，甚至推崇他為魏晉間竹林七賢一樣的人物。姜夔雖然一生考運不濟，但有很多前輩非常欣賞他，蕭德藻甚至還把自己的姪女許配給了姜夔。因為這些人的推薦，朱熹、辛棄疾等也都對姜夔青眼有加。

還記得我們前面所留的那個伏筆吧？

姜夔填了《暗香》《疏影》二詞之後，范成大馬上讓家中樂妓演唱。當時有一個最出色的樂妓叫小紅，因為演唱《暗香》《疏影》最為傳神，范成大就把小紅贈送給了姜夔。

那一年除夕，姜夔在大雪之中，乘舟從石湖返回苕溪他住的地方時，途中就作有七絕十首。過蘇州吳江垂

虹橋的時候，寫下了著名的《過垂虹》，詩云：「自作新詞韻最嬌，小紅低唱我吹簫。曲終過盡松陵路，回首煙波十四橋。」

可是，再大的才情也不能改變他多舛的命運，再同情他的朋友也不能改變他清貧的人生。在人生知己紛紛辭世後，姜夔晚年基本依靠好友張鑒的資助，在杭州居住。姜夔自己說，他和張鑒「十年相處，情甚骨肉」。張鑒死後，姜夔晚年便走向困頓。杭州發生火災，很多民房都遭殃，姜夔的屋舍也被燒光了，尤其是家中的藏書也都被燒光。這對姜夔是一個巨大的打擊。

此時的他雖然已經六十多歲，還不得不為衣食奔走於金陵、揚州之間，最後在飢寒交迫中辭世。他死後，家人窮到甚至沒有辦法安葬他，還是靠好朋友吳潛等人捐資，才勉強把他安葬在杭州錢塘門外的西馬塍。

如此清空騷雅的一代才子，晚境如此悲涼，也足以說明蒼茫的人世間，充滿了荒蕪。但姜夔幸好還有他的音樂，他的詞，他的《暗香》《疏影》，他的《揚州慢》，他的《續書譜》《絳帖平》，他的《白石道人歌曲》，他的忘年之交，他的合肥情緣。而這些就使他乾淨的靈魂，在這荒涼的人世間裏遇到了永恆的溫暖。

走進塵世，難免心生惆悵，我們不過是借彼此乾淨的光和熱，走完人世的荒蕪和悲涼。

一枝斷腸和月香

　　我們說過，宋人尤其喜歡寫梅花，比如姜夔的《暗香》、陸游的名作《卜算子·詠梅》。這兩首詞一個是處處寫人，但梅卻無處不在；另一個則是句句寫梅，字字寫梅，人生卻又無處不在。

　　下面，我們則要來看一首風格迥然不同的名作，也就是和易安居士李清照齊名的幽棲居士朱淑真的《菩薩蠻·詠梅》。

朱淑真——《菩薩蠻·詠梅》

濕雲不渡溪橋冷。蛾寒初破東風影。溪下水聲長，一枝和月香。

人憐花似舊，花不知人瘦。獨自倚欄杆，夜深花正寒。

我們回到開始提到的那個命題，就是唐人喜歡寫牡丹，宋人則喜歡寫梅花。當然，各個時代的人都有寫梅花的，但無論是從量上，還是質上，都沒辦法和宋人相比。姜夔的「暗香疏影」不用說，這個題目本身就來自林逋的《山園小梅》，而陸游寫梅花更是有一百多首，「一樹梅花一放翁」。其他宋人寫梅的名作，也比比皆是。王安石不用說，有著名的「牆角數枝梅，凌寒獨自開。遙知不是雪，為有暗香來」。盧梅坡寫梅，他的名字就和這個梅息息相關，說「梅須遜雪三分白，雪卻輸梅一段香」；又說，「有梅無雪不精神，有雪無詩俗了人。日暮詩成天又雪，與梅並作十分春」。辛棄疾也有詠梅的名作，所謂「老去惜花心已懶，愛梅猶繞江村。一枝先破玉溪春。更無花態度，全有雪精神」，簡直神來之筆。另外像蘇軾、張孝祥、陳亮、周邦彥、黃庭堅，這些人詠梅的作品也膾炙人口。

而說到朱淑真的這首《菩薩蠻‧詠梅》，就要說到兩宋最有名的女才子李清照了。易安居士李清照也有很多詠梅的詩詞，像她那首模仿歐陽修所寫的《臨江仙》，就是寫梅花：「夜來清夢好，應是發南枝。」而她另有一首叫《孤雁兒》的詞，也特別有意思。其中下片說：「小風疏雨蕭蕭地。又催下、千行淚。吹簫人去玉樓空，腸斷與誰同倚。一枝折得，人間天上，沒個人堪寄。」最後幾句大家

肯定很熟，也是名句。但這首寫梅花的詞，李清照前面有個題記：「世人作梅詞，下筆便俗。予試作一篇，乃知前言不妄耳。」就是說，宋人喜歡作梅詞。但是，梅花詞哪是這麼容易作的，「下筆便俗」啊。我不信這個邪，寫完之後「乃知前言不妄耳」。

這個題記的意思是說，李清照對自己這篇《孤雁兒》不是特別滿意，但其實已然是千古名篇，上片下片都有名句。上片說：「笛裏三弄，梅心驚破，多少春情意。」下片說：「一枝折得，人間天上，沒個人堪寄。」寫得這麼棒，李清照還是不滿意，說明什麼？說明梅詞難做，說明寫梅花的詩詞難得佳作，難得精品。

這又是為什麼呢？其實一個重要的原因，就是因為寫梅花的詩詞太多了。而宋人，尤其愛寫梅花。所以，要想出類拔萃，脫穎而出，更是難上加難。就比如說，朱淑真這首《菩薩蠻·詠梅》，前面已有姜夔的《暗香》《疏影》，陸游的《卜算子·詠梅》，要麼因人而寫梅，要麼因梅而寫人，都已經寫到極致。朱淑貞的這首《卜算子·詠梅》又好在哪裏，又如何能在宋人詠梅詞裏脫穎而出呢？

「濕雲不渡溪橋冷。蛾寒初破東風影。」這裏先為梅花的出場刻劃一個特定的、典型的環境。「濕雲」是帶雨的烏雲。那為什麼不直接說烏雲，要說「濕雲」呢？因為，要寫濕，才能透出一種寒意來。所以，她又不說寒，

她説「濕雲不渡溪橋冷」。在這種陰雲遮蔽的天空之下，連溪水和溪上的小橋都透着一種寒意。所以接下來説，「蛾寒初破東風影」，這個「蛾」字，有學者認為應該是通假字，通俄頃的「俄」，就是不久，就是一小會兒。以此來形容這種寒，是清寒、嫩寒。但也有學者認為，這個「蛾」字就是蛾眉之意，比喻一彎新月剛剛破雲而出。但不論是説嫩寒隨東風而來，還是説一彎新月隨東風破雲而出，都是講的初春，講的料峭春寒之夜。

所以，前面兩句是鋪墊了一種清寒的環境，寫初春的夜裏，白日的喧囂已然褪去，但料峭春寒使詞人眼中處處泛着一種別樣的清冷。可是在這樣清冷的夜裏，有一樣東西，吸引了朱淑真這位別樣才女的注意，甚至勾起了她內心深處一種別樣的感覺，那就是她眼中的主人公將要出場了。

在出場之前，還有一層鋪墊——「溪下水聲長」，在這料峭春寒的清冷之夜裏，是橋下綿延不斷的嘩嘩的溪流之聲，送來了一片幽香。那是怎樣的一種幽香呢？那是「一枝和月香」。這一句讀後，我們立刻覺得月光、月色都有了一種梅香、有了一種暗香。請注意，朱淑真寫的，只是一枝梅花，和姜夔、陸游都不一樣。陸游寫的「驛外斷橋邊，寂寞開無主」，毫無疑問是一樹梅花。而姜夔，則是「千樹壓、西湖寒碧」，那是一片梅林啊。

而朱淑真寫的是什麼？是一枝梅花，「一枝和月香」的梅花，這是濃縮到了極致。

　　到這裏，主角——一枝梅花出場。一枝梅花出場了之後，下片才開始進入最最關鍵的，獨屬於朱淑真的一個場景。「人憐花似舊，花不知人瘦。」

　　這兩句非常關鍵。關鍵在什麼地方呢？就在於，人與花之間，主客體之間達成了一種溝通和交流。上片是營造環境，為了梅花的出場營造典型環境。梅花出場以後，詞人和梅花之間，就是一種面對面的狀態，一種主體和客體面對面的狀態，甚至最後是一種主體和客體融合的狀態。

　　「人憐花似舊」，人在憐愛着這一枝梅花，感慨它還是像往常一樣那麼美麗，這說明主體對梅花這個客體的關注由來已久。事實上，朱淑真和陸游一樣，寫梅的詩詞數量非常多。雖然她的作品散佚了很多，但是經過粉絲的熱心收集，殘留的作品中寫梅的詩詞，依然多達三十多篇。她甚至為了梅花，專門去憑弔林和靖，並寫詩說：「不見孤山處士星，西湖風月為誰清。當時寂寞冰霜下，兩句詩成萬古名。」所以她說「人憐花似舊」，她對梅花的感情，其實蘊含着歲月裏的相憐相知與深情。

　　反過來呢，「花不知人瘦」，這句也非常有意思。李清照有「簾捲西風，人比黃花瘦」。但從修辭的角度看，李清照的是一個比喻句。而朱淑真呢，「花不知人瘦」，

就是一種擬人。這裏的梅花，也就是與幽棲居士面對面的梅花，彷彿是她人生的一個知己。

所以詞人顧影自憐，歎息着自己悲哀的命運，最後一聯説，「獨自倚欄杆」，這正是像柳永説的「獨自莫憑欄」啊。接下來卻又説，「夜深花正寒」。梅花真的不知道，詞人心情之瘦，命運之瘦嗎？伴着詞人心底的悲哀，那一枝梅花在夜色中透出陣陣的寒意。

朱淑真另外有一首詠梅佳作，詩云：「明窗瑩几淨無塵，月映幽窗夜色新。惟有梅花無限意，射人又放一枝春。」詞人感慨，在這世間也唯有梅花可以懂她，她連生病的時候都説「病起眼前俱不喜，可人唯有一枝梅」。所以，在詞人朱淑真的眼中，梅花和她自己，其實就是一對命運的共同體。你看，她的這首《菩薩蠻·詠梅》，和姜夔的《暗香》，和陸游的《卜算子·詠梅》都不一樣。

姜夔的《暗香》寫梅，「舊時月色，算幾番照我，梅邊吹笛。喚起玉人，不管清寒與攀折」，這是寫情，寫人，用梅來映襯。而陸游筆下的梅花，通篇從「驛外斷橋邊，寂寞開無主」到「已是黃昏獨自愁，更着風和雨」；再到下片，「無意苦爭春，一任羣芳妒」；一直到結尾，「零落成泥碾作塵，只有香如故」。彷彿都在寫梅花，但是處處都寫自己的命運，寫自己的人生，寫自己的感慨、信仰以及人生的追求和境界。所以，不論是姜夔還是陸

游，他們寫梅花，都是主次分明。要麼借物抒情，要麼託物言志，是屬於兩個極端。而朱淑真寫梅花，就像一個話劇舞台一樣，梅花作為主人公，在一個鋪墊好的典型環境裏出場。出場之後才發現，她對面的那個詞人，才是更加重要的典型人物。此時此刻，主客體達到了一種平衡，主客體的命運相互映照，最後，這種面對面的映襯達成了一種微妙的平衡。這種唯美又微妙的平衡，極富美學氣質，使得她筆下的那一枝梅，更具知己之感，更易讓人產生命運的共鳴。

所以，朱淑真筆下的梅不像姜夔的「暗香」梅林那樣熱烈，也不像陸游筆下「寂寞開無主」的梅花那麼具有悲劇美，她的梅，更加清冷，更加可遠觀而不可褻玩。所以她只寫一枝梅，讓我們看到梅的影子，嗅到梅的暗香，卻難睹它的全貌，只知道它會伴隨着詞人的命運，恆久散發出幽幽的芬芳。

這就如同朱淑真本人，我們如今對她的了解，也像遠遠看那一枝梅花一樣，看不到梅樹，也看不到梅林。無數人對她的同情、歎息、惋惜，也如同那一枝梅花的暗香，在華夏詩詞的國裏，永遠幽幽地棲居着。

其實，這也正是讓人非常感慨惋惜的地方。很多學者都認為，從保存下來的作品來看，朱淑真的才情並不遜於李清照。像鄭思肖有一首著名的《畫菊》：「寧可枝頭抱香

死，何曾吹落北風中。」就是從朱淑真的寫菊詩中而來。
朱淑真寫菊花説：「寧可抱香枝頭老，不隨黃葉舞秋風。」
《紅樓夢》中香菱學詩，到生命終結的時候，陪伴她的就
是朱淑真的《斷腸集》。所以把朱淑真和李清照放在一
起，確實讓人感慨。

易安居士李清照的詞集是《漱玉詞》，她畢竟出身名
門，又嫁得有情郎，和趙明誠也算琴瑟相和。可朱淑真
呢，她的詞集叫《斷腸詞》，她的詩集叫《斷腸集》。而
她的號，則叫幽棲居士。事實上朱淑真的生平到底怎樣，
比較詳細的材料今天已經知之甚少。現在最可信的材料，
就是宋人魏仲恭在《斷腸集序》裏説，朱淑真早歲不幸，
父母失審，不能擇伉儷，乃嫁為市井民家妻，一生抑鬱不
得志，故詩中多有憂愁怨恨之語。這就是説，有關朱淑真
最可確知的，就是她既有才情，卻又有一段不幸的婚姻。

她的婚姻是不幸的，可是，她卻敢於向不幸的婚姻
抗爭。在那樣的時代，她依然敢於去追求自由的愛情。李
清照寫戀情中的狀態，頂多是「和羞走，倚門回首，卻把
青梅嗅」。而朱淑真，真是大膽狂放。她説「嬌痴不怕人
猜，和衣睡倒人懷。最是分攜時候，歸來懶傍妝台」。這
在當時，也算是驚世之語了。大多數人認為，朱淑真應該
是生活在南宋初年，那個時候理學興盛，整個社會對女性
的桎梏越來越嚴，而朱淑真的筆下，這種對愛情狂熱的追

求，要遠超李清照，可見她內心的火熱。可是這種追求與嚮往，在那樣的時代，是要付出沉重的代價的。她最後哭損雙眸斷盡腸，抑鬱抱恨而終。

朱淑真死後，她的遺體被家人火化，甚至她的父母都不能容她，把她的作品都燒掉了，這簡直就是徹底的扼殺。幸好她有一個忠實的粉絲，這就又要說到詩史上粉絲的力量。像李白對孟浩然，杜甫對李白，韋莊對杜甫一樣，朱淑真有一個男性粉絲，名叫魏仲恭。

因為朱淑真的詞寫得太漂亮，所以坊間已經開始有人傳唱她的詞作。魏仲恭偶然聽到以後，為之着迷，費盡心思地去搜集朱淑真的詞作。因為魏仲恭的竭盡心力，且幸他們所生活的年代又近，朱淑真的傳世名作才可謂是劫火重生，鳳凰涅槃。雖然這些留下的作品，相比較朱淑真一生的創作，可謂是九牛一毛，但就像那一枝梅花一樣，雖「一枝和月香」，卻在詩詞的國裏，萬古遺韻長。

朱淑真為什麼那麼愛梅花，因為梅花的命運和她一樣，因為她和梅花是一種命運的共同體。這也就可以理解為什麼宋人獨愛梅花，愛寫梅花。我個人的理解，牡丹與唐人更容易結成命運的共同體。而梅花，與宋人，與宋代的知識分子，更容易結成命運的共同體。

唐人的盛唐氣象，是外向型的。而到了宋代，因為時代的原因，宋人的精神狀態其實是由外向轉向內斂，是

由向外的追尋轉為向內的追尋。而梅花,具有怎樣的品格呢?第一,卓爾不羣,甘於寂寞。所以林逋《山園小梅》中的精彩,不在於「暗香疏影」,而在於「眾芳搖落獨暄妍」,這就是講梅花卓爾不羣。第二,梅花不僅卓爾不羣,而且凌寒獨自開。第三,雖然凌寒獨自開,卻又能映雪成趣,具有那種唯美的美學氣質。第四,不僅映雪成趣,而且暗香猶在。這就可喻精神層面那種永恆的價值追求了。這也就與士大夫的品格完美地結合起來了。

除了這些,梅花還有一種品質,那就是它屬於一年中最先開放的花。「萬花敢向雪中出,一樹獨先天下春。」所以除了那種悲情美,它又有一種崇高美中的自信與熱烈。

所以,中國人為什麼這麼愛梅花?是因為梅花的那種品格,是中國士大夫精神的映射,是可以和獨立之精神、自由之思想的知識分子的命運,結成命運共同體的一種陪伴,一種襯托。「梅花一弄斷人腸」,即便幽棲在這荒涼的人世間,那些美好的一切都是奢望,可只要有這樣一枝梅,有「一枝和月香」的梅花,我們就可以借那一縷幽幽的暗香,走完這人世的荒蕪和悲涼。

在這荒蕪的人間,無數個夜裏,「夜深花正寒」。想來,那個叫朱淑真的靈魂,在歷史的深處,在每一個「一枝和月香」的夜裏,還在獨自倚欄杆。

文苑之英 南窗一夢

　　下面我們要講的這首《唐多令·惜別》，是一首非常獨特的作品。

　　很多人沒有聽說過「唐多令」這個詞牌，對它的作者吳文英也不是特別熟。但那一句「何處合成愁，離人心上秋」，卻是一句大家耳熟能詳的名言。

何處合成愁，離人心上秋。縱芭蕉、不雨也颼颼。都道晚涼天氣好，有明月、怕登樓。

年事夢中休，花空煙水流。燕辭歸、客尚淹留。垂柳不縈裙帶住。漫長是、繫行舟。

「何處合成愁，離人心上秋。」這一句名言，算是千古傳誦之句了，可對這一句的看法歷來也不太一樣。詞史上大多認為，這一句用問答開篇，而且使用了拆字法，「愁」這個字就是秋天的「秋」底下加一個「心」，一拆就拆成了「離人心上秋」，很是巧妙。不過，清代王士禎等卻覺得這近似字謎遊戲，甚至像陳廷焯在《白雨齋詞話》裏更認為「幾於油腔滑調」之嫌，也就是説在他們看來，寫詞就好好寫，這種猜字謎的方式本是燈謎中常用或是民歌常用的，放到文人詞的創作中來，難免難登大雅之堂。

　　其實，我覺得像王士禎、陳廷焯，恐怕要求過分了一點，也太嚴格了一點。首先這種問答開篇，不光是詞，詩也常用。比如杜甫的「岱宗夫如何？齊魯青未了」「丞相祠堂何處尋，錦官城外柏森森」，都是很典型的問答起篇，都有散文筆法。那麼王士禎、陳廷焯認為吳文英太過於玩弄技巧，有沒有道理呢？

　　這其實要看吳文英這一句是不是只炫弄技巧，還是説這個技巧的使用對於全篇來講十分關鍵。

　　首先，我們可以看出這一句「何處合成愁，離人心上秋」對我們的母語是有體味、體悟在裏面的，也就是説他的母語感知力非常強。其實，吳文英特別努力地在捕捉，在用那些輕巧的詞彙去捕捉意識的流動，甚至具

備某些意識流的特點。他的很多詞裏所用到的意象，前後之間看不到什麼必然的邏輯關係，卻透出意識的自然流動來。

這不僅是琢磨技巧的結果，還有一種移覺感在裏面，即接下去的那一句「縱芭蕉、不雨也颼颼」。雨打芭蕉是最常見的意象，詩人寫詩，詞人寫詞，許多都涉及這一意象。像賀鑄的名句「芭蕉襯雨秋聲動」，歐陽修的「深院鎖黃昏，陣陣芭蕉雨」。而吳文英卻説「縱芭蕉、不雨也颼颼」，就是說雖然沒有雨，是風吹着那個芭蕉，但風吹芭蕉發出的颼颼的聲音，已然夠淒涼了。你看，他選取的這個視角很奇特，別人都是聽雨打芭蕉之聲，他卻去掉那個雨，只表現風吹芭蕉之聲。正因為這種視角的獨特，才能體現出情感的獨特來，所以他說，「都道晚涼天氣好，有明月、怕登樓。」

天氣清涼，明月又清朗，登樓、納涼、賞月，那應該是非常好的時候啊，可是他偏偏説「怕登樓」，詞題中的惜別之情也從一個「怕」字中全然流出。但倘若是一上來就這麼説，就顯得不自然，但經過兩個獨特視角的鋪墊，這時候「都道晚涼天氣好，有明月、怕登樓」，就把詩人那種獨特的情感，完全地襯托出來。

到了下片，這種獨特的意識，又該如何流動呢？

「年事夢中休，花空煙水流」，這看上去是直抒胸臆，

但這個「夢」字對於吳文英來講，那是不簡單的一個字。

吳文英字君特，號夢窗。他的集子就叫《夢窗詞》，後人也稱他為吳夢窗。為什麼如此呢？是因為他的詞創作，就像他的號一樣如夢如幻，而且他特別喜歡寫「夢」這個字。甚至寫意象、場景，也如同夢境一樣，經常出現那種穿越感，特別具有現代意識流的特色。

「年事夢中休」是對人生命運的哀歎，接下去一句「花空煙水流」，用得纖巧無比。「花空」，這兩個字經常會放在一起，但不是作為一個詞。像辛棄疾的「老眼狂花空處起」，像《金縷衣》中所說，「莫待無花空折枝」，像陸游的「酥花空點春妍」，包括後來唐伯虎《落花詩》裏那一句「桃花淨盡杏花空」，都是如此。

古今那麼多詩詞名作裏，「花」和「空」雖然經常挨在一起，但很少有像吳文英這樣在它們之間勾連起一種必然的聯繫，說「花空煙水流」。花可以開，可以凋零，怎麼能叫作「空」呢，這就是一種移覺。配上後面的「煙水流」，這種花空的感覺就比花兒凋落，更給人一種「年事夢中休」的感覺。那是一種萬事皆休的傷感與透徹的淒涼，甚至還有一絲不甘的迷茫。

「燕辭歸、客尚淹留」，詞人突然看到燕子，燕子已經歸去。可是天涯羈旅之人還不如燕子，可以飛回故里，這是何等悲哀。「垂柳不縈裙帶住，漫長是、繫行舟。」

這裏甚至是在怨那垂柳，那庭院中飛舞的柳絲雖然如此綿長，卻牽絆不住即將離去的伊人，只是牢牢地綁住了自己的行蹤。這種透徹的傷感到淺淺的怨氣，就把惜別之情通過流動的意象，完整地表現出來。

這裏我們就可以回頭去看他開篇的那一句，就不僅僅是炫技巧了。其實王士禎、陳廷焯他們都沒有看出吳文英的用心。他表面上只說「離人心上秋」合成的那個「愁」，卻是通過獨特的視角、獨特的意象，乃至在這個意象間流動的獨特的情緒，把所有的元素合在一起。那不雨的芭蕉，那奇特的「颼颼」，還有夢，還有花空，還有煙水流，還有燕辭歸，還有只繫行舟的依依垂柳，這一切合成了那個「愁」，這才是這首詞的妙處，才是這首詞深層的技巧。

這樣我們也就可以理解，為什麼詞史上對吳文英和他的詞的評價有高有低，有時甚至截然相反。南宋末年，人們對他的詞作評價就分歧很大，推崇者認為「前有清真，後有夢窗，四海之公言也」，把他和周邦彥並舉。而像張炎則說他的詞是「七寶樓台，炫人眼目」，認為他炫技炫過了頭。

因為吳文英的詞太過隱幽，太崇尚技巧，所以夏承燾先生感慨說：「宋詞以夢窗為最難治。其才秀人微，行事不彰，一也。隱辭幽思，陳喻多歧，二也。」一難是說他

的這個詞，技巧用得太多，幽深難解。另一難其實是難在「其才秀人微，行事不彰」。

吳文英的生平、事跡現在很難考索，他考場失意，一生也沒有考中過進士，一輩子都去給別人當幕僚。當幕僚就要結交權貴，他曾經就給名相吳潛做過幕僚，吳潛是一代名臣也是忠臣，後來被一代奸相賈似道誣陷迫害。然而，吳文英後來卻和賈似道交好，《夢窗詞》裏就有四首是贈給賈似道的。根據這樣的經歷，人們對吳文英的品格和操守就有了很大的爭議。

生活就是這樣，吳文英本來靠幕僚生活來支撐他的生計，他的聲名也主要是靠他這段幕僚生涯被推許被推揚，可是交友問題讓他百口莫辯。這就像他對技巧的推崇與使用一樣，也是成也蕭何，敗也蕭何。

據考證，吳文英有兩段情感往事，一是在蘇州，和一個歌妓在一起，後來兩人分離了。二是在杭州，曾納一妾也是歌妓，後來這個歌妓病故了。所以他的很多詞，都是寫這兩段情事，比如著名的《鶯亭序》就是懷念那個故去的小妾。

正因為情深之至，加之又把長調技巧運用到純熟，那首詞史上最長的《鶯亭序》，便成為吳文英笑傲詞壇的經典之作。不過，雖然有這樣的代表作，但總體而言，這種長調上的努力卻是過猶不及。實際上，吳文英小令寫得比

長調水平更好，他創作的長調很多，用力也最深，但要作出精品來，其實並不容易，所以像張炎就批判說，「吳夢窗詞，如七寶樓台，炫人眼目，碎拆下來，不成片段」，就是說吳文英的詞堆在一起，蠻嚇唬人的，但是要拆開來細分看，不成片段，經不起推敲。

就詞的創作而言，駕馭長調是一件非常難的一件事情。反而很多小令作品，容易口耳相傳。比如《菩薩蠻》《西江月》《破陣子》《浣溪沙》，都屬於小令。這是因為詞這種形式，特別容易去抒發那種濃縮的碎片式的情感精華。當然，反過來看，吳文英能夠着力於長調的創作，說明他對長短句那種跌宕起伏的技巧，有着非常深的體悟。

說到技巧，說到情感，這其實也就涉及一個創作的本質問題，技巧固然重要，但要想真正超乎其上，一定要從術的層面上升到道的層面。

「青山遮不住，畢竟東流去。」吳文英生活的時代已是南宋末年，和歐陽修、晏殊、柳永所處的時代，和蘇東坡、辛棄疾、陸游所處的時代和環境都已不一樣，都已大不相同。他也就不可能像南宋初年陸游、辛棄疾那樣還有昂揚的姿態、浩瀚的胸襟以及雄闊的視野。

所以同樣是寫愁，雖然吳文英也合得巧妙，合得智慧，但畢竟再也不可能像李後主「問君能有幾多愁，恰

似一江春水向東流」那樣的酣暢與痛切，也不會像秦少游「自在飛花輕似夢，無邊絲雨細如愁」那樣的曼妙與輕靈，更不會像李太白「我寄愁心與明月，隨風直到夜郎溪」那樣的酣暢與淋漓。

這就是時代與人生的聯繫。正所謂，雖是文苑英華，終究不過南窗一夢。

詩詞即人生

　　講宋詞，一般都會以張炎作為結篇。張炎是宋末詞人的四大家之一，除了創作水平高，存詞數量多之外，還著有專門的詞學論著《詞源》。

　　但我想來想去，決定還是要放棄張炎。因為詩言志，而詞者意內而言外，內在的精神與價值的傳承才是詩詞的本質，也是詩詞的力量。所以，在選擇最後的結篇時，我選取了和張炎並列宋末四大詞人之一的蔣捷，與他的名作——《虞美人·聽雨》。

蔣捷——《虞美人·聽雨》

少年聽雨歌樓上。紅燭昏羅帳。壯年聽雨客舟中。江闊雲低、斷雁叫西風。

而今聽雨僧廬下。鬢已星星也。悲歡離合總無情。一任階前、點滴到天明。

說到蔣捷的這首《虞美人‧聽雨》，我想即使只是稍微喜歡詩詞的朋友，也一定聽說過這首名作。

但我以這首詞作為結篇並不是因為它的名聲大，而是因為這首詞從詩詞解讀的角度上來看既好講又非常不好講，正好可以體現詩詞與人生那種由表及裏的本質。

為什麼說它好講呢？

因為一般解讀這首詞，從技法上來看，蔣捷選取的意象，包括線索的流動，都是非常突出的。他選取的人生三個片段，少年、壯年和暮年，這三個層次的劃分，其實是我們的文化環境裏一種最經典的結構模式。

除了分為少年、壯年和暮年，中間還有一個核心的線索，也就是這首詞的題目——聽雨。少年聽雨，壯年聽雨，暮年聽雨，這樣核心的線索把三個層次串聯起來，全詞立刻有了一種渾然的結構和多維的視角，不知不覺間構建起一個非常真實的人生體系，每個人都可以把自己的人生映照其中，從而迅速產生巨大的共鳴。

「少年聽雨歌樓上。紅燭昏羅帳。」少年時，誰不曾意氣風發，裘馬輕狂。而「壯年聽雨客舟中。江闊雲低，斷雁叫西風」，人生成長，尤其到了能力與條件俱佳的壯年，誰不曾立志奮發，誰不曾希望有所成就，誰不曾胸懷家國天下？可是達者兼濟，窮者獨善，在達與窮之間的現實夾縫裏，理想很豐滿，現實很骨感，生下來很容易，活下去

很容易，可生活卻好難好難。再到暮年，「而今聽雨僧廬下，鬢已星星也。悲歡離合總無情，一任階前、點滴到天明」。人生暮年，或於夕陽西下，或於瀟瀟暮雨灑江天，要麼「夕陽無限好，只是近黃昏」，要麼「正關河冷落，霜風淒緊，紅衰翠減」。人生真是跌宕起伏、盛衰榮枯。

有這樣的少年、壯年、暮年的三個人生階段，再加上聽雨的線索，所以讀來很容易讓人產生強烈的共鳴。所以，技巧的作用，尤其是創作技巧的作用由此便大放異彩，這也就成了解讀這首詞最為人所津津樂道之處。

不過，我們有沒有想過一個問題？無數的人用過三段法、三層法，無數的作品中也不乏集中的線索、精彩的架構，卻為什麼這首詞的共鳴與感召力特別強、尤其強呢？

其實，這也正是我說這首詞既容易解又特別難解之處。

如果只是技巧的駕馭便能獲得如此成功，那麼很容易就可以模擬出比如《虞美人‧聽風》《虞美人‧逐辰》《虞美人‧看日》《虞美人‧觀雨》，可是為什麼沒有呢？為什麼獨獨蔣捷的《虞美人‧聽雨》才是前無古人、後無來者之作呢？

答案其實就在於我們看到的彷彿只是一首普通的《虞美人》，一首普通的詞，而蔣捷泣血書寫的卻是他整整的一生，是他似輕易卻又無比艱難的人生。

説到蔣捷，一般人都會提到他字勝欲，號竹山先生，江蘇宜興人，而且會強調他還有一個外號叫「櫻桃進士」，說他和周密、王沂孫、張炎並稱南宋詞壇的宋末四大家。這裏的每一條信息，不論他的字號、外號還有四大家的名號，其實對了解蔣捷來說都是非常重要的。

我們先從最讓人感興趣的「櫻桃進士」這一外號說起吧。這個外號的得來，是因為他的另一首名作《一剪梅・舟過吳江》，這首詞也非常精彩。

詞云：「一片春愁待酒澆。江上舟搖，樓上簾招。秋娘渡與泰娘橋，風又飄飄，雨又蕭蕭。　何日歸家洗客袍？銀字笙調，心字香燒。流光容易把人拋，紅了櫻桃，綠了芭蕉。」

因為這首詞太過精彩，所以蔣捷就得了一個「櫻桃進士」的外號。而這個紅艷艷的「櫻桃進士」，似乎也與他「少年聽雨歌樓上，紅燭昏羅帳」的景象完全匹配。可見他的少年既有紅燭之紅，又有櫻桃之紅，而且還是進士。

南宋咸淳十年（1274），蔣捷中進士。雖然他的生卒年不詳，但學術界基本還是認定，那時候的他還是比較年輕的，確實配得上「少年聽雨歌樓上」那意氣風發、裘馬清狂的樣子。但是，說到意氣風發，紅燭、羅帳，還有歌樓，都能理解，但是為什麼還有一個「昏」字呢？

「紅燭昏羅帳」，一般說來，多以為這個「昏」字突

出了蔣捷紙醉金迷的少年輕狂生活，大概就像杜牧「十年一覺揚州夢，贏得青樓薄倖名」一樣。然而，真的是這樣嗎？

蔣捷中了進士之後，並未授官。緊接着不到五年，也就是到了1279年，便是著名的崖山之役，陸秀夫背着八歲的小皇帝趙昺在崖山跳海自盡，大宋徹底亡了。

而此前雖身為宜興世家的蔣家，也早已在戰火中支離破碎，因亡國而不再有家。所以這個「昏」難道只是昏暗的「昏」，只是蔣捷個體命運的「紅燭昏羅帳」嗎？字面上當然如此，但當蔣捷在暮年回望起自己的少年和青年時，想起意氣風發的自己剛剛嶄露頭角就面臨家國破碎、神州淪亡，那種日薄西山的昏暗之感又怎能不包含着時代與王朝命運的感喟呢？

「山河破碎風飄絮，身世浮沉雨打萍。」接下來，何止文天祥的命運如此，何止蔣捷的命運如此，整整一個時代的知識分子的命運何嘗不都是如此呢？

「壯年聽雨客舟中」，這是漂泊，這是流離失所，但「江闊雲低，斷雁叫西風」。人生處境雖然逼仄，但眼前所見依然是江闊雲低，可見胸懷還在，襟懷還在。然而西風烈，耳中所聞只有落隊的孤雁，也就是斷雁的哀鳴。

這隻孤雁，到底在哀鳴些什麼？事實上，這隻雁就是蔣捷自己。說到哀鳴，就要說到他的身世。一般都只說蔣

捷他們家是宜興望族，所以蔣捷經歷了人生由盛轉衰的坎坷，才會發出斷雁式的哀鳴。其實這樣是只知其然而不知其所以然，要參透蔣捷這隻孤雁的哀鳴，就要說到兩點。

一個就是他的宜興蔣氏身份，還有一個就是他的字——「勝欲」兩個字的獨特含義。

蔣捷所在的宜興蔣氏，也叫陽羨蔣氏，在宜興是名門世家，這不假，但是它有一個非常獨特的地方就是，宜興蔣氏與常州岳氏的關係。

常州岳氏是岳飛的一支後人，從九江遷徙到常州來，而宜興也屬於常州。蔣氏和岳氏世家通好，從蔣捷的很多作品裏可以看得出來。

蔣捷的七世祖叫蔣之奇，蔣之奇和東坡居士當年是同年的進士，甚至也和蘇東坡一樣做過杭州知州，到哲宗朝還做過觀文殿學士，蘇東坡則是端明殿學士。到了蔣捷的六世祖蔣璨，史載蔣璨擅書，是兩宋之交著名的書法家。最關鍵的是從蔣璨開始，蔣門的忠義精神得到彰顯，而且他還研習理學，以學問傳家。

蔣捷的五世祖蔣興祖，《宋史》就明確記載了他的忠義之事。靖康初年金兵南下，蔣興祖當時為陽武縣令，聞金兵南下，眾位官吏皆棄城而逃，唯蔣興祖云「吾世受國恩，當死於是」，以一人之力號召民眾困守孤城，與金兵宿戰，最終城破身亡，他的妻子與長子也隨他一同殉難。

南宋建立後，朝廷表彰其忠義，封其次子蔣諶為大寧郡王。蔣興祖身死之後，他的女兒被金兵擄走，途中他的女兒曾在雄州驛站牆壁上題寫過一首《減字木蘭花》，詞中有云：「朝雲橫度，轆轆車聲如水去」，令人感慨不已。

　　南渡之後，長子雖已戰死國難，蔣璨，也就是蔣捷的六世祖還活着。《宋史》記載，岳飛蒙冤風波亭之際，蔣璨不計個人安危，救解岳侯，遂惡秦相，甚至最終因此罷職閒廢十年，一度成為奸相秦檜的眼中釘肉中刺，而蔣家與常州岳家的關係卻在這種風雨時勢中越發情深篤厚，可見這種一門忠義之風，世代相傳。

　　到了蔣捷這一世，族中還有一個堂弟叫蔣禹玉，字叔寶，他比蔣捷出仕還早，授安吉縣主簿。後來元兵南下，常州危急，蔣叔寶自提一軍奔救常州，雖然最終兵敗，但仍是知其不可為而為之，為世人傳頌。

　　另外還有一點特別值得注意的，就是蔣捷的字——「勝欲」。

　　《大戴禮記》裏說「義勝欲者從，欲勝義者凶」，這段話被理學家特別看重。後來《性理大全》就明確說：「勝欲之戒，無非欲人檢點身心。」所以，「勝欲」二字可以看出蔣捷其實是以理學傳家的，他自己也以理學傳人自命。所以，「紅燭昏羅帳」恐怕並非是一種紙醉金迷生活的簡單摹寫，更多的是在說南宋亡國前的那段末世。

崖山之後，南宋滅亡，蔣捷流離失所。可是他壯年聽雨客舟中的那段生活，主要在做什麼呢？

　　據學者考證，他從壯年到中年，主要是在江南另外一個大家族陶氏處做西賓，也就是做陶家的私塾老師。後來《元史》記載，他教過的幾個學生在元朝出仕，擔任高官。陶氏原來也是常州的大家族，後來舉族遷徙到吳江，也就是蘇州。所以有學者認為那首《一剪梅．舟過吳江》就是這一段時間寫的。

　　「流光容易把人拋，紅了櫻桃，綠了芭蕉。」字裏行間顏色貌似鮮艷，但其實是顛簸流亡途中的一腔迷亂。這其實又有一個問題來了，為什麼像有的家族得以保全，而宜興蔣氏卻支離破碎，沒能得以保全呢？

　　因為家風，因為一門忠義和理學傳家的家風。

　　理學雖然偏執了一些，有過猶不及之處，但在做人的根本、立身處世的價值與操守之上確有可取之處。尤其是在國破家亡之際，在民族危亡之際，那一份堅韌會造就不屈的脊樑。所以，蔣捷號「竹山先生」，就是要像竹、像山那樣，在風雨飄搖的亂世裏不屈不撓。正是理學傳人的人格修養，還有一門忠義的家風傳承，造就了蔣捷在入元之後的堅韌與堅持。他先是以做塾師謀生，在這期間還完成了《小學詳斷》，以學問堅其信念。

　　所以，在江闊雲低這樣既宏闊又逼仄的環境下，在西

風慘烈的現實面前，這隻孤雁、這隻斷雁確實在哀鳴，可哀鳴中依然有一種不捨與堅定。

後來因為蔣捷的學問與名聲，他被朝廷中的一些人推薦，可他卻最終緊抱信念，寧肯流離失所，寧肯風雨漂泊，寧肯守着他的貧窮，也不肯出仕。到了晚年，「而今聽雨僧廬下，鬢已星星也」。不要以為蔣捷到了晚年，無奈之下出家為僧。事實上，宋代是一個相學流行的時代，占卜非常流行。王安石的《汴說》就說汴京裏，很多名流包括朝廷官員，其實都既是理學家，也是占卜名家。像邵雍、錢若水，甚至司馬光都是喜歡占卜的。蔣捷作為理學傳人，最終選擇以相士謀生，並不矛盾。他寧肯流落江湖，做一名布衣相士也不肯為元人出仕，這種操守實在讓人感慨。

晚年蔣捷以相士謀生，流落江湖，曾經寓居僧寺。所以他說「而今聽雨僧廬下，鬢已星星也」。因為看透了命運，看透了滄桑，所以「悲歡離合總無情，一任階前、點滴到天明」。這個「一任」其實特別關鍵，因為他精研理學易學，又以占卜為生，暮年江湖漂泊，看透滄桑人世，「一任」二字彷彿消解了人生的悲歡離合。

我們看他晚年孤獨而又固執地重回故鄉的身影，不也是一種「一任」嗎？一任江闊雲低，一任西風慘烈，一任晚景淒涼。在那點滴到天明的夜雨聲中，他那超越了悲歡

離合的心境，不是老僧入定，不是心如死灰，不是徹底的枯寂與蕭索，而是一種本能的堅定，是一種歷經劫波歷經滄桑後的從容與安寧。

當蔣捷終究回到故鄉以衰老之軀擁抱故土，此時的他脫口道出的《虞美人》早已不是一種簡單的技巧，而是一種渾厚的人生。把這首詞輕輕放在詞史與歷史的長河裏，就讓無數的後來者，哪怕只輕輕觸及一端，便能產生如同身臨其境般的共鳴。

這就是一種人生的感召力，真正能夠經得起時間檢驗的宏大的感召，絕不是只靠技巧就可以做到。無論是李煜那樣永葆赤子之心的純粹，還是蔣捷這樣絢爛至極、滄桑至極地歸於平淡，他們看似或平淡或有技巧的落筆，在時光的長河裏，讓我們心中泛起朵朵浪花。

這就是詩詞即人生的真諦，這就是中國詩學知人論詩、知人論世的智慧。

「流光容易把人拋」，讓我們在時光的河裏靜靜聆聽一曲《虞美人》，並藉此尋回詩詞的國度裏我們那顆曾經清澈而純粹的赤子心⋯⋯

參考書目

趙崇祚，《花間集》

曾慥，《樂府雅詞》

何士信，《草堂詩餘》

黃昇，《花庵詞選》

董逢元，《唐詞紀》

唐圭璋，《全宋詞》

夏承燾，《唐宋詞人年譜》

楊湜，《古今詞話》

張炎，《詞源》

楊慎，《詞品》

陳廷焯，《白雨齋詞話》

況周頤，《蕙風詞話》

王國維，《人間詞話》

吳小如，《詩詞札叢》

王灼，《碧雞漫志》

周煇，《清波雜志》

張端義，《貴耳集》

劉昫等，《舊唐書》

馬令，《南唐書》

陸游，《南唐書》

吳任臣，《十國春秋》

脫脫、阿魯圖等，《宋史》

宋濂、王禕等，《元史》

王奕清、陳廷敬等，《欽定詞譜》

宋詞簡史

酈波 —— 著

印務：林佳年
排版：賴艷萍
裝幀設計：林曉娜
責任編輯：黃嗣朝

出版　　中華書局（香港）有限公司
　　　　香港北角英皇道 499 號北角工業大廈一樓 B
　　　　電話：（852）2137 2338　　傳真：（852）2713 8202
　　　　電子郵件：info@chunghwabook.com.hk
　　　　網址：http://www.chunghwabook.com.hk

發行　　香港聯合書刊物流有限公司
　　　　香港新界大埔汀麗路 36 號
　　　　中華商務印刷大廈 3 字樓
　　　　電話：（852）2150 2100　　傳真：（852）2407 3062
　　　　電子郵件：info@suplogistics.com.hk

印刷　　美雅印刷製本有限公司
　　　　香港觀塘榮業街 6 號 海濱工業大廈 4 樓 A 室

版次　　2020 年 5 月初版
　　　　© 2020 中華書局（香港）有限公司

規格　　32 開（195mm×140mm）

ISBN　　978-988-8675-57-9